CW01662598

Ángel guardián

Índice

Para Matt y Eve
(Eva María, es decir, la antigua y futura princesa)

«Camina con tiento, pues caminas sobre [sus] sueños.»

W. B. YEATS

Agradecimientos

Dan Paretsky, el Mejor Veterinario del Mundo, me proporcionó una información inapreciable respecto al estado de *Peppy*. Norma Singer y Loretta Lim, enfermeras titulares ambas del hospital del condado de Cook, invirtieron uno de sus escasos días libres en enseñarme el hospital, explicándome detalladamente su funcionamiento y mostrándome el orgullo con que desempeñan sus difíciles tareas. Norma Singer ayudó a resolver los problemas que abruman a la señora Frizell en esta novela.

Madelon Iris, del Centro para la Tercera Edad de la Universidad del Noroeste, me ayudó mucho en cuestiones de tutela, servicios de urgencia municipales y del condado, y procedimiento para designar a alguien tutor de un anciano. Este libro acelera el tiempo invertido en ese procedimiento, pero el proceso que se describe aquí es deprimentemente fiel a la realidad.

Rob Flater me indicó dónde empezar a investigar para poder superar las trampas que aparecen en esta novela. Jay Topkis mató a un impertinente dragón que intentaba lanzar fuego en mi dirección.

Un experto en mecánica —cuántica y de la otra— solucionó los problemas técnicos del capítulo “Santa Stevenson y el camión”.

Esta novela es una obra de ficción. Como sucede siempre, ni las personas ni los acontecimientos descritos aquí se basan en otra cosa que en las distorsiones de la realidad provocadas por una imaginación delirante y morbosa. Y como siempre también, cualquier error en el texto se debe a mi ignorancia, a mi pereza o a mi estupidez, y no a los consejos de los expertos que he consultado.

Bonnie Alexander y Mary Ellen Modica hicieron posible que yo volviera a trabajar. Sin su ayuda tal vez nunca hubiese sido capaz de volver a hacerlo. Diann Smith me facilitó los contactos, como lo ha hecho con las mujeres de Chicago durante treinta años. El profesor Wright y el doctor Cardhu soportaron mi humor durante largos y penosos meses.

Chicago, mayo de 1991

El sexo y la soltera

Ardientes besos cubrían mi rostro, arrastrándome desde las profundidades del sueño hasta el borde de la consciencia. Gruñí y me arrebujé entre las sábanas, deseando volver a sumergirme en el pozo de los sueños. Mi compañera no estaba de humor para descansar: se metió bajo las mantas y siguió colmándome de un apremiante afecto.

Cuando me tapé la cabeza con una almohada empezó a gemir lastimosamente. Totalmente despierta ya, me di la vuelta y la miré con saña.

—No son ni las cinco y media. No es posible que quieras levantarte.

No hizo ningún caso, ni de mis palabras ni de mis esfuerzos por separarla de mi pecho, pero me miró fijamente, con sus ojos marrones muy abiertos y la punta de su lengua rosa asomando entre los labios.

Le enseñé los dientes. Me lamió ansiosamente la nariz. Me incorporé, apartando su cabeza de mi cara.

—Para empezar, esa manera de prodigar indiscriminadamente tus besos es la que te ha metido en este aprieto.

Feliz de verme despierta, *Peppy* saltó pesadamente de la cama y se dirigió hacia la puerta. Se volvió para ver si la seguía, soltando pequeños gemidos de impaciencia. Me embutí en una sudadera y un pantalón corto que extraje del montón de ropa que había junto a la cama y me dirigí con pasos embotados por el sueño hacia la puerta trasera. Forcejeé con el triple cerrojo. Para entonces *Peppy* lloraba de impaciencia, pero consiguió controlarse hasta que pude abrir la puerta. La buena cuna se nota, supongo.

La observé bajar los tres tramos de escaleras. El embarazo había distendido sus flancos y entorpecido su paso, pero consiguió llegar a su sitio junto a la verja del fondo antes de aliviarse. Cuando terminó, en lugar de hacer su ronda habitual por el jardín, correteando tras los gatos y demás merodeadores, regresó anadeando a las escaleras, se detuvo frente a la puerta de entrada y soltó un agudo ladrido.

Muy bien. Se la llevaremos al señor Contreras. Era mi vecino del primer piso, dueño a medias de la perra, y totalmente responsable de su estado. Bueno, no del todo: había sido obra de un perro labrador negro que vivía cuatro casas más arriba.

Peppy se había puesto en celo la semana que yo salí de la ciudad siguiendo la pista de un sabotaje industrial. Me puse de acuerdo con un amigo mío, un transportista de muebles con músculos de acero, para que la sacara dos veces al día, con una correa corta. Cuando le dije al señor Contreras que iría Tim Streeter, se mostró profundamente ofendido, aunque desgraciadamente sólo de boquilla. *Peppy* era una perra perfectamente educada, que acudía cuando se la llamaba y no necesitaba correa, y además, ¿quién me creía yo que era, quedando con otra gente para que la sacara a pasear? Si no fuese por él, ella estaría totalmente desatendida, conmigo fuera casi las veinticuatro horas del día. Me iba de la ciudad, ¿no? Otro ejemplo más de mi negligencia. En definitiva, él estaba más capacitado que el noventa por ciento de los bobalicones que yo frecuentaba.

Con mis prisas por irme apenas si le había prestado atención, lo justo para reconocer que estaba en una forma excelente para sus setenta y siete años y rogarle que me complaciera en ese asunto. Sólo diez días más tarde me enteré de que el señor Contreras había despachado a Tim la primera vez que acudió. El resultado, si bien catastrófico, era totalmente predecible.

El viejo me recibió apesadumbrado cuando regresé de Kankakee para pasar el fin de semana.

—Es que no sé cómo sucedió, nena. Es siempre tan buena, siempre acude cuando la llamas, y esta vez se me escapó sin más y desapareció calle abajo. El corazón me dio un vuelco; pensé: Dios mío, ¿y si la hieren, si se pierde o la roban?; ya sabes, se leen tantas cosas sobre esa gentuza que contrata a gente para que robe perros por las calles o en los patios; nunca vuelves a ver a tu perro ni sabes lo que le ha sucedido. ¡Me sentí tan aliviado cuando di con ella! ¡Santo cielo! ¡Qué hubiera podido decirte para que entendieras...!

Gruñí sin la menor simpatía.

—¿Y cómo pretende que entienda esto? No quiso que la esterilizaran, pero no es capaz de controlarla cuando está en celo. Si no fuera tan cabezota habría dejado que Tim la sacara. Le diré una cosa: no pienso pasarme la vida buscando buenos hogares para sus malditos retoños.

Eso enardeció su propio malhumor e hizo que se metiera en su apartamento dando un airado portazo. Le evité durante todo el día del sábado, pero sabía que teníamos que reconciliarnos antes de que yo volviera a salir de la ciudad: no podía dejarle con la responsabilidad exclusiva de la camada. Además, yo también soy demasiado vieja para enconarme en una actitud rencorosa. El domingo por la mañana bajé para arreglar las cosas. Me quedé incluso el lunes para ir juntos al veterinario.

Llevamos a la perra con la apesadumbrada tensión de los padres mal avenidos de una adolescente rebelde. El veterinario no me levantó el ánimo al decirme que las perdigueras pueden tener hasta doce cachorros.

—Pero como es su primera camada probablemente no tendrá tantos —añadió con una alegre risotada.

Estaba segura de que al señor Contreras le encantaba la idea de tener doce bolitas de peluche negro y oro; hice todo el viaje de vuelta a Kankakee a ciento cuarenta por hora, y prolongué mi trabajo allí todo lo que pude.

Eso había sucedido dos meses atrás. Ahora ya estaba más o menos resignada al destino de *Peppy*, pero me aliviaba ver que parecía estar preparando su camada en el primer piso. El señor Contreras refunfuñaba por los periódicos que había desmenuzado en el lugar elegido, detrás del diván, pero yo sabía que se habría sentido insoportablemente ofendido si hubiese decidido que su madriguera estaba en mi apartamento.

Ya a punto de salir de cuentas, pasaba casi todo el tiempo dentro de casa con él, pero el día anterior el señor Contreras había ido a una velada de juego que organizaba su vieja parroquia. Había estado enfrascado en su organización durante seis meses y no quería perdérsela, y aun así me llamó dos veces para cerciorarse de que *Peppy* no estaba de parto, y una vez más a medianoche para comprobar que tenía el número de teléfono del salón que habían alquilado. Esa tercera llamada fue la que me llenó de malicioso júbilo al pensar que ella se las arreglaría para despertarle antes de las seis.

Resplandecía el sol de junio, pero a primeras horas de la mañana el aire era aún lo bastante fresco para que se me helaran los pies sobre el suelo del vestíbulo. Volví adentro sin esperar a que el viejo se levantara. Seguí oyendo los ladridos sofocados de *Peppy* mientras me quitaba el pantalón corto y volvía a meterme en la cama. Mi pierna desnuda notó una zona mojada en la sábana. Sangre. No podía ser mía, así que tenía que ser de la perra.

Volví a ponerme el pantalón y marqué el número del señor Contreras. Ya tenía puestos los calcetines y las zapatillas de deporte, cuando por fin contestó, con la voz tan ronca que resultaba irreconocible.

—Usted y sus amigos debieron de pasárselo muy bien anoche —le espeté—. Pero más vale que se levante y se enfrente a un nuevo día: está a punto de volver a ser abuelo.

—¿Quién es? —dijo con voz áspera—. Si se trata de una broma, debería tener algo mejor que hacer que llamar a estas horas de la madrugada y...

—Soy yo —le interrumpí—. V. I. Warshawski. Su vecina de arriba, ¿recuerda? Pues bien, su perrita *Peppy* ha estado ladrando como una loca delante de su puerta durante los últimos diez minutos. Creo que quiere entrar y parir unos cachorritos.

—¡Oh, oh! Eres tú, pequeña. ¿Qué es eso de la perra? Está ladrando delante de mi puerta trasera. ¿Cuánto tiempo la has dejado fuera? No deberías dejarla fuera ladrando cuando el momento está tan cerca; podría coger un resfriado, ya sabes.

Me tragué varias observaciones sarcásticas.

—Acabo de encontrar unas manchas de sangre en mi cama. Puede que esté a punto de parir. Bajo enseguida a ayudarle a preparar las cosas.

El señor Contreras se enfrascó en un complicado rosario de instrucciones respecto a la ropa que debía ponerme. Me pareció tan sin sentido que colgué sin más ceremonia y salí.

El veterinario había dejado muy claro que *Peppy* no necesitaba ninguna ayuda para parir. Si nos entrometíamos en su parto o cogíamos a los primeros recién nacidos podíamos provocarle suficiente ansiedad como para imposibilitarle seguir por sí sola. No confiaba en que el señor Contreras lo recordara con la excitación del momento.

El viejo estaba a punto de cerrar la puerta detrás de *Peppy* cuando llegué al descansillo. Me lanzó una mirada hostil a través del cristal y desapareció un instante. Cuando por fin volvió a abrir la puerta me tendió una vieja camisa de trabajo.

—Ponte esto antes de entrar.

Aparté la camisa.

—Ésta es mi sudadera vieja, no me preocupa que se manche.

—Y a mí no me preocupa tu jodido guardarropa. Lo que me preocupa es lo que llevas debajo. O más bien lo que no llevas.

Le miré con asombro.

—¿Desde cuándo tengo que ponerme un sostén para atender a la perra?

Su rostro curtido se volvió escarlata intenso. La simple idea de cualquier prenda interior femenina le azora, no digamos ya oír su nombre en voz alta.

—No es por la perra —dijo con agitación—. He intentado decírtelo por teléfono, pero me has colgado. Sé cómo te gusta andar por la casa, y a mí no me molesta mientras seas decente, cosa que en términos generales eres, pero no todo el mundo piensa igual. Eso es un hecho.

—¿Cree que a la perra le importa? —mi voz subió de tono—. ¿A quién puñetas le importa, entonces? Ah, se trajo a alguien anoche del garito de juego. Bien, bien. Una noche completa para usted, ¿eh? —no suelo ser tan vulgar respecto a la vida privada de los demás, pero sentí que le debía al viejo una pulla o dos después de todo su cotilleo sobre mis visitantes varones de los últimos tres años.

Su color caoba se acentuó.

—No es lo que piensas, pequeña. No es eso en absoluto. De hecho, es un viejo amigote mío, Mitch Kruger. Lo ha tenido crudo para ir tirando desde que él y yo nos jubilamos, y ahora le acaban de dar la patada, así que anoche vino a casa a llorar sobre mi hombro. Claro que, como yo le dije, ahora no tendría que preocuparse por su alquiler si no se lo hubiese gastado antes en bebida. Pero eso no viene al caso. La cosa es que siempre ha tenido la mano buscona, no sé si me entiendes.

—Entiendo exactamente lo que quiere decir —repuse—. Y prometo que si el tipo se enciende con mis encantos le disuadiré sin romperle el brazo, por consideración a nuestra amistad y a su edad. Y ahora aparte esa camisa y déjeme ver cómo está Su Alteza Canina.

No le encantaba la idea, pero me dejó entrar a regañadientes en el apartamento. Como el mío, tenía cuatro habitaciones distribuidas como vagones de mercancías. La cocina daba al comedor y éste a un pequeño vestíbulo que daba acceso al dormitorio, al cuarto de baño y al cuarto de estar.

Mitch Kruger roncaba con fuerza en el diván del salón, con la mandíbula descolgada bajo una nariz bulbosa. Tenía un brazo caído a un lado y la punta de sus dedos descansaba en el suelo. La línea superior del espeso vello gris de su pecho asomaba por encima de la manta.

Ignorándole como mejor pude, me acuclillé junto al sofá, bajo la sombra de sus malolientes calcetines, y miré detrás buscando a *Peppy*. Estaba acostada de lado en medio de un montón de periódicos. Se había pasado gran parte de los últimos días arrugándolos para construirse un nido encima de las mantas que el señor Contreras había doblado para ella. Al verme volvió la cabeza hacia el otro lado, pero sacudió una vez la cola, débilmente, para mostrarme que no había hostilidad.

Me levanté.

—Creo que está bien. Voy arriba a hacer café. Volveré dentro de un ratito. Pero recuerde que tiene que dejarla sola, nada de meterse ahí detrás e intentar acariciarla y esas cosas.

—No tienes que decirme lo que tengo que hacer con la perra —se indignó el viejo—. Creo que oí al veterinario tan bien como tú; mejor incluso, ya que la llevé para un chequeo mientras tú estabas fuera haciendo quién sabe qué.

Le hice una mueca.

—Está bien, me doy por enterada. No sé qué tal le sentará el zumbido de sierra de su amigote, pero a mí me quitaría el apetito.

—Si no está comiendo —empezó a decir, y luego su cara se iluminó—. Ah, ya caigo. Sí, le cambiaré al dormitorio. Pero no quiero que estés aquí mirando mientras lo hago.

Torcí el gesto.

—Yo tampoco —no creía poder aguantar la visión de lo que podía haber bajo la franja de vello grasiento.

Una vez en mi casa, me sentí de pronto demasiado cansada para ponerme a hacer café, y dejé que la expectante ansiedad paternal del señor Contreras se apaciguara por sí misma. Saqué la sábana ensangrentada de la cama, me quité las zapatillas de correr y me tumbé.

Eran casi las nueve cuando volví a despertarme. A excepción del piar de los pájaros, deseosos de acompañar a *Peppy* en su maternidad, el mundo exterior estaba en calma, uno de esos raros remansos de silencio urbano que proporcionan al habitante de la ciudad una sensación de paz. Me impregné de él hasta que un chirrido de frenos y unos furiosos bocinazos rompieron el encanto. Gritos irritados: otra colisión en la Avenida Racine.

Me levanté y fui a la cocina a hacer café. Cuando me trasladé aquí, hace cinco años, éste era un tranquilo vecindario de currantes, lo cual significaba que yo podía permitírmelo. Ahora había sido atacado por la fiebre de la rehabilitación. Mientras los alquileres se triplicaban, el tráfico se había cuadruplicado y elegantes boutiques surgían para satisfacer los delicados apetitos de la gente bien. Ojalá fuese un BMW la víctima del choque, y no mi propio y querido Pontiac.

Pasé por alto mis tablas de ejercicios, de todas formas no iba a tener tiempo de correr. Pertrechándome concienzudamente de un sostén, me puse otra vez mis vaqueros cortados y mi sudadera y volví a la maternidad.

El señor Contreras salió a la puerta más rápido de lo que esperaba. Su gesto preocupado me hizo pensar si no debería subir a por el carné de conducir y las llaves del coche.

—No ha hecho nada, pequeña. No sé... He llamado al veterinario, pero el doctor no llega hasta las diez los sábados y me dijeron que no era una urgencia, que no podían darme su número particular. ¿Crees que podrías llamar y convencerlos?

Sonreí para mis adentros. Una auténtica concesión: el viejo pensaba que había una situación en la que yo podía desenvolverme mejor que él.

—Déjeme verla primero.

Mientras atravesábamos el comedor oí los ronquidos de Kruger a través de la puerta del dormitorio.

—¿Le ha costado moverlo? —un altercado más fuerte podía haber agitado demasiado a la perra y entorpecido su parto.

—En quien he pensado primero ha sido en la princesa, si te refieres a eso. No necesito tus críticas, en este momento no me sirven de ninguna ayuda.

Me mordí la lengua y le seguí hasta el salón. La perra estaba tumbada prácticamente igual que cuando me había ido, pero ahora se veía un charquito oscuro alrededor de su cola. Esperaba que significara progresos. *Peppy* me vio observarla pero no hizo ninguna señal. Lo que hizo fue meter la cabeza bajo su cuerpo y empezar a lamerse.

¿Estaría bien? Muy bonito eso de decirnos que no interfiriéramos, pero ¿y si la dejábamos desangrarse por no darnos cuenta de que tenía problemas?

—¿Qué te parece? —preguntó el señor Contreras con ansiedad, haciéndose eco de mis propias preocupaciones.

—Me parece que no tengo ni idea de cómo nacen los cachorros. Ahora son las diez menos veinte. Esperemos hasta que llegue el tipo. Iré a por mis llaves por si acaso.

Acabábamos de decidir que le íbamos a preparar un jergón en el coche por si teníamos que salir corriendo para la clínica, cuando emergió el primer cachorro, suave como la seda. *Peppy* lo abordó con presteza, lamiéndolo para limpiarle la placenta, utilizando sus patas para arrimárselo al cuerpo. Eran las once cuando apareció el siguiente, y luego empezaron a salir cada media hora más o menos. Empezaba a preguntarme si cumpliría la profecía del veterinario y llegaría a los doce. Pero a eso de las tres, después de que la octava criaturilla reptase hasta un pezón, decidió parar.

Me estiré y me dirigí a la cocina para observar cómo el señor Contreras le preparaba un gran cuenco de pienso para perros mezclado con un revuelto de huevos y vitaminas. Estaba tan absorto en el proceso que no respondió a ninguna de mis preguntas sobre la velada de juego ni sobre Mitch Kruger.

Supuse que para entonces yo me había convertido en un tercero que nadie necesitaba. Unos amigos habían salido al campo a jugar al fútbol y merendar por el puerto de Montrose y les había dicho que intentaría unirme a ellos. Descorrí los cerrojos de la puerta trasera.

—¿Qué pasa, pequeña? ¿Vas a algún sitio? —el señor Contreras cesó un momento de remover su preparación—. Puedes irte. Puedes estar segura de que cuidaré bien de la princesa. Ocho —se sonrió a sí mismo—. Ocho, y los ha parido como una campeona. Vaya, vaya.

Al cerrar la puerta oí un horrible estruendo producido por el viejo. Ya había subido la mitad de las escaleras, cuando caí en la cuenta: estaba cantando. Creo que la canción era *Oh, qué hermosa mañana*.

De tiros largos

—Así que te has convertido en tocóloga —se burló Lotty Herschel—. Siempre he pensado que necesitabas una profesión adicional, algo con unos ingresos más seguros. Pero en estos tiempos no te aconsejaría la obstetricia: el seguro te abrumaría.

Le di un golpecito en la cabeza.

—Lo que pasa es que no quieres que te haga la competencia. Una mujer que alcanza la cima de su profesión no puede soportar que las jóvenes trepen detrás de ella.

Max Loewenthal frunció el ceño desde el otro lado de la mesa: era la acusación más injusta que se le podía hacer a ella. Lotty, una de las mejores especialistas en perinatología de la ciudad, siempre estaba dispuesta a tender una mano a las mujeres jóvenes. Y también a los hombres.

—¿Y qué pasa con el padre? —Michael, el hijo de Max, se apresuró a cambiar de tema—. ¿Sabes quién es? ¿Le vas a obligar a mantener a sus hijos?

—Ésa es una buena pregunta —intervino Lotty—. Si tu *Peppy* es como las madres adolescentes que yo conozco, no conseguirás que el padre te pase ni pizca de su pienso. Aunque tal vez su dueño ayude.

—Lo dudo. El padre es un labrador negro que vive en nuestra misma calle. Pero no me imagino a la señora Frizell cuidando de ocho cachorros. Ella ya tiene cinco perros y no sé de dónde saca el dinero para alimentarlos.

La señora Frizell era uno de los bastiones más obstinados contra el aburguesamiento de nuestro sector de la Avenida Racine. Esa octogenaria era el tipo de anciana que me aterrorizaba cuando era niña. Su escaso y alborotado pelo gris formaba alrededor de su cabeza unos enmarañados mechones de duende. En invierno y en verano llevaba el mismo atavío: un vestido de algodón descolorido e informes jerseys.

Aunque su casa reclamaba a gritos una capa de pintura, no estaba al borde de la ruina. Los escalones frontales de cemento y el tejado habían sido remozados el mismo año que yo me había mudado a mi piso de cooperativa. Nunca había visto ninguna otra señal de obras en su casa y suponía vagamente que tendría algún hijo en alguna parte que se haría cargo de los problemas más acuciantes. Por lo visto, el jardín no entraba en esa categoría. Nadie cortaba en verano el tupido césped infestado de malas hierbas, y, al parecer, a la señora Frizell no le preocupaban las latas y cajetillas vacías que la gente tiraba por encima de la cerca.

Ese jardín era un punto negro para el comité local de desarrollo de la manzana, o comoquiera que se hiciesen llamar mis advenedizos vecinos. Tampoco les gustaban mucho los perros. El labrador era el único de raza; los otros cuatro eran perros callejeros cuyo tamaño se escalonaba desde el de un blanco grisáceo enorme, una réplica de *Benji*, hasta algo que parecía un pompón gris con patas. Los animales estaban supuestamente encerrados tras la cerca, salvo cuando la señora Frizell los sacaba con una maraña de correas, dos veces al día, pero el labrador en particular iba y venía a su antojo. Había saltado por encima de la cerca de algo más de un metro para montar a *Peppy*, y probablemente también a otras perras, pero la señora Frizell se resistía a creer a los indignados vecinos que se lo echaban en cara.

—Ha estado todo el día en el jardín —solía espetar. Y no sé cómo, con esa telepatía que existe entre algunos perros y sus amos, solía aparecer milagrosamente en el jardín cada vez que ella abría la puerta.

—Ése parece un problema para Sanidad —dijo enérgicamente Lotty—. ¿Una anciana sola con cinco perros? No quiero ni pensar en el olor.

—Sí —asentí, pero sin gran entusiasmo.

Lotty les ofreció postre a Michael y a su compañera, la compositora israelí Or' Nivitsky. Michael, que residía en Londres, estaba en Chicago por unos días para dar un concierto con la Sinfónica de Chicago. Esa noche daba un recital como solista en el Auditorio a beneficio de Chicago Settlement, un grupo de asistencia a los refugiados. Había sido la obra benéfica predilecta de la esposa de Max, Theresz, antes de su muerte, nueve años atrás; Michael le dedicaba su recital de esa noche. Or' tocaba el oboe en un concierto para oboe y violonchelo que había escrito a la memoria de Theresz Loewenthal.

Or' rechazó el postre.

—Son los nervios de antes del estreno. Y además, tengo que cambiarme.

Michael ya estaba elegantísimo con su frac, pero Or' se había traído su traje para el concierto a casa de Lotty.

—Así puedo fingir el mayor tiempo posible que se trata de una velada normal y disfruto de mi cena —había explicado en su lacónico inglés británico.

Mientras Lotty se apresuraba a abrochar el vestido a Or', Michael bajó con su violonchelo a por el coche. Yo recogí los platos de la cena y puse agua para el café, pensando más en la señora Frizell que en el estreno de Or'.

Me había negado a firmar una petición exigiendo que cortara su hierba y atara a los perros. Un abogado que había reformado la casa de enfrente de la suya quería llevarla a los tribunales y obligar a la municipalidad a llevarse los perros. Había estado por la zona tratando de recabar apoyo. Mi edificio estaba bastante dividido: Vinnie, el estirado empleado de banca que vivía en la planta baja, se había apresurado a firmar, así como los coreanos del segundo piso; tenían tres niños y les preocupaba que los perros pudieran morderles. Pero el señor Contreras, Berit Gabrielsen y yo nos opusimos firmemente a la idea. Aunque hubiese deseado que la señora Frizell neutralizara al labrador, los perros no eran una verdadera amenaza. Sólo una pequeña molestia.

—¿Te preocupan los cachorros? —Max apareció a mis espaldas mientras yo estaba sumida en mis pensamientos junto a la pila de la cocina.

—No, no exactamente. Además, viven con el señor Contreras, así que no los voy a tener de estorbo. Detesto extasiarme con ellos como él, porque tener que llevarlos aquí y allá para las vacunas y todo lo demás va a ser suficiente pesadilla. Y luego encontrarles dueño, y enseñar a los que no podamos regalar... Pero son adorables.

—¿Quieres que ponga un anuncio en la hoja informativa del hospital? —ofreció Max. Era el director administrativo del Beth Israel, adonde Lotty enviaba a sus pacientes de perinatología.

Mientras le daba las gracias, Or' entró majestuosamente en la cocina, resplandeciente en un suave crespón color antracita que se le pegaba al cuerpo como si fuese hollín. Besó a Max en la mejilla y me tendió la mano.

—Me alegro de conocerte, Victoria. Confío en que te veremos después de la velada.

—Buena suerte —respondí—. Estoy impaciente por escuchar tu nuevo concierto.

—Sé que te impresionará, Victoria —intervino Max—. He estado escuchando los ensayos toda la semana —Michael y Or' se habían alojado en su casa en Evanston.

—Sí, eres un ángel, Max, por aguantar nuestros tacos y nuestros chirridos durante seis días. Hasta luego.

Eran sólo las seis; el concierto no empezaba hasta las ocho. Los tres que quedábamos comimos peras escalfadas con crema de almendras y nos recreamos tomando café en el claro y despejado salón de Lotty.

—Espero que Or' haya hecho algo aceptable en honor a Theresz —dijo Lotty—. Vic y yo fuimos a oír al Conjunto de Cámara Contemporáneo tocar un octeto y un trío de ella y salimos las dos con dolor de cabeza.

—No he oído la obra entera tocada correctamente, pero creo que quedarás complacida. Ha hecho un trabajo algo doloroso en ésta, ha encarado el pasado de una forma en que muchos israelíes contemporáneos se niegan a hacerlo —Max consultó su reloj—. Creo que debo de tener también los nervios del estreno, pero me gustaría que saliéramos temprano.

Conduje yo. Max le había dejado su coche a Michael y ninguna persona en su sano juicio dejaría oficiar de chófer a Lotty. Max ocupó cortésmente el pequeño asiento trasero que ofrecía el Trans Am. Se inclinó hacia delante para hablar con Lotty por encima del respaldo, pero una vez que estuvimos en la Calzada del Lago no pude oírles con el ruido del motor. Cuando giré por Monroe y me detuve en el semáforo entre la Calzada Interior y la avenida Congress, pude captar retazos de la conversación. Lotty estaba furiosa por algo que tenía que ver con Carol Alvarado, su enfermera y su brazo derecho en la clínica. Max no estaba de acuerdo con ella.

Las luces cambiaron antes de que pudiese averiguar en qué consistía el problema. Bajé por Congress hacia la obra maestra de Louis Sullivan. Lotty apartó la cara de Max para amonestarme severamente por la velocidad con que había doblado la esquina. Miré a Max por el espejo retrovisor; sus labios apretados formaban una sola línea. Esperé que no estuviesen planeando una disputa de envergadura en honor de la velada. Y además, ¿qué clase de desacuerdo podían tener respecto a Carol?

En el semicírculo donde concurrían Congress y la avenida Michigan entramos en un atasco. Los coches que se dirigían al sur, hacia el estacionamiento subterráneo, se entremezclaban con los que intentaban parar junto a la entrada del teatro. Un par de agentes dirigían frenéticamente el tráfico, disuadiendo a golpes de silbato a los que intentaban parar junto al bordillo frente al Auditorio.

Me acerqué al borde de la calzada.

—Os dejaré aquí e iré a aparcar, jamás llegaremos a tiempo si intento atravesar esto.

Max me tendió mi entrada antes de desatrancarse del asiento trasero. Aunque había puesto una manta para tapar las huellas de *Peppy*, pude ver unos pelos de un rojo dorado sobre su esmoquin mientras bajaba del coche. Puse cara de circunstancias y miré furtivamente la falda del traje de chaqueta color coral de Lotty. También llevaba unos cuantos pelos. Sólo me cabía esperar que su preocupación hiciera que se olvidaran de su vestimenta.

Hice un agudo viraje en U, ignorando un silbato indignado, y conduje otra vez el Trans Am hasta Monroe, al estacionamiento norte. Sólo había algo más de medio kilómetro desde allí al Auditorio, pero llevaba falda larga y tacones altos, atuendo que no era el más indicado para una carrerita. Me deslicé junto a Lotty en el palco que Michael nos había reservado justo en el momento en que se apagaban las luces.

Con aire adusto y distante en su frac, Michael subió al escenario. Abrió el recital con las *Variaciones sobre Don Quijote* de Strauss. El teatro estaba lleno —por lo que fuese, Chicago Settlement se había convertido en una asociación benéfica de moda—, pero no era un público melómano. Sus conversaciones y susurros creaban un zumbido de fondo, y no dejaban de aplaudir en las pausas entre las variaciones. Michael fruncía el ceño cada vez que rompían su concentración. En un momento dado volvió a tocar los trece últimos compases del trozo anterior, sólo para ser interrumpido de nuevo. Entonces hizo un gesto irritado de despedida y tocó las dos últimas variaciones sin detenerse a respirar. El público aplaudió cortésmente, pero sin entusiasmo. Michael ni siquiera saludó, sino que salió rápidamente de escena.

La siguiente interpretación obtuvo una respuesta más entusiasta: la Coral Infantil de Chicago Settlement interpretó una serie de cinco canciones folclóricas. La coral mantenía rigurosamente el tono y los niños cantaban con deliciosa nitidez, pero fue su apariencia lo que hizo que el teatro se viniera abajo. Algún genio de las relaciones públicas pensó que el atuendo indígena se vendería mejor que los trajes de un coro, así que centelleantes túnicas y chaquetas de terciopelo afganas resplandecían junto a los blancos vestidos bordados de las niñas salvadoreñas. El público rugió pidiendo un bis y se puso en pie para ovacionar a los solistas, un chico etíope y una chica iraní.

Durante el descanso dejé a Max y a Lotty en el palco y me dirigí al vestíbulo para admirar los trajes de los parroquianos: estaban engalanados con mayor colorido aún que los niños. Tal vez al quedarse solos Lotty y Max resolvieran sus diferencias. El carácter arisco de Lotty produce estallidos esporádicos en todas sus relaciones. No quería ser partícipe de ningún conflicto que pudiese tener con Carol.

Al salir del palco me enganché el tacón en el bajo de la falda. No estaba acostumbrada a moverme con traje de noche. Siempre se me olvidaba que tenía que acortar el paso; cada pocos pasos tenía que detenerme a desenganchar el tacón del delicado tejido.

Había comprado la falda para la fiesta de Navidad del bufete de abogados de mi marido, durante mi breve matrimonio, trece años atrás. La fina lana negra, profusamente bordada de plata, no podía compararse con el traje hecho a medida de Or', pero era mi atuendo más elegante. Con una blusa de seda negra y las cuentas de brillantes de mi madre conformaba un respetable atavío para un concierto, pero carecía del espectacular acierto de la mayoría de los trajes que vi en el vestíbulo.

Me fascinó sobre todo un vestido de satén color bronce cuyo canesú recordaba un peto romano, salvo que estaba abierto hasta la cintura. No podía dejar de preguntarme cómo su dueña conseguía evitar que sus pechos se desbordaran por el medio. Almidón tal vez, o cinta adhesiva.

Cuando sonó el timbre que anunciaba el final del descanso, la mujer del peto se dirigió hacia mí. Estaba pensando que la gargantilla de diamantes no pegaba con el vestido, que no era más que la oportunidad de ostentar riqueza para alguien con ideas a lo Donald Trump sobre adornos femeninos, cuando el tacón volvió a engancharseme en la falda. Mientras me giraba para liberarme, un hombre con esmoquin blanco corrió hacia nosotras desde el otro extremo del vestíbulo.

—¡Teri! ¿Dónde te habías metido? Quería presentarte a unas personas.

La clara y autoritaria voz de barítono, con un leve deje de irritación, me propinó tal susto que perdí el equilibrio y caí delante de otra mujer recamada de diamantes. Cuando logró desenredar sus tacones de mi hombro e intercambiamos glaciales disculpas, Teri y su escolta ya habían desaparecido en el teatro.

Pero conocía esa voz: me había despertado todas las mañanas durante veinticuatro meses: seis meses de erotismo dulcemente atormentado cuando estábamos terminando Derecho y preparándonos para la abogacía, y dieciocho de simple tormento después de casarnos. Era como si, al llevar mis mejores galas de aquella extraña época, hubiese invocado su aparición.

Se llamaba Richard Yarborough. Era socio de Crawford-Mead, una de las más importantes firmas de Chicago. No sólo socio, sino notable mandamás en una empresa entre cuyos clientes se contaban dos antiguos gobernadores y la mayor parte de los dueños de las 500 mayores fortunas de Chicago.

Yo sólo conocía esos hechos porque Dick solía recitarlos durante el desayuno con la devoción de un guía mostrando las reliquias de una catedral.

Lo hubiese hecho también durante la cena, pero yo no estaba dispuesta a esperar para cenar con él hasta medianoche, cuando por fin terminaba de hacer reverencias a los prestigiosos dioses por ese día.

Eso resume en cierta forma las causas de nuestra ruptura: el que no me impresionaran lo suficiente el poder y el dinero en que nadaba y su repentino deseo de que abandonase todo y me convirtiera en una esposa japonesa cuando terminamos los estudios y empezamos a trabajar. Incluso antes de nuestra separación formal, Dick se había dado cuenta de que una esposa era parte importante de sus valores, y de que debió casarse con alguien con más influencia de la que jamás podría tener la hija de un poli patrullero y de una inmigrante italiana. No era el origen italiano de mi madre lo que le molestaba, sino el tufillo a miseria de los inmigrantes que se me había pegado. Lo dejó muy claro cuando empezó a aceptar invitaciones a la finca de Peter Felitti en Oak Brook, mientras yo hacía mis guardias del sábado en el tribunal de mujeres.

—Te he excusado, Vic, y además, no creo que tengas ropa adecuada para el tipo de fin de semana que están proyectando los Felitti.

Nueve meses después de nuestra sentencia firme de divorcio, él y Teri Felitti se casaron con gran alharaca de encajes y damas de honor. La relevancia financiera del padre de ella convirtió el desposorio en una noticia de primera plana, y no pude resistir leer todos los detalles. Por eso sé que entonces ella sólo tenía diecinueve años, nueve menos que él. Dick había cumplido los cuarenta el año anterior; me pregunté si a sus treinta y dos años Teri no estaría empezando a parecerle vieja.

Nunca la había visto antes, pero entendí por qué Dick la consideró un mejor ornato que yo para Crawford-Mead. En primer lugar, no estaba tendida en el suelo mientras los acomodadores cerraban las puertas de acceso a la sala; y además, no tuvo que correr, sujetándose el bajo sucio de la falda para no engancharselo con los tacones, para poder entrar antes de que cerraran.

Volví al palco en el preciso momento en que Michael salía otra vez a escena con Or'. Al oír mi jadeo, Lotty giró hacia mí, enarcando las cejas.

—¿Necesitabas correr una maratón en el intermedio, Vic? —murmuró amparándose en los dispersos aplausos de cortesía.

Hice un gesto de rechazo.

—Es demasiado complicado para explicarlo ahora. Dick está aquí, mi viejo amigo Dick.

—¿Y eso te ha acelerado el pulso de esa manera? —su corrosiva ironía hizo que me sonrojara, pero antes de que pudiera replicar como se merecía, Michael empezó a hablar.

En breves y sencillas palabras explicó la deuda que su familia había contraído con los ciudadanos de Londres por acogerlos cuando Europa se convirtió en un infierno en el que no podían sobrevivir.

—Y estoy orgulloso de haberme criado en Chicago, donde el corazón de la gente también late por ayudar a aquellos que —por su raza, tribu o creencias— ya no pueden seguir viviendo en su tierra natal. Esta noche vamos a interpretar para ustedes, en estreno, el concierto para oboe y violonchelo de Or' Nivitsky titulado *El judío errante*, dedicado a la memoria de Theresz Kocsis Loewenthal. Theresz sufragó Chicago Settlement con todo entusiasmo; se sentiría emocionada si viese el apoyo que ustedes brindan a esta importante sociedad benéfica.

Era un discurso ensayado, presta y displicentemente despachado dada la frialdad del público. Michael se inclinó ligeramente, primero en dirección a nuestro palco, luego hacia Or'. Ambos se sentaron. Michael giró su violonchelo y miró a Or'. Cuando ella asintió con la cabeza, empezaron a tocar.

Max tenía razón. El concierto no tenía parecido alguno con la cacofonía átona de la música de cámara de Or'. La compositora había vuelto a la fuente de la música folclórica judía del este de Europa para buscar sus temas. La música, olvidada durante cinco décadas, volvía a la vida a ráfagas, conforme el violonchelo y el oboe se contestaban, tanteando. Durante unos intensos minutos, parecieron encontrarse el uno al otro en una rítmica antífona. La armonía se rompió bruscamente cuando la antífona se convirtió en antagonismo. Los instrumentos contendían tan ferozmente que sentí sudor en mis sienes. Alcanzaron un frenético clímax y callaron. Hasta ese público poco melómano pudo contener el aliento cuando hicieron una pausa tras ese punto culminante. Luego el violonchelo persiguió al oboe, llevándolo desde el terror a la paz, pero una paz horrible, ya que era el descanso de la muerte. Apreté la mano de Lotty, sin hacer el menor intento por enjugar mis lágrimas. Ninguno de nosotros pudo unirse al aplauso.

Michael y Or' se inclinaron brevemente y desaparecieron del escenario. Aunque las palmas prosiguieron durante unos minutos, con mayor entusiasmo que el que había acogido a las *Variaciones sobre Don Quijote*, la respuesta carecía de una chispa vital que indicara que habían captado su importancia. Los músicos no volvieron a escena, sino que hicieron salir a la coral infantil para concluir el concierto.

Al igual que Lotty, Max estaba conmovido por el recital de su hijo. Me ofrecí a ir a buscar el coche enseguida, pero pensaron que debían quedarse para la recepción.

—Ya que es en honor de Theresz, parecería extraño que Max no estuviera presente, sobre todo siendo el padre de Michael —dijo Lotty—. Pero si quieres marcharte, Vic, podemos coger un taxi para volver.

—No seas ridícula —contesté—. Estaré pendiente de vosotros. Hazme una señal cuando decidáis marcharos.

—Pero puedes volver a encontrarte con Dick. ¿Podrás soportar la emoción? —Lotty se esforzaba por serenarse mediante el sarcasmo.

La besé en la mejilla.

—Me las arreglaré.

Fue lo último que supe de ella durante un buen rato. Tan pronto como terminó el concierto, una marea humana se derramó por las escalinatas. Cuando Max, Lotty y yo conseguimos por fin alcanzar el vestíbulo superior, fuimos inmediatamente separados por la multitud. En vez de abrirme paso entre el gentío tratando de seguirles, me acerqué a la barandilla e intenté seguirles la pista. Fue inútil: Max sólo sobrepasa unos centímetros el metro cincuenta y dos de Lotty. Les perdí de vista a los pocos segundos de que alcanzasen la planta baja.

Durante la segunda parte del concierto, los proveedores habían montado un ambigú en el vestíbulo. Cuatro mesas, formando un enorme rectángulo, estaban cubiertas de una asombrosa cantidad de alimentos: gambas dispuestas en pirámide, gigantescos recipientes con fresas, pasteles, panecillos, ensaladas, fuentes de ostras crudas. Los lados más pequeños del rectángulo contenían platos calientes. Desde mi observatorio no podía discernir claramente su contenido, pero me pareció que los bollos de huevo y los higadillos de pollo alternaban con las setas fritas y los pasteles de cangrejo. En el centro de los dos laterales más largos, unos hombres con gorro blanco esgrimían cuchillos de trinchar por encima de gigantescas montañas de ternera y jamón.

La gente se precipitaba en desorden para acceder a la comilona antes que desapareciese. Divisé el peto de bronce de Teri en la primera oleada frente a la pirámide de gambas. Avanzaba en la estela de Dick, quien se apoderaba de las gambas con el frenesí de quien piensa que perderá la parte que le corresponde si no la apaña prestamente. Mientras embutía las gambas en su boca hablaba con la mayor seriedad con otros dos hombres de elegante atuendo que metían mano a las ostras. Conforme avanzaban lentamente hacia el asado central, iban subrayando la conversación pinchando aceitunas, pasteles de cangrejo, endivias y todo lo que encontraban a su paso. Teri se agitaba detrás de ellos, al parecer hablando con una mujer que lucía un vestido azul cuya superficie estaba profusamente recubierta de perlas cultivadas.

—Me siento como el Faraón viendo abatirse a las langostas —dijo a mis espaldas una voz familiar.

Me volví y vi a Freeman Carter: el emblemático abogado criminalista de Crawford-Mead. Sonreí y posé la mano sobre el finísimo paño de su chaqueta. Nuestra relación se remontaba a aquellos días en que yo también solía agitarme detrás de Dick en los actos sociales de su empresa. Freeman era el único socio que hablaba a las féminas sin pretender estar haciéndonos un gran favor, así que empecé a acudir a él para mis propios asuntos legales en los momentos en que el sistema parecía a punto de engullirme.

—¿Qué haces aquí? —le pregunté—. No esperaba ver a nadie conocido.

—El amor a la música —Freeman sonrió con sarcasmo—. ¿Y tú? Eres la última persona a la que buscaría en una función de ciento cincuenta pavos.

—El amor a la música —le imité solemnemente—. El violonchelista es el hijo de una amiga. Siento confesar que he entrado gratis, no por apoyar la causa.

—Bueno, al parecer Crawford-Mead ha adoptado a Chicago Settlement como mascota. Todos los socios hemos sido invitados a comprar cinco entradas cada uno. Pensé que sería equitativo por mi parte participar, digamos que como último gesto de buena voluntad hacia la empresa.

Enarqué pensativamente las cejas.

—¿Estás pensando en marcharte? ¿Desde cuándo? ¿A qué vas a dedicarte?

Freeman miró precavidamente por encima de su hombro.

—Todavía no se lo he dicho, así que guárdame el secreto, pero es hora de que empiece a ejercer por mi cuenta. El derecho penal nunca ha sido importante en Crawford —llevo años sabiendo que debo cortar amarras—, pero hay tantos incentivos en una gran empresa que simplemente he seguido por inercia. Ahora la casa está creciendo tan rápido y se está alejando tanto del trabajo que yo considero importante, que parece que ha llegado la hora de irse. Te lo notificaré oficialmente —se lo notificaré a todos mis clientes— cuando esté efectivamente trabajando por mi cuenta.

Unos cuantos grupos de gente charlaban a nuestro alrededor, evitando mezclarse con el gentío de abajo. Freeman no dejaba de observarlos para asegurarse de que no podía ser oído, y finalmente cambió bruscamente de tema.

—Mi hija está por ahí, con su amigo. No sé si voy a volver a verlos.

—Sí, eso mismo me estaba diciendo respecto a la pareja con la que he venido. No son muy altos: jamás los encontraré si me meto en el tropel... Me preguntaba qué habría traído a Dick por aquí. Yo hubiera puesto a los refugiados al final de la lista de personas por las que él pagaría algo, más o menos en el mismo plano que las mujeres con sida. Pero si la empresa está apoyando a Chicago Settlement supongo que él será el primero en aplaudir.

Freeman sonrió.

—No pienso hacer ningún comentario al respecto, Warshawski. Él y yo seguimos siendo socios, al fin y al cabo.

—Es él el que está llevando el tipo de asuntos que a ti no te gustan, ¿verdad?

—No seas tan optimista. Dick ha hecho mucho por revitalizar Crawford-Mead —alzó una mano—. Sé que odias su forma de practicar las leyes. Sé que te encanta conducir un cacharro y que desprecias sus deportivos alemanes...

—Ahora ya no conduzco un cacharro —observé con dignidad—. Tengo un Trans Am del 89 cuya carrocería sigue brillante pese a tener que dejarlo en la calle y no en un garaje para seis coches en Oak Brook.

—Lo creas o no, hay días en que Dick se pregunta si no cometió un error: si eres tú la que estás haciendo lo que debes, y no él.

—Ya sé que no has estado bebiendo, porque no te lo huelo en el aliento, así que tiene que ser algo que te has metido por la nariz.

Freeman sonrió.

—No ocurre con frecuencia, pero hubo un tiempo en que al chico le importabas lo suficiente como para casarse contigo.

—No te pongas sentimental conmigo, Freeman. ¿O es que estás pensando que hay días en que me pregunto si él estará haciendo lo que debe, y no yo? ¿Cuántas mujeres socias hay en Crawford ahora? Tres, ¿no? Entre una lista de noventa y ocho. Hay días en que desearía ganar el dinero que gana Dick, pero en ningún momento he deseado pasar por lo que una mujer tiene que pasar para medrar en una firma como la vuestra.

Freeman esbozó una sonrisa apaciguadora y deslizó mi mano bajo su brazo.

—No he venido aquí para enemistarme con la más arrojada de mis clientas. Vamos, Juana de Arco. Abriré camino hasta el bar y te conseguiré una copa de champán.

En los pocos minutos que llevábamos hablando, la montaña de gambas había desaparecido y gran parte de las fresas ya no estaban. Los asados de ternera parecían resistir. Busqué entre el gentío mientras bajábamos pero no pude encontrar a Lotty ni a Max. El vestido de bronce de Teri también había desaparecido.

Intenté no alejarme de Freeman, pero en cuanto estuvimos en la planta baja resultó imposible. Pasando entre los dos, alguien me soltó el brazo del suyo. Después seguí los cortos cabellos rubios de su nuca durante unos cuantos zigzags entre la muchedumbre, pero una mujer vestida de satén rosa con unas alas de mariposa que le llegaban al suelo necesitaba el terreno despejado para pasar, y lo perdí.

Durante un rato seguí el movimiento de los remolinos. El ruido era enorme, intensificado por la resonancia de las columnas y el suelo de mármol. Retumbaba en mi cabeza como un pavoroso rugido. Se me hizo imposible concentrarme en cualquier objetivo externo, tal como buscar a Lotty; tenía que utilizar toda mi energía para proteger mi cerebro de las ráfagas de ruido. Era imposible mantener una conversación con ese barullo: todos debían de estar gritando por el simple placer de contribuir al estrépito.

En cierto momento los empellones me acercaron a las mesas de la comida. Los camareros estaban de pie, impasibles en su pequeña isla, moviendo sólo las manos al trinchar y servir. Las gambas habían desaparecido, al igual que todos los platos calientes. Lo único que quedaba, además de la carne —ya cerca del hueso—, eran las ensaladas picoteadas.

Volví a sumergirme en la marea humana y empecé a avanzar a contracorriente hacia la sala. A fuerza de codazos llegué a las columnas que separaban las puertas laterales del vestíbulo. Allí el gentío era menor; aquellos que intentaban hablar podían acercar suficientemente las cabezas como para oírse. Michael y Or' estaban apartados con cinco o seis personas de aspecto serio. Seguí adelante sin hablarles por si acaso eran donantes importantes y me escabullí al patio de butacas.

Dick estaba parado casi en la entrada, junto a la puerta de la derecha, hablando con un hombre de unos sesenta años. Pese a saber que estaba allí, al verle tan de cerca me dio un vuelco el corazón. No era entusiasmo romántico, sólo un sobresalto, algo así como cuando una resbala sobre un suelo helado. Dick pareció sobresaltarse también: interrumpió una melosa frase en mitad de una palabra y me miró boquiabierto.

—Hola, Dick —dije débilmente—. No sabía que fueses un entusiasta del violonchelo.

—¿Qué haces aquí? —inquirió.

—Me han contratado para barrer el teatro. Últimamente tengo que aceptar los trabajos que me salen.

El sesentón me miró con una profunda irritación. No le importaba quién era yo ni lo que podía hacer con tal de que me largase cuanto antes. Tampoco les prestaba atención a los niños de la coral: libres ya de la responsabilidad de parecer angélicos, estaban persiguiéndose unos a otros entre las butacas, dando agudos chillidos y arrojándose panecillos y pedazos de pastel.

—Ah, bueno, ahora estoy ocupado, así que ¿por qué no empiezas por el otro extremo? —Dick no despreciaba un toque de humor con tal de que no fuese a expensas de él.

—¿Estás negociando y pactando? —procuré infundirle a mi voz una humilde admiración—. Tal vez pudiera observarte y aprender un poco, para ser ascendida a la limpieza de los lavabos o algo parecido.

Un rubor se asomó a las mejillas perfectamente rasuradas de Dick. A punto de espetarme un violento insulto, lo convirtió en una risotada que sonó como un ladrido.

—¿Cuánto hace? ¿Trece? ¿Catorce años? ¡Y aún sigues sabiéndote la forma más rápida de sacarme de quicio!

Me cogió del hombro y me acercó a su interlocutor.

—Le presento a Victoria Warshawski. Ella y yo cometimos un gran error en la escuela de Derecho creyendo que estábamos enamorados. Los hijos de Teri y míos aún tendrán que trabajar durante cinco años antes de que les permita pensar en el matrimonio. Vic, Peter Felitti, presidente de Amalgamated Portage.

Felitti alargó una mano algo reticente, no sé si porque yo era la predecesora de su hija o porque no le gustaba que interrumpiera las finanzas de altos vuelos.

—No recuerdo los detalles de vuestro acuerdo. ¿Sigues pagando desde entonces el precio de tus pecados, Yarborough?

Apreté los dedos de Felitti con tanta fuerza que hizo una mueca de dolor.

—En absoluto. Fue *mi* pensión alimenticia la que le permitió comprar su parte de Crawford-Mead. Pero ahora que ya está lanzado en su carrera, intentaré que los tribunales me releven de esa carga.

Dick hizo una mueca.

—¿En serio, Vic? Juraré con gusto por doquier que jamás me pediste un centavo. Es abogada —añadió, dirigiéndose a Felitti—, pero trabaja de detective.

Volviéndose hacia mí preguntó lastimeramente:

—¿Estás satisfecha? ¿Podemos terminar nuestra conversación Pete y yo?

Ya me estaba liberando —tanto del brazo de Dick como de la conversación—, con la mayor gracia posible, cuando entró Teri, seguida de cerca por la mujer del vestido de satén azul con perlas.

—Aquí estás —dijo alegremente la mujer de azul—. Harmon Lessner tiene especial interés en hablar contigo. No puedes escabullirte ahora para hacer tus negocios.

Teri me observó atentamente, intentando discernir si era una relación de negocios o una rival sexual. El champán había añadido un brillo rosado a su base de maquillaje, pero a esa hora tardía seguía estando perfectamente maquillada: la sombra de ojos en su lugar, sobre los párpados, y no en cualquier otro sitio del rostro; su lápiz de labios, de un bronce suave, una versión ligeramente atenuada del de su vestido, nítido y brillante. Su cabello color avellana, recogido en un complicado moño, parecía recién salido de la peluquería. Ni un rizo, ni un mechón que le colgara por el cuello y estropeara el efecto.

A esas horas de la noche, sin necesidad de mirarme a un espejo, sabía que mi rojo de labios se había borrado y que por mucho estilo que hubiese intentado imprimir a mis cortos bucles, éste había desaparecido hacía rato. Quise persuadirme de que yo poseía una personalidad más interesante, pero a Dick no le interesaban las mujeres con personalidad. Tuve ganas de decirle a Teri que no se preocupara, que con sus encantos ya había cumplido por ese día, pero esbocé un saludo dirigido a los cuatro y me alejé hacia la puerta opuesta sin decir nada.

Cuando por fin encontré a Lotty eran más de las doce. Estaba sola, tiritando en un rincón del vestíbulo exterior, guareciéndose con los brazos.

—¿Dónde está Max? —dije vivamente, apretándola contra mí—. Necesitas ir a casa y meterte en la cama. Voy a buscarle y a por el coche.

—Se ha ido con Or' y con Michael. Ya sabes que se están alojando en su casa. Estoy bien, Vic, de verdad. Es sólo que el concierto me ha vuelto a traer viejos recuerdos. Me empezaron a asaltar mientras esperaba. Iré contigo hasta el coche. El aire fresco me sentará bien.

—¿Estáis peleados Max y tú? —no era mi intención preguntarlo, pero las palabras surgieron sin avisar.

Lotty torció el gesto.

—Max cree que me estoy portando mal con Carol. Y tal vez sea cierto.

La conduje hasta la puerta giratoria.

—¿Qué pasa con ella?

—¿No lo sabías? Se marcha. No es eso lo que me preocupa. Bueno, claro, sí que me importa, llevamos ocho años trabajando juntas. La echaré en falta, pero no intentaría impedirle que se mueva, que busque nuevas oportunidades. Es el motivo por el que lo deja. Me pone furiosa que deje a su familia dirigir su vida, y ahora... ¡Y Max dice que no soy solidaria! ¡Qué te parece!

Durante el trayecto a casa se empeñó en hablar del concierto, y de las mordaces observaciones que hubiera hecho Theresz respecto a la caterva de arribistas musicalmente ignorantes que habían acudido al concierto en su memoria. Sólo cuando la dejé en su puerta me permitió retomar la conversación sobre Carol.

—¿Que qué va a hacer? ¿No lo sabes? Se quedará en casa a cuidar a un maldito primo de esa madre morbosa que tiene. Tiene el sida y Carol cree que es su deber ocuparse de él.

Cerró con un portazo y se metió como un torbellino. Sentí los gélidos dedos de la depresión aferrarse a mis hombros. Pobre Carol. Pobre Lotty. Y pobre de mí: no me apetecía interponerme entre ellas dos. Esperé hasta que se encendieron las luces del salón de Lotty y volví a arrancar el Trans Am.

Esa noche dormí mal. La imagen de Lotty estremeciéndose en la oscuridad por su familia desaparecida me trajo a la memoria la pesadilla de la enfermedad terminal de mi madre. Me acercaba a la cama de Gabriella a través del laberinto de tubos y máscaras de oxígeno que la envolvía, y entonces veía la cara de Lotty apoyada en la almohada. Me miraba fijamente, sin comprender, y luego apartaba la vista. Yo me sentía como entre algodones, incapaz de moverme o de hablar. Cuando sonó el timbre de la puerta, obligándome a volver a la conciencia, fue un alivio despertarme.

Había estado llorando en sueños. Tenía los párpados pegados por las lágrimas y me acerqué con pasos vacilantes a la puerta mientras volvía a zumbar el timbre. Era el timbre de arriba, el de mi puerta, no el del vestíbulo. No veía lo suficientemente claro por la mirilla para enterarme de quién estaba al otro lado de la puerta.

—¿Quién es? —pregunté con voz ronca por la rendija de la puerta.

Pegué la oreja contra el marco. Lo único que pude distinguir al principio fue un torrente de palabras ininteligibles, pero al final caí en la cuenta de que se trataba del señor Contreras.

Descorrí los cerrojos y abrí un poco la puerta.

—Un momentito —gruñí—, tengo que ponerme algo encima.

—Siento despertarte, pequeña. Bueno, son ya las nueve y media, y por lo general a estas horas ya estás en pie, pero debiste llegar tarde anoche y yo, claro está, me he levantado pronto, porque he tenido que sacar a Su Alteza y...

Di un portazo y me fui dando tumbos hasta el cuarto de baño. Me recreé en la ducha. Si le hubiese ocurrido algo serio a *Peppy*, hubiera sido lo primero que habría dicho. Sin duda alguna se trataba de una pequeña urgencia: uno de los cachorros no mamaba, o ella había rechazado los huevos con jamón que le ofrecía el viejo.

Antes de bajar me hice una taza de café bien cargado y la sorbí a grandes y ardientes tragos. No es que me hiciera sentir fresca y descansada, pero al menos me permitió navegar escaleras abajo.

El señor Contreras se precipitó a abrir cuando llamé a su timbre.

—¡Ah, aquí estás! Empezaba a pensar que te habías vuelto a la cama y no quería molestarte. Imaginé que, como anoche saliste con la doctora, no sería tan larga la velada, pero debiste de encontrarte con alguien conocido.

Su incesante fisgoneo en mi vida amorosa me llevaba a veces al borde del aullido. La falta de sueño hizo que me irritara más rápido de lo habitual.

—Por una sola vez, para variar, ¿no podría concebir que mi vida privada es privada? Dígame cómo está *Peppy* y por qué ha tenido que despertarme.

Alzó las manos con gesto apaciguador.

—No hace falta que te subas a la parra, nena. Ya sé que tienes una vida privada. Por eso he esperado hasta las nueve y media. Pero quería asegurarme de poder hablar contigo antes de que salieras para todo el día, eso es todo. No te cabrees tanto.

—Está bien, no me cabreo —procuré sosegar mi voz—. Cuénteme cómo sigue Su Alteza Canina. ¿Cómo están los pequeños?

—Todos están de perlas. La princesa es una campeona, eso no hace falta que te lo diga. ¿Quieres verla? Tienes las manos limpias, ¿verdad?

—Acabo de frotarme a tope por dentro y por fuera y llevo vaqueros limpios —declaré solemnemente.

El señor Contreras me hizo entrar en su salón. *Peppy* seguía tumbada detrás del sofá, pero el viejo había limpiado su lecho, proporcionándole una nueva remesa de papel suave. Las ocho bolitas peludas se apiñaban contra sus pezones, chillando un poquito si alguno de ellos era desplazado por la avidez de otro. *Peppy* me miró y sacudió la cola para mostrarme que seguíamos siendo amigas, pero su atención estaba enteramente volcada en sus cachorros, demasiado ciegos e indefensos como para sobrevivir sin ella.

—De vez en cuando se levanta para salir, pero sólo treinta segundos y vuelve a su puesto. Vaya una campeona. ¡Vaya, vaya! —el señor Contreras se relamía de gusto—. Por supuesto, le doy regularmente de comer, exactamente como dijo el doctor, así que no vayas a preocuparte por ella.

—No me preocupo —me arrodillé despacio junto a la camada y metí lentamente la mano detrás del diván, dándole tiempo a *Peppy* de gruñir si quería que la apartase. Me observó cautelosamente mientras acariciaba a sus bebés. Estaba deseando coger uno: sus diminutos cuerpecitos cabían justo en la palma de mi mano, pero no quería alarmarla. Pareció aliviada cuando me levanté—. Entonces, ¿cuál era la urgencia? —pregunté—. ¿Su viejo amigo ha robado la plata de Clara, o algo así? —la esposa del señor Contreras había dejado al morir un par de candelabros y un salero de plata que él nunca utilizaba, pero que no se resignaba a regalar a su hija.

—No, nada de eso. Pero quiero que hables con él. Tiene algo en la cabeza que está haciendo que se comporte de forma extraña. Yo no tengo tiempo de averiguar adónde quiere ir a parar. Además, no es bueno para la princesa que esté empinando el codo junto a sus bebés, y luego se pase la noche roncando en el sofá justo encima de su cabeza. Tiene que largarse de aquí hoy mismo.

—No puedo ingresar al tipo en Alcohólicos Anónimos, amigo.

—Ni yo te lo pido. Por el amor de Dios, tardas menos en sacar una conclusión que una pulga en saltar sobre un perro.

—¿Por qué no me cuenta entonces cuál es el problema, en vez de dar tanto rodeo? Escucharle a usted es como estar oyendo el zumbido de un mosquito durante una hora, preguntándose dónde va a posarse.

—No tienes por qué utilizar ese lenguaje, reina, no tienes ninguna necesidad. Perdona que te diga, pero a veces eres un poco grosera.

Echaba chispas pero contuve una réplica acerba. A ese paso me iba a pasar todo el día allí y no tenía tanto tiempo que perder.

—¿Qué cree que puede estar preocupando al señor Kruger? —pregunté con afectación.

El señor Contreras se rascó la nuca.

—Eso es lo que no consigo saber exactamente. He pensado que tal vez podrías hablar con él, ya que eres una detective con experiencia y todo eso. Verás, él y yo trabajábamos juntos en Diamond Head, ya sabes, esa fábrica de motores que está junto al río, en Damen. Cuando nos jubilamos, elegimos el peor año para hacerlo, allá por el setenta y nueve, cuando la inflación era tan fuerte, y nuestras pensiones, que entonces parecían bastante buenas, se han quedado cortas. A mí no me fue tan mal, porque tenía casa propia, y cuando Clara murió compré este piso, pero Mitch se la gastó prácticamente en alcohol, y tampoco tiene tanta suerte como yo en las apuestas. O más exactamente, no tiene el mismo autocontrol que yo.

Se alejó hacia la cocina como si eso lo explicara todo.

—Perdón —le dije—, estoy falta de sueño y no veo la relación.

El señor Contreras se detuvo para mirarme, exasperado.

—Pues que necesita dinero, claro.

—Claro —asentí, procurando que la irritación no se transparentara en mi voz—. ¿Y qué es lo que está haciendo para conseguirlo, que tan preocupado le tiene a usted? ¿Atracando tiendas?

—Claro que no, nena. Usa la sesera. ¿Crees que iba a dejar entrar en este edificio a alguien así? —se calló unos instantes, mordiéndose los carrillos por dentro—. El problema es que no sé qué es lo que puede estar haciendo. Desde que le conozco, y de eso hace ahora *mucho* tiempo, Mitch siempre ha estado maquinando algún plan. Y ahora cree que tiene una forma de conseguir que Diamond Head le vuelva a poner en la nómina.

El señor Contreras soltó un bufido.

—¡Qué te parece! Si todavía quedara allí alguno de los tipos que conocíamos. Pero están todos jubilados, o los echaron, o lo que fuera. Y entre nosotros, no le hubieran tenido allí los últimos tres años si el personal no hubiese estado tan unido. ¿Pero hoy en día? ¿En el estado en que está, y con las calles llenas de chavales con la mitad de años buscando trabajo de mecánico? Pero no sé qué tapujos se trae, por eso he pensado en ti. A ti te gusta meter la nariz dondequiera que haya un misterio.

Algo en ese relato no me sonaba totalmente sincero. Me froté los ojos, intentando devolverle vida a mi confuso cerebro.

—¿Qué es lo que quiere saber exactamente? ¿Por qué le preocupa tanto que Kruger esté mendigando a la puerta de Diamond Head?

El señor Contreras extrajo su gigantesco pañuelo rojo y se frotó la nariz.

—Mitch y yo crecimos juntos en McKinley Park. Fuimos juntos al colegio, estábamos en la misma pandilla, nos peleamos con los mismos chavales y todo eso. Hasta firmamos nuestro contrato de aprendices el mismo día. No es que él sea gran cosa, pero es prácticamente lo único que me queda de aquella época de mi vida. No quiero que haga el imbécil delante de los jefes. Me gustaría saber en qué está metido.

Hablaba entre dientes a toda velocidad y tenía que esforzarme para oírle, como si le avergonzara admitir un sentimiento de afecto hacia Kruger. Me conmovieron tanto sus sentimientos como su torpeza.

—No le puedo prometer nada, pero al menos puedo hablar con él.

El señor Contreras se sonó la nariz con un floreo definitivo.

—Sabía que podía contar contigo, pequeña.

Había dejado a Mitch Kruger en la cocina leyendo el *Sun-Times*, pero cuando fuimos allí la puerta trasera estaba abierta y a su amigo no se le veía por ninguna parte. Un plato con huevos fritos, relucientes de grasa fría, aguardaba junto al periódico. Al parecer Kruger había comido unos bocados antes de que algo le decidiese a darse un garbeo.

—Tiene problemas, ¿verdad? —pregunté afablemente.

La boca generosa del señor Contreras se convirtió en una línea dura.

—Le he dicho cien veces que no puede largarse y dejar la puerta abierta. Éste no es precisamente un barrio residencial donde la gente que se presenta por la puerta trasera es la misma a la que se te ocurriría invitar a entrar por la principal.

Se acercó a echarle el cerrojo a la puerta y de pronto la abrió de par en par.

—Ah, estás ahí, Kruger. He ido a buscar a mi vecina, a ver si ella podía entender lo que te traes entre manos. Es detective, ya te lo he dicho. Se llama Vic Warshawski. Lo único que tenías que hacer era quedarte quieto, comerte tus huevos y esperarla. ¿Es eso mucho pedirte?

Kruger sonrió, confuso. Era evidente que había bajado hasta la esquina, al bar de Frankie, para echarse unos cuantos tragos. Por el olor parecía aguardiente de maíz, pero podía haber sido de centeno.

—Ya te he dicho que no te metas en lo que no te importa, Sal —farfulló Mitch. Necesité un tiempo para recordar que el nombre de pila de mi vecino era Salvatore—. No quiero que ningún detective meta las narices en mis asuntos. No es por ofenderla —añadió señalándome con la cabeza—, pero quien dice detectives dice pasma y quien dice pasma dice joder a los currantes.

—Si al menos no te pusieras tan beodo que te vuelves incapaz de pensar correctamente —el señor Contreras estaba preocupado—. Primero te ventilas mi *grappa*, y por si eso fuera poco tienes que ponerte ciego en cuanto te levantas por la mañana. Ella no es poli. La conoces: la ayudamos hace un par de años, sacamos a unos gamberros de la clínica de la doctora. *Acuérdate*.

Kruger sonrió con cara de felicidad.

—¡Ah!, aquélla fue una buena, es verdad. La última buena camorra que tuve. ¿Necesita otra vez ayuda, señorita? ¿Ha venido por eso?

Le observé atentamente: no estaba tan borracho como quería hacerme creer. De todas formas, si se había ventilado la *grappa* del señor Contreras y aún tenía suficientes fuerzas para salir a echarse unos cuantos tragos, es que tenía una cabeza de granito.

—Atiende, Mitch. Anoche empezaste a largar que ibas a vértelas con los jefes y que les ibas a hacer entrar en razón, aunque no me imagino de qué se trata. A mí me parece que conseguimos algunos buenos convenios, aunque tuviésemos que pelear sin parar para ganárnoslos.

Se volvió hacia mí.

—Lo siento, pequeña. Siento sacarte de la cama sólo para que veas a Kruger comportarse como un pavo esperando su ejecución el día de Acción de Gracias.

Al oír eso, Kruger se erizó.

—No soy ningún pavo, Sal. A ver si te enteras de que sé lo que me digo. Y si crees que conseguimos algunos buenos convenios, es que eres un esquirol y un pringado. ¿Qué clase de beneficios consiguen ahora los colegas? Tienen que negociar *recortes* de salarios con tal de conservar sus puestos, mientras los jefes van por ahí con coches japoneses y encima se ríen porque están haciendo todo lo que pueden para quitarles más trabajo a los americanos. Lo único que digo es que sé como acabar con esa mierda. Me quieres tacañear el trago, muy bien, pero yo te conseguiré

Martell y Courvoisier, ya no tendrás que volver a beber esa bazofia.

—No es ninguna bazofia —gruñó el señor Contreras—, eso es lo que bebía mi padre y lo que bebía mi abuelo.

Kruger me guiñó el ojo.

—Sí, y mira lo que les pasó. Los dos la han palmado, ¿no? Anda, que no hace falta molestar a esta señorita, Sal. Yo sé lo que sé y no tiene nada que investigar, o lo que pretendas que haga. Pero escucha, Vic —añadió—, si necesitas ayuda en una pelea, no tienes más que decírmelo. Hace mucho que no me divierto tanto como aquel día que Sal y yo fuimos a ayudarte a ti y a esa doctora amiga tuya.

Definitivamente, no estaba tan borracho como quería parecer si era capaz de retener mi nombre entre toda la diatriba del señor Contreras.

—No creo que me necesiten aquí —le dije a mi vecino, interrumpiendo la retahíla de todas las ocasiones en que Mitch Kruger se había equivocado. Iban desde que Kruger creyó que podía emborrachar a muerte al señor Contreras el día de su cincuenta aniversario, y el desastre que ocurrió al no conseguirlo, hasta el error de Kruger al apostar por *Betty-by-Golly* contra *Ragged Rose* en Hawthorne en 1975.

El señor Contreras volvió su enfado contra mí pero no intentó detenerme cuando crucé la puerta trasera para volver a mi cocina. Mientras preparaba otro café, pensé brevemente en Kruger. No me entusiasmaban sus groseras insinuaciones de manejos turbios en Diamond Head. Él había estado merodeando por ahí esperando algún tipo de limosna, pero le avergonzaba confesarlo. Si le habían dado la patada, seguro que su paranoia de borracho exageraba el agravio, y hablaba de una venganza que nunca se iba a materializar.

Tal vez alguien de Diamond Head estaba birlando material, o herramientas, no sería la única fábrica de Chicago donde ocurría eso. Pero si creía que iba a poder chantajearlos y sacar tajada, no era más que típico sentimentalismo de borracho. Y lo más probable es que todo eso fueran imaginaciones suyas.

Los vecinos piden sangre

Cuando terminé mis ejercicios y empecé a correr por Belmont eran ya más de las once. Las suelas de mis zapatillas de deporte estaban tan gastadas que tenía que pisar el asfalto con cuidado para no lastimarme las rodillas. Los laterales también habían cedido, y no me sujetaban bien los tobillos. Alguien que corre tanto como yo debería comprarse un nuevo par cada cuatro meses. Éste tenía ya siete meses, y quería que me durara nueve. Mi participación en los gastos de veterinario para *Peppy* había acabado con mi presupuesto de primavera para eventualidades, y sencillamente no disponía de noventa pavos para un par de Nikes nuevas.

La mayoría de la gente con la que había estudiado Derecho seguro que ya llevaba trabajando tres horas o más. Y la mayoría de ellos, como había insinuado Freeman Carter la noche anterior, no tendrían que aplazar la compra de un nuevo par de Nikes porque su estúpido vecino había soltado a la perra cuando estaba en celo.

Me detuve frente a la casa de la señora Frizell para reprender al causante de mis desgracias financieras. El labrador negro y la bola peluda estaban en la parte de atrás, gimiendo y rascando la puerta, pero al oírme vinieron corriendo hacia la verja para ladrarme. Dentro de la casa podían verse otros dos hocicos asomando por debajo de la raída persiana para unirse a los ladridos.

—¿Por qué no haces algo útil? —regañé al labrador—. Consigue un trabajo, haz algo para mantener a la familia que te has echado encima. O corre allí al lado a robarle un par de zapatillas de deporte a Todd Pichea para mí.

Pichea era el abogado que quería que la asociación de vecinos llevara a la señora Frizell ante los tribunales. Su casa había sido restaurada hasta convertirla en un impecable edificio victoriano, pintado de color cáscara de huevo y con marcos festoneados de un rojo y un verde intensos. Y el jardín, con sus arbustos de flores tempranas y su césped esquilado a medida, hacía resaltar el descuidado entresijo de malas hierbas de la señora Frizell. Era simple perversidad lo que me hacía preferir la casa de la anciana señora.

El labrador sacudió la cola dándome afablemente la razón, me ladró unas cuantas veces y regresó a la parte trasera. La bola peluda lo siguió. Me pregunté en vano dónde estaría la señora Frizell; casi esperaba verla aparecer tras los hocicos de la ventana, agitando furiosamente el puño.

Recorrí mis ocho kilómetros de ida y vuelta hasta el puerto y me olvidé de la mujer y de sus perros. Por la tarde me obligué a hacer algunos encargos de rutina para clientes habituales. Daraugh Graham, mi cliente más asiduo y el que mejor pagaba, me llamó a las cuatro y media. No estaba satisfecho con los informes de un hombre al que quería ascender. Quería información sobre Clint Moss para la tarde siguiente, lo que hizo que me rechinaran ligeramente los dientes. Además de las facturas de *Peppy* y de las zapatillas nuevas, tenía que ponerme al día con los pagos del Trans Am y de mi apartamento.

Apunté toda la información que me facilitó sobre Moss en un formulario y marqué la carpeta con un rotulador fosforescente rojo oscuro, para que por la mañana me saltara a la vista desde la mesa. Era todo lo que podía hacer por ese día. Cuando pasaba a máquina las facturas de los dos últimos trabajos que había terminado volvió a sonar el teléfono. Estuve tentada de dejarlo sonar, pero la aguda conciencia de mi situación financiera me impulsó a contestar. Era Carol Alvarado. Me arrepentí de haber descolgado.

—Vic, ¿puedo ir a verte esta noche? Necesito hablar contigo.

Me volvieron a rechinar los dientes, esta vez de forma más audible. No quería tomar partido en su disputa con Lotty: era la manera más fácil de perder la amistad de ambas para siempre. Pero Carol insistió, y no pude evitar pensar en todas las veces que ella me había apoyado cuando Lotty amenazaba con hacerme trizas cada vez que me presentaba, yo sola o con un cliente, para que nos remendara tras una refriega. Tuve que acceder, y de la forma más amable que pude.

Carol llegó a las ocho con una botella de Barolo. Sin su uniforme de enfermera y con vaqueros parecía menuda y joven, casi frágil. Abrí la botella y serví un par de vasos.

—¡Por las viejas amistades! —brindé.

—¡Y por las buenas amigas! —respondió.

Charlamos informalmente durante unos minutos antes de que abordase el tema que le interesaba.

—¿Te ha contado Lotty lo que he decidido hacer?

—¿Lo de quedarte en casa a cuidar al primo de tu madre?

—Eso es sólo una parte de la historia. Guillermo ha estado muy enfermo: pulmonía, complicaciones, y en el hospital del condado, donde no tienen precisamente los recursos para atenderle las veinticuatro horas. Por eso mamá quiere traerlo a casa, y desde luego la ayudaré a atenderle. Con unos buenos cuidados, con la atención adecuada, tal vez podamos ponerle en pie, al menos durante un tiempo. Lotty cree que la abandono y que me voy a sacrificar...

Se le quebró la voz. Frotó el borde de su vaso. Era de vidrio basto y grueso, comprado en Woolworth, y no produjo el agudo chirrido que produciría el cristal.

—¿No preferirías tomarte una baja, en lugar de despedirte?

—La verdad, Vic, es que estoy harta de esa clínica. He estado yendo día tras día durante ocho años y necesito un cambio.

—¿Y quedarte en casa a cuidar a Guillermo es el descanso que necesitas?

Se ruborizó un poco.

—¿No puedes decir lo que piensas sin sarcasmo? Ya sé que Lotty y tú pensáis que a mis treinta y cuatro años debería separarme de mi madre e independizarme. Pero mi familia no es un estorbo para mí como lo sería para ti o para Lotty. Y además, ¿no estuviste tú a punto de ser asesinada por cuidar de tu tía Elena el año pasado?

—Sí, pero desde luego odiaba tener que hacerlo —jugueteé con un hilo suelto del sillón. Otra cosa que podía haber hecho si me hubiese colocado en un bufete de abogados de altos vuelos: comprar muebles de oficina nuevos—. A los quince años, ayudé a cuidar a mi madre, que estaba muriéndose de cáncer. Y a mi padre, que murió de enfisema diez años después. Lo volvería a hacer si fuese necesario, pero no podría dedicar ese tipo de atención a alguien que no fuese tan importante para mí.

—Por eso eres detective, Vic, y no enfermera —alzó la mano cuando quise contestar—. No me estoy sacrificando, créeme. Estoy quemada con esa clínica. Necesito un cambio. Eso es lo que Lotty no quiere entender: ella da tanto de sí misma, pone tanta energía en sus pacientes, que no entiende por qué no han de hacerlo los demás. Pero quedándome en casa, enfrentándome con un solo problema médico, me quedará tiempo para pensar, para decidir lo que quiero hacer después.

—¿Y quieres que yo le venda eso a Lotty?

No podía reprocharle a Carol que quisiera dejar la clínica, yo había terminado muy quemada en la oficina del defensor público al cabo de cinco años, y el trabajo de Carol era mucho más intenso de lo que pudo ser el mío. Pero, evidentemente, Lotty se sentía traicionada. Ella no tenía familia de la que hablar —un hermano en Montreal y el hermano de su padre, Stefan, fueron los únicos familiares que sobrevivieron a la Segunda Guerra Mundial—, por eso no podía entender lo que exige una familia. ¿O quizá guardaba algún secreto resentimiento contra los que tenían la suerte de poseer una familia a la que atender?

Sonó el timbre de la puerta antes de que pudiese apartar esa idea tan poco alentadora. Por la mirilla divisé la cara del señor Contreras. Abrí la puerta, sintiendo que me empezaba a hervir la sangre.

—Lo siento, pequeña, ya sé que no te gusta que te molesten cuando tienes compañía, pero...

—Tiene razón. No me gusta. Y me es imposible recordar ya cuándo fue la última vez que no subió resoplando a los diez minutos de que llegara mi visita para husmear quién era. Mire. Carol Alvarado. Como ve, no es un hombre. Así que vuelva abajo y déme un respiro, ¿vale?

Se puso en jarras, algo violento.

—Últimamente te estás pasando de la raya, Vic. Lo digo en serio, te has pasado de la raya hablándome así. Si te dejara sola, como andas siempre pregonando que quieres estar, ahora estarías muerta. A lo mejor es lo que quieres, que te deje sola para que alguien te ahogue en un pantano o te atraviese con una bala.

Sí, de acuerdo, me había salvado la vida una vez, y eso significaba que pretendía haber adquirido un derecho de propiedad sobre mí. Aunque, viendo su mirada furiosa, no pude decirle nada que le hiriese de esa forma. No podía resignarme a pedirle disculpas, pero le pregunté suavizando la voz qué era lo que le había traído al tercer piso.

Siguió unos segundos con el ceño fruncido, pero luego decidió olvidarlo.

—Es el abogado ese de esta calle, el tal Pichea. Está abajo intentando alborotar a la gente, y, por supuesto, Vinnie Buttone está deseando firmar lo que sea. Estaba seguro de que te gustaría saberlo.

—¿Alborotando a la gente para qué?

—Para que el municipio se lleve los perros de la vieja. Dice que han estado armando escándalo durante veinticuatro horas y que nadie contesta al timbre.

Recordé que me había extrañado que nadie saliera a la ventana esa mañana.

—¿Y no le preocupa al chico la señora Frizell?

—¿Crees que le ha sucedido algo? —sus ojos se abrieron de par en par en su rostro curtido.

—Yo no creo nada. Tal vez no conteste al timbre porque sabe que es Pichea y que es un chinche. También puede ser que esté inconsciente en su cuarto de baño. Creo que antes de llamar al municipio para que se lleven sus perros deberíamos averiguar dónde está y qué tiene ella que decir.

Siguió mis pasos cuando volví al salón a contarle la situación a Carol.

—Voy a ir a ver si tiene algún problema. Ya sé que acabo de sermonearte sobre eso de socorrer a la gente, pero me gustaría que estuviera presente alguien de la profesión médica, por si hubiese tenido un ataque o algo así.

Carol esbozó una sonrisa burlona.

—¿Piensas forzar la puerta para sacar a una extraña, V. I.? Entonces creo que iré contigo y le haré el boca a boca si lo necesita.

La policía había confiscado mis ganzúas profesionales unos años atrás, pero durante el invierno me había conseguido unas nuevas —a un precio, claro está, de «último grito de la tecnología»— en una conferencia sobre seguridad en O'Hare. Esa noche podía ser mi oportunidad para estrenarlas. No es que sintiese una excitación desbordante: el placer de doble filo que causa el cazar y el ser cazada parece disminuir con la edad. Me eché las ganzúas a un bolsillo de la cazadora y bajé con el señor Contreras y Carol.

—¡Hola, Todd, Vinnie! Qué, ¿excitando a la gente para el linchamiento?

Ambos se parecían lo suficiente como para poder ser hermanos: blancos, en la treintena, con el pelo bien cortado y secado con secador, y rostros cuadrados, convencionalmente apuestos, y ahora justificadamente encendidos por la irritación. Mi vecino y yo habíamos disfrutado, por así decirlo, de cierto acercamiento cuando tuvo una relación con un diseñador que me caía bien. Pero cuando Rick le dejó, Vinnie y yo volvimos a una hostilidad más espontánea. Hasta la fecha, no había encontrado nada que pudiese acercarme a Todd Pichea, ni siquiera por una tarde.

En torno a Pichea había un par de mujeres que reconocí vagamente por ser de la manzana. Una era una rubia rolliza, cincuentona o sesentona, vestida con un elástico pantalón negro que revelaba los estragos del tiempo. La segunda formaba con la primera la pareja ideal para el anuncio «Antes y después en la avenida Racine». Sus ajustadas mallas ceñían un cuerpo moldeado a la perfección en un gimnasio. Sus pendientes de diamantes resaltaban las baratijas de falsas perlas de la más vieja, y el ceño de impaciencia que alteraba su cutis perfecto contrastaba fuertemente con la expresión de franca preocupación de la otra.

El ceño de Pichea se acentuó al oírme.

—Escucha, Warshawski, ya sé que te importa un comino el valor de tu propiedad, pero deberías respetar los derechos de los demás.

—Pero si es lo que hago. Hace mucho que no estudio Derecho Constitucional, pero ¿no existe al menos una cláusula en la Cuarta Enmienda que contempla el derecho de la señora Frizell a estar segura en su propia casa?

Pichea apretó los labios hasta que formaron una delgada línea.

—En la medida en que no constituya un peligro público. No sé por qué sientes tanta debilidad por la vieja, pero si vivieras enfrente de ella y esos malditos perros te impidieran dormir, cambiarías rápidamente de tono.

—Oh, no sé. Si supiera que tú estás en su lugar, probablemente consentiría en tolerar los ladridos. Trabajas para una empresa gorda del centro, tienes un montón de contactos en los tribunales, y quieres utilizar todo tu poder para aplastar a una anciana indefensa. Sabes que ella lleva viviendo aquí mucho tiempo, cuarenta o cincuenta años, y no ha intentado impedir que vengas a desbaratar la calle. ¿Por qué no aplicas un poquito de reciprocidad?

—Exactamente —irrumpió la mayor de las mujeres con tono angustiado—. Hattie... Harriet..., bueno, la señora Frizell, nunca ha sido una vecina fácil, pero no se mete con nadie si no se meten con ella. Sin embargo, estoy algo preocupada, no la he visto desde ayer por la mañana; por eso, cuando he visto a este señor llamando a su puerta, he salido a ver cuál era el problema...

—¿Desbaratar la calle? ¿Desbaratar la calle? —chilló estridentemente la mujer de las mallas—. Todd y yo hemos regenerado este nido de ratas. Nos hemos gastado cien mil pavos en arreglar esta casa y este jardín, y si no fuera por nosotros estaría igual que la casa de ella.

—Ya, pero estáis destruyendo su paz, tratando de echarla de su casa, de hacer sacrificar a sus perros y todo lo demás.

Antes de que la discusión se exacerbara más, Carol me puso una mano sobre el hombro.

—Vamos a ver si la anciana está en su casa y si está despierta, Vic. Después decidiremos quién ha perjudicado más al barrio.

La mayor de las dos mujeres le sonrió agradecida.

—Sí, yo estoy bastante preocupada. Lo malo es que puede ser bastante grosera si se la molesta, pero si vamos todos juntos...

Nuestra comitiva se acercó lentamente a la entrada de la casa.

—El que avisa no es traidor —dijo Pichea a Vinnie—. La próxima vez que esos perros estén fuera ladrando después de las diez irá a dar con sus huesos ante los tribunales.

—Y con eso te sentirás un verdadero macho, supongo —le espeté por encima del hombro.

Pichea soltó una risotada despreciativa.

—Ya entiendo por qué te inquieta tanto: temes acabar sola y chiflada a los ochenta y cinco años, sin otra compañía que un hatajo de perros pulgosos.

—Bueno, Pichea, si tú eres una muestra de la oferta existente, prefiero estar sola de aquí a mis ochenta y cinco años.

Carol me asió del brazo y me empujó hacia adelante.

Vamos, Vic. No me importa que me mezcles en tus asuntos, pero no me obligues a escuchar estas sandeces. Si me interesara, no tendría más que asomarme a mi puerta trasera y oírlo por el callejón.

Me abochornó lo suficiente como para ignorar el siguiente comentario de Pichea —un jactancioso cuchicheo a su mujer de que necesitaba un buen polvo—, pero no me arrepentí de haber salido en defensa de la señora Frizell. En realidad, me hubiese gustado sacudirle un buen puñetazo en el esternón.

Tan pronto como Pichea y yo dejamos de reñir, oímos a los perros. El labrador poblaba la noche con sus profundos ladridos; la bola peluda respondía con una estridente antífona, y los tres de dentro ponían un pequeño acompañamiento al que hacían eco los demás perros de la calle. A nuestras espaldas, incluso *Peppy* interrumpió su lactancia con algún que otro ladrido. Bueno, puede que la señora Frizell no fuese la vecina más maravillosa del mundo, pero ¿por qué los Pichea no se habían quedado en Lincoln Park, donde les correspondía?

Cuando abrimos la puerta de la verja de la señora Frizell, el labrador acudió corriendo y saltó sobre mí. Le cogí las patas delanteras antes de que me hiciese perder el equilibrio.

—Calma, chico, calma. Sólo queremos ver si tu ama está bien.

Le solté las patas y subí los pequeños escalones hasta la puerta de entrada. Me golpeé la espinilla con una vieja silla metálica y solté un taco entre dientes. Afortunadamente, el señor Contreras se había acordado de traer una linterna. Me alumbró la puerta mientras yo forcejeaba con la cerradura.

—Esos estúpidos les tienen miedo a los perros. Y tienen miedo de que les pillen forzando la puerta y entrando contigo. Ese abogado es de esa clase de lameculos con los que hay que llevar cuidado: no es capaz de hacer su propio trabajo sucio, ése coge el teléfono y contrata a alguien para que lo haga por él.

—Sí —gruñí—. No mueva la linterna, ¿vale?

Ese cerrojo no se me hubiera resistido más de treinta segundos, pero el labrador no dejaba de enredarse en mis piernas, hasta que Carol consiguió agarrarlo por el pescuezo y sujetarlo. Después sólo tuve que batallar para que el señor Contreras no moviese la luz al recalcar su desprecio hacia Todd y Vinnie. Pasaron unos buenos cinco minutos hasta que por fin oí ceder el sencillo pestillo.

Tan pronto como abrí, los demás perros, que habían estado ladrando y arañando la puerta por dentro, se precipitaron sobre nosotros. Detrás de mí oí un agudo chillido de uno de los tipos, y luego el gañido de un perro.

—Pero ¡habráse visto! —no pude discernir si el furioso chillido pertenecía a Todd o a Vinnie—. El asqueroso bastardo me ha mordido.

—Que el autor dé un paso al frente para recibir una galleta y una medalla —dije en voz baja.

El hedor de la casa era tan fuerte que lo único que deseé fue entrar y salir lo más rápido posible. Le arrebaté la linterna al señor Contreras y enfoqué a mi alrededor, esperando encontrar un interruptor. Los perros que estaban dentro habían hecho sus necesidades junto a la puerta, y no quería pisar esa porquería. No encontré ningún interruptor, así que calculé lo más exactamente posible las dimensiones del charco de orina y di un gran brinco por encima.

—¡Señora Frizell! ¡Señora Frizell! ¿Está usted en casa?

Su vecina, que se había quedado inmóvil en la entrada mientras yo manipulaba la cerradura, entró con Carol, chasqueando la lengua y emitiendo guturales sonidos de preocupación. Los perros pasaron corriendo junto a nosotras, salpicándonos las piernas de orina.

—¿Señora Frizell? Soy yo, la señora Hellstrom. Sólo queremos saber si se encuentra bien.

La señora Hellstrom encontró una lámpara al otro lado de la puerta del cuarto de estar. A su tenue luz vi por fin el interruptor del vestíbulo. Hacía mucho tiempo que la señora Frizell no sentía ya ningún impulso por limpiar nada. El polvo se había acumulado, formando una espesa capa de mugre; nuestros zapatos mojados la convirtieron en fango. Pero, pese al hedor y al caos, era evidente que el único sitio donde los perros habían hecho sus necesidades era junto a la puerta. Su ama les atendía aunque no cuidase de sí misma.

Seguí al labrador al piso de arriba, recorriendo con la linterna el raído tapiz, tosiendo y estornudando por el polvo que levantaba con los pies. El perro me condujo al cuarto de baño. La señora Frizell estaba tendida en el suelo, desnuda, cubierta apenas por una toalla atada al costado.

Pulsé el interruptor pero la bombilla estaba fundida. Llamé a Carol informándola de mi hallazgo y me arrodillé para tomarle el pulso a la señora Frizell.

El labrador, lamiéndole enérgicamente la cara, me gruñó pero no hizo ademán de morderme. Justo cuando Carol y la señora Hellstrom se acercaban a mí, sentí un leve latido.

—*Bruce* —oí que decía débilmente la señora Frizell mientras me levantaba—. *Bruce*, no me dejes.

—No, querida —intervino la señora Hellstrom—. No te va a dejar. Pronto te vas a poner bien, sólo has tenido una mala caída.

—¿Puedes conseguirme otra luz mejor, Vic? —dijo vivamente Carol—. Y llama al 911. Va a tener que ir al hospital.

Me abrí paso entre los perros apiñados en la puerta y encontré el dormitorio de la anciana. Al entrar tropecé y me caí sobre un montón de mantas apiñadas en el suelo. Supuse que eran para los perros, aunque no sé por qué me había imaginado que dormirían con ella en la cama. Desenrosqué la bombilla de veinte vatios de la lámpara sin pantalla que había junto a la cama y la llevé al cuarto de baño.

—Mantas, Vic, y llama a esa ambulancia —dijo apresuradamente Carol sin levantar la vista.

—¡Señora Hellstrom! ¿Puede traer unas mantas mientras busco el teléfono?

La señora Hellstrom se alegró de poder ser útil, pero volvió a gruñir de consternación cuando vio las mantas.

—Éstas están demasiado sucias, tal vez debería ir a casa a por algo limpio.

—Creo que lo único importante es mantenerla caliente. No puede ensuciarse mucho más de lo que ya está, tirada como lleva todo el día en el suelo.

Abajo encontré al señor Contreras tratando de limpiar lo más gordo de la suciedad junto a la puerta.

—¿La has encontrado, pequeña? ¿Está viva?

Le hice un pequeño informe mientras miraba alrededor buscando un teléfono. Finalmente encontré un modelo antiguo, negro, sepultado bajo una pila de periódicos, en el cuarto de estar. El disco estaba duro, pero aún tenía línea. Así que por lo visto aún no había perdido tanto el contacto con la realidad como para no pagar sus facturas.

Llamé a urgencias y expliqué el problema, luego fui a la cocina a buscar algo que me sirviera para limpiar. Era importante que Todd Pichea y Vinnie no supieran que los perros habían estado defecando en la casa. Aunque cualquiera que entendiera un poquito de qué iba sabría que tenían que haberlo hecho. Ni los perros mejor educados pueden aguantarse veinticuatro horas.

Cogí el recipiente de agua de los perros y una botella de limpiador tan vieja que el líquido se había solidificado. Saqué el detergente con una cuchara, lo mezclé con agua, y empecé a frotar con unos trapos de cocina que encontré en el fondo de un armario. La cocina estaba tan horrible como el vestíbulo, así que vacié el recipiente de comida de los perros y volví a echar jabón para el señor Contreras. Cuando llegaron los camilleros, escoltados por un par de municipales, ya habíamos limpiado lo más gordo del desastre. Los camilleros fruncieron la nariz ante las nubes de polvo mientras subían las escaleras, pero por lo menos no podrían informar al municipio de que habían visto cagadas de perro.

—¿Es usted su hija? —preguntó uno de los polis mientras los camilleros bajaban a la señora Frizell.

—No, somos todos vecinos —respondí—. Nos preocupamos porque no la habíamos visto en varios días.

—¿Tiene hijos?

—Sólo un hijo. Vive en San Francisco, pero viene a verla de vez en cuando. Creció aquí, pero no lo conozco muy bien; nunca puedo recordar su nombre de pila —intervino la señora Hellstrom.

Uno de los sanitarios se inclinó sobre la camilla.

—¿Puedes decirnos el nombre de tu hijo, cielo? ¿O su número de teléfono?

Los ojos de la señora Frizell estaban abiertos, pero desenfocados.

—*Bruce*. No dejen que se lleven a *Bruce*.

La señora Hellstrom se arrodilló pesadamente junto a ella.

—Yo cuidaré de *Bruce* por ti, cielo, pero ¿cuál es el número de tu hijo?

—*Bruce* —repitió roncamente la anciana—. *Bruce*.

Los sanitarios la levantaron y la sacaron por la puerta. Pude ver a Vinnie y a los Pichea esperando aún junto a la verja.

—¿*Bruce* no es su hijo? —pregunté.

—No, querida —dijo la señora Hellstrom—. Es el perro grande, el negro.

—¿Puede usted hacerse cargo de los perros mientras ella está en el hospital? ¿O al menos hasta que podamos localizar a su hijo?

La señora Hellstrom puso cara de disgusto.

—No es que me apetezca hacerlo. Pero supongo que podré darles de comer y sacarlos mientras estén aquí.

Los policías se quedaron un poco más, preguntando cómo habíamos descubierto a la señora Frizell, qué relación teníamos con ella, y esas cosas. No hicieron caso de los chillidos indignados de Todd acusándome de haber forzado la puerta.

—Por lo menos ha encontrado a la anciana, hijo. ¿Crees que era mejor dejar que se muriera? —dijo uno de los agentes, que parecía estar a punto de jubilarse.

Cuando se enteraron de que Carol era enfermera, la llevaron aparte para hacerle otra serie de preguntas más detalladas.

—¿Sabes qué es lo que tiene? —le pregunté a Carol cuando por fin se fueron los policías.

—Creo que se ha roto algo, probablemente la cadera, al salir de la bañera. Está tremendamente deshidratada, por eso se le va un poco la cabeza. No he podido determinar con exactitud en qué momento se cayó. Puede que haya estado tirada ahí un par de días. Menos mal que hemos venido, Vic; creo que no hubiera pasado de la noche.

—Así que ha estado bien que decidiera intervenir —declaró Todd.

—¿Intervenir? —se indignó el señor Contreras—. ¿Intervenir? ¿Quién la ha encontrado? ¿Quién ha avisado a la ambulancia? Usted no ha hecho más que quedarse fuera para no pringarse la punta del ala.

Ese comentario no era acertado: Pichea llevaba mocasines.

—Escuche, vejete —empezó a decir, inclinándose sobre el señor Contreras.

—No intentes discutir con ellos, Todd. Esa gente no es capaz de entenderte —la señora Pichea enganchó su brazo al de su marido y echó un vistazo al vestíbulo, frunciendo la nariz con desprecio.

La señora Hellstrom me tocó el brazo.

—¿Va a intentar encontrar a su hijo, querida? Porque yo me tengo que ir a casa. Quiero cambiarme de ropa.

—¡Ah!, ¿hay un hijo? —dijo Pichea—. Quizá sea hora de que venga a casa y se haga cargo de su madre.

—Y quizá ella quiera vivir su propia vida —estallé—. ¿Por qué no te vas a dormir ya, Pichea? Ya has hecho tu buena acción del día.

—De eso nada. Quiero hablar con el hijo, y hacerle entender que su madre está saliéndose de sus cabales.

Los perros, que habían estado ladrándole a la ambulancia, entraron gruñendo en la casa y se abalanzaron sobre nosotros. Pichea adelantó uno de sus mocasines para patear a la bola peluda. Al alejarse el perrito con un gañido, golpeé a Pichea en la espinilla.

—Ésta no es tu casa, grandullón. Si le tienes miedo a los perros, quédate en la tuya.

Su hermética cara cuadrada se encendió de ira.

—Podría hacerte encerrar por agresión, Warshawski.

—Podrías, pero no lo harás. Eres demasiado gallina para enfrentarte a alguien de tu talla —pasé con determinación delante de él e inicié la desalentadora búsqueda de algún papel con el nombre del hijo de la señora Frizell. Sólo necesité media hora para darme cuenta de que podía llamar a información de San Francisco. ¿Cuántos Frizell podía haber? Resultó que seis, con dos ortografías diferentes. El cuarto con el que hablé, Byron, era su hijo. Decir que fue tibia sería sobrevalorar su reacción a las noticias sobre su madre.

—¿La han llevado al hospital? Bien, bien. Gracias por molestarse en llamar.

—¿Quiere saber a qué hospital?

—¿Qué? Sí, estaría bien. Escuche, ahora mismo estoy ocupado. ¿Sharansky, dice que se llama? ¿Qué tal si la llamo por la mañana?

—Warshawski —empecé a deletrearlo, pero había cortado la comunicación.

Todd seguía allí, esperando, hasta que Byron colgó.

—¿Qué ha dicho que va a hacer?

—No piensa salir en el primer avión. La señora Hellstrom cuidará de los perros. Los demás deberíamos volver a casa y dejarlo por ahora.

Al igual que la señora Hellstrom, estaba deseando cambiarme de ropa. Carol se había ido mientras yo hablaba con el segundo Frizell. El señor Contreras andaba en la cocina, poniéndoles comida fresca y agua a los perros. Estaba impaciente por volver con *Peppy*, pero era demasiado caballeroso como para dejarme sola allí.

—¿Crees que estarán bien, pequeña?

—Creo que estarán estupendamente —respondí con firmeza. Ni muerta me iba a endilgar a mí cinco perros más que cuidar.

Mientras cerraba la casa los oímos gemir y arañar la puerta desde el otro lado.

Fichando a un nuevo cliente

A la mañana siguiente, antes de ir a trabajar, me pasé dos horas limpiando y abrillantando mi apartamento. La observación de Pichea la noche anterior me había herido en lo más vivo. No lo de encontrarme sola a los ochenta y cinco años —podía imaginarme destinos peores—, sino lo de verme en la situación de la señora Frizell: mis pilas de periódicos y de pelusas desmoronándose entre asfixiantes nubes de polvo, y tan irascible que los vecinos no querrían ni acercarse aun cuando pensaran que podía estar enferma.

Hice un fardo con los periódicos de un mes, lo até con un cordel y lo dejé junto a la puerta para llevarlo a reciclar. Lustré el piano y la mesita de centro hasta el punto de que podrían incluso responder a las estrictas normas de Gabriella, fregué los platos apilados en el fregadero y en la mesa de la cocina, y tiré toda la comida del frigorífico echada a perder. Eso me dejaba a elegir para la cena entre mantequilla de cacahuete y una lata de minestrone, aunque tal vez pudiera sacar una horita para pasar por la tienda al volver a casa.

Pasé de correr y cogí el tren aéreo hacia el centro. El trabajo que había planeado para ese día me tendría ocupada en recorrer diferentes oficinas estatales diseminadas por el Loop; el coche no sería más que un estorbo. A eso de las cuatro pude llamar a Daraugh Graham para informarle sobre Clint Moss. Estaba verdaderamente ansioso por recibir información: su secretaria tenía instrucciones de interrumpir la reunión en que estaba para que hablara con él.

Cuando Daraugh se enteró de que Moss había inventado su asistencia a clases de licenciatura de Administración de Empresas en la Universidad de Chicago, me pidió que fuese a Pittsburgh para asegurarme de que no había fabricado su anterior curriculum. No me apetecía nada, pero las letras del Trans Am implicaban que tenía que tener contentos a mis clientes. Acepté coger un avión a la mañana siguiente temprano, no a las siete, como me ordenó Daraugh, sino a las ocho, lo que significaba levantarme a las seis y me pareció ya bastante sacrificio.

Al volver a casa pasé por la de la señora Hellstrom para ver cómo se las arreglaba con los perros de la señora Frizell. Parecía un poco aturullada; estaba intentando hacer la cena para sus nietos y no sabía cómo apañárselas para cuidar de los perros al mismo tiempo.

—Mañana tengo que salir de viaje, pero cuando vuelva el viernes le echaré una mano —me oí decirle—. Si usted los cuida por la mañana, yo les daré de comer y los pasearé por la tarde.

—¿De veras? Sería un gran alivio. La señora Frizell es tan especial que uno se imagina que debe estar preocupada por sus cosas, pero podríamos robar todo lo que tiene en la casa —y no es que haya algo allí dentro que me guste, no vaya a creer— y ella no lo notaría. Ahora bien, si no alimentásemos a sus queridos perritos, sería capaz de llevarnos a juicio. Y no sabe el trabajo que dan.

Me dio las llaves que habíamos encontrado tiradas en el cuarto de estar la noche anterior, convencida de que había decidido empezar inmediatamente mi turno de tarde.

—Déjeme simplemente las llaves en el buzón cuando termine. Yo haré copias mientras usted está fuera y se las pondré en su buzón. No, quizá podría dárselas a ese señor tan amable que vive debajo de usted. Parece de confianza, y no me gusta nada dejar las llaves de otra persona rodando por ahí.

Le pregunté si sabía en qué hospital estaba la señora Frizell.

—Se la han llevado al hospital del condado de Cook, querida, por eso de que no tiene ningún seguro. Ni siquiera estaba afiliada a ninguna mutua. Eso da que pensar, ¿no cree? Yo no sé lo que haremos cuando mi marido se jubile. Él pensaba hacerlo el año que viene. Tendrá cincuenta y cinco años, y a estas alturas uno ya ha hecho bastante, pero cuando una piensa en lo que les pasa a los ancianos... En fin, intentaré acercarme a verla mañana. Quién iba a pensar que ese hijo que tiene... Aunque, claro, crecer en esa casa no debió de ser muy divertido. No veía la hora de marcharse, y, conociéndola, no es de extrañar. Su padre tampoco lo pudo soportar: se largó un mes antes de que él naciera.

Le cogí las llaves antes de que empezara a explayarse sobre las excentricidades que llevaron al señor Frizell y a su hijo a abandonar a Harriet Frizell. Quizá no hubiera sido tan suspicaz y retraída si su marido hubiese estado allí. O quizá sí.

Los perros me recibieron con una mezcla de desconfianza y júbilo. Se abalanzaron sobre mí cuando abrí la puerta, y luego retrocedieron hacia la cocina, gruñendo y haciendo fintas amenazantes. Como el labrador era el cabecilla, concentré mi atención en él y me agaché para que pudiera olfatear mi mano y recordase que ya me había visto antes.

—Y yo con medias y escarpines. Estoy loca —les confesé a mis acompañantes—. Ofrecerme de buenas a primeras para ocuparme de vosotros, y luego hacerlo con mi ropa de trabajo.

Agitaron la cola en señal de asentimiento. Pensé en ir a casa a ponerme los vaqueros y mis Nikes viejas, pero no me apetecía tener que volver a esa leonera por la noche. El sol de la tarde resaltaba en la pared unas manchas que no eran visibles a la tenue luz del vestíbulo la noche anterior. Por el aspecto y el olor, había estado filtrándose agua desde el tejado. El sol también hacía resaltar la mugre que cubría los suelos y demás superficies.

Le puse la correa al labrador y llevé al quinteto por Racine hacia Belmont. Forcejeó con el collar, pero le mantuve firmemente sujeto: no quería pasarme la noche corriendo detrás de él por todo el barrio. Los demás no necesitaban ir atados: seguían los pasos de su cabecilla.

Cuando *Peppy* está en su estado normal corremos ocho kilómetros hasta el puerto. Pero no tenía ganas de invertir tanta energía en el equipo de la señora Frizell; les di una vuelta por la manzana, me cercioré de que tenían agua y comida, y los encerré en la casa. Aullaron tristemente cuando me fui. Me sentía un poco culpable, pero no quería cargar con ellos después de ese fin de semana. Cuando volviera de Pittsburgh vería en qué estado se encontraba la señora Frizell e intentaría conseguir a alguien que se ocupara de ellos hasta que volviera a estar bien. Llamaría a su entusiasta hijo, Byron, para saber qué cantidad pensaba destinar a su cuidado, y si podríamos conseguir algo de dinero para contratar a alguien que paseara a los perros.

Una vez en casa, me sumergí agradecida en mi pulcra bañera. Me pregunté si el terrible ejemplo de la señora Frizell me haría cambiar de costumbres.

—No —dijo Lotty, cuando más tarde la hice partícipe de esa idea por teléfono—. Tal vez durante una semana consigas tenerlo todo inmaculado, pero luego la porquería empezará otra vez a acumularse... Carol dice que fue a verte la noche pasada para discutir sus planes contigo. ¿Vas a ponerte de parte de Max y empezar a murmurar contra mí?

—No-o-o —dije lentamente—, pero tampoco voy a intentar discutir con ella. Tal vez tú y yo seamos demasiado alérgicas a los lazos familiares, esos lazos que ahogan y amordazan, para ver las cosas positivas que consigue con..., bueno, con atarse a sus familiares.

—¿Por qué no te concentras en atrapar criminales, Vic, y dejas las motivaciones profundas para los psiquiatras? —me espetó Lotty.

Colgamos tras esa nota quebradiza. Eso me llevó a Pittsburgh en un bajo estado de ánimo, pero dediqué concienzudamente dos días a Daraugh. Ese Moss suyo había nacido y crecido en uno de los barrios más elegantes de Pittsburgh. Su vida había seguido las etapas habituales de la liga juvenil, el campamento de verano, deportes en el instituto, drogas, detenciones, novillos en la escuela superior, y finalmente un trabajo estable en una compañía química. El que hubiese sido chico de almacén en lugar de jefe de sección no tenía por qué avergonzarle: había trabajado duro durante cinco años y su jefe había lamentado que se fuera.

Escribí mi informe para Daraugh en el avión de vuelta a casa. Lo único que tenía que hacer era dedicar una hora por la mañana a pasarlo a máquina y 1.600 dólares serían míos. Desde el aeropuerto me fui a bailar al Cotton Club para celebrar mi regreso sana y salva, mis virtuosos hábitos de trabajo y mis honorarios.

El viernes me tomé mi tiempo para levantarme, correr un poco hasta el puerto de Belmont y pararme a la vuelta en el restaurante Dortmunder para desayunar. A eso de las once recogí mi informe para llevármelo a mecanografiar a mi oficina del Pulteney. Al bajar me detuve a decirle al señor Contreras que estaba en casa.

Estaba fuera, en el jardín de atrás, cuidando sus dos metros cuadrados de terreno. Había sembrado la semana anterior y estaba quitando ansiosamente las microscópicas malas hierbas.

—Hola, pequeña. ¿Quieres ver a la princesa? No te imaginas lo que han crecido los cachorros desde que te fuiste. Espera un momento. Voy a abrirte. Hay algo de lo que quiero hablarte antes de que te vayas.

Se limpió las callosas manos en un gigantesco pañuelo estampado y recogió su rastrillo y su trasplantador. Después de perder todos sus útiles de jardinería el verano anterior, no soltaba los nuevos ni para una pausa de cinco minutos.

Mientras guardaba sus herramientas en el sótano se interesó por mi viaje, pero cuando me preguntó por tercera vez cuánto duraba el vuelo, me convencí de que tenía otra cosa en la cabeza. Su exquisito concepto de la etiqueta le impedía abordar sus propias preocupaciones hasta que terminase de acariciar a la perra y admirar a sus retoños. Esta vez no se opuso a que los cogiera y acariciara, pero los limpió uno por uno cuidadosamente cuando los volví a dejar junto a ella.

El señor Contreras nos miraba celoso mientras me contaba con todo pormenor el comportamiento de *Peppy* durante mi ausencia: lo mucho que había comido, que no le importaba que él los cogiera, y si no me parecía que podríamos quedarnos con uno o dos: el macho con una oreja negra y la otra dorada parecía tenerle un afecto especial.

—Lo que usted diga, jefe —me enderecé y recogí mis papeles del brazo del sofá—. Con tal de que no me toque sacarlos cuando sean grandes, no me importa. ¿Era de eso de lo que quería hablar?

—Oh —se interrumpió en medio de sus protestas de que podía perfectamente arreglárselas con tres perros, y además, ¿quién había paseado a *Peppy* mientras yo perdía el tiempo en Pittsburgh?— ...No, no. Es algo personal —se sentó en el borde de un viejo sillón color mostaza y se miró las manos—. Creo, pequeña, que no me vendría mal una ayuda. Me refiero a tu tipo de especialidad.

Al llegar a ese punto alzó la vista y levantó una mano para acallarme pese a que no había hecho ademán de hablar.

—No quiero que lo hagas por caridad. Estoy dispuesto a pagar lo mismo que esos estirados de los barrios ricos, así que no creas que voy a pedirte ningún favor.

—Ah, ¿y para qué necesita mi especialidad?

Inspiró profundamente y soltó de golpe toda su historia. Mitch Kruger había desaparecido. El señor Contreras lo había echado el lunes, exasperado por sus borracheras y su gandulería. Y luego a mi vecino empezó a remorderle la conciencia. El miércoles se había acercado a la pensión de la calle Archer donde Kruger había encontrado un sitio para dormir.

—Sólo que no estaba allí.

—¿No cree que podía estar fuera, empinando el codo?

—Sí, claro, eso imaginé yo también. Al principio no lo pensé dos veces. De hecho, ya me volvía y me dirigía derecho a la parada del autobús, cuando la señora Polter, la dueña de la casa, ya sabes, una auténtica casa de huéspedes: sólo hay espacio para que duerman siete u ocho tipos, y les da el desayuno... Bueno, el caso es que me llamó, creyendo que estaba buscando habitación, y le dije que estaba buscando a Mitch.

Le llevó sus buenos diez minutos soltar todo el rollo. En resumidas cuentas, al parecer Kruger no había vuelto a la pensión desde que se registró el lunes por la tarde. Había prometido pagarle a la señora Polter el martes por la mañana, y ella quería su dinero. O bien que el señor Contreras se llevara las pertenencias de Kruger para que pudiera darle la cama a otro. El señor Contreras apechugó con los cincuenta pavos para reservarle la cama por una semana —con efecto retroactivo hasta el lunes, señaló amargamente— y cogió el autobús de la avenida Damen para volver a casa.

—Entonces llamé a Diamond Head para intentar hablar con el jefe de taller, por eso de las baladronadas de Mitch la semana pasada. Pero el tipo no contestó a mi recado, así que ayer cogí el maldito autobús otra vez hasta allí y me dijeron que Mitch no había aparecido por ahí desde que nos largamos hace doce años. En fin, de todas formas, me gustaría que tú te ocuparas de ello. De buscarlo, quiero decir.

Como no contesté inmediatamente, insistió:

—Te pagaré, no te preocupes por eso.

—No se trata de eso —estuve a punto de añadir que no tenía que pagarme nada, pero ésa es la mejor manera de crear resentimientos entre amigos y conocidos: hacerles favores profesionales por nada—. Pero..., mire, para serle brutalmente franca, usted sabe que lo más probable es que esté durmiendo la mona en alguna celda de la policía en este momento.

—Y si es así, tú puedes averiguarlo. Quiero decir que conoces a todos los maderos, te dirán si lo han recogido borracho en algún sitio. Es que me siento algo responsable.

—¿Tiene familia?

El señor Contreras sacudió la cabeza.

—No exactamente. Su mujer lo dejó. Oh, hace mucho tiempo. Eso debió de ser hace unos cuarenta años. Tenían un crío y ya entonces la paga se le iba en copas. No puedo decir que la culpo por ello. A Clara se la birlé cuando íbamos todos al instituto. La noche del baile de fin de curso. Ella solía darme la vara cuando yo volvía a casa con una copa de más, y tuve que acabar recordándole que no la había dejado tirada con ese redomado burro de Kruger.

Sus ojos marrón pálido se nublaron con el recuerdo de un baile de hace sesenta años.

—Bueno, todo ese pasado está muerto y enterrado, y sé que Mitch no vale mucho, viéndolo no parece gran cosa, pero me gustaría saber que no le ha pasado nada.

Tal como me lo ponía, no me quedaba otra alternativa. Le llevé a mi oficina y rellené solemnemente uno de mis contratos corrientes para él. Apunté la dirección de la señora Polter. También cogí las señas de Diamond Head: tenía el presentimiento de que iba a necesitar todos los cabos sueltos que pudiera encontrar para justificar mi anticipo.

El señor Contreras sacó un fajo de billetes del bolsillo delantero. Se lamió los dedos, separó cuatro billetes de veinte y los volvió a contar para mí. Con eso tendría para merodear un día por los bares de las calles Archer y Cermak.

¡Duro con el extintor!

Eché al correo mi informe para Daraugh Graham de camino hacia la avenida Stevenson, la autovía que atraviesa el corazón del barrio sudoeste de Chicago siguiendo la principal ruta industrial. De hecho, corre paralela al Canal de Saneamiento y Navegación, que fue construido allá por el 1900 para unir los ríos Illinois y Chicago. Los casi cincuenta kilómetros del canal, atravesados por redes de vías férreas, albergan una gran variedad de industrias en sus márgenes. Las grúas para cereales y cemento dominan rimeros de chatarra; las cocheras para camiones ocupan los patios, donde los marineros de Chicago dejan sus barcos en dique seco durante el invierno.

Salí a la altura de Damen, pasando ante el pequeño grupo de chalets encaramados incongruentemente cerca de la rampa de salida, y giré bruscamente a la izquierda por la calle Archer. Igual que la autovía, la calle sigue la dirección del canal de saneamiento; era la calle principal que atravesaba el cinturón industrial antes de que construyeran Stevenson.

Aunque esa parte de la ciudad tiene remansos tranquilos de calles bien cuidadas, Archer no es una de ellas. Viejas casas de dos pisos y decadentes chalets se elevan directamente a ras de la acera. Las únicas tiendas de alimentación son chiringuitos que también venden cerveza, licores y papelería. Con el gran número de tabernas que posee la calle, es difícil imaginar cómo subsisten las tiendas.

La casa de la señora Polter estaba a unas cinco manzanas de Damen. Era una larga y estrecha caja, revestida de ripias cubiertas de alquitrán que en algunos sitios se habían desprendido, revelando la madera podrida que había debajo. La señora Polter vigilaba malhumoradamente la calle Cincuenta y dos desde su porche cuando llegué. «Porche» era en realidad mucho decir para un desvencijado cuadrado de tablas astilladas. Encaramado sobre unos cuantos escalones ruinosos, era apenas lo bastante grande para contener una silla metálica verde y dejar el espacio justo para abrir la celosía rota de la puerta.

La señora Polter era una mujer maciza, con el cuello sepultado bajo los círculos de grasa que sobresalían desde sus hombros. Su bata de cuadros marrones, que parecía una reliquia de los años veinte, había abandonado tiempo atrás la lucha por cubrir su escote. Un imperdible intentaba paliar la deficiencia de la tela, pero lo único que conseguía era deshilachar los bordes del tejido.

Por lo que pude ver, no giró la cabeza mientras yo subía a pasos vacilantes los escalones, ni tampoco se molestó en mirarme cuando me detuve a observarla.

—¿Señora Polter? —pregunté tras un largo silencio.

Me lanzó una desabrida ojeada y volvió a dirigir su atención hacia la calle, donde tres chicos con bicicletas intentaban alzarse sobre sus ruedas traseras. Un trozo suelto de alquitrán golpeó contra la pared a nuestras espaldas.

—Quisiera hacerle unas preguntas sobre Mitch Kruger.

—Ni se os ocurra entrar en mi propiedad, chavales —gritó cuando los ciclistas subieron sus bicis al bordillo.

—La acera es de todos, pelleja gorda —le replicó a gritos uno de ellos.

Los otros dos rieron de buena gana, gambeteando con sus bicicletas arriba y abajo del bordillo. La señora Polter, moviéndose con la presteza de un boxeador, cogió un extintor y se puso a rociarlos a través de la verja. Retrocedieron de un salto hasta la calle Archer, fuera de su alcance, y siguieron riéndose. La señora Polter posó el extintor en el suelo junto a la silla. Era evidente que se trataba de un juego al que las dos partes ya habían jugado antes.

—Hay demasiao vandalismo por aquí porque la gente no tiene agallas para defender su propio territorio. Jodíos hispanos. Este vecindario era cantidad de distinto antes de que se metieran aquí, con toda su mierda y su delincuencia, y empezaran a reproducirse como moscas —la ripia de alquitrán tableteaba al ritmo de su parloteo.

—Sí, este barrio fue en su tiempo el jardín del Midwest... ¿Mitch Kruger?

—Ah, ése —giró hacia mí unos desvaídos ojos azules—. Un viejo vino y pagó su alquiler. Con eso me basta.

—¿Cuándo fue la última vez que lo vio?

Al oír eso giró la silla y la masa de su cuerpo hacia mí.

—¿Quién quiere saberlo?

—Soy detective, señora Polter. Me han pedido que busque al señor Kruger. Hasta donde yo sé, usted es la última persona que lo vio.

Había llamado a Conrad Rawlings, un sargento de policía de mi distrito, para averiguar si habían pillado a Mitch borracho o armando alboroto en los últimos días. La policía no posee los medios informáticos para comprobar algo así. Rawlings me dio el nombre de un sargento de la Zona Cuatro, quien tuvo la amabilidad de llamar a todas las comisarías que le informaban. En ninguna de ellas habían pescado a Mitch recientemente, aunque los chicos de la comisaría de Marquette lo conocían.

—¿Qué pasa, se ha muerto o qué? —su ronca voz destrozaba las palabras como un rallador de queso.

—Sólo ha desaparecido. ¿A usted qué le dijo cuando se marchó?

—No sé. No le presté atención, esos jodíos hispanos estaban con sus bicis por aquí, como hacen todos los días después del colegio. No puedo estar pendiente de dos cosas a la vez.

—Pero usted le vio bajar los escalones —insistí—. Y sabía que no le había pagado. Así que debió de preguntarse cuándo iba a volver con el dinero.

Se golpeó la frente con una enorme manaza.

—Es verdad. Tienes razón, cielo. Le grité cuando estaba bajando los escalones: «No olvides que me debes cincuenta pavos», o algo así —sonrió, satisfecha de sí misma, y se balanceó en la silla, haciéndola crujir.

—¿Y él qué hizo? —la espoleé por toda respuesta.

Volvió a retorcerse en la silla y cogió su extintor, amenazando a los tres chiquillos que se reían desde la calzada. Cuando se alejaron por la calle preguntó:

—¿Qué decías, cielo?

Repetí mi pregunta.

—¡Ah! Ah, claro. Volvió la cabeza y me guiñó un ojo. «No necesita rociarme con esa cosa», dijo, refiriéndose al extintor, claro, «porque tengo mucha pasta. O al menos la voy a tener muy pronto. Muy pronto».

—¿Giró a la derecha o a la izquierda al salir?

Arrugó la frente bajo el ralo cabello amarillo en un esfuerzo por refrescarse la memoria, pero no lo pudo recordar; había estado pendiente de esos chiquillos, y no de uno más de los muertos de hambre de sus inquilinos.

—Me gustaría ver su habitación antes de irme.

—¿Tienes alguna orden para eso, cielo?

Saqué un billete de veinte dólares del monedero.

—Ninguna orden. Pero ¿qué tal un repuesto para ese chisme suyo?

Me miró a mí, luego al dinero, y luego a los chiquillos de la calle.

—Vosotros, los polis, no podéis entrar a fisgonear en las casas de la gente sin una orden. Está en la Constitución, por si no lo sabes. Pero sólo por esta vez, por eso de que eres mujer y vas vestida decente, te dejaré entrar, pero si vuelves con algún tío, más vale que tengáis una orden. Sube al segundo piso. Dos puertas más allá del cuarto de baño a tu izquierda —giró bruscamente la cabeza hacia la calle mientras yo abría la celosía.

Su casa tenía el penetrante olor a rancio de una bayeta vieja. Era un lugar sombrío, una construcción estrecha y alargada con ventanas sólo en los muros frontal y posterior. Por el olor, hacía algún tiempo que no habían sido abiertas. Las escaleras se elevaban abruptamente frente a mí. Las subí cautelosamente. Aun así, tropecé varias veces en trozos sueltos de linóleo.

Me abrí paso como pude por el vestíbulo del segundo piso hasta el cuarto de baño, y di con la segunda puerta a mi izquierda. La habitación estaba abierta, la cama hecha con poco esmero, esperando la vuelta de Kruger. No había cerrojos interiores ni mucha intimidad en los dominios de la señora Polter, pero Kruger no tenía gran cosa que mantener en privado. Hurgué en su maleta de plástico, pero todos los papeles que tenía se referían a su afiliación sindical, a su pensión del sindicato, además de un formulario para enviar a la administración de la Seguridad Social informando de su cambio de domicilio. También conservaba algunos viejos recortes de periódico, al parecer sobre Diamond Head. Tal vez la compañía le hacía las veces de la familia que le faltaba como fuente de contacto humano.

Su única pertenencia de algún posible valor era un televisor portátil en blanco y negro. Su antena estaba torcida y uno de los botones roto, pero cuando lo encendí la imagen apareció con una respetable nitidez.

Las ropas de Mitch estaban lo bastante grasientas como para que tuviera que pasar por el cuarto de baño a la vuelta para lavarme las manos. Una ojeada a las toallas me convenció de que era más higiénico secarme con el secador eléctrico.

Un hombre de mediana edad, con una camiseta deshilachada y pantalón corto, estaba esperando en la puerta del baño. Me echó una mirada hambrienta.

—Ya era hora de que esa vieja furcia nos trajera a alguien como tú, bombón. Alegras la vista. Alegras la vista, ¡ya lo creo!

Se frotó contra mí al pasar junto a él. Perdí pie y le asesté una patada en su pierna desnuda para recobrar el equilibrio. Sentí su mirada hostil en la nuca todo el rato mientras bajaba. Otra detective más competente hubiera aprovechado la oportunidad para preguntarle sobre Mitch Kruger.

La señora Polter no dijo nada cuando le di las gracias por dejarme entrar, pero mientras bajaba los escalones me gritó:

—Recuerda, esa habitación está pagada sólo hasta el domingo por la noche. Después más vale que el viejo venga a recoger sus bártulos.

Me detuve a reflexionar. El señor Contreras no querría volver a tener a su viejo amigo en el sofá del salón. Y, pensándolo bien, yo tampoco. Volví a subir los escalones y le di cincuenta dólares. Desaparecieron detrás del imperdible de su escote, pero no dijo nada. Ahora me quedaban diez dólares del anticipo del señor Contreras para recorrer los bares del barrio Sur.

Al llegar abajo detuve al cabecilla del trío de ciclistas.

—Estoy buscando a un viejo que salió de aquí el lunes por la tarde. Un blanco, con mucho pelo gris, sin peinar, panzón, probablemente con tirantes y un viejo par de pantalones de trabajo. ¿Recordáis en qué dirección se fue?

—¿Es un amigo suyo, señorita?

—Es... es mi tío —supuse que esa panda no contestaría con mucho agrado a un detective.

—¿Cuánto vale para usté encontrarlo?

Hice una mueca.

No demasiado. Tal vez diez pavos.

—¡Ahí llega precisamente! —uno de los otros dos chicos saltó con la bici al bordillo, excitado—. ¡Justo detrás de usté, seño!

Sujetando firmemente mi bolso giré la cabeza. El chiquillo tenía razón. Un hombre mayor, blanco, con espeso pelo gris y una barriga prominente se acercaba a nosotros dando traspiés. De hecho, otro estaba saliendo de la taberna de Tessie, al otro lado de la calle. Probablemente había mil hombres parecidos a Mitch vagando por esa franja de tres kilómetros entre Ashland y Western. Mis hombros se hundieron ante esa perspectiva. Me di media vuelta para cruzar la calle.

—¡Eh, seño! ¿Y esa pasta? —de repente el trío me rodeó con sus bicicletas.

—Bueno, ése no era mi tío. Pero se le parece, así que supongo que eso vale cinco pavos.

Extraje de mi bolso un billete de cinco sin sacar el monedero. No me gustaba imitar la desconfianza de la señora Polter, pero me tenían rodeada.

—Ha dicho diez —me acusó el cabecilla.

—Tómalo o déjalo —le miré fríamente, con los brazos en jarras. No sé si fue la dureza de mi expresión o el brusco movimiento de la señora Polter con su extintor, pero las bicicletas se separaron. Me alejé despacio por la calle, sin mirar atrás, hasta llegar a la puerta de la taberna de Tessie. Se habían marchado en dirección a Ashland, presumiblemente para gastarse mi espléndida dádiva.

La tasca de Tessie era un pequeño y estrecho local con tres mesas de aglomerado y una barra a la que podían sentarse ocho o nueve personas. Dos hombres con polvorientas camisas de trabajo estaban sentados codo a codo junto a la barra. Uno tenía las mangas remangadas y mostraba unos brazos del tamaño de los pilares de la autovía. Ninguno de los dos me miró cuando entré en el bar, pero una mujer de mediana edad que me daba la espalda, fregando vasos, se volvió hacia mí. Tenía alguna especie de radar que le avisaba cuando entraba un cliente.

—¿Qué puedo hacer por ti, cielo? —su voz era como su rostro, clara y agradable.

—Me tomaré una caña —me encaramé a un taburete. La cerveza no es mi bebida favorita, pero no se puede andar recorriendo bares a base de whisky, y los taberneros no se muestran muy elocuentes con los fanáticos del club de la soda.

El hombre en mangas de camisa terminó su cerveza y dijo:

—Lo mismo para mí, Tessie.

Sacó dos cervezas más, llenó un par de vasos y los colocó frente a los hombres. Echó los vacíos al fregadero y los fregó vigorosamente, colocándolos luego en un estante bajo las botellas, frente a ella. Tres hombres entraron y la saludaron por su nombre.

—¿Lo de siempre, muchachos? —preguntó, cogiendo unas jarras limpias. Se llevaron las cervezas a una de las mesas de aglomerado y Tessie cogió el *Sun-Times*.

—¿Quieres algo más, cielo? —me preguntó cuando hube terminado con un esfuerzo el brebaje claro y amargo.

—La verdad es que estoy buscando a mi tío. Me preguntaba si usted lo habría visto —empecé a describir a Mitch, pero me interrumpió.

—Yo no regento una guardería, querida. Son setenta y cinco centavos de la cerveza.

Me busqué un dólar en el bolsillo del pantalón.

—No le pido eso. Pero desapareció el lunes y tiene la mala costumbre de irse de jarana. Estoy intentando encontrar su pista. Se acaba de mudar a la casa de la señora Polter, al otro lado de la calle.

Se frotó las manos en las rollizas caderas y soltó un suspiro exagerado, pero escuchó mi descripción de Mitch bastante atentamente.

—Podría ser uno cualquiera entre la docena de tipos que vienen a beber aquí —dijo cuando terminé—. Pero todos tienen casa fija; creo que deberías hablar con ellos, en vez de recorrerte todos los bares de Archer bebiendo cerveza. Una chica guapa como tú podría meterse en líos en alguno de ellos.

Me devolvió mi cuarto de dólar y me disuadió con la mano de dejarlo sobre el mostrador.

—Espero que lo encuentres, reina. Esos viejos borrachos le quitan demasiado tiempo a su familia.

Me detuve en la acera tratando de determinar mi siguiente paso. La señora Polter había desaparecido de su porche y no se veía a sus tres tormentos por ningún lado. Una mujer cansada, con dos niños pequeños a remolque, se acercaba por la acera. Otra mujer estaba entrando en el Excelsior Tap, tres puertas más abajo que el bar de Tessie. No había mucha animación en la calle para ser una tarde de junio.

Tessie tenía razón. Si Kruger quisiera correrse una juerga, no lo haría aquí. Volvería a su antiguo barrio y bebería en su taberna habitual. Tenía que haberle pedido su antigua dirección al señor Contreras antes de empezar a buscar. Podía llamar a mi vecino —había una cabina telefónica en la esquina—, pero no tenía estómago para aguantar más caseras ni más cervezas esa tarde.

Me subí al coche. Sólo eran las cuatro y cuarto. Puede que aún hubiese alguien en la oficina de Diamond Head. Si no iba ahora ya no podría echarles un vistazo hasta el lunes.

La planta resultó difícil de encontrar. La dirección, el 2.000 de la calle Treinta y uno, estaba bastante clara, pero no conseguía dar con ella. Subí por Damen, que cruza el canal a la altura de la calle Treinta y uno, y encontré una calle prometedora que serpenteaba entre los pilares de la autovía. Las malas hierbas crecían hasta la cintura, ocultando parcialmente colchones y neumáticos desechados. Rugiendo al pasar me adelantaban unos trailers que cogían las curvas a ochenta. Me di cuenta demasiado tarde de que nos encauzaban hacia Stevenson.

Para entonces, la hora punta del tráfico convertía los tres kilómetros de Kedzie en un trayecto de veinte minutos. Cuando salí, no intenté volver a la autovía. Continué por la Treinta y nueve y regresé a Damen. Esta vez aparqué el Trans Am bajo el puente y caminé por la senda peatonal hasta la torre del abandonado puente levadizo.

Hacía años que nadie utilizaba la torre. Sus ventanas estaban selladas con tablas. Los cerrojos de la pequeña puerta de hierro estaban tan sumamente oxidados que no se hubiera podido abrir la puerta ni con la llave. Alguien había anunciado la presencia de los *Insane Spanish Cobras* en un muro. El otro estaba ocupado por una enorme esvástica.

El parapeto también estaba totalmente oxidado. Varias de las rejas se habían desprendido. No me arriesgué a asomarme por encima: un paso en falso e iría a parar de cabeza sobre las pilas de troncos amarradas abajo. Lo que hice fue tumbarme boca abajo en la senda y mirar desde allí.

Los patios gigantescos de Weyerhauser se extendían hacia el este, junto a algunos vertederos de chatarra. Justo debajo de mí, unos árboles escuchimizados crecían al borde del agua. Ocultaban la mayoría de los tejados cercanos, pero dos más allá, a la izquierda, pude vislumbrar una *A* y luego *ND*. No necesitaba a Sherlock Holmes para deducir que podían pertenecer a la palabra «Diamond».

Si tuviese un barco, podría ir derecha por el canal hasta esas puertas. La gracia estaba en acceder allí por tierra. Bajé del puente y seguí una estrecha acera que pasaba delante de una hilera de chalets construidos junto a la carretera. Las casas parecían mucho más antiguas que el puente, que se elevaba por encima de sus diminutas buhardillas, tapándoles la luz.

El callejón terminaba en una valla anticiclones que bordeaba el canal. Seguí la valla, tratando de evitar lo más grueso de la basura tirada junto a ella, pero tropecé varias veces con las latas ocultas entre las altas hierbas tipo sabana. Tras unos seis metros entre porquerías, llegué a una pista de cemento. Junto a ella había un muelle de carga. Aparcados en los muelles, los camiones parecían caballos amarrados en un establo gigantesco comiendo su pienso.

Torcí la vista para leer el rótulo que corría alrededor del tejado. Gammidge Wire. Seguí la pista de cemento rodeando el edificio, y llegué por fin a Diamond Head.

Había un solo camión aparcado en la nave abierta de la planta de motores. Temí que mi exploración de la Zona Sur me hubiese retrasado demasiado como para encontrar a alguien, pero me acerqué al camión para averiguarlo.

Un hombre en mono estaba bajo la plataforma de carga, con la espalda apoyada en el camión. Era un tipo enorme, que sobrepasaba mi metro setenta y dos en unos buenos veinte centímetros. El motor estaba encendido, haciendo vibrar la caja del camión y metiendo tal escándalo que me las vi negras para llamar su atención. Terminé por tocarle el brazo. Dio un salto, soltando un taco.

—¿Quién eres, y qué diablos quieres? —no podía oírle con el estrépito del motor, pero articuló las palabras de forma perfectamente comprensible.

Tenía una enorme cara cuadrada con una cicatriz que le recorría la mandíbula izquierda. Se había roto la nariz más de una vez, a juzgar por el número de curvas que describía hasta terminar en el lado derecho de la cara. Di un paso atrás.

—¿Hay alguien dentro con quien pueda hablar? —vociferé.

Acercó su cara a la mía.

—Te he preguntado quién eres, nena, y qué demonios buscas aquí.

Me escocían las corvas, pero le miré fríamente.

—Soy V. I. Warshawski. Quiero ver al jefe de taller. ¿Le vale eso?

Entornó los ojos y abultó el labio inferior, dispuesto a enfurecerse del todo. Antes de que se decidiera por algo realmente violento, me agaché detrás de él y me encaramé a la plataforma. Intentó seguirme, pero su corpulencia y sus botas de trabajo limitaban su agilidad.

Miré a mi alrededor buscando a alguien con quien hablar, pero la plataforma estaba vacía. Sólo una elevadora con un cajón de embalaje sugería que alguien podría estar cargando —o descargando— el camión.

No esperé a que mi amigo llegara hasta mí, sino que corrí por el borde del muelle hasta que encontré una puerta abierta que daba a un largo vestíbulo. Allí sí encontré un pequeño grupo de hombres, todos con camisa y corbata, enfrascados en una conversación. Los jefes. Justo lo que quería.

Levantaron la vista hacia mí, sorprendidos. Uno de ellos, un jovencito con el pelo castaño corto y gafas de concha, dio un paso adelante.

—¿Se ha perdido?

—No exactamente —reparé en un largo manojo de hierba de las praderas pegado a la lengüeta de mi zapato derecho y me pregunté cuánta porquería más debía llevar—. Estoy buscando a alguien que pueda saber algo de un antiguo empleado de Diamond Head. El jefe de taller o el director de la fábrica.

En ese preciso momento mi amigo el del camión entró violentamente.

—¡Ah! Aquí estás —rugió en tono infinitamente amenazador—. Acaba de entrar por la parte de atrás para fisgonear aquí.

—¿Ah sí? —el portavoz se volvió hacia mí—. ¿Quién es usted y qué quiere exactamente?

—Soy V. I. Warshawski. Y quiero hablar con el jefe de taller o con el director de la fábrica. Y a pesar de lo que dice el Bruno éste, no estaba fisgoneando por aquí. Pero me he pasado cuarenta minutos en balde tratando de llegar por la carretera, y finalmente he tenido que acercarme a pie.

Nadie habló durante un minuto, y luego otro hombre, mayor que el primero que había hablado, preguntó:

—¿Para quién trabaja usted?

—No soy una espía industrial, si es lo que se pregunta. Sólo tengo una muy vaga noción de lo que hacen aquí. Soy detective —esto último suscitó un brusco arranque en dos hombres del grupo. Alcé una mano— ...Soy detective privado, y me han contratado para buscar a un hombre de cierta edad que trabajó aquí.

El más viejo de los hombres me observó detalladamente durante un minuto.

—Creo que es mejor que hable con ella en mi despacho, Hank —le dijo al de pelo castaño—. Vuelve al camión, Simon. Me aseguraré de que después salga del recinto.

Giró la cabeza en dirección a la otra punta del vestíbulo y me espetó:

—Venga.

Se alejó a buen paso. Le seguí más lentamente, deteniéndome para quitarme el manojo de hierba del zapato. Cuando me enderecé había desaparecido. A los dos tercios del recorrido por el vestíbulo encontré una puerta que conducía a un corto pasillo. Mi guía se había parado justo al otro lado, con las manos en las caderas y una penetrante mirada en sus ojos oscuros. Cuando llegué a su altura giró sin una palabra y entró en el agujero utilitario que le servía de despacho.

—Bueno, ahora dígame: ¿quién demonios es usted y qué anda fisgoneando en nuestra fábrica? —preguntó tan pronto como nos sentamos.

Eché un vistazo a su mesa, pero no vi ninguna placa con su nombre.

—¿Tiene usted un nombre? —pregunté—. ¿Y un cargo en la empresa?

—Le he hecho una pregunta, jovencita.

—Ya se lo he dicho ahí fuera. No tengo nada que añadir. Pero si quiere discutirlo, me sería muy útil saber su nombre —me recliné en la silla y me até el zapato derecho.

Me fulminó con la mirada. Me quité el zapato izquierdo y sacudí el polvo que llevaba dentro contra el suelo.

—Me llamo Chamfers. Y soy el director de la fábrica —disparaba cada palabra como con una cerbatana.

—¿Cómo está usted? —saqué mi billetero del bolso, extraje la copia plastificada de mi licencia de detective y se la enseñé.

La examinó detalladamente y la lanzó con desdén sobre la mesa.

—No creo que quiera decirme quién la ha contratado, pero tengo mis propios detectives. Puedo investigarla a usted rápidamente.

Puse cara de disgusto.

—Y cuando se haya gastado unos dos mil pavos en hacerlo, estará en las mismas que ahora. Sé que parece extraño que yo ande merodeando por sus locales, pero hay una explicación muy simple. Ese hombre suyo, Simon, ha sido la primera persona que he visto. Cuando intenté hablar con él se puso bastante violento, por eso salí corriendo para ponerme a salvo y fue cuando les encontré a ustedes.

Frunció el ceño durante un minuto.

—¿Y qué historia tiene sobre lo que quiere de mí?

—Mi historia, como usted dice, también es muy simple. Estoy buscando a un hombre mayor que trabajó aquí.

—¿Lo despedimos?

—No. Se fue de la forma más tradicional: se jubiló.

—Entonces no tiene ninguna razón para estar aquí —no me creía. Su tono y el gesto de su labio superior lo dejaban bien claro.

—Eso parece. Pero la última vez que mi cliente lo vio, el lunes, el tipo que ha desaparecido dijo que iba a venir aquí a ver a los jefes: ésas fueron sus palabras. Tenía algo en la cabeza respecto a Diamond Head. Así que, ya que nadie que lo conozca lo ha visto desde el lunes, esperaba que lo hubiera hecho efectivamente. Me refiero a venir aquí.

—¿Y cuál es el nombre de ese empleado? —exhibió una sonrisita para mostrarme que apreciaba nuestro juego.

Sonreí a mi vez, tan levemente como él, pero más despectiva.

—Mitch Kruger. ¿Ha estado por aquí?

—Si ha estado, no habrá visto a nadie más que a mi ayudante.

—Entonces me gustaría hablar con él.

—Eso ha sido muy tosco —dijo desdeñosamente—, intentar hacerme creer que no ha hecho sus deberes sobre nuestras actividades y que no sabe que mi ayudante es una mujer. Le preguntaré a Angela el lunes cuando llegue. Y la llamaremos.

—Chamfers, le contaré un pequeño secreto. Si de verdad estuviera haciendo espionaje industrial, ni siquiera se enteraría de que había estado aquí. Les hubiera estado vigilando y conocería sus idas y venidas, y hubiera hecho mi jugada cuando no estuviesen aquí, durante el fin de semana. Así que cálmese.

Ahórrese el esfuerzo mental y el gasto. Lo único que quiero saber es cuándo fue la última vez que alguien de Diamond Head vio a mi pequeño Mitch. Cuando sepa eso, me despediré para siempre.

Recogí mi licencia de la mesa y le tendí una de mis tarjetas.

—Le será más fácil llamarme si tiene mi número, Chamfers. Yo cogeré el suyo.

Me incliné sobre la mesa y copié el número que constaba en su teléfono de teclas antes de que pudiera detenerme.

—¿Quiere darme un salvoconducto para pasar por delante de Simon?

Exhibió una sonrisa triunfante.

—No vamos a pasar por la fábrica, así que no abrigue esperanzas, jovencita. Vamos a dar un rodeo. Y me aseguraré de que nuestros encargados de seguridad estén alertas este fin de semana.

Volvimos al vestíbulo y salimos por una puerta que daba al canal. En silencio recorrimos un sendero lateral, dejamos atrás el vibrante camión donde Simon montaba guardia, y alcanzamos la entrada principal. Una agrietada carretera se alejaba desde allí.

—No sé dónde ha ocultado su coche, pero más vale que no esté en nuestro terreno. No puedo prometerle que sea capaz de controlar a Simon si la ve merodeando por aquí otra vez.

—Me aseguraré de traer conmigo una bolsa de carne cruda la próxima vez, por si acaso.

—No habrá una próxima vez. Métase bien eso en su sesera, jovencita.

No me pareció que valiera la pena exacerbar el conflicto. Le envié un beso y me alejé por la carretera. Con los brazos en jarras, me siguió con una mirada furiosa hasta que desaparecí de su vista.

Eran más de las seis cuando por fin regresé al Trans Am. Después de recorrer el destartalado camino de acceso desde Diamond Head hasta las calles laterales de Bridgeport, me figuré cuál era el camino. Mi error había sido intentar llegar a la fábrica desde la calle Treinta y uno: había que bajar hasta la Treinta y tres y recorrer unos cuantos meandros.

Me reí un poco para mis adentros recordando mi encuentro con Chamfers. Con todas las investigaciones industriales que había llevado a cabo durante años, resultaba gracioso —y también embarazoso— que mi entrada hubiese sido tan torpe que me tomaran por una espía. Tenía que haber esperado simplemente al lunes por la mañana para hablar con la secretaria de Chamfers de forma aceptable. Ahora tendría que hacerlo de todos modos, pero iba a tener que superar el gran obstáculo de las sospechas.

Me preguntaba si Chamfers mandaría realmente a sus detectives que me investigaran, o si había sido una bravata para disuadirme de mi presunto espionaje. Durante el largo trayecto por la avenida Kennedy me entretuve imaginando los pasos que daría si tuviese que investigarme a mí misma. Me sería difícil probar que no estaba espiando: una vez que hubiesen comprobado algunas de mis referencias en la corporación, se darían cuenta de que formaba parte de mis prácticas habituales. Tendrían que empezar a seguirme los pasos; eso les costaría mucho tiempo y dinero. La idea de Chamfers intentando justificarlo ante sus jefes en la empresa, quienesquiera que fuesen, no me afligía en absoluto.

Cuando llegué a casa, el señor Contreras salió corriendo a recibirme.

—¿Tienes algo sobre Mitch, pequeña?

Le pasé un brazo sobre el hombro y le empujé suavemente adentro.

—He empezado a hacer preguntas a la gente, pero aún me queda mucho trecho. Le voy a decir lo mismo que les digo a todos mis clientes: entrego regularmente informes, pero cuanto más me agobian, menos eficazmente trabajo. Así que finjamos ser unos vecinos enamorados los dos de la misma perra, y déjeme llevar la investigación como mejor pueda.

El señor Contreras decidió sentirse ofendido.

—Es que estoy preocupado por él, eso es todo. No pretendo agobiarte ni criticarte.

Sonreí de dientes afuera.

—¡Ni se le ocurra! ¿Puede darme la antigua dirección de Kruger, la de antes de que viniera a su casa el viernes pasado?

—Sí, sí, la tengo aquí mismo.

Levantó la manta del escritorio situado en medio de su cuarto de estar. Nunca he sabido por qué lo tiene colocado ahí, donde debe golpearse con él cien veces por semana, ni por qué cree que es una buena idea cubrirlo. A la vista del revoltijo de papeles apilados encima y que sobresalían de los cajones me imaginé que no iba a ser una búsqueda fácil. Me desentendí de la operación y me acerqué a ver a *Peppy*.

Los cachorros habían crecido asombrosamente en una semana. Sus suaves pelajes afelpados empezaban a adquirir colores diferenciados. Pero aún estaban ciegos e indefensos. Chillaron y se retorcieron aterrorizados cuando *Peppy* se levantó y se alejó de ellos. Me olisqueó las piernas para asegurarse de que era yo y me indicó que quería salir.

—Sí, sácala, pequeña. Sigo buscando la dirección de Mitch —me hizo saber el señor Contreras.

Peppy no quería pasar fuera mucho tiempo. Hizo un breve circuito por el jardín para controlar algunos cambios en sus dominios y volvió derecha a la puerta de la cocina. Nuestra rápida salida me recordó súbitamente mi descabellado compromiso de cumplir el turno de tarde con los perros de la señora Frizell.

Cuando volvimos al cuarto de estar, el señor Contreras estaba hojeando una agenda de direcciones hecho jirones.

—Ya lo tengo, reina —me anunció—. Te lo voy a apuntar —un puñado de hojas cayeron al suelo mientras buscaba lápiz y papel.

—Dígame simplemente cuál es —le sugerí—. Podré recordarla hasta estar arriba... Por cierto, ¿le ha dejado la señora Hellstrom, la de esta calle, las llaves de la señora Frizell?

—¿Eh? —estaba copiando la dirección de Mitch en un viejo sobre con la lentitud de alguien que no escribe mucho—. ¿Las llaves? Ah, sí, se me fue de la cabeza con mi preocupación por Mitch, pero aquí las tengo para ti. Espera un segundo. Creía que ya no te ibas a comprometer a cuidar más perros. ¿No fue lo que dijiste?

—Mis labios decían «no, no», pero mi estúpida conciencia decía «sí, sí». No obstante, no me he echado atrás en lo que respecta a un aumento de nuestra fauna.

—Vale, nena, vale. No te sulfures —me tendió el sobre con la antigua dirección de Kruger. Calle Treinta y cinco en Damen Oeste, escrito en letras de molde. Realmente a un paso de Diamond Head.

—¿Es ahí donde vivía usted también?

—¿Eh, nena? ¡Ah!, te refieres a cuando éramos niños. No, no. Mis viejos vivían en la Treinta y cuatro, más allá de Oakley. En la zona de Little Tuscany. Mitch vivía más cerca de la calle California. Siempre estábamos metiéndonos con él, con que iba a terminar en la cárcel del condado. Está allí mismo, ya sabes.

—Ya sé —gran parte de mi vida la había pasado entre la Treinta y seis y California en mis tiempos con la brigada de homicidios.

—¿Vas a ir a su antigua casa mañana? —me preguntó el señor Contreras mientras subía la escalera.

Me volví a mirarlo y reprimí una serie de contundentes réplicas: la preocupación que se leía en sus ojos marrón claro era demasiado acuciante.

—Probablemente. De cualquier forma, haré todo lo que pueda.

Una vez en casa, reprimí mis ganas de un baño y un whisky doble. Estuve justo el tiempo necesario para vaciar mi bolso y enterarme de mis mensajes telefónicos. Daraugh Graham quería mi informe. Lotty no había intentado llamarme, quizá seguíamos mosqueadas. No tenía la energía necesaria para averiguarlo esa noche.

Cuando llegué a la casa de la señora Frizell, todo estaba silencioso. Los perros no estaban. Desde la entrada me puse estúpidamente a llamarlos, sabiendo perfectamente que la casa estaba vacía, y luego emprendí una búsqueda aún más estúpida por el recinto. Alguien había estado allí, limpiando: toda la ropa de cama había sido lavada y apilada pulcramente sobre un escritorio recién abrillantado, en el dormitorio; habían pasado el aspirador por las escaleras y los suelos, y habían fregado el baño. Sólo el salón seguía como una leonera, con papeles esparcidos por todas partes. Al parecer, la señora Hellstrom había seguido cumpliendo con su papel de buena vecina. Probablemente también tendría los perros.

Aliviada, regresé a casa. Ahora podía tomarme un baño y ver tranquilamente el partido entre los Cubs y los Astros. Ya iba por los escalones de mi entrada cuando la señora Hellstrom me alcanzó. Su cara redonda y blanca estaba encendida y había perdido el aliento corriendo detrás de mí por la calle.

—¡Ay, joven! Lo siento, no recuerdo su nombre, pero estaba pendiente de verla, sólo que ha sonado el teléfono y no la he visto llegar por aquí. Me alegro de haberla alcanzado.

Mostré una expresión interesada.

—Se trata de los perros, los perros de Hattie Frizell. Han desaparecido.

—¿Se han esfumado en el aire?

Abrió los brazos, impotente.

—Estoy segura de haberlos encerrado con llave esta mañana. Quiero decir que no puedo dejarlos en el patio; ese perrazo negro siempre está merodeando por el barrio, y a mí tampoco me gusta. Ella no quiere reconocer que haga nada malo, pero el otoño pasado me destrozó todos los lirios, se comió *hasta* los bulbos. Y luego, cuando fui a decírselo a ella... bueno, lo que sea, me refiero a que los he encerrado en la casa aunque pueda parecer un poco cruel. Y estoy segura de haberlo hecho. No creo que haya tenido el descuido de dejar la puerta abierta. Pero cuando he vuelto de la tienda y he pasado a sacarlos, ya no estaban.

Me froté los ojos con la palma de la mano.

—¿Cuando volvió estaba la puerta abierta?

—Estaba cerrada pero sin la llave echada, eso es lo que me preocupa. ¿Qué cree que les ha podido pasar?

—No creo que ni siquiera *Bruce* pudiera abrir la puerta con el hocico. ¿Se lo ha dicho a algún otro vecino? Tal vez ha entrado alguien y ha soltado a los perros.

Los ladrones, como Santa Claus, saben cuándo estamos dormidos o ausentes. Y el salón tenía efectivamente trazas de haber sido registrado. A primera vista, la señora Frizell no parecía la candidata más verosímil como dueña de valiosos bienes, pero no sería la primera persona en vivir míseramente mientras dormía sobre una montaña de bonos al portador.

—¿Ladrones? —los pálidos ojos azules de la señora Hellstrom se desorbitaron de temor—. Ay, querida, espero que no. Esta calle siempre ha sido un lugar *tan* agradable para vivir, aunque no seamos tan elegantes como ese joven abogado de enfrente o alguna de la demás gente que se ha mudado últimamente. Sí que le he preguntado a Maud Rezzori —ya sabe, la que vive enfrente—, pero había salido al mismo tiempo que yo. Tendré que ir a decírselo al señor Hellstrom. Ya estaba molesto conmigo, por haberme hecho cargo de esos perros, pero si encima tenemos ladrones...

Parecía un ama de casa angustiada por una invasión de ratones. Pese a mi fatiga, no pude evitar echarme a reír.

—No tiene gracia, jovencita. Digo que tal vez le parezca una broma, pero usted vive en un tercer piso, y no es...

—No creo que los ladrones sean una broma —me apresuré a interrumpirla—, pero tenemos que averiguar si los demás vecinos han visto a alguien entrar en la casa de la señora Frizell antes de alarmarnos demasiado. Es posible que olvidara echar la llave y que vinieran a leer los contadores. Podría ser cualquier cosa. Usted lleva muchos años viviendo aquí, seguramente podrá darme los nombres de la gente que vive en esta manzana.

Lo único que deseaba era un baño y una copa, y la victoria de los Cubs, y no una noche de interrogatorios. ¿Por qué te haces esto a ti misma?, inquiría una voz en mi cabeza mientras la señora Hellstrom me detallaba las biografías de los Tertz, de los Olsen y de los Singer. Desde luego, no podía criticar a Carol por quedarse en casa a cuidar del primo Guillermo si yo iba a pasarme la vida cuidando los perros de una vieja antipática con la que no tenía el menor vínculo.

—Está bien. Voy a reconocer el terreno y le avisaré si alguien me informa de algo.

Regresé con ella calle arriba. La señora Hellstrom seguía preocupada por los ladrones, por lo que iban a decir sus hijas, y por lo que iba a pensar el señor Hellstrom, pero yo no le prestaba realmente atención.

Perro mordido por un hombre

Probé suerte primero con los Olsen, ya que vivían directamente detrás de la señora Frizell y podían haber advertido a alguien que entrase por su puerta trasera. Desgraciadamente, habían estado viendo la tele en su salón por la mañana. Advertí la desilusión en sus caras —se habían perdido el espectáculo de un drama real desde primera fila, quizá unos ladrones saqueando a una vecina que no les importaba demasiado—, pero no podían decirme nada.

Después fui a ver a los Tertz. Su casa con entramado de madera, que daba al este de la avenida Racine, frente a la de la señora Frizell, estaba encajada entre la de los Pichea y otra casa reformada. Las volutas esmeradamente pintadas a ambos lados le daban a la casa de los Tertz un aspecto un poco cutre, pero el césped estaba primorosamente cuidado, con unos cuantos capullos de rosas tempranas.

La señora Tertz debía de tener unos setenta años. Iniciamos la conversación a gritos a través de su puerta atrancada hasta que estuvo convencida de que no tenía intenciones agresivas.

—¡Ah, sí!, la he visto por la calle. Usted tiene ese gran perro rojo, ¿verdad? Es que nunca la había visto de cerca, por eso no reconocía su cara. Le ha estado ayudando a Marjorie a cuidar los perros de la señora Frizell, ¿verdad?

No había oído antes el nombre de pila de la señora Hellstrom. Contuve su nerviosa cháchara de diez minutos, reduciéndola a unas cuantas frases.

—Por eso me preguntaba si usted habría visto a alguien entrar en la casa mientras ella no estaba.

—Sí, sí, claro, pero no eran ladrones. ¿Por quién me ha tomado Marjorie? ¿Cree que iba a dejar entrar a unos ladrones, aunque fuera en casa de Hattie Frizell, sin llamar a la policía? No, no, estaban con empleados del condado, lo ví escrito en la camioneta: Control de Animales del Condado de Cook. Estaba convencida de que Marjorie estaba al tanto de todo. Vinieron a eso de las once, junto con la chica de al lado —apuntó con la cabeza en dirección a la casa de los Pichea—. Chrissie, se llama, Chrissie Pichea, fue la que los hizo entrar.

—¿Chrissie Pichea? —repetí estúpidamente.

—Sí, eso. Viene mucho de visita —la señora Tertz sonrió un poco—. Creo que está haciendo mucho por los ancianos. Pero yo no me lo tomo a mal, lo hace con buena intención, aunque mi marido y yo podamos perfectamente ocuparnos de nuestros propios asuntos. A él le irrita, sabe, la idea de que sólo porque el reloj ha marcado más horas para nosotros, de repente nos volvemos incapaces a los ojos de alguna gente. Por eso no suelo decírselo cuando ella se pasa por aquí. Pero sabía que no entraría en casa de Hattie si no fuese con intención de ayudar, así que volví a mis propios quehaceres.

Me quedé mirándola sin verla, escuchando apenas su monólogo. ¿Que Chrissie Pichea había entrado con los de control de animales? ¿Cómo había conseguido unas llaves? A esas alturas, la pregunta era irrelevante. Simplemente ella y Todd me habían ganado por la mano. De alguna manera se habían cerciorado de que yo estaba fuera, y habían acudido a la perrera del condado para que se llevaran a los perros de la señora Frizell.

Dejé a la señora Tertz con la palabra en la boca y pisoteé algunas zinnias al entrar a toda prisa en el jardín de los Pichea. El dedo me temblaba al pulsar su bruñido timbre de latón. Todd Pichea salió a la puerta.

—Ah, eres tú —una leve sonrisa afectada revoloteó sobre sus labios, pero parecía algo incómodo, con los puños apretados dentro de los bolsillos de su pantalón de lino.

—Sí, soy yo. Con nueve horas de retraso, pero sin soltar la pista. ¿Cómo habéis conseguido tú y tu mujer una llave de la puerta de la señora Frizell? ¿Y quién os ha dado derecho a traer a los de la perrera para que se lleven a sus perros?

—¿Y a ti qué te importa?

—Me importa mucho, a partir del momento en que viniste a mi edificio la otra noche. ¿Cómo has conseguido la llave?

—Lo mismo que tú: yo mismo cogí una que había en el cuarto de estar. Y tengo mucho más derecho sobre lo que pasa en esa casa que tú. *Mucho* más derecho —osciló hacia delante sobre sus pies tratando de intimidarme.

Yo avancé en lugar de retroceder, y me planté casi tocando su nariz con la mía.

Tú no tienes ningún derecho de ningún tipo, Pichea. Voy a llamar al condado y luego voy a llamar a la policía. Por muy abogado que seas, estarán encantados de arrestarte por allanamiento.

La sonrisa satisfecha se acentuó más.

—Hazlo, Warshawski. Vete a tu casa y hazlo, o mejor aún, entra aquí. Me encantaría ver la vergüenza pintada en esa cara tan santurrona. Quiero estar en primera fila para verte cuando aparezcan los maderos.

Chrissie asomó detrás de él, con unos vaqueros pegados a la piel que revelaban sus torneados muslos.

—¿Qué pasa, Todd? Oh, es esa metomentodo del barrio. ¿Le has dicho que hemos sido nombrados tutores?

—¿Tutores? —mi voz se elevó media octava—. ¿Quién ha sido el demente que te ha nombrado tutor de la señora Frizell?

—Llamé al hijo el martes por la mañana. Se alegró de poder confiar el cuidado de su madre a un abogado competente. Ella no es capaz de asumir sus propios asuntos, y nosotros...

—Ella no tiene ningún fallo mental. Sólo porque ha elegido vivir de forma diferente que en Yupilandia...

Me interrumpió a su vez.

—El tribunal no piensa lo mismo. Tuvimos una vista urgente ayer. Y la gente de los servicios de emergencia del municipio estaba de acuerdo en que esos perros constituían una amenaza para la salud de la señora Frizell. Eso en caso de que pueda alguna vez volver a vivir en su casa.

Mi impulso por aplastarle la cara era tan fuerte que aparté el puño justo antes de aporrearle.

—Muy lista, Warshawski. No sé qué contactos tendrás en la policía, pero no creo que te soltaran con un cargo de agresión —estaba un poco pálido y respiraba fuerte, pero se controlaba.

Di media vuelta sin decir nada. Me sentía vencida. No iba a empeorarlo escupiéndole una inútil bravata.

—Que pases buena noche, Warshawski —la voz burlona de Todd me siguió por la senda.

¿Cómo había podido hacer eso? Sólo tenía una vaga idea de cómo funcionaba el tribunal de tutelas en el condado de Cook. La única experiencia legal que había tenido era en lo criminal, no en lo civil, aunque algunos de mis clientes tenían hijos cuya custodia habíamos tenido que establecer. ¿Es que se podía simplemente acudir al juez testamentario y conseguir la tutela de cualquiera? La señora Frizell no estaba trastornada ni senil, sólo era antipática y solitaria. ¿O había sido su hijo? —con la rabia que tenía no podía recordar su nombre—. ¿Todo lo que tenía que hacer era llamar a alguien y delegar en él la responsabilidad sobre su madre? Eso no podía ser así.

La indignación me había agarrotado tanto los músculos del cuello, que cuando llegué a mi puerta estaba temblando violentamente. Me serví un generoso whisky y empecé a llenar la bañera. Mientras Johnnie Walker aplicaba su magia a mis entumecidos hombros, llamé a la oficina de control de animales. El hombre que me contestó era amable, incluso amistoso, pero después de tenerme en espera durante diez minutos, me dijo excusándose que los perros de la señora Frizell ya habían sido sacrificados.

Me imaginé a la señora Frizell, con su escaso pelo gris esparcido sobre la almohada del hospital, volviendo la cara hacia la pared y muriendo al enterarse de que sus queridos perros estaban muertos. Volví a oír su ronco murmullo llamando a *Bruce* y la promesa de la señora Hellstrom de que cuidaría de sus perros. No me había sentido tan impotente desde el día en que Tony me dijo que Gabriella iba a morir.

El sonido del agua salpicando sobre las baldosas me devolvió la conciencia con un sobresalto. La bañera se había desbordado mientras yo me sumía en el estupor. Tuve la tentación de dejar que el agua buscara su propia salida, sobre todo porque al fin y al cabo esa salida sería por el techo de Vinnie Buttone, pero me obligué a coger una fregona y un cubo para secarla. Para entonces el agua de la bañera estaba tibia y el depósito del agua caliente vacío. Di un berrido de frustración y arrojé al suelo el vaso de whisky.

—Muy lista, V. I. —me dije en voz alta mientras me arrodillaba a recoger los pedazos—. Ya has demostrado que puedes destruirte a ti misma si te enfureces lo suficiente, ahora idéate algo que puedas hacerle a Todd Pichea.

Cuando terminé de recoger los cristales y de limpiar el whisky, encendí la luz del salón y busqué Todd Pichea en la guía de teléfonos. Su número personal no figuraba, pero sí el de su oficina, en una dirección de La Salle norte que yo conocía.

Busqué por el salón mi agenda personal de direcciones, que por lo general estaba sepultada bajo otros papeles en la mesita baja. En mi frenesí de limpieza de esa mañana había recogido las cosas tan enérgicamente que no podía encontrarla. Después de una búsqueda de media hora por todos los cajones de la casa, descubrí la agenda dentro del taburete del piano. Verdaderamente, era una pérdida de tiempo limpiar.

Marqué el número privado de Yarborough en Oak Brook. Contestó él mismo al teléfono.

—Hola, Dick. ¿Cómo estás?... Soy yo, la buena de tu ex mujer, Vic —añadí cuando tuve claro que no había reconocido mi voz.

—¡Vic! ¿Qué quieres? —parecía asombrado, pero no activamente hostil.

Mis conversaciones normales con él empezaban con una pequeña y aguda pulla, pero esa noche estaba demasiado furiosa para las agudezas.

—¿Conoces a un tipo llamado Todd Pichea?

—¿Pichea? Puede ser. ¿Por qué?

—El que yo conozco vive en la acera de enfrente de mi calle. Más o menos uno ochenta, unos treinta años, pelo castaño, cara cuadrada —mi voz se fue apagando: no se me ocurría otra manera de describir a Todd que pudiese distinguirle de otros diez mil jóvenes profesionales.

—¿Y...?

—Parece que su oficina tiene la misma dirección que la tuya. Pensé que tal vez era uno de tus jóvenes y ardientes abogados deseosos de trepar.

—Sí, creo que tenemos un socio que se llama así —Dick no estaba dispuesto a facilitarme nada por las buenas.

No había reflexionado sobre esa llamada antes de hacerla. Igual que todo lo demás que había hecho esa noche, desde llamar a la puerta de los Pichea hasta romper un vaso de whisky, había sido impulsiva, y quizá estúpida. Me arrojaba de cabeza, como si estuviese debatiéndome en arenas movedizas.

—Se ha metido en cierto asunto legal extra. Extraterrestre, diría yo: hacerse tutor de una anciana del barrio que está en el hospital, y ha hecho que el condado se llevara a sus cinco perros y los sacrificara.

—Eso no es exactamente asunto mío, Vic, y no veo en qué te atañe a ti. Ahora, si quieres disculparme, esta noche vamos a salir.

—La cuestión es, Dick —me apresuré a añadir, antes de que pudiese colgar—, que esa mujer es cliente mía. Voy a encargarme de una investigación sobre la acción que ha emprendido Pichea para conseguir su tutela. Y si ocurre algo, bueno, digamos anormal —quiero decir que todo ha ocurrido muy, muy rápido—, pues saldrá en la prensa. Sólo quería que lo supieras. Y que te prepares para recibir llamadas, y a los de la tele, y todo ese rollo. Y tal vez que adviertas a tus cachorros que no dejen que su entusiasmo desborde su buen juicio legal, o algo por el estilo.

—¿Por qué tienes que arremeter constantemente contra mí como un camión de carga? ¿Por qué no me llamas sólo para saludarme? ¿O por qué no dejas de llamarme?

—Dick, ésta es una llamada *amistosa* —le dije en tono de reproche—. Intento evitar que te cojan a traición.

Me pareció oír chirriar sus dientes, pero quizá fuesen ilusiones que yo me hacía.

—¿Cómo se llama la anciana?

—Frizell. Harriet Frizell.

—Está bien, Vic, tomo nota. Ahora tengo que irme. No vuelvas a llamarme a no ser que quieras comprar entradas para la próxima gala benéfica que estamos patrocinando. E incluso para eso, preferiría que hablaras con mi secretaria.

—Yo también me he alegrado de hablar contigo. Dale un abrazo a Teri.

El golpe de su receptor me atronó el oído. Colgué, preguntándome qué acababa de hacer y por qué... ¿Así que la señora Frizell era clienta mía? ¿Pero cómo? ¿Más horas de tiempo perdido cuando necesitaba trabajos rentables para comprarme zapatillas de deporte? ¿Y qué esperaba yo que hiciera Dick respecto a Todd Pichea? ¿Que le dijera que yo era un verdadero tigre, que llevase cuidado y que, ya que estaba en ello, les devolviera la vida a esos perros muertos?

Ya eran las nueve. Estaba sucia y cansada, y quería cenar. Un viernes por la noche no podía hacer gran cosa por averiguar las actuaciones de ningún tribunal tutelar. Me aseé un poco con el agua apenas tibia de la bañera y me puse unos pantalones limpios de algodón para poder salir a buscar algo de comer por la avenida Lincoln.

Bienvenida a tu lecho de muerte

Pasé seis horas en la cama, en su mayor parte como una forma de matar el tiempo hasta que fuese de día, ya que no pude dormir. No había querido cargar con la responsabilidad de cuidar de los perros y me había anticipado al señor Contreras antes de que sugiriera que nos los quedáramos. Me había puesto incluso un poco mordaz y condescendiente cuando lo hablé con él. Y ahora estaban muertos. Me esforcé por no imaginarme sus cuerpos tiesos en algún vertedero, o dondequiera que el condado mande a los perros que elimina, pero me sentía enferma, febril, como si yo misma los hubiese puesto junto al paredón y les hubiese fusilado.

En las noches de insomnio parece como si el cielo fuese a permanecer negro para siempre, que sólo durmiendo puede hacer una que aparezca el día. Finalmente debí de amodorrarme durante una hora o dos, porque de repente mi habitación estaba llena de luz. Otra espléndida mañana de junio, el tiempo ideal para contarle a una anciana que sus amados perros están muertos.

Tenía un amigo de la universidad, Steve Logan, que trabajaba de asistente social en el servicio de psiquiatría del hospital del condado de Cook. Solíamos trabajar juntos con frecuencia cuando yo estaba en la oficina del defensor público: él examinaba a mis clientes menos adaptados socialmente. Hubo incluso un año en que creímos estar enamorados. No pudimos corroborarlo, pero el recuerdo de nuestra relación teñía nuestra amistad de cierta calidez.

Desde que nuestros caminos laborales habían dejado de cruzarse, sólo conseguíamos coincidir un par de veces al año, pero probablemente conseguiría que yo pudiese ver a la señora Frizell. Esperé dos largas horas hasta que, a las nueve, me pareció un momento decente para intentar llamarle.

Steve pareció contento de oírme y chasqueó la lengua en ademán de consuelo tras el relato de mis infortunios. Aceptó localizar a la señora Frizell y llevarme a verla si podía encontrarme con él media hora más tarde: era su día libre y lo iba a aprovechar para llevar a sus hijos al zoo.

Me vestí a toda prisa y salí furtivamente sin que me oyera el señor Contreras. Me sentía demasiado deshecha como para contarle lo que había sucedido —y para escuchar sus reproches.

El hospital del condado de Cook está a la entrada del barrio Oeste, nada más salir del paso elevado de Lake Street, entre un hospital de la asociación de veteranos y el presbiteriano de St. Luke. Este último es un enorme hospital privado con los servicios más modernos y un plan de ampliación en proceso que amenaza con engullir a toda la comunidad circundante. El «Prez», como lo llaman los lugareños, no tiene ningún vínculo con el hospital del condado, excepto cuando sus pacientes se quedan sin dinero y tienen que ser expulsados a la calle para que los recojan los contribuyentes.

El del condado había sido erigido a finales de siglo, cuando los edificios públicos tenían que parecerse a templos babilónicos. Después de su creación el público ha declinado otros actos de generosidad. Seguimos invirtiendo más dinero en la cárcel del condado y en los tribunales, construyendo incluso dependencias más grandes para reforzar aún más el cumplimiento de la ley, pero el hospital languidece. Cada seis meses, más o menos, los periódicos dan la voz de alarma diciendo que el hospital perderá su crédito —y el dinero federal— porque el edificio está muy por debajo de las normas, pero entonces los federales se ablandan y la institución sigue adelante a trancas y barrancas. Que los quirófanos no tengan aire acondicionado y que el hospital no tenga sistema de extintores parecen unas razones triviales para privar a los pobres de una de las pocas fuentes de atención sanitaria que subsisten.

Como corolario del Prez y de la Universidad de Illinois, que tiene un campus allí cerca, han surgido un montón de casitas urbanas en las inmediaciones de los hospitales. Aun así, me resistía a dejar el coche en la calle. Mientras entraba en uno de los estacionamientos privados del hospital, me arrepentí de no haberme conformado con un coche más acorde con mis ingresos y con los barrios que visitaba. Si me hubiera conformado con un Chevrolet de segunda mano, podría haberme comprado unas Nikes nuevas.

Había quedado en encontrarme con Steve en la entrada principal de la calle Harrison. Era un extraño vestíbulo, con la estatua de una mujer desnuda y dos niños en un rincón, y un gran cuadrado con tubos de luz azul en el techo. Me pregunté si sería un aparato contra los insectos o tubos de ultravioletas para matar cualquier germen viviente. Si ése era el caso, llevaban perdida la batalla contra la mugre de suelos y paredes.

Había gente dispersa por el vestíbulo comiendo patatas fritas y bebiendo café. La zona de espera, cuyas sillas ocupaban varios huecos, estaba prácticamente vacía. Entre semana todos los asientos están ocupados por los pacientes externos que esperan su turno. El sábado por la mañana sólo un par de borrachos estaban repantigados en las sillas, durmiendo la mona del viernes por la noche. El hospital es un monstruo, construido en forma de E con una altura de siete pisos. Gente sin hogar, echada a patadas del aeropuerto O'Hare, se desliza por las puertas laterales y se arrebuja en los interminables pasillos para pasar la noche.

Mientras esperaba a Steve, un par de corpulentos policías entraron en el vestíbulo con un hombre esposado y con grilletes en los pies. Estaba flaco y tembloroso, una hoja oscilando entre dos ramas, y llevaba la cara cubierta por una mascarilla quirúrgica. La mascarilla resultaba tan incongruente como los grilletes en sus enjutas piernas. ¿Tal vez tenía el bacilo de Koch y les había escupido a los agentes? La tuberculosis también estaba en alza en el condado.

Steve llegó corriendo por el pasillo algo después de las diez, cuando ya había estudiado lo suficiente el dibujo del suelo como para memorizarlo. Llevaba vaqueros y zapatillas de lona; con el pelo lacio y rubio cayéndole sobre los ojos, parecía un anuncio de deportes al aire libre. No podía creer que hubiera seguido trabajando para el condado durante todos esos años sin quemarse el cerebro, pero una vez me dijo que trabajar allí le hacía sentirse real.

Me pasó un brazo alrededor del talle y me besó levemente en la mejilla.

—Siento llegar tarde, Vic. Sólo he querido comprobar si sabíamos algo de tu anciana. Ahora llevamos un atraso de seis meses, por lo que no esperaba nada, pero resulta que hubo alguna vista urgente el jueves.

Hice una mueca.

—Sí, por eso estoy aquí. Tengo un jodido *yuppy* de vecino que ha conseguido hacerse nombrar tutor de la anciana, y con una precipitación extraña.

Las espesas cejas de Steve desaparecieron bajo su mechón.

—Ésta fue superurgente. Sólo estaba aquí desde el lunes por la noche, ¿no es así? Parece casi indecente. ¿Le deja algo en su testamento?

—La rabia, si se le ocurriera. El chico ha hecho matar a sus perros por la perrera del condado. Su vida giraba bastante en torno a ellos, no sé cómo va a reaccionar cuando se entere de que están muertos.

Steve consultó su reloj.

—Elaine está dando de desayunar a los niños y ayudándoles a vestirse. Déjame llamarla para decirle que llegaré tarde: quiero ver yo mismo a la señora Frizell. Entonces decidiremos la mejor manera de contarle lo de los perros.

Volvimos al otro extremo del vestíbulo. Steve sobrepasa mi metro setenta y dos en cinco o seis pulgadas. Procuraba acortar su paso, pero aún tenía yo que correr para mantenerme a su altura. Abrió bruscamente una puerta y empezó a subir unas escaleras.

—Ascensores: hoy sólo funciona uno en esta parte del edificio. Me temo que tenemos que subir cinco pisos, pero créeme, es mucho más rápido.

Yo jadeaba un poco cuando llegamos a su despacho, pero él no parecía en absoluto falto de aliento. Llamó a su mujer, cogió una tablilla y volvió a cerrar la puerta de un solo movimiento.

—Elaine te manda un abrazo. Ahora bajamos dos pisos y pasamos por el servicio de ortopedia. He llamado a Nelle McDowell, es la enfermera encargada de esa área. Es maja, nos dejará hablar con la señora Frizell.

Nos encontramos con Nelle McDowell en la sala de las enfermeras, un chiribitil al final del pasillo. Alta, negra y robusta, nos saludó a Steve y a mí con la cabeza, pero siguió conversando con dos enfermeras y un asistente. Estaban repasando los recién llegados de esa noche y tratando de repartir la carga de trabajo. Esperamos fuera a que terminaran: el minúsculo cuartito apenas podía contener ya a las cuatro personas que estaban dentro.

Cuando se acabó la reunión, McDowell nos hizo señas de que entráramos. Steve me presentó.

—Vic quiere hablar con Harriet Frizell. ¿Está en condiciones de ver a alguien?

McDowell puso mal gesto.

—No es la persona más coherente de la planta en este momento. ¿Para qué queréis verla?

Volví a contar mi historia, cómo encontramos a la señora Frizell el lunes por la noche, y luego le hablé de Todd Pichea, de los perros, y de por qué me preocupaba. McDowell me miró de arriba abajo como un capitán examinando a un dudoso nuevo subalterno.

—¿Sabes quién es *Bruce*, Vic?

—*Bruce* es —era— el perro favorito de la señora Frizell, un gran labrador negro.

—No para de llamarle a gemidos. Pensé que sería su marido, o quizá su hijo. ¿Pero su perro? —la enfermera jefe frunció los labios y sacudió la cabeza—. No está muy cabal, no contesta a las preguntas y el nombre de ese perro es prácticamente todo lo que ha dicho desde que la trajeron aquí. El lunes por la noche no consiguieron que diera el nombre de ningún familiar, los médicos no tuvieron más remedio que firmar la hoja de autorización en su lugar. Hemos intentado buscar a un tal *Bruce* Frizell en la ciudad y sus alrededores: si se trata de un perro, eso explica por qué no hemos tenido éxito. Si está muerto, no se lo va a tomar nada bien. Prefiero no decírselo hasta no estar segura de que tiene fuerzas suficientes para sobrevivir.

—Quiero hablar con ella, Nelle —dijo Steve—. Intentar hacer una evaluación. Uno de nuestros chicos estuvo aquí para la vista con el abogado el jueves, pero me gustaría hacerme una idea por mí mismo.

McDowell alzó los brazos al cielo.

—Adelante, Steve. Y lleva contigo a la detective, no tengo inconveniente. Pero no vayas a hacer algo que la ponga frenética. Por si no lo has notado, estamos escasos de personal en esta planta.

Sacó un gráfico con la palabra «Frizell» escrita en un lado.

—Hay algo que tal vez podáis decirme: ¿por qué esas prisas para conseguirle un tutor? Las veces que hemos necesitado a alguno aquí, sólo los trámites para conseguir la vista nos han llevado meses. Y ahora el jueves ya tenemos un tutor *ad lítem* vivito y coleando, hablando con la anciana sin más formalidades. Avisé a los de seguridad, y le echaron hasta que conseguimos traer a alguien del equipo de psiquiatría, junto con ese chico de tu oficina —señaló a Steve con la cabeza—, pero me mosqueó muchísimo.

Sacudí la cabeza.

—Yo tampoco lo entiendo, excepto que Pichea rabiaba por deshacerse de esos perros. Yo misma hablé con su hijo el lunes por la noche. Vive en California y tenía más o menos el mismo interés por lo que le sucedía a su madre como el que yo tengo por mis cucarachas. Supongo que cuando Pichea le llamó estuvo entusiasmado con poder cargarle a otro el problema de la señora Frizell.

McDowell sacudió la cabeza.

—Aquí nos viene gente con toda clase de problemas, pero no recuerdo a ningún paciente que la familia quisiera endilgar a un extraño, jamás... La señora Frizell está al otro extremo de la sala, la tercera división antes del final. Hazme saber qué te parece, Steve.

Cuando salimos del cuarto de las enfermeras, Steve me explicó que la sala solía ser corrida, pero que habían construido unas separaciones hacía unos cuantos años.

—No es un sistema excelente: los tabiques están tan juntos que no queda sitio para hacer la cama, y los pacientes no tienen posibilidad de llamar la atención de nadie si necesitan ayuda. Pero la junta del condado decide, y nosotros tratamos de apañárnoslas lo mejor que podemos.

Cuando vi a la señora Frizell se me heló la sangre y me sentí palidecer. Incluso el lunes por la noche, tumbada medio desnuda en el suelo del cuarto de baño, seguía pareciendo una persona. Ahora tenía la cabeza ladeada sobre la almohada, con la mirada perdida en el vacío, la boca abierta, y la piel, tirante sobre sus huesos, de un gris pálido. Parecía un cadáver. Sólo sus movimientos inquietos y sin sentido indicaban que aún seguía viva.

Miré temerosamente a Steve. Él sacudió la cabeza, apretando los labios, pero se deslizó entre la cama y el tabique divisorio. Yo me puse del otro lado de la cama.

Me arrodillé junto a la cama. Los ojos de la señora Frizell no parecían fijarse ni en mí ni en Steve.

—¿Señora Frizell? Soy V. I., Victoria. Su vecina. ¿Cómo se encuentra?

Parecía una pregunta estúpida y me di por recompensada de mi estupidez al no contestarme. Steve me hizo señas de que debía seguir, así que seguí dolorosamente adelante.

—Tengo una perra, ya sabe, esa perdiguera color rojo dorado. Algunas mañanas pasamos por delante de su puerta y a veces hablamos —a veces refunfuñaba contra mí, rectifiqué mentalmente, quizá nunca reparó realmente en mí—. Y fui yo quien la encontré el lunes por la noche. Con Marjorie Hellstrom.

Repetí el nombre un par de veces y me esforcé por seguir hablando, pero no pude resignarme a mencionar a los perros, lo único que podía haber despertado su interés. Las rodillas empezaban a dolerme por el contacto con el suelo frío y duro y sentía la lengua como un badajo peludo. Estaba a punto de levantarme, cuando giró bruscamente sus ojos nublados hacia mí.

—*¿Bruce?* —graznó roncamente—. *¿Bruce?*

—Sí —dije, forzándome a sonreír—. Conozco a *Bruce*. Es un perro estupendo.

—*Bruce* —parecía como si estuviera dando palmaditas en la cama, invitando a un perro inexistente a subirse junto a ella.

—Lo siento —dije—, no dejan entrar a los perros en los hospitales. Pronto se pondrá bien, y entonces podrá volver a casa y estar con él.

—*Bruce* —volvió a decir, pero parecía tener un poco más de color en la cara. Al cabo de unos segundos se quedó dormida.

Amor filial

Cuando volví al coche eché el asiento hacia atrás todo lo que pude y me derrumbé allí, sin fuerzas. Después de dejar a la señora Frizell había vomitado, como una necesidad espontánea de purgarme de la mentira que había tenido que contarle. Nelle McDowell había mandado a una mujer con una fregona que se negó a dejarme limpiar el desastre en su lugar.

—No te preocupes por eso, cielo, es mi trabajo. Y es bueno ver a alguien que se preocupe lo suficiente por esa pobre anciana como para ponerse mala por ella. Tú consíguete un vaso de agua y levanta un rato las piernas.

Me sentí avergonzada por haber perdido el control delante de Steve y de Nelle McDowell, y rechacé sus ofrecimientos de ayuda.

—Tus hijos van a estar furiosos si les haces esperar mucho más, Steve. Vete a casa, yo estoy bien.

Y estaba bien, o casi. Había perdido el control desde que llamé a la puerta de Todd Pichea la noche anterior. ¿Qué más me daba perderlo un poco más en el hospital del condado de Cook?

Era mediodía cuando por fin me enderecé y puse el coche en marcha. Ya estaba en el barrio Sur, a dos manzanas de Damen; unos cuantos kilómetros más al sur y podría empezar a rastrear los bares cerca de la antigua casa de Mitch Kruger. Pero, sencillamente, no tenía estómago para afrontar más vidas deshechas ese día.

Así que me dirigí al Lago Michigan y seguí hacia el norte, dejando atrás los barrios ricos del extrarradio, donde los jardines particulares ocultan la vista del lago, hasta llegar a campo abierto. Aunque el día estaba despejado y el agua azul y serena, aún estaba demasiado fría para nadar. Había grupos de excursionistas dispersos por la orilla, pero conseguí encontrar un tramo de playa desierta donde pude quitarme la ropa y meterme al agua en ropa interior. Al cabo de unos minutos los pies y las orejas me dolían de frío, pero seguí avanzando hasta que sentí que la cabeza me retumbaba y todo se ponía negro a mi alrededor. Salí a la orilla dando traspiés y me tumbé jadeando en la arena.

Cuando me desperté el sol estaba bajo en el horizonte. Había estado toda la tarde sirviendo de espectáculo para los mirones que pasaban, pero ninguno me había molestado. Me volví a poner el vaquero y la camisa y regresé a la ciudad.

La angustia de haberle fallado a la señora Frizell me produjo esa noche un sueño pesado, demasiado pesado, hasta el punto de que me desperté el domingo ya tarde sintiéndome embotada y sin descansar. El aire de la calle también se había vuelto inesperadamente cargado y turbio, nada bueno para hacer *jogging*. ¿Treinta y dos grados y bochorno a principios de junio? ¿Sería que el temible efecto invernadero ya estaba afectándonos? ¿Es que iba a tener que trocar mi potente coche por una bicicleta? No me sentí capaz de preocuparme por la señora Frizell, por Mitch Kruger y por el medio ambiente en el mismo fin de semana.

Me tomé una taza de café y me fui en mi potente coche a un polideportivo donde a veces voy a nadar. El domingo es día familiar: la piscina contenía en partes iguales cloro y niños chillones. Me refugié en la sala de pesas y me pasé una aburrida media hora en los aparatos. Ejercitarse en las máquinas es monótono, y los que están en la sala de pesas parecen casi siempre tener todos la mirada de secreta autosatisfacción que una tiene cuando se pavonea frente al espejo: Dios mío, soy tan guapa, con estos fabulosos y desarrollados músculos, que creo que me he enamorado.

Aguanté todo el tiempo que pude, y luego me acerqué a la cancha, donde me encontré un partido informal de baloncesto. Estaba de suerte. Precisamente alguien lo dejaba para sacar a sus hijos de la piscina. Sólo podíamos ocupar la cancha unos veinte minutos más, pero cuando llegaron los hombres a ocuparlo ya estaba empapada en sudor y la sensación de pesadez había desaparecido de mi cabeza.

Cuando fui a ducharme me di cuenta de que me había dejado la bolsa de deporte en la sala de pesas. Al entrar a recogerla me sorprendió ver a Chrissie Pichea en el último aparato que yo había utilizado. No me sorprendió verla trabajar sus músculos trapecios, sólo el que estuviera en el polideportivo. Me la hubiera imaginado en un gimnasio pijo de Lincoln Park o del Loop. Se puso roja cuando me reconoció.

—Desde que tú y Todd os encargasteis de los perros de la señora Frizell, tengo tiempo para desarrollar mis pectorales —dije en tono cordial, recogiendo mi bolsa.

Frunció el ceño, furiosa.

—¿Por qué no te metes en lo que te importa?

—Soy como tú, me gusta ayudar a mis vecinos. Y cuando tú metes las narices en los asuntos de la señora Tertz y de la señora Frizell, ¿seguro que te estás metiendo en lo que te importa?

Soltó las pesas tan de golpe que cayeron con gran estruendo.

—¿Pero tú quién te has creído que eres?

Le sonreí.

—Qué poco original, Chrissie. No sueltes las pesas tan rápido: es la mejor manera de desgarrarse un músculo —salí tranquilamente de la sala, silbando por lo bajini. Jo, Vic, eres tan ingeniosa, creo que me estoy enamorando.

De vuelta a casa me sentí lo suficientemente alerta como para llamar al hijo de la señora Frizell a San Francisco. Contestó a la octava señal, cuando ya pensaba que estaría fuera ese fin de semana. Le recordé que habíamos hablado el lunes anterior después de que encontrara a su madre tirada en el baño.

—¿Sí?

Le expliqué lo que les había sucedido a los perros.

—Fui a verla ayer. No está nada bien. Podría matarla enterarse de que han sacrificado a los perros.

El personal del hospital quiere hablar con usted antes que nada, no quieren correr esa clase de riesgo sin que lo sepa su familia... Supongo que usted es su única familia...

—Puede que mi padre siga vivo, en algún paraíso al que huyó antes de que yo naciese. Como nunca se divorciaron, técnicamente sigue siendo su familiar más cercano, pero no creo que ahora le preocupe más que durante los últimos sesenta años. De todas formas, he autorizado a un abogado que vive cerca de ella a encargarse de su tutela. ¿Por qué no habla con él? —su voz era amarga, acerada por seis décadas de rencor.

—Eso es un poco problemático: ha sido él el que ha pedido a la perrera del condado que sacrificara los perros. A él no le preocupa mucho cómo puede afectar eso a su madre: lo único que quería era que le nombraran tutor para poder deshacerse de los perros.

—Creo que usted está exagerando las cosas —contestó—. ¿Cuál es su verdadero interés por mi madre? ¿Sólo una vecina que se preocupaba? ¿Una entrometida que no puede evitar meter las narices en los asuntos de los demás?

—Es cliente mía. No puedo abandonarla sólo porque está algo trastornada.

—¿Cliente? ¿Qué clase de...? Yo reviso las facturas de mi madre cada trimestre, después de que el banco las pague. No recuerdo su nombre... ¿Sharansky, ha dicho?

—No, ya le he dicho que «Warshawski». No podía encontrar ninguna factura, he estado trabajando gratis para ella.

—Sí, pero ¿qué es lo que hace para ella? Hay por ahí mucha gente tratando de aprovecharse de los ancianos. Mejor será que me deletree su nombre. Me gustaría que Pichea viera eso de cerca.

—¿Y cómo sabe que él no es una de esas personas que se aprovechan de los ancianos? —le pregunté—. ¿A quién le ha encargado que lo investigue a él? ¿Va a seguir examinando las facturas de su madre ahora que le ha dado carta blanca para controlar su vida?

—Me dio el nombre de su bufete de abogados. Les llamé y me confirmaron su credibilidad y su desinterés. Y ahora, si quiere deletrearme su nombre...

—¡Pero si no es desinteresado! —estallé—. Quiere sacar a su madre del barrio. Lo que quería era deshacerse de los perros, probablemente espera que muera en el hospital para poder vender su casa a algún *yuppy* como él...

Byron me interrumpió a su vez.

—Mi madre es una persona muy difícil. Muy difícil. Ahora hace cuatro años que no voy a Chicago a verla, pero ya entonces estaba senil. Claro, que ha estado senil desde que yo la conozco, pero al menos solía ocuparse de la propiedad. Pues bien, hace cuatro años vi que estaba dejando que la casa cayera en ruinas —repitió la frase como si él la hubiese inventado y le gustara oírsela paladear—. Si no hubiera sido por mí, todo el edificio se le hubiera derrumbado encima con las filtraciones de agua. No se molestaba en llamar a nadie para que arreglara el tejado. No es capaz de recoger la basura que la gente tira en su patio. Apuesto a que no ha utilizado un aspirador en ochenta años. Creo que es hora de que la lleven a una casa de salud o a alguna institución donde cuiden de ella.

Estaba sin aliento. No pensé que fuese el momento indicado para decirle que mucha gente no tenía aspirador hace ochenta años.

—Y tampoco me destroza el corazón saber que esos malditos perros están muertos —prosiguió—. Siempre estaba igual. Cuando era niño no podía llevar a nadie a casa con todos esos animales que tenía vagando por allí. Parecía más un zoológico que una casa, sólo porque su sueño era ser veterinaria y tuvo que trabajar en una fábrica de cajas... Bueno, todos nosotros tenemos que renunciar a nuestros sueños: yo quería ser arquitecto pero no había dinero para ese tipo de estudios, así que me hice contable. Y no por eso me paso la vida llenando la casa de planos. Me he adaptado. Mi madre nunca supo hacerlo. Siempre creyó que las reglas se aplicaban a los demás, y no a ella, y ahora tendrá que aprender a su costa que las cosas no son así.

Yo siempre quise jugar en la liga de béisbol, pero en lugar de eso había terminado estudiando Derecho. Y obtuve becas y trabajé por las noches y en los veranos para conseguirlo. Me costaba compadecerme de los sueños perdidos de Byron, pero sentí pena por la señora Frizell.

—Es difícil ingresar en las escuelas de veterinaria —dije en voz alta—, e imagino que hace sesenta y cinco años era prácticamente imposible para una mujer.

—Tampoco necesito que me eche un maldito sermón sobre los derechos de las mujeres. A menos que sean capaces de cuidar como es debido a sus hijos, las mujeres no merecen ningún otro derecho. Ya me imagino cómo trataría a mi padre para obligarle a marcharse. Además, ¿quién se ha creído que es usted, para venir a sermonearme? ¿Qué clase de trabajo ha estado haciendo para mi madre? ¿Le ha facilitado manuales de medicina veterinaria? —su tono era feroz—. ¿A qué se dedica?

—Soy abogada. Y detective privada.

—Si es abogada, ¿qué es lo que está haciendo para mi madre?

—Tratando de proteger sus bienes, señor. Está preocupada por ellos.

—No veo... Ah, claro. *Pretende* estar trabajando gratis. Está bien, le hablaré a Pichea de usted y veremos qué me dice, señora Warinski.

—Es Warshawski —espeté—. ¿Y por qué no coge también mi número? Póngalo junto al de él, y así, la próxima vez que se sienta abrumado por un ataque de amor filial, podrá comunicarse conmigo.

Colgó antes de que le dijera las tres primera cifras.

Me senté en el suelo del salón, mirando el teléfono. Mi madre murió cuando yo tenía quince años; hay noches en que me despierto echándola tanto de menos que un dolor físico me encoge el diafragma. Pero preferiría sentir ese dolor todas las noches del año a llegar a los sesenta y seguir rumiando un gran bolo de rabia sin digerir.

Mi estómago interrumpió mis taciturnos pensamientos. Mi estómago me estaba sin duda poniendo más taciturna de lo que lo exigían las circunstancias: no había desayunado y hacía tiempo que se había pasado la hora de comer. La cocina no ofrecía nada más apetitoso que lo que había al principio de la semana. Me puse unos ligeros pantalones de algodón y una camiseta, me tomé en el chiringuito de Belmont un BLT* con patatas, y me dirigí hacia el sur.

*BLT: *Bacon*, *Lettuce*, *Tomato*: sandwich con beicon, lechuga y tomate. (*N. de la T.*)

Resucitando a Lutero

La antigua dirección de Mitch en la calle Treinta y cinco resultó ser otra pensión, pero estaba bastante mejor que la de la señora Polter. La casa, una pobre construcción con entramado de madera pintada de blanco, estaba escrupulosamente limpia, desde la escalinata recién fregada hasta el salón donde me recibió la señora Coriolano. Tenía unos cincuenta años; me explicó que ella llevaba el negocio de su madre, que había empezado a alquilar habitaciones cuando su marido murió al caerse de un andamio veinte años atrás.

—Entonces era difícil vivir de la Seguridad Social, y ahora es imposible, y mi madre tiene artritis, no puede andar y ya no puede subir escaleras.

Chasqueé compasivamente la lengua y saqué el tema de Mitch. La señora Coriolano alzó los brazos. Había vivido allí tres años, y lo había llevado otro de los inquilinos, Jake Sokolowski. Un hombre tan responsable, tan de fiar, que por supuesto recibieron con gusto a su amigo, pero el señor Kruger nunca pagaba el alquiler a tiempo. Ni una sola vez. Y llegaba borracho tarde por la noche, despertaba a mamá, que tenía problemas para dormir. ¿Qué otra cosa podía hacer? Le avisó una y otra vez, le daba largas y más largas, y al final tuvo que echarlo.

—Prendió fuego a las mantas por quedarse dormido borracho. Tuvimos suerte de que fuese una de las noches de insomnio de mamá. Olió el humo, gritó, me desperté y yo misma apagué el fuego. Si no, a estas horas estaríamos todos durmiendo en los bancos de Grant Park.

No había vuelto a ver a Mitch desde la mañana siguiente al incendio, cuando lo echó, pero se alegraba de que yo quisiera hablar con Sokolowski. Estaba sentado en el minúsculo patio, dormido sobre el *Herald-Star* del domingo. Le había conocido cuatro años atrás, cuando junto con Kruger y el señor Contreras intentó defender la clínica de Lotty. Cuando lo desperté era evidente que no me reconocía, pero al igual que Mitch recordaba con entusiasmo la pelea.

El que Mitch hubiera desaparecido no le preocupó demasiado a Sokolowsky.

—Debe de estar durmiendo la mona por ahí. No es propio de Sal que se preocupe por un tío como Mitch. Debe de estar bebiendo demasiado de esa bazofia que llama *grappa*.

Le urgí a que tratara de recordar la última vez que había visto a Mitch. Tras un largo debate interno decidió que había sido el lunes por la tarde. Mitch se había pasado para convencer a Jake de que le acompañara a tomar una copa.

—Pero ya sé lo que significa «tomar una copa» con Mitch. El siguiente paso es que él se ha tomado diez y a ti te toca llevarle a casa o pagar la reparación de una ventana.

Como había sugerido Tessie, Mitch era parroquiano de un bar cercano a la pensión Coriolano, Paul's Place, en la esquina de las calles Treinta y seis y Seely. Jake estaba convencido de que allí era adonde debió de ir el lunes. Se volvió a acomodar bajo las páginas de deportes mientras yo volvía a la casa.

Le agradecí su ayuda a la señora Coriolano y me dirigí al bar de Paul. Era un chiringuito escasamente amueblado, más espartano que el de Tessie, con media docena de hombres que miraban el partido de los Sox en un pequeño aparato en color colgado muy arriba en la pared, detrás de la barra. El tabernero, un calvo de unos sesenta años con gruesos brazos y una neta y oronda barriga, mascaba un palillo de dientes. Estaba apoyado en la pared a un extremo de la barra, mirando el partido, reponiendo los tragos de sus parroquianos pero sin prestarme la menor atención.

Esperé respetuosamente hasta que Ozzie Guillen se marcó una jugada perfecta, y entonces saqué a colación mis gastadas preguntas. Tratándose de un lugar donde conocían bien a Mitch, no intenté hacerme pasar por sobrina suya, pero expliqué que era amiga del señor Contreras. Ninguno de ellos lo conocía, pero todos conocían a Mitch, y también el tabernero.

—Sé que al final Tonia lo echó —me brindó, cambiándose el palillo a la comisura de los labios—. Estuvo por aquí tratando de agenciarse un cuarto. Pero ninguno de nosotros picó: conocemos al tipo demasiado bien.

—¿Cuándo fue la última vez que lo vieron?

Lo debatieron, pero les tocó batear a los Sox antes de que llegaran a una conclusión. No era el día de suerte de Jack Morris: los Sox mandaron a siete hombres a batear y marcaron cuatro carreras tras una serie de errores y un doble juego de Sammy Sosa. El medio *inning* duró tanto tiempo que el grupo se olvidó de mí y de Mitch Kruger. Volví a sacar el tema de cuándo le habían visto por última vez.

—Tuvo que ser el lunes —dijo finalmente el barman—. Pagó una ronda a todos. Mitch es un tío generoso cuando tiene pasta, así que le preguntamos si había ganado mucho en Hawthorne. Dijo que no, pero que iba a ser rico pronto y que no se iba a olvidar de sus amigos.

Nadie tuvo nada más que añadir, aunque emitieron murmullos de aprobación: Mitch era generoso cuando tenía dinero. Después de una semana ya no recordaban adónde se dirigía cuando se marchó, o si había dicho algo más sobre con qué se iba a enriquecer. Me quedé lo suficiente para ver a los Tigers sucumbir uno tras otro al sexto juego antes de dirigirme al noroeste, hacia el Loop.

Desde mi llamada a Dick el viernes por la noche no había dejado de preguntarme lo que iba a hacer respecto a Todd Pichea. Al fin y al cabo, le había dicho a Dick que estaba sobre el caso de Pichea. Difícilmente podía admitir que fuese sólo una trola. Además, me apetecía de verdad ocuparme de la peste esa. Pero entre la agitación y la humillación, no había sido capaz de pensar en algo hasta que vi a Jake Sokolowski adormilado bajo el *Herald-Star*.

El sur del Loop todavía no había atraído a ese tipo de tiendas cursis que abren los sábados por la tarde. No tuve ninguna dificultad en aparcar frente al edificio Pulteney. No tenemos portero ni guardia de seguridad para mantenerlo abierto durante el fin de semana. El iracundo encargado, Tom Czarnik, cierra con llave al mediodía del sábado y vuelve a abrir el lunes por la mañana a las siete. Ocasionalmente se las arregla para que alguien pase una fregona por el suelo del vestíbulo. Busqué entre mis llaves la grande de latón que abre el cerrojo de seguridad y forcejeé con la dura cerradura. Cada vez que voy y es sábado me propongo llevarme una lata de grafito para lubricar la cerradura, pero lo hago tan raras veces que entre una y otra se me olvida.

Czarnik había cortado la corriente del ascensor y cerrado la salida de incendios al pie de la escalera. No lo hace por ser celoso de la seguridad, sino por una acerba enemistad hacia todos los inquilinos. Ya hacía tiempo que había conseguido hacerme unas llaves tanto del ascensor como de las escaleras, pero subí por las escaleras: el ascensor es demasiado dudoso y no me apetecía pasar las siguientes diecisiete horas encerrada en él.

Una vez en mi oficina, intenté comunicarme con Murray Ryerson en el *Herald-Star*. No estaba ni en el trabajo ni en su casa. Dejé mensajes en ambos sitios y le quité la funda a la vieja Olivetti de mi madre, la obsoleta máquina de escribir que utilizo para mis facturas y mi correspondencia. Era uno de los pocos legados tangibles que tenía de ella; su presencia me había reconfortado durante mis seis años en la Universidad de Chicago. Incluso ahora no puedo decidirme a sustituirla por un ordenador, y menos aún por una máquina eléctrica. Además, su uso me fortalece la mano con que empuño el revólver.

Reflexioné cuidadosamente antes de empezar a escribir:

> ¿Por qué Todd Pichea, de Crawford, Mead, Wilton y Dunwhittie, estaba tan ansioso por asumir los asuntos legales de Harriet Frizell que llevó con toda urgencia al juez tutelar hasta su misma cama de hospital? ¿Por qué su primera acción, una vez nombrado su tutor legal, fue sacrificar a sus perros? ¿Es que su único objetivo al hacerse cargo de ella era deshacerse de sus perros? ¿O es que tiene también la mira puesta en sus propiedades? ¿Apoya la firma Crawford-Mead la acción de Pichea? Y si así es, ¿por qué? Eso es lo quieren saber las mentes inquietas.

Firmé con mi nombre e hice cinco copias —mi única concesión a la modernidad es una fotocopiadora de despacho. Guardé mi propia copia en una carpeta con la etiqueta FRIZELL, que archivé con los expedientes de mis clientes. Puse otra en un sobre para Murray. Las otras cuatro me propuse llevarlas en persona: tres para la firma de Dick, una para el propio Dick, otra para Todd y la tercera para Leigh Wilton, uno de los socios más antiguos, al que yo conocía. El original lo envié al *Chicago Lawyer*.

Me dirigí al nuevo edificio en La Salle donde Crawford-Mead había trasladado sus oficinas el año anterior. Era uno de mis favoritos del Loop oeste, con una fachada convexa color ámbar que reflejaba la línea del horizonte al anochecer. No me hubiera importado tener un despacho allí. Estaba en segundo lugar en mi lista de compras, después de un nuevo par de Nikes.

El guardia del vestíbulo estaba mirando el final del partido de los Sox; me hizo señas para que firmara en la hoja de visitantes, pero no se preocupó mucho por lo que hacía, con tal de que no interrumpiera el último saque. Sólo funcionaba un ascensor, con su interior tapizado en naranja pálido para hacer juego con el cristal ámbar de la fachada. Me aspiró hasta el piso treinta, donde me depositó en unos veinte segundos.

Crawford-Mead se había llevado las puertas de madera tallada de su antiguo cuartel general. Nada más ver esas macizas puertas incrustadas en las paredes tapizadas de gris, uno sabía que iba a pagar trescientos dólares la hora por tener el privilegio de susurrar culpables secretos a los sumos sacerdotes que había detrás.

Las puertas estaban cerradas con llave. Sentí la tentación de sacar mi ganzúa y dejar mis mensajes personalmente sobre las mesas de los destinatarios, pero oí voces apagadas al otro extremo, detrás de las puertas. Sin duda alguna eran los nuevos trabajando duro, alimentando a la firma con su sangre, en horas facturables. La puerta no tenía buzón para el correo. Humedecí los bordes de los sobres y los pegué en la puerta, con los nombres de Dick, Todd y Leigh Wilton mecanografiados en negro y subrayados en rojo. Me sentía un poco como Martín Lutero desafiando al papa en Wittenberg.

Las oficinas del *Chicago Lawyer* estaban cerradas. Después de echar el original en su buzón, pensé que me había ganado una comida de verdad, para variar un poco. Me detuve en un supermercado e hice provisión de fruta, verduras, yogur fresco, comestibles varios y una selección de carne y pollo para el congelador. En la pescadería tenían salmón que parecía fresco. Compré para dos y asé un poco para el señor Contreras en mi minúsculo porche trasero.

Antes de ponerle al corriente de mi búsqueda de Mitch Kruger, tuve que contarle lo de los perros de la señora Frizell. Se puso furioso y triste a la vez.

—Ya sé que no crees que me las pueda arreglar con *Peppy*, pero ¿por qué no podíamos traernos a los perros aquí? Podían haber estado en el patio de atrás sin molestar a nadie.

Cuando terminó, yo misma me sentía miserable. Debí tomar medidas más acertadas con ellos; sencillamente, no esperaba que Todd Pichea actuara tan rápido, o tan cruelmente.

—Lo siento —fue lo único que acerté a decir—. Cualquiera pensaría que, después de tantos años trabajando con la escoria humana, tenía que haber estado preparada para él y Chrissie. Pero, de alguna forma, una nunca se espera que pase algo así en su propio barrio.

Me dio una palmadita en la mano.

—Sí, pequeña, ya sé. No debería reprochártelo. Es que pienso en esos pobres animales indefensos... y luego uno piensa: demonios, podían haber sido *Peppy* y sus cachorros... Pero no pretendo machacarte ya más de lo que estás. ¿Qué vas a hacer? Respecto a ese Pichea, me refiero.

Le conté lo que había hecho esa tarde. Se sintió decepcionado, esperaba algo más directo y violento. Al final estuvo de acuerdo en que debíamos movernos con cautela —y dentro de la ley. Después de unos cuantos vasos de *grappa* se marchó, sombrío pero no tan indignado como yo temía.

Me había propuesto que mi primer paso el lunes por la mañana sería dejarme caer por el tribunal tutelar, pero antes de que sonara mi despertador ya tenía a Dick al teléfono. Sólo eran las siete y media. Su clara voz chillona de barítono me martilleó los oídos antes de que estuviera lo bastante despierta como para capear su ataque.

—Espera, Dick. Me acabas de despertar. ¿Puedo llamarte dentro de diez minutos?

—No, carajos, desde luego que no. ¿Cómo te atreves a venir a pegar sobres a la puerta de nuestra oficina? ¿Es que nadie te ha contado nunca cómo se manda el correo?

Me enderecé en la cama y me froté los ojos.

—¡Ah! ¿No tienes nada que objetar contra el contenido, sino contra el pegamento en las sacrosantas puertas de la firma? Enseguida llego con una esponja y las limpio.

—¡Mierda, claro que tengo que objetar contra el contenido! ¿Cómo te atreves a hacer público de esa manera un asunto totalmente privado? Menos mal que he llegado antes que Leigh y he cogido su copia...

—Tienes suerte de que las llevara en persona —le interrumpí—, podrías haber tenido que afrontar un arresto por obstruir el trabajo de correos, en lugar de un simple cargo de vulgaridad por birlar la correspondencia de los demás.

Hizo caso omiso de mi interrupción.

—He llamado a August Dickerson, del *Lawyer*. Es un amigo mío, y creo que puedo contar con él para que invalide cualquier mención a los asuntos privados de Todd.

—¿Por qué no dices simplemente «que suprima»? —le pregunté con irritación—. ¿No has pasado la edad en que necesitas demostrar todos los magníficos términos legales que conoces? Me recuerdas a los internos del noroeste, que llevan siempre puestas sus batas de médico cuando van a comprar a la tienda de enfrente... ¿De veras puedes evitar que el *Chicago Lawyer* publique mi carta? ¿Y el *Herald-Star*? ¿Marshall Townley es también tu amigo personal? ¿O es sólo un cliente de Crawford-Mead? —Townley era el editor del periódico.

—Ya sabes que no puedo revelar los nombres de nuestros clientes —rugió.

Mantuve un tono humilde.

—El caso es que también he mandado una copia a un reportero que conozco. Puede que no haga nada con ella por el momento, pero que tú te molestes en evitar que salga en los papeles legales, bueno, eso sí que es noticia, Dick. Deberías decir a tu secretaria que esté pendiente de una llamada de Murray Ryerson. Y le enviaré por correo otra copia a Leigh Wilton. Tal vez puedas sobornar a la recepcionista para que te la dé a ti cuando llegue.

Las últimas palabras que me dijo no fueron precisamente un juramento de amistad eterna.

¡Apártate, Sísifo!

A partir de ese momento la mañana fue de mal en peor. Al volver de correr me detuve a hablar con la señora Hellstrom. Me di cuenta de que el viernes por la noche estaba tan enfurecida que no le había dicho lo que les había sucedido a los perros. El disgusto la puso locuaz. Se consternó aún más cuando la interrumpí para informarla del estado de la señora Frizell.

—Tendré que acercarme a verla esta mañana. Al señor Hellstrom no le gusta que tenga nada que ver con ella, en cierta forma es una vecina antipática, pero hemos pasado mucho juntas. No puedo dejarla pudrirse allí.

—Las enfermeras no quieren que se le diga lo de los perros hasta que no esté más fuerte —le advertí.

—Como si fuera capaz de hacer algo tan cruel. Pero ese señor Pichea, ¿está segura de que no lo va a hacer él?

Otra preocupación más. Al pasar por casa para ducharme y desayunar llamé a Nelle McDowell, la jefa de enfermeras de la sala de ortopedia de mujeres. Cuando le expliqué la situación, y le pedí que por favor no dejara pasar a ninguno de los

Pichea a ver a la señora Frizell, soltó una carcajada sarcástica.

—No es que no le dé la razón. Estoy totalmente de acuerdo. Pero resulta que estamos faltos de personal aquí. Y él es el tutor legal de esa señora. Si viene a visitarla, no puedo impedírselo.

—Voy a acercarme esta mañana al tribunal tutelar para ver lo que puedo hacer para impugnar esa decisión de tutela.

—Adelante, señorita Warshawski. Pero tengo que advertirle que la señora Frizell no tiene toda su capacidad mental. Aunque consiga que se realice otra vista como es debido, en vez de esa pantomima de la semana pasada, nadie va a creer que pueda cuidar de sí misma.

—Sí, sí —colgué malhumorada. La única persona con derecho legal a protestar era Byron Frizell, y él había aprobado la designación de Pichea. Me acerqué al centro hasta el Instituto Daley, donde están situados los juzgados de lo civil, pero no me sentía optimista.

El tribunal tutelar estuvo lejos de solidarizarse con mis investigaciones. Un auxiliar del fiscal del Estado, que estaría aún en la liga infantil cuando yo estudiaba derecho, me recibió con la hostilidad típica de los burócratas cuando se cuestionan sus actuaciones. Con una arrogante inclinación de barbilla, me informó de que la vista para la tutela de la señora Frizell había seguido «los procedimientos correctos». El único fundamento para impugnar la tutela de Pichea —sobre todo teniendo en cuenta que Byron le apoyaba— sería una prueba incontrovertible de que estaba despojándola de sus bienes.

—Para entonces ya estará muerta y no importará nada lo que él haga con sus bienes —le increpé con ferocidad.

El fiscal alzó desdeñosamente las cejas.

—Si encuentra alguna prueba que cuestione la probidad del señor Pichea, vuelva a verme. Pero tendré que informarle a él de sus pesquisas; en tanto que tutor, necesita saber quién se interesa por la cuestión de su tutela.

Sentí que se me saltaban los ojos de frustración, pero hice un esfuerzo por poner en mis labios una sonrisa afable.

—Me alegraré de que Pichea sepa que estoy interesada. De hecho, puede decirle que voy a estar más pegada a él que sus calzoncillos. Siempre existe la remota posibilidad de que eso le inste a mantenerse honesto.

Para terminar de malgastar la mañana, me detuve al otro lado de la calle, en el departamento municipal de Servicios Humanos, para averiguar por qué habían determinado que los perros de la señora Frizell constituían una amenaza para su salud. Los burócratas de allí no eran tan hostiles como los del tribunal tutelar, eran simplemente apáticos. Cuando me identifiqué como abogada interesada en los asuntos de la señora Frizell, buscaron el expediente que había sido abierto por los Servicios de Emergencia cuando los sanitarios se la llevaron el lunes anterior. Al parecer, el señor Contreras no había fregado suficientemente bien el vestíbulo: una de las camilleras había pisado «materia fecal», como la llamaba el informe, al cruzar la puerta.

—Eso fue sólo porque la señora Frizell había estado inconsciente durante veinticuatro horas. No pudo sacar a los perros. El resto de la casa estaba limpio.

—El resto de la casa estaba inmundo, según nuestro informe —dijo la mujer tras el mostrador.

Me sofoqué.

—Porque últimamente no había pasado el aspirador. Los perros sólo se habían ensuciado junto a la puerta. Era muy concienzuda para sacarlos.

—Eso no es lo que dice nuestro informe.

Seguimos forcejeando un rato, pero no pude convencerla. La impotencia me estaba poniendo furiosa, pero con gritarle obscenidades sólo podía perjudicar mi causa. Finalmente conseguí que la mujer me diera el nombre del funcionario que había redactado el parte, pero a esas alturas ya no tenía objeto buscarle.

Mientras atravesaba el Loop en dirección a mi oficina me preguntaba si podría incoar un proceso por varios millones de dólares contra Pichea y el municipio a favor de la señora Frizell. El problema era que yo no tenía ni voz ni voto. Mi mejor baza sería descubrirles algo realmente repugnante a Todd y Chrissie. Aparte de su personalidad, claro —algo que le repugnara a un juez y a un jurado.

Tom Czarnik me estaba esperando en el vestíbulo del edificio Pulteney. Ese día iba sin afeitar. Con su rasposa barbilla y sus irritados ojos rojos, parecía un extra de *Rebelión a bordo*.

—¿Ha estado aquí el sábado? —inquirió.

Sonreí.

—Pago mi alquiler. Puedo entrar y salir cuando me plazca sin su permiso.

—Alguien ha dejado abierta la puerta de la escalera. Sabía que tenía que ser usted.

—¿Ha seguido mis huellas en la capa de polvo? Tal vez podría contratarle, no me vendría mal un asistente con vista aguzada —me volví hacia el ascensor—. ¿Funciona hoy la máquina? ¿O vuelvo a utilizar las escaleras?

—Se lo advierto, Warshawski. Si interfiere en la seguridad del inmueble tendré que dar parte a los dueños.

Pulsé el botón de llamada del ascensor.

—Si se deshace de un inquilino que paga su alquiler, lo más probable es que le linchen a usted.

La mitad de las oficinas del edificio Pulteney estaban vacías en esos tiempos, la gente que podía pagar esos alquileres se mudaba al norte, a edificios más nuevos.

El ascensor se detuvo con un crujido en la planta baja y me subí. El chirrido de las puertas al cerrarse cubrió el último taco de Czarnik. Cuando paramos en seco en el cuarto piso descubrí su venganza bastante infantil: había utilizado su llave maestra para abrir mi puerta, manteniéndola abierta con una pesa de hierro.

Llamé a mi servicio de contestación de llamadas y me enteré de que Murray me había devuelto la mía. Max Loewenthal también había telefoneado, para preguntar si quería pasar por su casa a tomar unas copas esa noche. Su hijo y Or' Nivitsky salían para Europa por la mañana. Y tenía un mensaje de una compañía de Schaumburg que quería saber quién estaba filtrando sus secretos de fabricación a la competencia.

Llamé a Max aceptando con gusto. La serenidad de su casa en Evanston representaría un alivio muy de agradecer después de las casas y la gente que había estado viendo últimamente. Telefoneé al equipo de Schaumburg y quedé en ver a su vicepresidente administrativo a las dos. Y pillé a Murray en su despacho. Consintió en encontrarse conmigo para tomar un sandwich cerca del periódico, pero no estaba entusiasmado por mi historia.

Lucy Moynihan, dueña y encargada del Carl's, nos cogió del brazo a la entrada y nos condujo a una de las mesas que reserva para los habituales. Se crió en Detroit y es una hincha irrecuperable de los Tigers, así que tuve que esperar a que ella y Murray terminaran de desmenuzar el partido del día anterior para poder hablarle de la señora Frizell y sus perros.

—Es triste, Vic, pero eso no es una noticia —dijo Murray con la boca llena de hamburguesa—. No puedo llevarle eso a mi editor. Lo primero que querrá saber es hasta dónde estás influida por tu odio a Yarborough.

—Dick no tiene nada que ver en esto. Excepto que él y Pichea trabajan en el mismo bufete de abogados. ¿No te parece interesante que quiera convencer al *Chicago Lawyer* de que no publique mi carta?

—Francamente, no. Creo que está protegiendo el buen nombre de Crawford-Mead. Cualquiera lo haría en esas circunstancias. Tráeme algo realmente crapuloso y romperé una lanza por ti. Es que esto no tiene gancho. Te has metido en una cruzada por la pobre vieja y eso distorsiona tu perspectiva.

—*Sí* es una noticia. Está sucediendo en todo el perímetro de Lincoln Park: los *yuppies* están entrando a saco en los viejos barrios. Gente obligada a abandonar su casita de toda la vida para dejarle sitio a la intocable «gente bien». Sólo que en este caso Pichea ha añadido una venganza personal contra una anciana porque odiaba sus perros.

Murray sacudió la cabeza.

—No me convences, V. I.

Saqué un billete de cinco dólares de mi monedero y lo tiré sobre la mesa, demasiado enfurecida para comer.

—No vengas luego a pedirme ningún favor en el futuro, Ryerson, porque no habrá ninguno.

Mientras me dirigía furiosa hacia la puerta, le vi coger mi sandwich de pavo y empezar a comérselo. Estupendo. Una conclusión perfecta para una espantosa mañana.

Camino de Schaumburg me paré en un chiringuito de comida rápida a tomarme un batido. No podía vivir permanentemente de pura rabia, y quería presentar un aspecto profesional a mis posibles clientes. Afortunadamente ese día me había vestido para triunfar, un traje de pantalón gris topo y un corpiño negro de algodón. Y al beber el batido con una paja, ni siquiera me derramé una gota encima.

La reunión duró toda la tarde. A las cinco y media los dejé con una propuesta y me acerqué el estacionamiento del 290 de Interstate para volver a paso de tortuga a Chicago. No había ninguna manera rápida de llegar a Evanston desde las afueras del noroeste de Chicago. No había ninguna manera rápida de moverse por las afueras del noroeste a esa hora del día, y punto. Salí por Golf Road para dirigirme directamente hacia el este. No podía ser más lento que quedarme en la autovía.

Los Cubs jugaban en Filadelfia. Encendí la radio para ver si había empezado el partido, pero estaba la insulsa cháchara que Harry Carey llamaba su show previo al partido. Busqué la WBBM para oír las noticias. No estaba pasando en el mundo nada que me importara demasiado, desde la ola de calor del suroeste hasta la noticia de que el balance de ahorros y préstamos se estimaba actualmente en quinientos mil millones.

—Sorpresa, sorpresa —murmuré, intentando la NBC. Había retenciones de tráfico en todas las autovías, ya que la gente como yo regresaba a la ciudad después de retozar por los suburbios. También la había en Golf Road, aunque el hombre del helicóptero no lo mencionaba. Frené en seco cuando un Honda marrón se incorporó al tráfico desde una de las cinco mil galerías comerciales que bordeaban la calle. Imbécil. Venía pegado a mí, lo suficiente como para estamparse contra mí si tenía que frenar de repente.

Nadie había identificado el cadáver de un hombre mayor que habían sacado del Canal de Saneamiento y Navegación de Chicago cerca de Stickney esa mañana. Nos sirvieron un informe sobre la agitada vida de Ellen Coleman, que había encontrado el cuerpo cuando ella y su marido, Fred, caminaban junto al canal, buscando alguna moneda.

—«Y le digo a Fred: no creo que pueda soportar nada de carne esta noche después de ver toda esa carne deshecha», ironicé ferozmente, volviendo a Harry Carey.

Ya eran las seis cuando quise llegar a las afueras de Evanston. Mi chaqueta de lino estaba empapada en sudor. Al mirarme en el retrovisor me vi un chorretón negro en la mejilla. Mis rizos oscuros colgaban húmedos sobre mi frente. Encontré un kleenex en mi bolso y me limpié la cara con saliva. En cuanto al resto de mi apariencia, no podía hacer nada más.

La casa de Max formaba parte de una pequeña manzana que tenía en común un parque y una playa particulares en el extremo sur de Evanston. Al entrar en la calzada, Max se asomó por la terraza del segundo piso.

—La puerta está abierta, Vic: puedes subir.

Un pequeño escalón conducía a la entrada principal precedida de un pórtico. Dentro, el ambiente era apacible y fresco. Era inimaginable pasar calor o sudar entre las porcelanas chinas que ocupaban los nichos y las estanterías en el vestíbulo y la escalera. Me sentía desaseada y fuera de lugar en medio de la inmaculada limpieza de la casa de Max. Mis zapatos negros llevaban una capa de polvo que no pegaba con la roja alfombra persa de las escaleras.

El alfombrado rojo proseguía en el vestíbulo superior y conducía a la puerta de la terraza. Ésta estaba acristalada y cerrada por puertas correderas, que ahora estaban abiertas para que Max, Michael y Or' pudiesen contemplar el lago manchado de naranja y rosa por el reflejo del sol poniente. Michael y Or' estaban sentados en un rincón, bebiendo té helado. Max se adelantó para saludarme y me condujo de la mano a una silla cercana, preguntándome qué quería beber. Tomé un gin tonic y sentí que parte del estrés se desprendía de mis hombros.

Como el resto de la casa, la terraza estaba inmaculada y amueblada con gusto. Las tumbonas eran de madera oscura y pulida recubierta de espesos cojines de flores. Las mesas, en lugar del vidrio o del hierro fundido de la mayoría de las terrazas, estaban hechas de la misma madera con incrustaciones de brillantes azulejos. Unas frondosas plantas en macetas chinas ocupaban los estantes de alrededor.

Un seto de secoyas enanas protegía la terraza y la separaba de la casa que tenía en su lado sur; la fachada de la otra casa empezaba más allá. Aunque se elevaban algunos chillidos de los niños vecinos, no se podía ver a nadie.

Lotty llegó a los pocos minutos y la conversación giró en torno a la música y los programas de verano de Or' y de Michael. Or' dirigiría en Tanglewood, y él tenía una gira en Extremo Oriente. Luego se encontrarían de nuevo en otoño para hacer una gira por Europa del Este, aunque a ambos les preocupaba la violencia antisemita de esa zona del mundo. Lotty parecía haber dejado de lado su irritación contra Carol, me recibió con un beso y participó con entusiasmo en la conversación.

A las siete y media me levanté para irme. Ellos iban a cenar a un restaurante, pero mi jornada había sido demasiado larga. Lo único que me apetecía era meterme en la cama.

Michael se levantó al mismo tiempo que yo.

—Regresamos a Londres mañana. Bajaré contigo a despedirme, Vic.

Agradecí su hospitalidad a Max.

—Adiós, Or'. Me alegro de haberte conocido, y de haber escuchado tu música.

La compositora agitó el brazo en señal de despedida, como si hiciese una señal a una orquesta. No se movió de su silla. Cuando Michael cerró tras él la puerta corredera que daba al vestíbulo, oí que estaban comentando algo sobre el Quinteto Cellini, que Max y Lotty conocían bien.

Michael me abrió la puerta del Trans Am. Le estreché la mano por la ventanilla.

—Que tengáis buen viaje a Londres. Espero que no te molestara tocar para esos cretinos musicales la semana pasada.

Esbozó una sonrisa.

—En ese momento estuve a punto de romperles mi violonchelo en la cabeza. Lo único que me retuvo fue su antigüedad. Ahora ya puedo fácilmente quitarle importancia. Or' y yo tocaremos su concierto en el Albert Hall este invierno. Entonces sí debería encontrar la respuesta que merece. Recogimos una buena cantidad para Chicago Settlement;

no dejo de recordarme que de todas formas ésa fue la única razón de que lo hiciéramos.

—Si hubiera sabido que mi ex marido iba a llenar el teatro de abogados y magnates, te hubiera avisado de qué clase de público iba a ser. Al menos puedo prometerte que no estará en Londres.

Se rió y esperó en el borde del sendero mientras yo daba marcha atrás hasta la calle. No se parecía mucho a Max, pero había heredado los buenos modales de su padre.

Le pité a un Honda marrón que de repente había decidido incorporarse al tráfico desde una senda. Encendí la radio a tiempo para volver a oír lo de las náuseas de Ellen Coleman al encontrar el cadáver hinchado en el canal de saneamiento. De repente recordé a Mitch Kruger. Con la emoción que había invertido en ocuparme de Harriet Frizell no había tenido un solo pensamiento para el mecánico desaparecido.

Stickney. Eso estaba a varios kilómetros al oeste del feudo de Kruger, por los alrededores de Damen. No era posible que fuese él. Pero el viejo podía haber caído al agua al vagabundear por ahí, borracho y desorientado. No sabía si el canal tenía corriente. ¿Cuánto podía derivar un cuerpo en el transcurso de la semana, desde que Kruger había sido visto por última vez?

Giré desde Sheridan por la Calzada del Lago. A mi alrededor, el tráfico se aceleró rápidamente hasta los cien por hora, quince más del límite de velocidad, pero yo proseguí despacio por el carril derecho, tratando de calcular la distancia hasta Stickney y lo rápido que podía correr el agua para transportar un cadáver hasta allí. Aunque el trayecto no era recto. Un cadáver podía quedar atrapado entre los pilares en algún recodo y permanecer allí varios días.

Me di cuenta de que no poseía los datos necesarios para hacer un análisis. Observando el tráfico, aceleré el Trans Am. Un Honda rodaba a paso tranquilo detrás de mí, a mi izquierda; todos los demás pasaban zumbando a bastante velocidad. Observé el Honda un segundo para asegurarme de que no me iba a adelantar y aceleré el coche.

Es estúpido comprar un coche cuya velocidad de crucero es de ciento noventa cuando el límite de tu zona es de sesenta o menos. Y más estúpido aún es pisar a fondo sin mirar si hay policías. Uno de ellos me hizo parar a unas cuantas manzanas al norte de Belmont. Me acerqué al bordillo y saqué mi carné de conducir y mi tarjeta de circulación.

Eché una ojeada al nombre de su placa. Agente Karwal, no conocía ese nombre. Tendría la cincuentena, con profundas arrugas alrededor de los ojos y los habituales movimientos lentos de los de tráfico. Examinó ceñudo mi carnet, y luego me miró fijamente.

—¿Warshawski? ¿Alguna relación con Tony Warshawski?

—Era mi padre. ¿Lo conoció usted? —Tony había muerto trece años atrás, pero aún quedaban muchos hombres en el cuerpo que habían trabajado con él.

Resultó que el agente Karwal era uno de los muchos novatos que se habían formado con Tony durante los cuatro años que mi padre había pasado en la academia de policía. Karwal se pasó unos buenos diez minutos recordando a mi padre, dándome unas palmaditas en el brazo al decirme cuánto sentía que Tony hubiese muerto.

—Y ahora estás sola, ¿eh? Nunca conocí a tu madre, pero todos los que la conocieron estaban locos por ella. Bueno, sabes lo que hubiera dicho Tony si se hubiese enterado que estabas rompiendo marcas con ese deportivo que llevas.

Sí lo sabía. Me habían arrestado por exceso de velocidad a los dieciocho años. Tony había sacado demasiados cadáveres de coches destrozados como para tolerar una conducción estúpida.

—Así que lleva cuidado. Esta vez no te voy a poner la multa, pero lo haré si tengo que pararte otra vez.

Prometiendo ser buena puse mansamente el Trans Am otra vez en marcha y me dirigí hacia la salida de Belmont a unos plácidos setenta por hora. Fue al detenerme en el semáforo de Broadway cuando volví a ver el Honda, dos coches detrás de mí. A la luz de las farolas no podía estar segura de que era marrón, pero así me lo parecía.

Desde luego, Hondas los hay a docenas y el marrón es uno de sus colores favoritos. Podía ser una coincidencia. Puse el intermitente para girar a la derecha por Broadway y avancé lentamente hacia Addison, y luego giré rápidamente sin señalarlo en Sheffield, donde aparqué junto a Wrigley Field.

Me acerqué rápidamente a la taquilla, hice como si mirara a qué horas estaba abierta, y luego giré a mi izquierda. El Honda se había detenido al otro extremo de Clark. No lo miré —no quería que el tipo se diera cuenta de que lo había calado—, sino que volví rápidamente al Trans Am. Pero le estaba causando problemas: podía simplemente dirigirme a Sheffield en la oscuridad y él ya no podría hacer gran cosa.

Giré rápidamente por Waveland, luego bajé por Halsted hacia Diversey, desde donde me dirigí hacia mi casa. Haciendo un esfuerzo recordé el nombre del hombre que había conocido en Diamond Head el viernes. Chamfers. Había dicho que me haría vigilar, al parecer lo estaba haciendo.

Confrontación en el depósito de cadáveres

Necesitaba hablar con el señor Contreras, pero antes que nada quería bañarme. Sólo un baño cortito y una pequeña siesta, y volvería a la ronda de mis obligaciones, les prometí a los dioses de mi conciencia. El whisky que me tomé mientras estaba en remojo fue un error: eran más de las nueve y media cuando el teléfono me despertó.

Extendí un brazo en su busca, pero cuando descolgué el receptor, había dejado de sonar. Me volví hacia el otro lado, pero sin el embotamiento debido a la fatiga y a Johnnie Walker recordé a Mitch Kruger y el cuerpo desconocido extraído del canal de saneamiento. Me incorporé en la cama y me puse a masajearme el cuello, tenso por la irritación con que había cargado casi todo el día.

Me dirigí perezosamente a la cocina y preparé café. Lo bebí a tragos rápidos, abrasándome, y mezclé una tortilla de cebolla con espinacas picadas. Me la comí mientras me vestía, con pantalones y una camisa de algodón, ya que la noche era todavía húmeda, y dejé el plato junto a la puerta de entrada al bajar. El señor Contreras aún estaba levantado: oí el pequeño rumor de la tele a través de la puerta al tocar el timbre.

—Ah, eres tú, pequeña —llevaba una camiseta de tirantes sobre unos viejos pantalones de trabajo—. Deja que me ponga algo. Si hubiera sabido que ibas a venir no me hubiera quitado la ropa.

Quise decirle que podía soportar la visión de sus sobacos, pero sabía que no se sentiría cómodo conmigo si no llevaba puesta una camisa. Esperé en la entrada a que se cubriera.

—¿Sabes algo de Mitch, pequeña?

—¿Puedo entrar? No. Al menos, espero que no. Hoy he andado algo despistada —le conté mis abortados esfuerzos por avanzar en mi ofensiva contra Todd Pichea.

Durante varios minutos, el señor Contreras se explayó en una colorista descripción tanto de Todd como de mi ex marido, terminando con el predecible sonsonete de que no se explicaba qué había podido ver yo en Dick.

—Y no me sorprende saber que Ryerson no piensa ayudarte. Ese tipo sólo se interesa por su persona, si no te lo he dicho cien veces no te lo he dicho ninguna. Ya veo por qué no has tenido tiempo de preocuparte de Mitch, y además, fuiste allí ayer, a su antigua casa. Supongo que me estaba colando al preocuparme por él. Seguro que aparecerá uno de estos días, como la falsa moneda que es.

—Y ahora viene lo peor —dije torpemente—. Cuando escuchaba la radio de regreso a casa, estaban dando la noticia de un hombre que han sacado del canal. Ha sido por Stickney, por eso no me parece que pueda ser su amigo. Pero no puedo evitar preguntármelo.

—¿En Stickney? —repitió el señor Contreras—. ¿Qué iba a estar haciendo Mitch en Stickney?

—Eso digo yo. Seguro que me equivoco. Pero pensaba que de todas formas podríamos echarle un vistazo al cadáver de ese tipo.

—¿Te refieres ahora?

—Podemos esperar hasta mañana. Si no es Kruger, esta noche tampoco puedo hacer nada por encontrarlo. Y si es él, bueno, todavía estará en el depósito mañana.

El señor Contreras se frotó una mejilla.

—Bueno, si estás decidida, pequeña, creo que prefiero ir ahora mismo y terminar con ello.

Asentí con la cabeza.

—Me he traído las llaves del coche por si acaso. ¿Está listo para salir?

—Sí, supongo que sí. Lo único quizá es que voy a sacar primero a la princesa.

Mientras esperaba a que el señor Contreras realizara la laboriosa tarea de asegurar su puerta delantera, de pronto me acordé de la llamada de teléfono que me había despertado. Si hubiese perdido a alguien a quien estuviera siguiendo, eso es lo que yo haría: llamar a su casa para ver si contestaba. Si mis colegas habían reemprendido su tarea, ¿tenía alguna importancia que me siguieran hasta el depósito? Si pertenecían a Diamond Head eso no tenía ningún interés para ellos.

—¿Qué han dicho que te haya hecho pensar que podía ser Mitch? —me preguntó el señor Contreras una vez instalados en el Trans Am.

Sacudí la cabeza.

—No lo sé. Sólo que me pareció posible. Yo estuve por allí el viernes mirando el canal de saneamiento. Diamond Head está enfrente; la pensión de la señora Polter tampoco está tan lejos de allí. Sencillamente me figuré que podía haber sucedido de alguna manera, que él estuviera borracho y que cayera desde la orilla buscando su camino por las inmediaciones de la propiedad de Diamond Head.

—No digo que estés equivocada, pero Mitch y yo hemos trabajado allí durante cuarenta años, poco más o menos. Conoce el lugar.

—Tiene razón. Estoy segura de que tiene razón —me abstuve de recordarle que hacía más de una década que habían salido de allí. Yo no hubiera podido encontrar el camino en los alrededores de la oficina del defensor público estando borracha y en la oscuridad, después de todos esos años. Y probablemente, tampoco estando sobria.

Giré a la derecha por Diversey sin poner el intermitente y miré por el retrovisor. Al cabo de un par de segundos otro par de luces me imitó dando vuelta a la esquina. No era un Honda. Tal vez era otra persona que bajaba por Racine hacia Diversey, o tal vez se habían percatado de que tenía calado al Honda y habían cambiado de coche. En Ashland el segundo coche dejó pasar delante de él a unos cuantos coches que se incorporaron a la calle, pero seguía todavía tras de mí cuatro manzanas más adelante, cuando puse rumbo al sur por Damen.

El señor Contreras seguía divagando sobre algunas de sus aventuras de borrachos en Diamond Head, pretendiendo demostrar que uno no se caería al caldo aunque estuviera como una cuba. Me pregunté si debía decirle que nos seguían; le distraería de su preocupación y le prepararía para la pelea, si se terciaba. Aunque mis amigos nos seguían con suficiente descuido como para invitarme a una confrontación, yo no quería provocarla. Entregarme a mis impulsos violentos sólo me había traído desgracias en los últimos cuatro días. No estaba dispuesta a aumentar mis problemas enfrentándome a unos patanes sin estar en mi mejor forma física ni mental. Dejé que el señor Contreras siguiera perorando, cerciorándome regularmente de que no nos iban a encajonar ni ponerse a disparar.

El depósito se encontraba inquietantemente cerca del hospital del condado de Cook, justo en el lado opuesto de Damen. Un paso lógico entre la cirugía y la autopsia. Al entrar en el estacionamiento junto al cubo de hormigón que albergaba a los muertos eché un vistazo al otro lado de la calle, preguntándome qué estaría haciendo la señora Frizell. ¿Seguiría tendida como un cadáver en su cama? ¿O estaría intentando recuperarse para regresar a casa con *Bruce*?

Apagué el motor, pero no salí hasta que el coche que nos venía siguiendo prosiguió por Harrison en dirección este. En la oscuridad era imposible saber qué modelo era: algo bastante pequeño y moderno, entre un Toyota y un Dodge.

Una ambulancia se había detenido junto a las grandes puertas metálicas que ostentaban el rótulo de ENTREGAS. En realidad, era exactamente igual que las naves de descarga de Diamond Head y las plantas vecinas que había visto el viernes. Aquí se trataba de cadáveres en lugar de motores, pero los encargados manejaban las cargas con el mismo desenfado y familiaridad.

Esperé con el señor Contreras a que alguien pulsara el botón que abría la puerta principal. Mantenían cerrados los locales incluso durante el día. No sé si los forenses necesitaban protegerse de los afligidos y enloquecidos parientes de los muertos, o si el condado temía que alguien escapara con alguna prueba en un caso de asesinato. Finalmente uno de los guardas se dignó escuchar el timbre y liberar el pestillo.

Nos acercamos al alto mostrador que había nada más entrar. Aunque llevaba cinco minutos viéndonos a través del cristal blindado, el empleado de guardia prosiguió su conversación con dos mujeres en bata blanca apoyadas en una puerta cerca de él.

Carraspeé fuerte.

—He venido a tratar de identificar un cadáver.

El encargado nos miró por fin.

—¿Nombre?

—Yo soy V. I. Warshawski. Él es Salvatore Contreras.

—No el suyo —replicó impacientemente el hombre—. La persona que han venido a identificar.

El señor Contreras empezó a decir «Mitch Kruger», pero le interrumpí.

—El hombre que han sacado del canal de saneamiento esta mañana. Es posible que sepamos quién es.

El empleado me miró con desconfianza. Finalmente descolgó el teléfono que tenía frente a él y mantuvo una conversación en voz baja, tapando el micrófono con la mano.

Cuando terminó señaló unas sillas de plástico sujetas por una cadena a la pared.

—Siéntense. Vendrá alguien dentro de un minuto.

El minuto se alargó hasta veinte, mientras a mi lado se consumía el señor Contreras.

—¿Qué sucede, hija? ¿Cómo es que no podemos simplemente ir a mirar? Esta espera me está destrozando los nervios. Me recuerda cuando Clara estaba en el hospital dando a luz a Ruthie, me hicieron esperar en un sitio que parecía un depósito —soltó una risita tímida que pareció un ladrido—, de hecho, era igual. Igualito que este sitio. Esperando a que te digan si las noticias son buenas o malas. La dejas encinta y luego a ella le salen mal las cosas, y tienes que cargar con ese peso el resto de tu vida.

No cesó su parloteo nervioso hasta que el encargado volvió a abrir la puerta y entraron un par de ayudantes del sheriff. El estómago se me encogió. La pasma de Chicago puede ser jodida en su trato, pero la mayoría son buenos profesionales. Demasiadas nóminas del condado para las fuerzas de la ley van a parar donde no deben, y eso no les convierte en compañeros fáciles en la búsqueda de la verdad y la justicia.

El empleado giró la cabeza hacia nosotros y los ayudantes se acercaron. Ambos eran blancos, jóvenes, y tenían esa cara cuadrada y mezquina que se te pone cuando te dan sin restricción demasiado poder. Leí sus placas: Hendricks y Jaworski. Nunca he podido recordar quién era quién.

—Así que ustedes dos creen que saben algo —era el de la etiqueta «Hendricks». Su tono agresivo situó la escena.

—No sabemos si sabemos algo o no —terció exasperado el señor Contreras—. Lo único que queremos es la oportunidad de mirar un cadáver, en vez de pasarnos aquí toda la noche esperando a que alguien tenga la bondad de prestarnos atención. Mi viejo amigo, Mitch Kruger, ha desaparecido desde hace una semana, y aquí, mi vecina, ha estado intentando buscarlo. Cuando ha oído la noticia por la radio ha pensado que quizá era él.

Estaba largando mucho más de lo que yo hubiera hecho en esas circunstancias, pero no lo detuve. Lo que menos me apetecía era que pareciese que el señor Contreras y yo teníamos algo que ocultar. Mantuve una expresión solemne y seria: sólo una vecina con buen corazón que ayudaba a los ancianos cuando habían extraviado a sus amigos.

Los ayudantes nos observaron sin pestañear.

—¿Han denunciado la desaparición?

—Hemos dado parte al distrito diecinueve —dije, antes de que al señor Contreras se le escapara que no lo habíamos hecho.

—¿Cuándo fue la última vez que vio a su amigo? —preguntó Jaworski.

—Acabo de decírselo, hace una semana. ¿Qué más tenemos que hacer para poder ver ese cadáver que tienen aquí?

Los rostros de ambos ayudantes se ensombrecieron con la misma expresión de brutalidad.

—No empiece a crearnos problemas, anciano. Nosotros hacemos las preguntas. Usted las contesta. Si se porta bien le dejaremos ver el cadáver. Será un verdadero trato de favor para usted.

Los empleados del depósito estaban apoyados en la pared, esperando a ver el cariz que tomaba la discusión.

—El señor Contreras tiene setenta y siete años —intervine—. Es mayor, está cansado, y el tipo que ha desaparecido es su último amigo de infancia. Él no busca problemas, ni lo pretende, sólo quiere quitarse esa preocupación de la cabeza. Estoy segura de que a ustedes no les gustaría ver a sus padres o a sus abuelos en esta situación.

—¿Qué interés tienes en esto, nena?

Era otra vez Hendricks. Mientras tuviéramos sus placas frente a los ojos, podía saber con quién estaba hablando. Reprimí mi impulso por romperle la barbilla contra mi pie derecho.

—Sólo estoy ayudando a mi vecino, encanto. ¿Tengo que llamar al doctor Vishnikov y pedirle permiso para ver el cuerpo? —Vishnikov era uno de los asistentes del forense que yo conocía de mis tiempos en la oficina del defensor público.

—No te sulfures. Entraremos en el depósito tan pronto como contestéis a nuestras preguntas.

La puerta exterior se volvió a abrir. Miré por encima del hombro izquierdo de Jaworski y me relajé parcialmente. Era Terry Finchley, un detective de homicidios del Área Uno.

—¡Terry! —le llamé.

Se había acercado al mostrador para comprobar algo con el empleado de admisiones, pero se volvió al oír mi voz.

—¡Vic! —se acercó—. ¿Qué estás haciendo aquí?

—Intentando identificar un cuerpo. Estos agentes al parecer han sacado a un viejo del canal cerca de Stickney hoy. Mi amigo y yo queríamos asegurarnos de que no se trata de alguien que conocemos. Los ayudantes del sheriff Jaworski y Hendricks, el detective Finchley, de la policía de Chicago.

No les gustó, no les gustó ni un pelo que me tuteara con un poli de Chicago, y negro para más *inri*. Intercambiaron miradas y sacaron aún más la mandíbula.

—Tenemos que hacerles a la chica y al viejo unas cuantas preguntas, detective, así que por qué no se queda al margen —ambos se habían girado para mirar a Finchley, así que no pude averiguar quién era el que hablaba.

—No puedo —dijo tranquilamente Finchley—, no si se trata del tipo que han sacado en Stickney. Me acaban de pedir que viniera a echarle un vistazo: al parecer creen que es cosa del municipio, y no del condado.

Los ayudantes pusieron peor cara. Me pregunté si iban a cascar primero a Finchley o a mí. La hostilidad de sus cuerpos se extendía a toda la sala; el hombre del mostrador la sintió y salió de allí. Los empleados apoyados contra la pared interrumpieron su charla y también se acercaron a nosotros.

Hendricks y Jaworski les vieron acercarse y se miraron con irritación el uno al otro. Como los tres empleados eran negros, era bastante probable que se pusieran de parte de Finchley si se terciaba una pelea.

—Llévatelo, pues —espetó Hendricks—. De todas formas tenemos cosas mejores que hacer que cuidar de un viejo alcohólico muerto.

Él y Jaworski giraron sobre sus talones al unísono y desfilaron hacia la salida. Me pareció oír musitar a uno de ellos «negro de mierda», pero no quise convertir el caso en un asunto federal.

Otro pez flotante en Chicago

—Gracias, Terry —dije, agradecida—. No sé si estaban haciendo una demostración de fuerza sólo por divertirse o si hay algún problema real respecto a ese muerto.

—Ambas cosas —declaró Terry—. Les gusta sacar el pecho y darse ínfulas de escuadrón de asalto. Y el tipo que han sacado estaba muerto antes de caer al agua. ¿Crees que lo conoces?

—Aún no hemos llegado a saberlo. Nos gustaría poder ver el cadáver —procuré evitar que mi voz sonara acerba, Finchley nos había salvado de una bronca que podía haber terminado en directo a la mandíbula o en arresto.

—¿Quién es tu amigo?

—Salvatore Contreras. Es lo más parecido a un familiar que tiene el tipo que andamos buscando.

El señor Contreras tendió automáticamente la mano a Finchley, pero dijo:

—Bueno, exactamente no es así, pequeña. Tiene una mujer y un hijo allá por Arizona, o al menos así era la última vez que oí hablar de ellos. Ella lo dejó hace treinta y cinco años, lo que haría cualquier mujer sensible si su marido se bebiera su paga todos los viernes y la dejase a ella y a su chaval en cueros. Pero lo de Mitch y yo viene de muy atrás, y en realidad no tiene a nadie más, agente, quiero decir, detective.

Finchley parpadeó bajo la descarga.

—No creo que sea necesario mandar a buscar a sus familiares a Arizona. Echémosle un vistazo.

Se dirigió hacia la sala de autopsias que se encontraba a la derecha del vestíbulo. Le puse una mano sobre el brazo.

—Quizá el señor Contreras prefiera mirar la pantalla del vídeo. No está tan endurecido como tú.

Si uno es demasiado aprensivo para mirar directamente un cadáver, los servicios del condado le sacan con una cámara de vídeo; se puede entonces mirar una pantalla en una pequeña salita junto a la cámara frigorífica. Así puede pasar por uno más de esos programas de televisión donde los muertos se levantan y vuelven a andar.

—No te preocupes por mí, cielo —me aseguró el señor Contreras cuando le expliqué el procedimiento—. Estuve en Anzio, por si no te acuerdas.

Uno de los empleados sacó la camilla con el cadáver de la cámara. Un saco de plástico negro le cubría hasta el cuello, pero la cabeza se veía perfectamente bien.

Había estado en el canal de saneamiento varios días y la última semana había sido calurosa. El rostro estaba hinchado y púrpura. En ese estado no hubiese podido jurarlo ni aunque se tratara de mi propio padre, menos aún tratándose de un hombre al que sólo había visto tres o cuatro veces. El pelo parecía el de Kruger, y la forma general de la cabeza, bajo su amoratada tumefacción, parecía la misma.

Sentí algunas náuseas. Ahora ya no estoy tan acostumbrada a ver cadáveres como lo estaba en mis tiempos con la brigada de homicidios del condado. El señor Contreras, a juzgar por su cara verdosa, también había perdido la inmunidad que había adquirido en los campos de batalla de Italia cincuenta años atrás.

Carraspeó y dijo con voz ronca:

—Se parece a Mitch, pero no puedo estar seguro. La cara... la cara... —agitó una mano y sus piernas se doblaron.

El empleado lo cogió antes de que cayera. Encontré una silla contra una pared y la acerqué. El empleado lo sentó y le dobló la cabeza sobre las rodillas. Con el apremio por atenderle, conseguir un vaso de agua y hacérselo beber, se me pasó mi propio mareo.

Al cabo de unos minutos el señor Contreras se enderezó.

—Lo siento. No sé qué me ha pasado. No sé si es Mitch o no. Es bastante difícil saberlo. ¿Puedes mirar su mano izquierda, querida? Se rebanó la punta del dedo corazón hará unos treinta años, por trabajar borracho como tantas otras veces. Yo estaba allí y tenía que haber visto lo que iba a pasar y haberlo apartado del torno, pero no se me ocurrió que podía ser peligroso —unas lágrimas que no tenían nada que ver con ese antiguo accidente le corrían por las mejillas.

Me obligué a volver junto al dilatado cuerpo. El empleado abrió el plástico para que la mano izquierda quedara visible. Los dedos también estaban hinchados y descoloridos, pero estaba claro que al del medio le faltaba gran parte de la primera falange.

Finchley me hizo una seña con la cabeza por encima de la camilla.

—Es suficiente para mí, podemos proseguir. Necesito haceros unas cuantas preguntas a los dos. ¿Crees que tu amigo aguantará unos minutos más?

El señor Contreras se hizo eco de mis afirmaciones sobre su resistencia. Finchley nos condujo a una sala vacía al salir de la cámara. El señor Contreras no se movía con su dinamismo habitual, pero había recobrado algo de color cuando nos sentamos.

—No es mi día de suerte —inició Finchley—, venir a encontrarme con vosotros junto al fiambre que me mandan a mirar.

—Querrás decir que es tu día de suerte —le corregí—. Por una parte, no habrías podido identificarlo sin mí. Y por otra, te vendrá bien mi ayuda. Puedo trabajar en esto a tiempo completo, y tú tienes docenas de casos entre manos... Así que, ¿lo han matado? ¿O se ha golpeado la cabeza con algo y se ha caído?

Finchley se sacó del bolsillo una nota garabateada.

—Tiene un hermoso golpe en la nuca, dice Vishnikov. Si se ha caído y se ha golpeado, ha sido para atrás. Y como estaba muerto antes de caer al agua, tiene que haber sucedido al caer. Es posible que algún paria lo encontrara muerto y lo hiciese rodar hasta el canal: hay mucho trajín de drogas por esa parte del canal. Esa gentuza no querría tener problemas si alguien llamaba a la bofia por el cadáver. No me extrañaría que hubiera pasado eso.

Asentí.

—O Mitch estaba vagabundeando por ahí, interrumpió un trapicheo y alguien le dejó seco de un trancazo. Y cuando vio que estaba muerto, le entró el pánico. Me lo imagino.

—Pero ¿por qué andaba por el canal? —preguntó Finchley—. Por ahí no es más que una zona industrial, no es la clase de sitio adonde va uno a pasear a medianoche, por muy borracho que esté.

Miré hacia el señor Contreras. No parecía estar escuchando nuestra conversación.

—Había trabajado para Motores Diamond Head, por la Treinta y uno y Damen. Puede haber andado por allí en busca de algún trabajillo, estaba a la cuarta pregunta, según todos los indicios.

Finchley anotó Diamond Head en el arrugado papel, apoyándoselo en la rodilla.

—¿Y tú cómo estás metida en esto, Warshawski? Sabes que es lo primero que me va a preguntar el teniente.

El teniente en cuestión era Bobby Mallory, algo menos hostil conmigo últimamente de lo que solía serlo, pero sin llegar a ser un entusiasta de mi trabajo.

—Sólo por pura suerte, detective. El señor Contreras y yo somos vecinos. Me contrató para buscar a su amigo. Ésta no es mi forma favorita de cumplir con mis obligaciones de trabajo... ¿Cuánto tiempo cree Vishnikov que ha estado en el agua?

—Cosa de una semana. ¿Cuándo lo visteis por última vez uno de los dos?

Sacudí suavemente el brazo de mi vecino y le repetí la pregunta. Eso le hizo volver bruscamente al presente, y emprendió un vacilante relato de su último fin de semana con Mitch, lleno de reproches a sí mismo por haber echado a su amigo. Finchley le hizo unas pocas preguntas con suavidad y nos dejó ir.

—Sólo que no vayas a entrar a saco en el barrio sur sin decírmelo antes, ¿vale, Vic?

—Si Mitch interrumpió a unos drogotas, son todos tuyos. No tengo medios para ir por ahí cazando colgados, aunque quisiera. Pero algo me dice que un anciano muerto sin casi familia ni conocidos tampoco va a movilizar los recursos completos del Área Uno.

Finchley hundió los hombros.

—No me eches el sermón sobre la policía y la comunidad, Warshawski. No me hace falta.

—Sólo hablaba de la vida real, Terry. No pretendía insultar a nadie —me levanté—. Gracias por evitarnos al señor Contreras y a mí la manguera de goma en la oficina del sheriff.

Finchley exhibió una de sus raras sonrisas.

—Estamos para servir y proteger, Vic, ya lo sabes.

El señor Contreras no abrió la boca durante nuestro lento regreso a casa. Yo estaba deshecha, tan agotada que apenas podía distinguir los semáforos mientras nos dirigíamos hacia el norte. Si alguien quería volver a seguirnos, buen provecho le hiciera.

El día había empezado con la bronca de Dick y terminaba con un cadáver descompuesto, intercalado con un viajecito a Schaumburg como pequeño sedante. Anhelaba alguna remota montaña, con nieve y una sensación de perfecta paz, pero al día siguiente tendría que levantarme otra vez lista para la batalla.

Esperé junto al señor Contreras a que consiguiera abrir su puerta.

—Entraré con usted. Necesita un té caliente con mucha leche y azúcar.

Protestó sin mucha energía.

—Yo también me tomaré uno —le dije—. Hoy no es noche para *grappa* ni para whisky.

Las manecillas del reloj de su cocina marcaban las doce. Tampoco era tan tarde, en realidad. Desde luego no era la edad lo que hacía temblar mis manos mientras rebuscaba en los cajones y armarios para hacer el té. Finalmente encontré una vieja caja de Lipton escondida debajo de unos grasientos agarradores. Olía a rancio, pero en realidad el té nunca se echa a perder. Utilicé dos bolsitas para hacer una tetera llena de té bien cargado. Mezclado con azúcar y leche era un buen reconstituyente.

Observé al señor Contreras mientras se tomaba el suyo; su cara había perdido algo de su palidez y tenía ganas de hablar. Le escuché mientras desgranaba historias de su infancia y de la de Mitch, la vez que habían metido una rana en el cepillo de la iglesia, que habían firmado sus contratos de aprendiz el mismo día —un inciso para Ted Balbini, que les había recomendado—, y luego, cómo el señor Contreras fue llamado a quintas y a Mitch le exentaron.

—Entonces ya bebía mucho, incluso en aquella época, pero fue por sus pies planos por lo que le rechazaron. Eso le partió el corazón. Ni siquiera quiso venir a despedirme cuando partí para Fort Hood, el viejo chivo. Pero volvimos a conectarnos después de la guerra. En Diamond Head me cogieron en cuanto volví a casa. En aquella época aún era un negocio familiar, no como ahora, que hay un hatajo de jefazos que viven en las afueras y les importa un bledo que estés vivo o muerto —hizo una pausa para terminarse el té—. Tienes que hacer algo, nena, tienes que descubrir quién le ha matado.

Me enderecé, atónita.

—No creo que la policía lo lleve como un caso de asesinato. Ya ha oído lo que ha dicho Finchley. Tropezó y se cayó cuando andaba borracho y alguien le hizo rodar hasta el canal. Supongo que algún macarra puede haberle matado después de desplumarlo —traté de imaginarme peinando Pilsen en busca de camellos adolescentes y me estremecí.

—¡Que no, carajos! —gritó el señor Contreras—. ¿Qué iba a estar haciendo merodeando por el río? Eso no tiene sentido. No es lugar para pasear, sólo hay muelles de carga, alambradas de púas y vertederos. Si vas a ponerte de parte de la pasma y darlo por accidente o suicidio, puedes irte a la mierda pero ya.

Le miré, estupefacta por la violencia de sus palabras, y vi las lágrimas que volvían a correr por su cara curtida. Me arrodillé junto a su silla y le pasé un brazo por los hombros.

—Eh, eh, no se ponga así. Hablaré con Vishnikov por la mañana para ver qué piensa.

Me cogió la mano con un fuerte apretón, temblándole la barbilla al intentar controlar su gesto.

—Lo siento, pequeña —dijo con voz ronca—, perdona que me derrumbe y la tome contigo. Ya sé que era insoportable, un borracho perdido, pero cuando se trata de tu más antiguo amigo, de alguna forma tienes que hacer la vista gorda.

Retiró su mano de la mía y se ocultó la cara, sollozando.

—Jamás debí echarle a la calle. ¿Por qué coño tuve que hacer tanta alharaca con los cachorros? *Peppy* no se fija en ese tipo de chorradas, los ronquidos a ella ni le van ni le vienen. ¿Por qué carajos no le dejé pasar aquí unos cuantos días?

No es diamante todo lo que reluce

Cuando salí a correr a la mañana siguiente, me deslicé por la puerta de atrás. En lugar de seguir mi trayecto normal de ida y vuelta al puerto, corrí hacia el oeste por calles secundarias hasta el río. Mantuve un ritmo lento, no tanto para comprobar si me seguían como para evitar alguna torcedura de tobillo en la dura calzada —es difícil seguir a alguien que va a pie desde un coche. No creía que pudiese correr ningún peligro físico, cualquiera que fuese el rastreo que Chamfers hubiese decidido llevar conmigo; simplemente detesto que alguien meta la nariz en mi territorio.

Me pasé a ver al señor Contreras antes de subir a ducharme. Había recobrado algo de su vitalidad normal, tenía mejor color y se movía a un paso más natural que la noche anterior. Le dije que iba a acercarme a Diamond Head y le pregunté si conocía a alguien que aún trabajase allí.

—Es toda gente distinta a la de mis tiempos, cielo. Puede que haya uno o dos tipos en la línea de montaje a los que podría reconocer si los viera, pero los jefes son todos nuevos; del capataz y el jefe de taller, ni siquiera sé sus nombres. ¿Quieres que vaya contigo?

La impaciencia de su voz me hizo sonreír.

—Esta vez no. Tal vez más tarde si no hago progresos —planeaba acercarme subrepticiamente a la fábrica; me parecía que tendría más suerte si lo hacía en solitario.

Tendría incluso más éxito si el que iba tras mis pasos ayer no me seguía hasta allí. Y eso significaba prescindir de mi nave. Mi Trans Am, igual que el Ferrari de Magnum, es tan fácil de rastrear como el aceite de linaza que Sherlock Holmes derramaba para Toby.

Lotty es la única persona que conozco lo suficiente como para cambiar de coche con ella. Como el suyo es el único que siempre tiene abolladuras al primer mes de comprarlo, no me apetecía dejarle a ella mi bebé. Pero el cliente ante todo, me amonesté con severidad. Al fin y al cabo, ¿para qué estaba pagando doscientos cincuenta pavos de seguro al mes?

Mientras terminaba de vestirme, telefoneé a Lotty a la clínica y le expliqué mi problema. Me prestaba su Cressida encantada.

—No he conducido un deportivo desde aquella vez que tuve un Morgan, en 1948.

—Eso es lo que temo —repliqué.

Lotty decidió ofenderse.

—Llevo conduciendo desde antes de que tú nacieras, Victoria.

Me tragué la réplica lógica, al fin y al cabo me estaba haciendo un favor. Le dije dónde encontrar mi coche, Carol la dejaría en casa al volver del trabajo. Le lancé un beso de despedida al Trans Am al pasar junto a él camino de Belmont.

—Es sólo por un día. Sé bueno y no dejes que te rompa las marchas.

Cuando llegué a la clínica, después de cambiar de autobús un par de veces, estaba bastante segura de que no me habían seguido. Aun así, di un par de rodeos por el barrio norte en el Cressida de Lotty. Cuando decidí que no llevaba escolta, me dirigí a la avenida Kennedy y viré hacia el sur.

Además de las inevitables abolladuras de los parachoques, las marchas estaban difíciles de encontrar y los cojinetes del embrague parecían gastados. Ojalá no tuviera que salir de estampida de ningún sitio. Al menos el coche pasaba desapercibido en el barrio de Pilsen.

Diamond Head estaba al fondo de un callejón sin salida. No quería llegar con el coche hasta la puerta, donde no sólo me podían ver fácilmente, sino también podía quedar atrapada. Aparqué en la calle Treinta y dos y caminé unas cuantas manzanas en dirección norte hacia la fábrica.

Numerosos trailers surcaban las calles laterales, llevando y sacando material de las fábricas cercanas y profundizando los hoyos del asfalto lleno de baches. Sin meterme en la carretera, subí por la orilla cubierta de hierbajos, tropezando aquí y allá en las protuberancias ocultas por las altas hierbas. Para cuando llegué a la entrada de Diamond Head estaba sudando abundantemente y maldiciéndome por haberme puesto mis mocasines en vez de mis gastadas Nikes.

Había unos cuantos coches aparcados en un cuadro de asfalto junto a la entrada. Uno era un Nissan verde último modelo, y los otros eran más pedestres: Fords, Chevrolets, y un Honda marrón. Me acerqué a examinarlo, pero no pude saber con seguridad si era el que me seguía los pasos el día anterior.

Dentro del viejo edificio de ladrillo el aire era fresco y suave. Me paré unos minutos en un pequeño vestíbulo para recuperarme del calor. Delante de mí se abría un gran vestíbulo que conducía directamente a unos viejos escalones de hierro y a un doble portón metálico.

Las puertas y los tabiques interiores debieron de hacerlos bastante macizos: tenía que esforzarme para oír cualquier ruido de actividad desde el otro lado. Diamond Head fabricaba pequeños motores de uso altamente especializado, principalmente para control de *flaps* de aviones. Quizá eso no implicaba el tipo de máquinas estruendosas que yo asociaba con las plantas industriales.

Intenté situar la entrada en relación con el sitio adonde Chamfers me había conducido la semana anterior. Estaba en el ala sur del edificio y las naves de carga estaban en la parte norte. La oficina de Chamfers debía de estar en alguna parte del otro lado de la escalera de hierro, frente a mí. Tendría que hacerme el circuito del local.

Las pesadas puertas metálicas estaban cerradas con llave. Pasé varios minutos probando con las dos hojas, tensando los músculos de los hombros con el esfuerzo, pero tuve que abandonar. Podía salir y repetir mi ignominiosa entrada por la nave de carga, o podía ver si la escalera de hierro conducía a algún lugar prometedor.

Había empezado a subir las escaleras, cuando vi detrás de ellas una puerta de tamaño normal. No estaba pintada, y a la tenue luz de la sala no la había visto antes. Bajé e intenté abrirla. Se abrió a la primera y me condujo al pasillo adonde daba el despacho de Chamfers.

Seis o siete puertas de oficina con cristal biselado en la parte superior se recortaban en la pared izquierda del pasillo. A la derecha, junto a la entrada que yo había utilizado, había otras dobles puertas metálicas. Las probé por curiosidad y me encontré frente a una larga sala de montaje abierta. Una docena, más o menos, de mujeres estaban sentadas junto a altas mesas poniendo tornillos o algo en las máquinas que tenían frente a ellas. Un hombre solo estaba inspeccionando una máquina con una de ellas. La sala podía fácilmente haber contenido cinco veces más gente. Parecía como si Diamond Head estuviese atravesando malos tiempos.

Cerré las puertas y proseguí por el pasillo en busca de Chamfers. O en realidad de su secretaria. Esperaba no ver para nada al director de la fábrica. Me pasé los dedos por el pelo, tratando de darme un aspecto un poco más profesional, y metí la nariz por la primera puerta que vi.

Como la mayoría de los despachos practicados en una construcción industrial, el cuarto era un minúsculo cubo, apenas suficiente para contener unos archivadores y un viejo escritorio. Un hombre de mediana edad estaba encorvado sobre un rimero de papeles, asiendo el teléfono con la mano izquierda como si al soltarlo pudiera escaparse flotando. Trataba de cubrir con unas cuantas hebras castañas las entradas de su frente, pero hacía tiempo que había renunciado a caber dentro de sus pantalones de algodón a rayas. No me pareció que formara parte del equipo que había visto el viernes con Chamfers.

No levantó la vista cuando abrí la puerta, sino que siguió contemplando sus papeles, ceñudo. Finalmente dijo:

—Por supuesto que no le hemos pagado. Eso es porque no le ha prestado atención a nuestra nueva política de pagos. Todo tiene que pasar por Garfield en Bolingbroke —escuchó algo más, y prosiguió—. No, para ellos tampoco tiene sentido hacerse cargo de los pedidos. ¿Cómo van a saber fuera de aquí lo que nosotros necesitamos? Puedo hablar con el fiscal federal si ustedes no entregan el cobre el viernes.

Siguieron forcejeando un rato más sobre la necesidad de implicar o no a los federales. Yo escuché la conversación sin ningún reparo. Al parecer fue mi hombre quien ganó, porque se frotó las manos triunfalmente al colgar el teléfono. Sólo entonces reparó en mí.

—Estoy buscando a su jefe de personal —anuncié.

—¿Para qué? —su victoria sobre el proveedor de cobre le había puesto truculento.

—Porque tengo unas preguntas sobre ciertos beneficios. Se trata de mi padre, que fue despedido hace unas semanas. Ha tenido que ingresar en el hospital —parecía una jugada bastante segura, teniendo en cuenta los bancos vacíos de la sala de montaje.

Frunció el ceño, dispuesto a no facilitarle nada a nadie, pero finalmente me envió a la tercera puerta del pasillo a partir de la suya.

La suerte me abandonó cuando encontré la puerta en cuestión. El hombre del minúsculo despacho formaba parte del grupo que presenció mi poco decorosa entrada en la fábrica cuatro días atrás. No me reconoció enseguida, pero en cuanto mencioné el nombre de Mitch Kruger, la escena del viernes le volvió a la memoria. Frunció el entrecejo con ferocidad y descolgó el teléfono.

—¿Milt? Soy Dexter. ¿Sabías que la detective esa está otra vez aquí? Esa que vino la semana pasada. ¿No lo sabías? Bueno, pues ahora mismo está conmigo.

Colgó de un golpe el receptor y se cruzó de brazos.

—No has aprendido nada, ¿verdad, nena?

—¿Aprender qué, tocino? —vi una silla plegable junto a sus ficheros y la abrí para sentarme.

—A ocuparte de tus propios asuntos.

—Eso es exactamente lo que estoy haciendo aquí. Respóndame a unas cuantas preguntas sobre Mitch Kruger y ya no me verá más por aquí.

No dijo nada. Al parecer estábamos esperando a Milt Chamfers. El administrador de la fábrica llegó unos segundos después, con la corbata bien anudada bajo la barbilla y la chaqueta puesta. Iba a ser una reunión formal, ¡y yo con calcetines en vez de medias!

—¿Qué está haciendo aquí? —me interrogó Chamfers—. Creí haberle dicho que desapareciera.

—Lo mismo que vine a hacer la semana pasada, enterarme de quién vio a Mitch Kruger, cuándo y dónde, y todas esas preguntas que te enseñan en periodismo y en la escuela de detectives.

—No sé quién era ese Kruger, y menos aún dónde ni cuándo —me imitó Chamfers con un furioso falsete.

—Entonces tendré que hablar con todo el mundo aquí en la fábrica hasta que descubra quién lo sabe, ¿no es así?

—De eso nada —espetó, apretando sus delgados labios hasta que desaparecieron en su barbilla—. Esto es una propiedad privada y puedo hacer que la echen si no se va inmediatamente.

Incliné la silla plegable hacia atrás, hasta tocar los ficheros, y sonreí levemente.

—Ahora se trata de una investigación por asesinato, hijo mío. Voy a mandarle a la pasma y podrá explicarles por qué el nombre de Mitch Kruger le enfurece y le altera tanto.

—Yo no dejo a *nadie* entrar a fisgonear en mi fábrica, pretendiendo buscar a personas desaparecidas cuando en realidad se dedican al espionaje industrial. Si los polis quieren hablar conmigo respecto a un viejo que trabajó aquí hace veinte años, hablaré con ellos. Pero no contigo.

—Entonces tendré que enfocarlo desde un punto de vista distinto. Tiene una plantilla de obreros bastante pequeña aquí para tantos jefes, ¿no?

Chamfers y el de producción intercambiaron una mirada. ¿Circunspecta? ¿Recelosa? No supe exactamente determinarlo. Luego Chamfers dijo:

—Y sigue pretendiendo que la crea cuando dice que no nos está espiando para alguien. ¿Para quién trabaja exactamente? ¿Nancy Drew?

Me levanté y le miré solemnemente.

—Para la Lockheed, hijo, pero no se lo diga a nadie.

Chamfers me aferró el codo una vez más mientras hacíamos el largo recorrido hasta la puerta. Antes de separarnos le pregunté:

—¿Quiere que le diga al que me está siguiendo dónde tengo el coche?

Su expresión ceñuda se alteró fugazmente. Estaba sorprendido. ¿De enterarse de que había localizado a mi seguidor? ¿O de que tuviese uno? Pensando en ese pequeño acertijo me olvidé de hacerle una seña de despedida.

Caminé por la carretera hasta la zona en que las altas hierbas interrumpían su visión desde el edificio. Una vez allí, me dispuse a esperar. Eran alrededor de las doce. Quizá Chamfers se llevara un bocadillo, pero estaba dispuesta a apostar que se dirigiría a la pequeña zona de restaurantes italianos, cuatro calles más allá. También le identificaba con el Nissan último modelo.

La hierba me ocultaba de la carretera, pero no me protegía del sol. También era el lugar de encuentro favorito de moscas y abejas. Al cabo de un rato estaba tan acalorada y sudorosa que cesé en mi intento por espantarlas cuando se me posaban en los brazos. En cierto momento sentí el desagradable picotazo de una mosca. Finalmente, pocos minutos antes de la una, el Nissan pasó junto a mí con el rechinar de gravilla que parecía propio de Chamfers.

Siguiendo la orilla sin salir de la hierba regresé a la fábrica. Otro coche arrancó en mi dirección desde el cuadrado de asfalto: el Honda marrón, con el jefe de producción al volante. Esperé unos minutos más, pero al parecer ya habían salido todos los del primer turno.

Volví a colarme hasta la puerta que había detrás de la escalera y entré de nuevo en la sala de montaje. Para entonces supuse que ya tendría el aspecto de alguien que ha estado entrenándose toda la mañana con una pandilla de macarras. Habían entornado la hoja superior de las altas ventanas para que entrara algo de aire, pero estaba bastante más fresco que el exterior. Las mujeres, con sus camisetas de tirantes o de manga corta y pantalones de trabajo, no parecían especialmente agitadas.

Media docena de ellas estaban sentadas junto a la puerta, comiendo bocadillos y hablando bajito en español. Las otras, de pie, solas o por parejas, miraban ociosamente al vacío, o charlaban intermitentemente. Un par de ellas, en el rincón más alejado, mantenían una intensa conversación. Esta vez me vieron todas, salvo las dos del rincón, y cesaron sus conversaciones.

—Estoy buscando al jefe —dije.

—Está comiendo —me informó una de las hispanas en inglés con un fuerte acento—. ¿Buscas trabajo?

—No. Sólo al jefe. ¿Está en el edificio?

Una de las mujeres señaló en silencio una puerta al otro extremo de la sala. Tenía cristal biselado en la parte superior. Una pálida luz de neón brillaba al través. Me abrí paso entre las mesas de montaje, pero luego me detuve.

—En realidad estoy buscando a alguien que haya podido ver a mi tío la semana pasada. Trabajaba aquí, y estuvo por aquí, ayer hizo una semana —me miraron sin entender—. Después se cayó al canal y se ahogó. No encontraron su cuerpo hasta ayer.

A mis espaldas se elevó un cuchicheo en español. El grupo junto a las ventanas se apiñó como movido por la gravedad. Tras unos minutos, una de ellas me preguntó qué quería.

—Espero que alguien haya podido verle —extendí los brazos, apurada—. Era un hombre mayor, alcohólico, pero era el hermano de mi madre. Ella quiere saber si habló con alguien, o si alguien le vio. A la policía no le preocupa, pero ella necesita saber... quisiera saber simplemente cuándo murió. Ha estado demasiado tiempo en el agua como para que los médicos puedan decírselo.

El cuchicheo parecía aprobador.

—¿Qué aspecto tenía ese tío tuyo? —preguntó una mujer corpulenta, más o menos de mi edad.

Describí a Mitch lo mejor que pude.

—Fue mecánico aquí. Durante muchos años.

—Ah, un mecánico. Ellos trabajan en la otra parte, sabes —la que hablaba era una de las mujeres que estaban junto a la ventana, una persona de unos cincuenta años con una abultada permanente amarilla. Al ver mi mirada de incomprensión añadió—: tienes que dar la vuelta por los despachos y girar a la izquierda, y llegarás al taller de máquinas, querida.

Ya me había dado media vuelta hacia la puerta cuando prosiguió pensativamente:

—Puede que haya visto a tu tío, querida. ¿El lunes pasado, dices? Pero no creo que fuera ese día. Fue antes cuando estuvo por aquí. Estábamos justamente terminando el turno, sabes, y oímos unas voces que venían del otro extremo del pasillo, y entonces ese hombre mayor dobló la esquina, arrastrando los pies y riéndose un poco entre dientes, y luego apareció uno de los jefes detrás de él, gritando todavía.

—¿Sabes quién era? ¿Cuál de los jefes? —procuré no hablar demasiado deprisa.

Sacudió la cabeza.

—No estaba prestando mucha atención. Sabes, estaba pensando en la cena, qué me apetecía cocinar, qué iba a encontrar en la tienda, ya sabes lo que es, querida.

—¿No recordarás lo que decía, verdad?

Se mordió unos instantes el labio inferior, tratando de recordar.

—Fue hace más de una semana, y no estaba prestando mucha atención.

Otra mujer más joven que estaba junto a ella terció:

—Yo sí me acuerdo, porque se parecía mucho a mi tío Roy —me miró como disculpándose, como si no quisiera dar a entender que yo tenía un tío tan malo como Roy—. No recuerdo quién era el que gritaba, porque la luz le daba por detrás, y sólo vi su silueta, pero le estaba gritando que se largara de Diamond Head.

La puerta del otro extremo se abrió y apareció el capataz.

—Hora de volver al trabajo, chicas. ¿Con quién estáis hablando?

—Con una chica.

Me miró suspicazmente.

—Pensaba que a lo mejor estabais contratando gente, pero le he dicho que nosotras tenemos suerte de tener aún nuestros puestos aquí —era la sobrina de Roy, protegiéndome de la misma forma que tenía que protegerle a él, a su propia madre, y quizá a sí misma también.

—No puedes estar en la planta de trabajo, nena —me advirtió—. Si buscas trabajo, tienes que ir a la oficina. Está escrito muy claro, y en esta puerta no hay nada. Así que lárgate.

No dije nada de lo que estaba pensando. Era de esos tipos capaces de tomarla con las demás mujeres en cuanto traspasara la puerta.

Me alejé por la sala a buen paso, deseando no tropezarme con Dexter ni ninguno de los demás de vuelta del comedor, o del restaurante, o de dondequiera que estuviesen a esa hora del día. Siguiendo las instrucciones que me había dado la mujer de la sala de montaje, me dirigí al otro extremo del edificio y llegué ante otros portones metálicos. Al otro lado estaba claro que había un taller de máquinas: estaba lleno de máquinas gigantescas.

Su tamaño era tan monstruoso que me costaba trabajo imaginar una función que se aviniera con ellas. Grandes virutas de acero cubrían el suelo junto a mis pies, como las virutas de madera que caían cuando mi tío Bernard cepillaba tablones para hacer estantes. Quizá el monstruo que dominaba la sala era algún tipo de cepillo metálico.

Perdidos entre la magnitud de las máquinas se movían una docena o así de hombres con monos o ropas de trabajo. Los que manejaban más activamente las herramientas llevaban gafas protectoras. Al ver que salpicaban unas chispas junto a mí retrocedí, nerviosa. Necesitaba encontrar a alguien que no fuese a chamuscarme o a perder un brazo si le sorprendía una extraña. Finalmente atisbé a un hombre sentado a una mesa de dibujo en un rincón y me acerqué a él.

—Estoy buscando al capataz.

Me miró brevemente y luego señaló el extremo opuesto sin decir nada. Volví a pasar junto a las máquinas, deteniéndome para observar un gigantesco taladro agujereando por un lado una espesa barra de metal. Del otro lado, alguien le arrancaba más virutas de metal que caían al suelo. El hombre que manejaba el mecanismo no me advirtió en absoluto.

Finalmente me acerqué al otro extremo de la sala, donde encontré otro despachito minúsculo. Un hombre de una cincuentena de años estaba sentado tras una mesa, hablando por teléfono. Sus mangas remangadas revelaban unos fuertes antebrazos. Llevaría cuidado para no irritarle, no fuera a ser que le entraran ganas de darme en la cabeza con una prensa.

Cuando por fin concluyó su conversación —que consistió principalmente en una serie de gruñidos y en la afirmación reiterada de que no era posible el quince por ciento—, levantó la vista hacia mí y volvió a gruñir. Le solté mi elaborado cuento sobre el Tío Mitch.

—¿Le conoció cuando trabajaba aquí?

El capataz sacudió lentamente la cabeza, sin un parpadeo de sus inexpresivos ojos de lagarto.

—Me gustaría hablar con algunos de los hombres. Hay un par de ellos que parecen lo bastante mayores como para haber coincidido con él. Estuvo por aquí hace una semana o diez días. Alguno de ellos tuvo que hablar con él.

Volvió a sacudir la cabeza.

—¿Usted sabe que *no* hablaron con él?

—Lo que sé es que no tienes nada que hacer en esta planta, nena. Así que ¿por qué no mueves el culo y te largas de aquí antes de que te dé yo un meneo?

Miré alternativamente sus ojos de lagarto y sus macizos antebrazos y me marché con toda la elegancia de que pude hacer acopio.

El hijo pródigo

Me quedé sentada en el coche de Lotty, tamborileando con los dedos sobre el volante caliente, tratando de decidir qué hacer a continuación. Sentía como si todo el mundo en Chicago me hubiera estado amenazando en los últimos días, desde Todd Pichea hasta los ayudantes del sheriff, y ahora el personal de Diamond Head. Era hora de replicar, o al menos de demostrarles que no estaba reventando, tirada con mis ropas sudadas, sólo porque me habían fruncido el ceño.

No podía decidir qué hacer con Pichea después del fracaso de mi carta al *Chicago Lawyer*, pero lo mejor que podía hacer respecto a Diamond Head era esperar a que terminara el turno y abordar a los tipos a la salida, cuando se dirigieran a coger el coche o el autobús. Faltaban dos buenas horas hasta entonces; podía ocupar ese tiempo consiguiendo una foto de Mitch Kruger para enseñársela. De todas formas, una foto sería indispensable si pensaba peinarme toda la fila de casitas encajadas bajo el puente de la avenida Damen. No me parecía que Terry Finchley tuviese realmente el entusiasmo necesario como para añadir esas pesquisas a su investigación.

No me apetecía volver al norte para ver qué podía tener el señor Contreras. Era posible que desenterrara alguna vieja foto de grupo tomada en alguna taberna, pero dudaba mucho que tuviera algo que sirviese realmente para identificarle. En cambio sus ganas de venir a vérselas en persona con los jefes sería un verdadero estorbo. No porque yo estuviese haciendo un gran trabajo por mí misma, pero el viejo se creía un Mike Hammer y yo no estaba aún preparada para una confrontación a ese nivel.

Creí recordar que había visto una foto de identidad entre los documentos que había encontrado en el cuarto de Kruger en la pensión de la señora Polter. Su casa estaba casi lo bastante cerca para ir andando, pero las horas que había pasado bajo el tórrido sol habían hecho su efecto; me acerqué con el Cressida de Lotty a la calle Archer.

La señora Polter estaba sola en su puesto de combate: sus tormentos habían encontrado sin duda una diversión más refrescante esa tarde. Un par de hombres salían del bar de Tessie, pero el resto de la calle estaba desierto.

Mientras subía los desvencijados escalones vi a la señora Polter bebiendo algo marrón y turbio en un vaso ondulado. Podía haber sido té instantáneo helado, pero parecía que le hubiesen añadido líquido lubricante. Seguía llevando la misma bata de algodón marrón. El tejido se había deshilachado un poco más a ambos lados del imperdible, por lo que su escote quedaba algo más cubierto, pero unos amenazadores agujeros se empezaban a abrir a ambos lados.

—El viejo ese que estaba buscando la ha palmao —dijo bruscamente.

—¿Ah sí? ¿Cómo se ha enterado?

—Ha pasao su hijo. Su chico. Me lo ha dicho cuando ha pasao a recoger las cosas del viejo.

—Desde Arizona, ¿eh? —el señor Contreras me tenía que haber dicho que se había puesto en contacto con la familia de Kruger. ¿O lo habría hecho Terry Finchley? Si así era, Kruger había sido muy rápido, hacía sólo quince horas que habíamos identificado el cuerpo.

—No ha dicho nada de Arizona. Sólo que quería las cosas de su padre. No se ha llevao todo, pero he pensao que como había usté pagado la habitación hasta el fin de semana, podía dejarlas ahí.

—Creo que me voy a llevar el resto de las cosas, para quitárselas de encima.

Se terminó el brebaje marrón y sacó una jarra del lado izquierdo de la silla.

—Le ofrecería un poco, pero sólo tengo un vaso. Parece que tiene usté sed.

Me apresuré a declinarlo con un gesto. No tenía tanto calor como eso.

—Había pensao en su ropa para la beneficencia —añadió.

Es decir que pensaba que podría venderla, a sus otros inquilinos tal vez.

—Si cree que van a querer su ropa, ¡adelante! Déjeme sólo cerciorarme de que ese... hijo no se ha dejado algo de valor.

Evidentemente, cualquier cosa de valor habría desaparecido desde hacía tiempo, pero Mitch Kruger no tenía acciones ni bonos al portador por los que preocuparse. No había razón alguna para mostrarse ofensiva con la señora sugiriendo algo así. La señora Polter dio su amable consentimiento para que volviese a revisar el cuarto de Mitch.

Tras el resplandor de la calle apenas veía en la escalera sin luz. Tanteé cuidadosamente mientras subía, no me apetecía tropezar en algún trozo de linóleo suelto. Ningún otro de los inquilinos rondaba por los pasillos, pero un olor reciente a bacon cubría el de grasa rancia y col que flotaba en el aire. Alguien se estaba haciendo una comida tardía, o un desayuno muy tardío. Mi estómago gruñó por solidaridad. Me pregunté si me darían un sandwich de queso en el bar de Tessie cuando terminara allí.

Cuando llegué arriba mis ojos ya se habían acostumbrado lo suficiente a la semipenumbra como para encontrar el cuarto de Mitch. Entre la señora Polter y el hijo no quedaba gran cosa. Desde luego nada del carné del sindicato o de la pensión de Kruger, ni siquiera sus recortes de periódico. No le había prestado mucha atención a su ropa, por lo que no podía saber si la patrona ya había esquilmado algo, pero el televisor portátil había desaparecido. Si siguiera buscando hasta dar con la habitación de la señora Polter seguramente lo encontraría allí. La tentación era fuerte, pero no tenía realmente ganas de una confrontación con ella por algo así.

Conforme volvía a bajar me puse a pensar melancólicamente en mi propia vejez, si llegaba a esa edad, y en mi posible fin. ¿Acaso iba a ser como ése, en una pensión ruinosa, sin nada más que un viejo televisor y algunos vaqueros raídos para que una indiferente casera los recogiera? Ni siquiera tendría al señor Contreras para llorar mi muerte. En el momento en que mis fantasías alcanzaban el punto culminante de la tristeza y la soledad, me enganché el pie en un trozo de linóleo suelto y aterricé sobre las manos y las rodillas. Solté un taco y me sacudí el polvo: lo único herido había sido mi orgullo. Si seguía yendo por ahí soñando despierta en lugar de prestar atención a lo que me rodeaba, al menos el señor Contreras me sobreviviría y podría llorar mi muerte.

—¿Es que se ha caído ahí dentro? —me preguntó la señora Polter cuando salí al porche—. Me ha parecido oír un golpe sordo.

—Pero no lo bastante fuerte como para que perdiera el tiempo en venir a ver. Debería pegar ese linóleo. Sería bastante duro para usted transportar los cuerpos de sus inquilinos si tropezaran y se lisiaran.... ¿Cuándo murió Kruger?

Se encogió majestuosamente de hombros.

—No lo sé, encanto. Pero su hijo ha venido hoy a primera hora de la mañana. Que yo ni siquiera estaba en pie. Me ha pillao con los rulos puestos.

Aquello debía de haber sido una visión aterradora.

—¿Qué aspecto tenía ese hijo suyo?

Volvió a alzar los hombros.

—No le he sacao la foto. Era un tío joven, puede que de tu edad o puede que un poco más viejo.

—¿Le ha dejado un número de teléfono por si necesitaba comunicarse con él?

—No tengo ninguna necesidá de llamarle, querida. Le he dicho lo mismo que te estoy diciendo a ti: coge lo que quieras mientras la habitación esté pagada, porque el fin de semana el resto se lo doy a la beneficencia.

Me sentía incómoda por abandonar la habitación, abandonar el último vínculo de Mitch con la vida. Pensé en desprenderme de otros cincuenta pavos para conservar la habitación hasta la semana siguiente. Pero ¿qué otra cosa iba a poder encontrar allí?

Sin dejar de sentirme incómoda, crucé la calle para dirigirme al bar de Tessie. Me recordó inmediatamente, incluso recordaba lo que había bebido.

—Pareces muy acalorada hoy, cielo. ¿Quieres otra caña?

Me encaramé en un taburete. El aguado brebaje suavizó mi seca garganta. Su bar no tenía aire acondicionado, pero estaba al abrigo de la reverberación del sol. El ventilador que giraba por encima de la barra me secó el sudor, dándome una ilusión de frescor.

—No he tenido tiempo de almorzar. ¿Tiene sandwiches o algo?

Sacudió la cabeza con pesar.

—Lo más que te puedo ofrecer es una bolsa de patatas o de galletas saladas, cielo.

Me comí las galletas con la segunda cerveza. Teníamos todo el bar para nosotras solas. Ella estaba viendo *Donahue* en un televisor en blanco y negro encajado entre las botellas de whisky. El aparato estaba demasiado limpio para poder ser el de Mitch.

Cuando hubo una pausa de publicidad, Tessie me dijo sin mirarme:

—He oído que han encontrado al viejo ese que buscabas la semana pasada, ahogado en el canal. Encontraron su cuerpo ayer, según creo. ¿Era tu tío, dijiste?

Gruñí sin comprometerme.

—Lily Polter dice que eres detective. Así que ¿era tu tío o era un trampa?

—Ni una cosa ni otra. Se crió con un viejo amigo mío. Mi amigo se disgustó cuando el tipo desapareció.

Ahuyentó a una mosca con el trapo del bar.

—No me gusta que me cuenten trolas. Y menos aún en mi propio bar.

Mis mejillas se encendieron bajo el tueste del sol.

—Me imaginé que si llegaba aquí diciendo que era detective alguien podía romperme en la cabeza una botella de *Old Overholt*.

Una inesperada risita frunció sus ojillos.

—Aún sería capaz de hacerlo. Sobre todo si me entero de que sigues contándome trolas. ¿Qué le ha pasado al viejo?

Sacudí la cabeza.

—Usted sabe tanto como yo. Se cayó al canal de saneamiento, pero ya estaba muerto antes de caer al agua. Me he pasado por casa de la señora Polter a ver si encontraba una foto, pero un tipo ha venido esta mañana, diciendo que era el hijo del viejo, y se ha llevado su carné del sindicato y todos los papeles que podían llevar una foto de él.

—¿Dijo que era su hijo? —repitió—. ¿Y tú piensas que no?

—Yo no pienso. Lo único que hago es hacer preguntas. No creo que nadie aquí, en Chicago, tuviese la dirección del hijo, y aunque la tuviera, ha llegado aquí demasiado rápido. Aunque a lo mejor tuvo una pesadilla que le avisó de que su padre estaba muerto y cogió el primer vuelo para comprobarlo. Usted no vio al tipo, ¿verdad? La señora Polter no me ha podido dar una descripción.

—Yo no abro tan temprano, cielo. Pero si me entero de algo te lo haré saber. Quizá mi viejo vio algo. Ha tenido un ataque, pero le gusta sentarse fuera por la tarde y por la mañana, a ver la calle, lo mismo que ha hecho en los últimos setenta años.

Le di mi tarjeta y dos dólares por las cervezas y las galletas. Cuando ya me dirigía hacia la puerta, Tessie volvió a hablar.

—No tienes pinta de ser la clase de chica que dejaría a un viejo tío borracho dando tumbos por ahí. Es algo en tu forma de moverte, cielo. Me imagino que dices la verdad cuando dices que eres detective.

Eso se parecía lo bastante a un cumplido como para allanarme un poco el camino. Esbocé un saludo con la mano y salí otra vez al calor.

Ya iba siendo hora de volver a la fábrica e intentar interceptar a algunos de los mecánicos a la salida, pero el corazón no me daba brincos ante la idea. Dos cervezas con el estómago vacío después de un día al sol me hacían suspirar por cualquier alternativa a la actividad física. Por ejemplo una siesta.

Además, ¿cómo iba a ser eficaz en mi estado actual? Si alguien me miraba de reojo, me desplomaría. Mis capacidades no estaban lo suficientemente ágiles como para formular preguntas irresistibles.

Metí la tercera del Cressida y me dirigí hacia el norte por Halsted. A esa hora era más rápido no adentarse en las autovías. Incluso Halsted estaba atascada; tenía que cambiar constantemente de velocidad con los semáforos. Al día siguiente devolvería el Cressida y alquilaría un coche que funcionase correctamente.

Lo que necesitaba era un acercamiento distinto a Diamond Head. Me había estado golpeando la cabeza contra un muro de cemento. Necesitaba a alguien que pudiese abrirme sus puertas. Yo trabajo mucho para grupos industriales en Chicago. Podía ser que algún antiguo cliente agradecido formase parte de la junta directiva de Diamond Head. Incluso podía darse que los dueños, quienesquiera que fuesen, también tuviesen participación en alguna otra firma para la que yo hubiese trabajado. El señor Contreras había dicho varias veces que Diamond Head tenía nuevos dueños; lo único que tenía que hacer era localizarlos. Y eso era algo que mi fiel abogado podía hacer por mí. Él tenía ordenador y acceso al sistema Lexus, yo no.

Salí de Halsted por Jackson, donde viven los remanentes de la comunidad griega de Chicago. Sólo giré allí porque Jackson era la vía directa hacia mi oficina, pero el aroma que llegaba de los restaurantes de las esquinas fue demasiado para mí. Además, eran casi las cinco, demasiado tarde para que

Freeman Carter emprendiera su investigación. Me instalé ante una *taramasalata* y una fuente de calamares fritos y dejé a mis espaldas el calor y las frustraciones de la jornada.

Empresa legal

Me costó mucho a la mañana siguiente comunicarme con la oficina de Freeman. Las tres primeras veces que marqué el número conté veinte señales antes de colgar. ¿Qué demonios le había pasado a su línea telefónica? La llamada tenía que haber sido contestada por el centro de mensajes. A la cuarta vez que llamé alguien descolgó el teléfono pero no sabía quién era Freeman. Su renuencia a tomar un recado me decidió a presentarme en persona.

No había entrado en las oficinas de Crawford-Mead desde que se habían mudado a su nuevo local junto a Wacker, pero los paneles de nogal, el Ferraghan rojizo colgado a la derecha de la entrada y las dos enormes urnas Tang eran exactamente los mismos que tenían en La Salle sur. ¿Para qué molestarse en mudarse si va uno a reproducir exactamente su entorno anterior a un precio tres veces más alto?

Leah Caudwell había sido la recepcionista de la firma desde que Dick ingresó en el bufete. Yo siempre le había caído bien, y me había considerado la parte agraviada cuando Dick y yo nos separamos.

Sin animarla precisamente a creerlo, tampoco había desmentido nunca la idea directamente; el desgaste que eso podía suponerle a Dick sustituía mi pensión alimenticia.

Me acerqué al mostrador de recepción con un alegre saludo en los labios, pero me encontré frente a una joven extraña fácilmente treinta años más joven que Leah. Era flaca como un lápiz, llevaba un vestido tubo de punto verde y una profusa cantidad de carmín.

—¿Está enferma Leah hoy? —pregunté.

La joven sacudió la cabeza.

—Se despidió cuando nos mudamos, en noviembre pasado. ¿Puedo ayudarla en algo?

Me sentí estúpidamente herida porque Leah se hubiese marchado sin notificármelo a mí. Con cierta brusquedad le di mi nombre a la joven y le dije que venía a ver a Freeman.

—Ah, vaya. ¿Tenía cita con él?

—No. Me he pasado la mañana intentando localizarle por teléfono y pensé que sería más fácil venir personalmente. Pero hablaré con su secretaria: lo que necesito no requiere su atención personal.

—Ah, vaya —repitió, perpleja, sacudiendo sus cardados rizos—. Bueno, quizá sea mejor que hable con Catherine. Si quiere sentarse, diré que la avisen. ¿Cómo me ha dicho que se llamaba?

Catherine Gentry era la secretaria de Freeman. Como no había contestado al teléfono, no sabía si contestaría al ordenanza. La actitud de la recepcionista dejaba claro que algo le pasaba a Freeman, pero parecía inútil tratar de convencerla de que me dijera algo. Le tendí una de mis tarjetas y me acerqué a los sillones rojizos que había bajo el Ferraghan. Cuando Dick entró en el bufete, catorce años atrás, me había dicho, impresionado, que el tapiz estaba asegurado por cincuenta mil dólares. Supuse que en ese momento ya valdría tres o cuatro veces más, pero el asombro de Dick probablemente había disminuido proporcionalmente.

Después de esperar diez minutos hojeando el *Wall Street Journal* y copias atrasadas de *Newsweek*, apareció una rechoncha jovencita que le susurró algo a la recepcionista y se acercó hasta mí.

—¿Es usted la señora Warshawski? —su pronunciación aproximativa de mi apellido resultó bastante creíble—. Soy Vivian Copley, una de las ayudantes del señor Carter, he trabajado mucho para él últimamente. ¿Para qué necesitaba verle?

—Seguramente es algo en lo que usted me podrá ayudar, pero ¿le ha sucedido algo al señor Freeman? Hace unas cuantas semanas que no hablo con él.

Se tapó la boca con la mano y soltó una risita nerviosa.

—Oh, vaya. No me gusta... no sé si debemos... pero probablemente saldrá mañana en los periódicos.

—¿El qué? —pregunté vivamente. Me estaba cansando de la ineficacia que reinaba entre el personal de esa oficina.

—Nos anunció su dimisión del bufete el viernes. Le han pedido que se marchara de inmediato. Catherine está aquí hoy encargándose de sus expedientes, pero mañana se va. Estamos dirigiendo a sus clientes hacia los demás socios, por eso, si quiere decirme para qué necesita verle, podremos decidir quién es la persona más indicada para ayudarla.

Me examiné las uñas unos instantes, preguntándome si debía preguntar por Dick o por Todd Pichea. El efecto sería eléctrico, pero ¿qué podía sacar con eso?

Me levanté.

—Freeman se ha estado ocupando de mis asuntos durante tanto tiempo que no me sentiría cómoda trabajando con nadie más. ¿Por qué no me acompaña simplemente a ver a Catherine?

Se enroscó un mechón de pelo en el dedo.

—En realidad, nosotras no debemos...

Sonreí con firmeza.

—¿Por qué no me lleva a ver a Catherine?

—Creo que tendré que consultarlo con mi jefe primero —se escabulló por la puerta que conducía a los despachos del bufete.

Esperé unos treinta segundos y la seguí. Como nunca había estado allí antes no sabía dónde podía estar el despacho de Freeman. Elegí el corredor de la derecha al azar y avancé sobre una alfombra espesa hasta los tobillos, asomando la cabeza en varios despachos y salas de reunión. Me topé con numerosos subalternos cargados de carpetas y de hojas impresas por ordenador, pero con ninguno que supiera algo de Freeman Carter.

Crawford-Mead tenía alquiladas cuatro plantas del edificio. En cierto momento llegué a una escalera privada que unía las plantas desde el interior. Como el resto de los locales, estaba profusamente recubierta de lana y felpa. Me parecía absurdo: compras espacio en la más moderna de las torres de cristal, y luego lo recubres de madera y terciopelo para que parezca un antiguo palacio de justicia.

En el segundo piso encontré por fin un empleado que pudiera guiarme hasta el despacho de Freeman. Al parecer la prohibición general de facilitar información a los clientes sólo se le había indicado al contingente de primera línea. Freeman estaba —o había estado— en el extremo opuesto de la planta en que nos encontrábamos. Seguí las indicaciones de la mujer con sólo unos cuantos errores y finalmente me encontré a Catherine Gentry embutiendo carpetas en cajas de embalaje.

—¡Vic! —soltó lo que tenía en las manos y se las limpió en los vaqueros. Nunca la había visto con otra ropa que no fuesen los estrictos trajes sastre que creía imprescindibles en su trabajo, ni con el cabello cayéndole a mechones sobre la frente. En la calle no la hubiera reconocido.

—¡Catherine! ¿Qué está pasando aquí? Actúan como si Freeman hubiese huido con el fondo de pensiones de la compañía.

—Actúan como la escoria que siempre he sabido que eran. No te imaginas lo *feliz* que soy de salir de este nido de cucarachas. Ni siquiera me molesta tener que embalar todo esto yo sola. Bueno, digamos que apenas me molesta. ¿Estabas en la agenda de Freeman? Creí que me había comunicado con todos —Catherine se había criado en Jackson, Mississippi, y nunca había hecho el menor esfuerzo por adoptar el acento de los yankis que la rodeaban.

—No. He intentado llamar esta mañana y no me he podido comunicar, por eso he venido en persona. ¿Necesitas ayuda?

Sonrió.

—La necesito, cielo, pero todo esto son expedientes confidenciales. Tengo que cuidar de ellos yo misma. ¿Qué podemos hacer por ti? Freeman se ha quedado en casa hoy, pero si hubieses sido arrestada o algo por el estilo estaría encantado de entrar en acción.

—No se trata de algo tan interesante. Sólo quería buscar a alguien en el Lexus; puede esperar hasta que estéis en vuestros nuevos cuarteles —también podía acercarme a Springfield y consultar manualmente los archivos. No era mi actividad favorita, pero sin duda era mejor que quedarme estancada con el problema unas cuantas semanas más.

Catherine gruñó.

—¿Por qué no me apuntas lo que necesitas? Todavía tengo un par de amigos en este nido de ratas. Si no me tienen demasiada envidia por abandonar el barco, alguno de ellos podría hacer ese trabajo por mí.

Apunté la dirección de Diamond Head y su tipo de actividad.

—Sólo quiero los propietarios y la junta directiva. No necesito ningún informe financiero, al menos no por el momento. ¿Dónde vais a estableceros?

—Oh, Freeman ha encontrado un sitio encantador en Clark Sur. Trescientos metros cuadrados. Lo único que tenemos que hacer es llevar las mesas y enchufar las máquinas, no como aquí, que estuvieron empapelando, pintando y Dios sabe qué bajo nuestros pies durante los seis primeros meses desde que llegamos. Antes nos tomaremos una semana de descanso, y estoy deseando empezar.

—¿Qué hace ahora Leah Caudwell? —le pregunté, tendiéndole la hoja de papel.

Hizo una mueca de desolación.

—Hará unos dieciocho meses o dos años que empezamos a tener demasiado trabajo, y no quiero decir que ella no pudiera con él, pero no era como en los viejos tiempos, cuando ella conocía personalmente a todos los clientes y en Navidad se acordaban de ella y todo eso. Alguna de la gente nueva que entraba aquí era simplemente grosera y no le gustaba el ambiente. Así que, cuando nos trasladamos, le sugirieron que ella no viniera. Lo sentí mucho por ella, pero ¿qué podía hacer?... Tienes que disculparme, Vic, los de la mudanza vienen dentro de tres horas y tengo que tener embalado todo esto. Ésta es nuestra nueva dirección, no dejes de venir a vernos.

Me alargó una tarjeta profesional con el nombre de Freeman pulcramente grabado. Había esperado para marcharse a que su nuevo feudo estuviese listo; en la tarjeta constaba un número de teléfono y otro de fax. Iba a tener que rendirme y agenciarme yo también un fax; era demasiado difícil seguir en los negocios, al menos en mi tipo de negocios, sin tener uno. Ni siquiera mi tienda favorita de comestibles finos del Loop aceptaba ya los pedidos por teléfono: tenías que mandarles un fax a la hora punta del mediodía.

Estaba tan embebida en el abismo que me separaba de la tecnología moderna que no reparé en la gente que me rodeaba hasta que alguien me cogió del brazo.

—¡Es ella! —chilló una voz.

Era la joven recepcionista. La persona que me sujetaba el brazo era un miembro del personal de seguridad del edificio. Cuando intenté liberarme apretó su presa.

—Lo siento, señora. Me han dicho que se ha colado en las oficinas sin permiso, y me han pedido que la saque de los locales.

—Soy una clienta —protesté—. Al menos lo era hasta que usted me ha agarrado del brazo.

Estábamos bloqueando las escaleras. La gente se estaba agrupando debajo de nosotros, cuando a mis espaldas un hombre preguntó cuál era el problema. Me volví y sonreí agradecida: era Leigh Wilton, uno de los socios más antiguos. Aunque nunca habíamos sido amigos, no compartía el activo desprecio hacia mí de muchos de sus pares.

—Leigh, soy yo, Vic Warshawski. He venido a tratar de hablar con Freeman, no sabía que se había separado de la compañía, y esa recepcionista tuya ha creído que era una atracadora.

—¡Vic! ¿Cómo estás? Tienes un aspecto estupendo —le dio una palmadita al guardia en el hombro—. Puedes soltarla. Y, Cindy, consúlteme antes de soltarles los perros a nuestros clientes, ¿de acuerdo?

La recepcionista se puso roja.

—Ha venido el señor Pichea y, cuando se lo he explicado, ha llamado al guardia. Yo sólo venía a identificarla. No era mi intención...

—Ya sé que no, querida. Pero el señor Pichea no es quien toma las decisiones aquí. Así que por qué no vuelves a tu mostrador. Y tú —dirigiéndose al guardia— ¿necesitas que aclare algo con tus superiores?

El guardia sacudió la cabeza y siguió a Cindy a paso ligero hasta la puerta. A Leigh le pareció una broma tan divertida el que estuviesen a punto de arrestarme, que insistió en que entrara en su despacho a tomar una taza de café. Llamó a Pichea para que se uniera a nosotros. El disgusto de mi vecino me compensó un poquito de la humillación que había experimentado los últimos días.

—Voy a tener que montar un álbum de fotos de nuestros clientes para que no les mandéis a todos a la cárcel con vuestra impaciencia de jóvenes castores —añadió Leigh.

—Todd y yo ya nos conocemos —dije—. Coincidimos a propósito de unos perros. Lo cierto es que tiene una conciencia social tan desarrollada, que ahora está a punto de hacerse cargo de toda nuestra manzana.

Todd se sonrojó hasta el caoba oscuro.

—El señor Yarborough está enterado de eso, señor. Se lo puede explicar. Si me disculpa, estaba con un cliente cuando me ha llamado.

—¡Ah!, estos jóvenes no saben aguantar una broma. ¿Qué es eso de los perros, Vic?

Le hice un corto resumen, en medio de una serie de llamadas telefónicas. Su atención ya estaba extraviada mucho antes de que acabara.

Voy a investigar eso por ti, Vic, te tendré informada si me entero de algo. Me alegro de verte. Y avísame antes de venir la próxima vez, para que tenga sobre aviso a los policías.

Esbocé una sonrisa y me marché a mi propia oficina. Me pasé la tarde realizando diversas tareas: pasando facturas a máquina, preparando una presentación para la compañía Schaumburg que había visto el lunes, y poniéndome al día con la correspondencia.

El día transcurrió sin ninguna noticia de Catherine respecto a mi búsqueda en el Lexus. No tenía ninguna forma de ponerme en contacto con ella hasta que ella y Freeman empezaran a trabajar la semana siguiente. Dejé un recado en el nuevo contestador de su oficina por si acaso, pero todo indicaba que tendría que acercarme a Springfield al día siguiente.

A las seis llamé a Lotty para ver si podíamos volver a intercambiar los coches esa noche; con el Trans Am probablemente podría hacer la ida y vuelta en menos de cinco horas. Aceptó sin mucho entusiasmo.

—¿Qué ocurre? ¿Estás ocupada?

Se rió tímidamente.

—No. Sólo me estoy compadeciendo de mí misma. Hoy ha sido el último día de Carol. Me siento... personalmente despojada. Y Max se empeña en decirme que sea razonable, y lo único que consigue es que me apetezca ser lo menos razonable posible.

—Bueno, yo te sigo queriendo, Lotty. ¿Quieres que te lleve a cenar? Podrás gritar y quejarte todo lo que quieras.

Al oír eso soltó una risa más natural.

—Eso es lo que me ha recetado el médico. Sí. Excelente idea. Llevo mucho retraso aquí. ¿Qué tal a las siete y media en I Popoli?

Acepté inmediatamente y emprendí la tarea de ordenar mi despacho antes de salir. Ya me dirigía a la puerta, cuando volvió a sonar el teléfono. Pensando que podía ser Freeman, volví a mi mesa. Una suave voz de mujer me preguntó si era efectivamente la señorita Warshawski, y me pidió que esperara, que iba a hablarme el señor Yarborough.

—Vic, ¿qué diablos has estado fisgando en nuestras oficinas esta mañana? —inquirió sin más preámbulos.

—Dick, esa pregunta está cargada de implicaciones negativas. ¿Cómo es posible que manejes los asuntos de tus impresionantes clientes si te expresas tan inadecuadamente? —cogí un bolígrafo y pinté una hilera de afilados dientes en un sobre que tenía frente a mí. Luego añadí una bola de fuego que salía de ellos.

—No puedes negarme que has estado aquí. Se lo he oído decir a dos personas.

—Oye, chico, ¿trabajáis alguna vez un poco entre las sesiones de cotilleo? Me gustaría recordarte que mi abogado era miembro de vuestra firma hasta el viernes pasado. Y si, ignorando su dimisión o su dramática expulsión de vuestro Paraíso, a uno de sus clientes se le ocurriera entrar en los locales, un juez lo consideraría probablemente un error honesto. Especialmente teniendo en cuenta que a Leigh Wilton le ha parecido una broma graciosísima.

—Pero si ese juez supiera que ya se te ha advertido y que has vuelto a fisgonear en nuestras oficinas privadas en contra de nuestras órdenes expresas, pensaría que se trata de otra cosa, aunque tengas a Leigh de tu parte.

La voz de Dick se había convertido en un siseo. Añadí una serpiente al otro lado de mi dibujo y pinté un par de brazos rematados por unos guantes de boxeo.

—¿Qué clase de infames manejos os traéis entre manos, que tanto miedo tenéis de que los descubra?

—No tenemos nada que ocultar —Dick recobró su voz normal y se puso petulante—. Pero sabiendo que has emprendido una *vendetta* contra uno de nuestros socios, prefiero que no tengas la oportunidad de estropearle alguno de sus expedientes.

—Ya sé que el chico tiene miedo de que le rompa una rótula, pero su mujer parece estar en buen estado físico y tiene diez años menos que yo, dile que temería demasiado su venganza.

—Vic, sé que te gusta tomarte a broma todo lo que digo, sólo para enfurecerme. Y funciona. Siempre, o casi siempre, joder. Pero te llamo para avisarte de que te ocupes de tus asuntos. Considéralo un favor, ¿vale?

Miré el teléfono con asombro.

—Dick, ¿de qué diablos estás hablando? Necesitaba la ayuda de Freeman. Estoy en mi derecho de solicitarla sin tu permiso.

—No, si ya no es miembro de la firma, no estás en tu derecho. Te hemos seguido la pista, lamentablemente después de que te marcharas. Catherine Gentry no ha descosido la boca, no voy a echar de menos su sonrisita listilla ni un segundo, pero la chica a la que le ha dado lo que querías buscar no ha tenido miedo a cumplir con su deber.

—Es decir que tenía miedo de que la despidierais. Y, a no ser que estéis infringiendo la ley sobre el trabajo infantil, espero que fuera una mujer, y no una chica.

Dick se rió, tolerante.

—Vale, tía, si eso te hace sentir mejor. Sea lo que sea, no puedes utilizar los recursos de Crawford-Mead. Punto.

—Eh, capitán. Sólo por curiosidad, ¿por qué ha tenido que marcharse Freeman tan precipitadamente?

—Eso es un asunto interno de la firma, Vic. No es nada que te importe un carajo. Tú atente a los asuntos que son de tu incumbencia. Se te dan bastante bien... ¿Por qué tienes que entrometerte en los míos?

—Oh, ya sabes, aquellos votos que hicimos: «hasta que la muerte nos separe», esos viejos sentimientos son difíciles de matar.

—Si te hubieras ocupado de mis asuntos hace catorce años, seguiríamos casados. Piensa en eso mientras te las compones para pagar tu alquiler.

Colgó sin darme la oportunidad de decir mi última palabra. Así que seguía corroyéndole mi falta de sumisa devoción. Los viejos sentimientos son realmente difíciles de matar.

Amiga arrojada a los lobos

Llegué al restaurante antes que Lotty. I Popoli era una espaciosa marisquería de la calle Lincoln, con un pequeño jardín donde me gustaba sentarme en verano. Pero durante la tarde unos gruesos nubarrones de tormenta se habían acumulado sobre la ciudad. Parecía que el intempestivo calor tocaba a su fin. Cogí una mesa en el interior.

Después de esperar media hora imaginé que Lotty había sido retenida por una urgencia de última hora. Pedí un ron con tónica para pasar el rato y me instalé en un extremo de la barra, junto a la ventana, desde donde podía ver la calle. La lluvia había empezado a caer en gruesas y pesadas gotas que estallaban sobre el asfalto como huevos escalfados. Cuando me terminé el ron, las gotas se habían convertido en una espesa cortina de agua.

Empecé a preguntarme si Lotty no habría chocado con el Trans Am sin tener el valor de decírmelo. Claro que eso no iba con el carácter de Lotty: ella no le temía a la confrontación. Además, se consideraba constantemente víctima de otros maniáticos temerarios. Cuando intentaba preguntarle por qué mis coches nunca sufrían los mismos daños que los suyos, solía traspasarme con la mirada y cambiaba de tema.

Me acerqué al teléfono al fondo del restaurante e intenté llamarla. No obtuve respuesta, ni en la clínica ni en su apartamento, pero al salir de la cabina estaba parada en medio de la sala, chorreando agua, buscándome. Sólo al acercarme a ella me di cuenta de que estaba herida. Tenía un raspón y un chichón morado en la frente, y pude ver un hilo de sangre que se mezclaba con el agua de lluvia en su brazo izquierdo.

—¡Lotty! —la abracé—. ¿Qué te ha pasado?

—Me han golpeado —su voz era apagada y permanecía rígida entre mis brazos.

—¿Te han golpeado? ¿Te refieres al coche?

—Sabes, Victoria, creo que me gustaría acostarme.

Su voz apagada y su postura rígida me asustaron tanto como sus heridas. Me pregunté si debería llevarla a un hospital, pero decidí llevarla a casa e intentar buscar a alguien que pudiera ir a cuidarla allí. Quizá necesitara una radiografía de la cabeza, pero las salas de urgencia de un hospital son poco reconfortantes para alguien que está en estado de choque; prefería arroparla mientras un médico decidía el siguiente paso. Busqué en mi monedero con qué pagar mi copa, no encontré nada y terminé por echar un billete de veinte pavos sobre el mostrador.

Pasé un brazo alrededor de Lotty y la sostuve para llevármela. Había dejado el Trans Am atravesado junto al bordillo. A pesar de la lluvia, que había oscurecido el cielo, pude ver que el parabrisas estaba astillado. No pude evitar inspeccionar el parachoques izquierdo al tiempo que colocaba a Lotty en su propio coche. El faro estaba torcido y la rejilla y la chapa habían invertido su posición normal. Reprimí un acceso de rabia: Lotty estaba seriamente herida. El coche no era más que un pedazo de vidrio y metal, reparable al fin y al cabo.

Mi casa está justo al volver la esquina del restaurante, pero Lotty se encontraría más a gusto en su propia casa. Maldiciendo las resbaladizas marchas del Cressida, avancé como pude bajo el aguacero hasta su edificio en Sheffield. Ella no dijo una palabra durante los quince minutos del trayecto, sólo miraba fijamente al frente, apretándose de cuando en cuando el brazo izquierdo, el brazo que había estado sangrando.

En cuanto la hube desnudado y metido en la cama con una taza de leche caliente llamé a Max. Al describirle sus heridas quiso saber por qué no la había llevado a un hospital.

—Porque... no sé, no me gustan los hospitales. Yo ya he estado en las salas de urgencia con magulladuras y cortes como los suyos y sólo me han hecho sentirme peor. ¿No puedes encontrar a alguien que la cuide aquí? Que ellos decidan si necesita que se la entreguemos a la máquina.

A Max no le gustó. En tanto que administrador de hospital ve esos sitios de forma distinta a mí. Pero estuvo de acuerdo en que ya que estaba en casa sería un error volverla a mover enseguida. Vendría él mismo, pero dijo que primero iría a buscar a Arthur Gioia, un interno del Beth Israel.

—¿No sabes lo que ha pasado?

—No ha hablado. Quería meterla en la cama antes que nada.

Cuando por fin colgó volví junto a Lotty. Cogí una esponja y un cuenco de agua tibia para limpiarle la sangre de la frente y del brazo izquierdo. Se había terminado la leche y estaba acostada con los ojos cerrados, pero no creí que estuviese dormida.

Me senté junto a ella y me puse a lavarle las heridas.

—Max va a venir, está bastante preocupado. Y va a traer a un médico para que te vea.

—No necesito ningún médico. Yo soy médico. Y sé que no tengo nada serio.

Era un alivio oírla hablar.

—¿Recuerdas cómo ha ocurrido el accidente?

Frunció el ceño, impaciente.

—No ha sido un accidente. Te lo dije en el restaurante, me han golpeado. ¿Podrías traerme un poco de hielo para mi cabeza, por favor?

Suspiré para mí misma mientras me acercaba a la cocina. Ese accidente entraría en los anales de los percances automovilísticos de Lotty: la habían golpeado. Sólo que un poco más fuerte de lo habitual.

Envolví el hielo en un paño de cocina y lo coloqué suavemente sobre el chichón púrpura.

—¿Has dado parte a la policía?

—Vino la policía. Quisieron convencerme de que fuera al hospital, pero yo sabía que llegaba tarde a la cita contigo, y tenía que verte, Victoria.

Apreté suavemente con los dedos su brazo herido. Permaneció en silencio durante unos minutos.

—Creo que iban por ti, sabes.

—¿La policía, por mí? —pregunté con recelo.

—No, Vic. Los que me golpearon.

El suelo me faltó bajo los pies.

—Lotty, querida Lotty, sé que estás dolorida y quizá también conmocionada, pero ¿puedes, por favor, contarme lo que pasó? Creí que habías tenido un accidente de coche. Sé que el Trans Am ha recibido un choque.

Asintió con la cabeza, e hizo una mueca de dolor. Al moverse, el paño con el hielo se le cayó de la cabeza a la almohada. Cuando hube recogido los cubitos de la cama, puso orden en sus ideas y me contó el suceso. Desde la clínica había ido a su casa a ducharse y cambiarse. Al salir, justo antes de girar desde Sheffield por Addison, otro coche había surgido de la nada —como siempre hacían con ella— y había chocado de frente con el Trans Am.

Frunció el ceño.

—Debí de golpearme la cabeza contra el parabrisas, pero creo que no fue eso lo que lo rompió, creo que lo hicieron ellos cuando empezaron a golpear el coche con sus bates. De cualquier forma, estaba furiosa. No soporto a esos conductores inconscientes. En Londres nunca iban así, y eso que, comparado con el tráfico de Londres, Chicago parece un pueblo ganadero. Así que me bajé del coche para decirles lo que pensaba de ellos, y para coger sus datos del seguro. Entonces fue cuando salieron y empezaron a pegarme. Estaba demasiado estupefacta como para reaccionar. Además, no soy como tú, nunca me he entrenado con Mohamed Alí.

—Grité pidiendo ayuda, pero estaba empezando a llover: no había nadie en la calle. Los pocos automovilistas que pasaban iban a lo suyo. Los hombres me estaban atizando y diciéndome que a ver si aprendía por las malas a meterme en mis asuntos, cuando se acercó un coche de policía. En cuanto vieron a la policía corrieron calle abajo. Uno de los policías bajó e intentó darles caza, pero, claro, llevaban ventaja. Abandonaron el coche allí mismo sin más. Pero mientras veníamos a casa he pensado que han debido de confundirme contigo, porque yo llevaba tu coche.

Tenía razón. Lo supe en cuanto me dijo que los hombres habían saltado del coche para atacarla. Cuántos hombres y qué aspecto tenían, quise preguntar, pero no estaba en condiciones de ser interrogada. Y eso explicaba por qué estaba en ese estado tan particular: no en estado de choque, sino furiosa conmigo por hacerle correr ese riesgo.

—Lo siento —dije. No se me ocurrió otra cosa que decir.

Tenía los ojos cerrados, pero sus labios musitaron, parodiando una sonrisa:

—Yo también. Y más que tú, no lo dudes.

—¿Por eso has venido al restaurante? ¿Para clavarme un cuchillo?

Eso le hizo abrir los ojos y clavarlos en mí desde debajo de la bolsa de hielo.

—No, Victoria. Fui hacia ti porque nunca en mi vida he pasado tanto miedo, o al menos desde que estoy en América. Y me pareció que era cosa tuya. Algo que tal vez deberías resolver, algo que deberías hacer por mí, para que no me sienta tan asustada a cada paso que dé entre mi casa y el coche.

Me arrodillé y la abracé.

—Haré todo lo que pueda, jefa.

Volvió a cerrar los ojos y se quedó así, respirando suavemente, con mi mano entre las suyas, mientras esperábamos a Max y a Art. Me estremecí por dentro al imaginármela sufriendo ese ataque, y deseé poder dar marcha atrás y borrar esos últimos días, haberme quedado con el Trans Am y que hubiese sido a mí a quien me salieran al encuentro. ¿Hasta dónde habrían llegado si no hubiese aparecido la policía? ¿Hasta dejarla con unos cuantos huesos rotos? ¿O quizá inconsciente en la calle, con la cabeza rota, muerta tal vez?

No podía dejar de darle vueltas a esa febril idea. Fue un alivio cuando Max tocó el timbre, aunque eso anunciara un rudo enfrentamiento con él. No había encontrado a Art Gioia, pero había traído a Audrey Jameson. Era uno de los médicos jóvenes más prometedores del Beth Israel; la conocía porque una semana había pasado quince horas en la clínica ayudando a Lotty.

Max fue derecho hacia Lotty, pero Audrey se detuvo a hablar conmigo antes de ver a la paciente. Cuando le conté lo que había sucedido chasqueó la lengua y siguió a Max a la habitación de Lotty. Me senté bajo el cuadro rojo fuego del salón de Lotty y hojeé un número atrasado de *National Geographic*. Max se reunió conmigo al cabo de unos minutos.

—No puedo creer que le hayas hecho eso a Lotty. ¡Poner su vida en peligro de esa manera!

Me recliné en el sofá y me apreté la frente con la mano.

—No quiero oír hablar de eso, Max, o al menos no con ese enfado. Ten por seguro que no le habría cambiado el coche a Lotty si hubiera imaginado que eso implicaba un riesgo físico. Y si crees que sería capaz de hacer algo así, no vale la pena hablar.

—¿Por qué lo hiciste, entonces?

—Me estaban siguiendo. Quería moverme con algo de libertad. Lotty estuvo de acuerdo en cambiarme el coche. Ahora me doy cuenta de que no debí hacerlo, pero entonces no podía saberlo.

Quienquiera que me estuviese siguiendo no me conocía de vista, si no, no habría atacado a Lotty. ¿Acaso Chamfers había utilizado a sus propios hombres en lugar de una agencia de detectives? Pensé en el tipo con el que me había topado en el muelle de descarga la semana anterior. Bruno, le había apodado yo. ¿Cómo le había llamado Chamfers? No podía recordarlo... la cabeza me rechinaba como la aguja en un disco rayado.

—Conozco a Lotty desde que tenía quince años —dijo bruscamente Max—. A veces es la persona más irritante del mundo. Pero no puedo imaginarme el mundo sin ella.

—Yo sólo la conozco desde que tenía cuarenta, pero tampoco puedo imaginar el mundo sin ella. De todas formas, no puedes culparme más de lo que ya me culpo yo.

Max finalmente movió la cabeza, casi asintiendo, pero no del todo. Se acercó al armario donde Lotty guarda el brandy y sirvió un poco. Cogí el vaso que me tendía, pero lo dejé junto a mí sin tocarlo. Nos quedamos callados hasta que Audrey volvió a salir.

—Se pondrá bien. Quisiera mandarle hacer una radiografía, creo que tiene roto el brazo y debería escayolárselo, y, sólo por precaución, deberían hacerle un escáner. Pero puede esperar hasta mañana. Le he vendado el brazo y le he dado algo para que duerma. Lo único es que no quería tomárselo hasta que le he prometido que Vic se quedará aquí esta noche. ¿Estás de acuerdo, Warshawski?

Asentí. Max, ofendido de que no le hubiera elegido a él, se ofreció a quedarse conmigo.

—Por mí, está bien. Puedes quedarte en la cama de invitados, yo pondré en el suelo el colchón del sofá y dormiré en su habitación por si me necesita.

Audrey mostró fugazmente su dentadura, blanquísima junto a su tez caoba, y soltó una especie de carcajada.

—No necesitas convertirte en dama de compañía victoriana, Vic. Ella va a estar bien. No necesitas enjugarle la cara con agua de lavanda, o lo que quiera que hiciesen con las damas aquejadas de fiebre.

—No es eso... es que se ha llevado un buen susto. Si se despierta desorientada quiero estar ahí con ella —era lo menos que podía hacer, al fin y al cabo.

—Como quieras... ¿Me ofrecéis un sorbito de ese brandy antes de enfrentarme otra vez a la lluvia?

Velando a la cabecera de la cama

Antes de irse, Audrey me recordó que tenía que dar parte de la agresión a la policía. Habló en tono autoritario, como si temiera que yo lo quisiera ocultar.

—No, estoy de acuerdo —dije—. De hecho, quiero llamar a la comisaría local para enterarme de lo que saben al respecto. ¿Quieres esperar mientras lo hago? Puede que manden a alguien para acá.

Audrey fue a la cocina a hacer café. Al igual que Lotty, es una bebedora sobria: con un vaso de brandy tiene para todo el mes. Max ya iba por su segunda copa, pero hay que decir que Lotty sólo compra Cordon Bleu para él.

Tuve suerte al llamar a la comisaría. Conrad Rawlings, un sargento que conozco y que me cae bien, hacía su turno de cuatro a doce de la noche. Me prometió investigar lo que tuvieran sobre la agresión y dijo que mandaba a alguien para hablar con Audrey y conmigo. Media hora más tarde, cuando Audrey, Max y yo estábamos enfrascados en una laboriosa conversación, apareció Conrad en persona. Venía acompañado de otra agente, una chica joven cuya cabeza le llegaba apenas a los sobacos, por si acaso Lotty estaba en condiciones de declarar.

—En absoluto —dijo firmemente Audrey—. Ahora está dormida y espero que siga así hasta por la mañana.

—Skolnik y Wirtz, los agentes que interrumpieron la agresión, consiguieron de ella una declaración a grandes rasgos —dijo Rawlings—. Así que supongo que podemos esperar hasta mañana. Pero no les dejó llevarla al hospital, no cesaba de decir que ella era médico y que ella decidía la atención médica que necesitaba. Pensaron que había recibido un choque bastante fuerte, y quizá también contusiones, pero su coche funcionaba y ella podía conducir, así que no pudieron obligarla.

Señaló a la joven.

—Es la agente Galway. Tomará algunas notas de lo que digamos. Ya que no podemos preguntárselo a la doctora, cuéntanos tú qué ha pasado, Warshawski, y por qué.

Audrey trajo de la cocina el café que había preparado. Todos tomaron una taza excepto yo. Simplemente no me apetecía comer ni beber nada mientras Lotty se recuperaba de los golpes destinados a mí.

Le conté a Rawlings todo lo que sabía: mi visita a Chamfers cinco días atrás, lo de Bruno el descargador, lo de mi seguidor, el intercambio de coches con Lotty.

—Creo que el ataque iba dirigido a mí. Sobre todo porque le decían que tal vez así aprendería a meterse en sus asuntos. Dice que abandonaron el coche: ¿de quién era?

Rawlings puso cara de disgusto.

—Eso es algo que *sí* sabemos. Pertenecía a Eddie Mohr, que denunció su robo esta mañana. Vive al sur, cerca de Kedzie.

—Cualquiera puede denunciar que le han robado el coche —repuse.

Antes de que Rawlings pudiese contestar, Max preguntó cómo.

Me encogí de hombros.

—No tienes más que llamar y decir que te lo han robado. Podría estar en cualquier sitio, en el fondo de un hoyo donde tú lo has empujado, o en manos de un compinche —o en las tuyas propias— para atacar a la gente.

Max sonrió con tristeza, deprimido por esta visión de la naturaleza humana, y se escabulló para ir a echarle un vistazo a Lotty.

—Dame un respiro, señorita Warshawski —protestó Rawlings—. Fue lo primero que pensé. Pero este tipo tiene setenta y dos años, está jubilado, cultiva sus begonias o lo que quiera que hagan en esos barrios, y al coche le habían hecho efectivamente el puente. No, debieron darse cuenta de que los habías calado siguiéndote. Querían un coche que no pudieras identificar cuando te volvieran a localizar. Pero no te conocían personalmente. Eso descarta a ese tal Bruno del que hablas.

Encogí impacientemente un hombro.

—Él no me conoce, para él yo no soy más que otra estúpida fulana. Es cierto que mido veinte centímetros más que Lotty, pero comparadas con él las dos somos unas pigmeas. Yo no le descartaría.

Audrey asintió vivamente con la cabeza; la agente Galway, que había estado muda durante toda la conversación, suprimió una sonrisa y tomó nota. Todas las mujeres hemos conocido tipos que nos tratan como piezas intercambiables.

—¿Alguien más en tu caso estos días? —preguntó Rawlings.

Solté una carcajada.

—Sí, mi ex. Está cabreado conmigo, pero eso es un estado crónico en él.

Al fin y al cabo, esa misma tarde Dick me había marcado su ley con mano férrea. Incluso me había dicho que me metiera en mis asuntos, las mismas palabras que habían utilizado esos matones con Lotty. Por un diabólico momento estuve tentada de denunciarle a Rawlings, sólo por el fastidio que le causaría la pasma fisgoneando en su vida durante unos días. Pero en el fondo no le odiaba: no valía la pena gastar energía en tanto resentimiento.

—Ya sabes lo que nos enseñan en la academia, señorita Warshawski: no se mezclen en peleas domésticas a no ser que sea absolutamente imposible evitarlo. No me has contado lo que le has hecho a ese Chamfers para que esté tan alterado.

—Oh, eso fue por el señor Contreras —le expliqué quiénes eran él y Mitch—. Es Terry Finchley el que lleva el caso para el Área Uno. Hace unos cuantos días que no hablo con él. Quizá haya encontrado a alguien que vio a Mitch caerse al canal.

—Si está Finch en ello, ¿no crees que puedes dejarlo en sus manos? —preguntó secamente Rawlings—. Es muy capaz, sabes.

Finchley y Rawlings lucharon juntos por la fraternización entre la policía americana y africana. Ambos se trataban con cierto desaire, como D'Artagnan y Athos.

—Dame un respiro a tu vez, sargento. Sé que Finchley es un buen detective, pero lo que me pregunto es cuánto tiempo puede dedicarle a una investigación sobre un vagabundo borracho. Y parece que es así como lo ha etiquetado el departamento.

—¿Y tú no? —preguntó mordazmente Rawlings.

—Yo no tengo ninguna prueba, sargento, de ningún tipo, ni sobre nada.

Pero tenía un montón de importunas preguntas, con el ataque a Lotty en cabeza de lista. Estaba desesperada por encontrar una palanca para abrirle la boca a Chamfers. Alguien de allí había visto a Mitch, alguien sabía lo que estaba tramando. ¿Algo que no querían que descubriera, hasta el punto de contratar a unos matones para darme una tunda? ¿Algo tan gordo como para partirle la cabeza a Mitch y tirarlo al canal?

Alcé la vista y vi que Rawlings me observaba detenidamente.

—Más vale que no me ocultes nada de lo que quiero saber.

—Te conozco lo suficiente para que me caigas bien, sargento, pero no lo suficiente como para adivinar el tipo de cosas que quieres saber.

—Venga, no intentes camelarme. Creo que voy a comprobar con Finch lo que ha averiguado sobre Kruger.

Se puso a manipular su radio portátil; un par de minutos más tarde sonaba el teléfono de Lotty. Max, que ya salía del dormitorio, se acercó a contestar. Su cara expresó fastidio cuando Rawlings le arrebató el receptor, pero se alejó hacia Audrey sin decir nada.

Max y Audrey entablaron una conversación en voz baja mientras Rawlings le contaba a Finchley lo del ataque a Lotty. La agente Galway se levantó para mirar los libros de Lotty. Al estar Rawlings concentrado en su conversación telefónica, perdió gran parte de su rigidez; parecía joven y más bien frágil para el peso de su equipo reglamentario.

Me acerqué al dormitorio, intranquila, para ver yo también a Lotty. Respiraba con regularidad, aunque profundamente; tenía la piel algo caliente cuando la toqué. Cuando volví al salón Rawlings seguía al teléfono.

—Bueno, ¿quieres investigar a ese tipo, el tal Simon, del que Warshawski no sabe el apellido? ¿Qué has averiguado por ahí?

Los siguientes minutos fueron una serie de gruñidos. Antes de que colgase le di una palmadita en el brazo.

—¿Te importa que le haga una pregunta, Rawlings?

Tapó el micrófono con su ancha mano.

—Se la haré por ti con mucho gusto, señorita W.

Hasta a los buenos policías les gustan los juegos de poder. Arrugué la nariz y me alejé.

—Puede esperar hasta mañana. Dile hola de mi parte.

Rawlings me tocó el brazo.

—No te subas a la parra, señorita W. Ya basta de mala voluntad por esta noche... ¿Terry? Vic Warshawski quiere decirte algo.

—Hola, Terry. ¿Cómo vas? ¿Has localizado al hijo de Mitch Kruger?

—¿Te has quedado a gusto, Vic? Te pedí, te rogué, que me dejaras a mí la investigación. Ahora que han herido a la doctora Herschel, ¿sigues sin entender por qué?

Me puse rígida, pero no dejé traslucir la cólera en mi voz.

—Yo no he autorizado ese ataque, Terry. ¿Has cambiado de opinión respecto a Mitch? ¿No cayó borracho al canal, a fin de cuentas?

—Le he contado a Rawlings los progresos que hemos hecho en nuestra investigación. Si quiere pasarte la información, es cosa suya.

—Una ciudadana es atacada y vosotros os ponéis bordes conmigo. Imagino que hay una relación, pero no especialmente atractiva. Antes de que cuelgues tan cabreado, ¿has podido localizar al hijo de Kruger?

Finchley respiró hondo.

—Hace treinta y cinco años que se fue. No he creído que debamos invertir recursos en seguirle la pista. ¿Es que estás maquinando la teoría de que volvió a Chicago a matar a su viejo en un acceso de rabia por algún daño que pudo hacerle hace tantos años?

No pude evitar reírme un poco ante esa idea.

—¡Caray! No lo sé. Es ingenioso, me gusta. Si se tratara de Ross Macdonald hasta me lo creería.

Sólo era una curiosidad. ¿Quieres hablar otra vez con tu colega antes de que cuelgue?

Rawlings me arrebató el teléfono. Tras otros cuantos gruñidos terminó diciendo:

—Tú mandas, Finch —y colgó.

—Entonces, ¿qué ha averiguado la policía sobre Mitch Kruger? —le pregunté.

—Están siguiendo algunas pistas, señorita W. Dales tiempo.

—Oh, por Dios, Rawlings. No soy el noticiero local. No han hecho nada, por la sencilla razón de que su muerte no parece importante. ¿Por qué no lo escupes de una vez, para variar? ¿Han peinado al menos el barrio?

Sus ojos marrones se entornaron, pero no dijo nada.

Sonreí.

—¡Mi sueldo de una semana contra el tuyo a que no han hablado con los vecinos!

Una sonrisa desganada le ablandó el gesto.

—No me tientes. Terry ha hablado con ese Chamfers tuyo. Chamfers reconoce que Mitch había estado rondando por allí tratando de mendigar algún trabajillo, pero dice que él nunca lo vio personalmente, sólo se lo oyó decir al capataz. Aunque hubiesen contratado a gente, dice que no hubiera metido en la empresa a un tipo tan viejo como Kruger y tan borracho. Finch va a seguir investigando a ese estibador que se cabreó tanto contigo, pero no ve ninguna relación entre el ataque a la doctora y la fábrica.

—¿Por qué me ha echado la bronca por eso, entonces?

—Tal vez simplemente no le gusta que le pises el terreno. A ninguno de nosotros nos hace mucha gracia.

—Bueno, yo soy una sola y vosotros sois diez mil, así que creo que podéis cuidaros solos.

Un ligero bufido de la agente Galway a nuestras espaldas hizo volverse a Rawlings.

—¿Quiere algo, agente?

Sacudió la cabeza, con su pequeña cara oval tan carente de expresión que creí haber imaginado la risita.

Audrey palmoteó la mano de Max y se acercó a mí.

—Y creo que todos vosotros también podéis cuidaros solos. Vic, ¿llevarás a Lotty al Beth Israel mañana para la radiografía y todo eso?

—¿Crees que está bien? Me ha parecido que tenía fiebre.

—Puede que tenga un poco. Si te parece que le sube mucho la temperatura o que está muy inquieta durante la noche, llámame. Si no, te veré por la mañana. ¿Digamos a las diez?

Asentí y la acompañé hasta la puerta. Max decidió escoltarla hasta el coche: la calle de Lotty no es el lugar más apetecible para pasear sola en la oscuridad.

Miré por la ventana sin ver, preguntándome quién habría ido a ver a la señora Polter haciéndose pasar por el hijo de Mitch Kruger. Aunque Finchley no hubiese intentado localizarle, el hijo podía haberse enterado por otra vía de la muerte de Mitch de todas formas. Quizá a través de Jake Sokolowski. Como Jake y Mitch habían vivido recientemente juntos, quizá Jake supiera cómo comunicarse con los alejados familiares de Mitch. Pero aun así, su hijo tenía que haber hecho milagros viajando para poder presentarse tan rápido en casa de la señora Polter.

—¿Qué estás pensando, señorita W? —preguntó bruscamente Rawlings.

Sacudí la cabeza.

—No mucho. A decir verdad, me gustaría dormir un poco.

Soltó un bufido.

—Suéltalo, por una vez. Llevo suficiente tiempo viéndote como para saber cuándo tienes un as en la manga. Estás deseando quedarte sola para poder sacártelo y contemplarlo. Si decides compartir tu pequeño truco de magia, llámame por la mañana. Galway, vámonos.

Cuando él y la agente se hubieron marchado, me sentí bruscamente agotada. Max me ayudó a llevar el colchón del diván al cuarto de Lotty.

—¿Me despertarás si hay algún problema? —me preguntó.

—Por supuesto, Max —dije suavemente. Sólo le movía la preocupación, al fin y al cabo.

Se alisó la frente con su mano cuadrada y se fue al cuarto de invitados.

Limitaciones de la tecnología

Lotty pasó serenamente la noche. Se despertó sobre las ocho con mucho dolor, y con ganas de refunfuñar. Saqué el colchón al salón y la ayudé a vestirse. Max le preparó café y tostadas. Rechazó el primero por estar demasiado claro, y las últimas por estar demasiado quemadas.

Max la besó en el cuello.

—No he dormido la noche pasada, *Lottchen*, estaba demasiado preocupado por ti. Pero si te portas tan groseramente quiere decir que estás bien.

Ella sonrió a medias y extendió la mano. No me sentí imprescindible, ni para el resto de esa escena, ni para transportar a Lotty al hospital: era evidente que se trataba de un deber que Max estaba deseando asumir. Diciéndole a Lotty que la vería más tarde, recuperé mis llaves de su bolso y me fui.

Ese día no tenía la paciencia necesaria para ahorrarme dinero cogiendo un transporte público: llamé a un taxi en Irving Park y me dirigí a casa. No había dormido mucho: cada hora o dos imaginaba que Lotty había gritado y me incorporaba en el colchón, totalmente despierta. Después de cepillarme los dientes y de ducharme, estuve tentada de meterme en mi propia cama para echarme un sueñecito de verdad, pero simplemente tenía demasiado que hacer.

Llamé a Luke Edwards, que solía ocuparse de mi coche. Es un excelente mecánico con el pesimismo de un enterrador. Interrumpí su triste pronóstico sobre mi Trans Am antes de que lo convirtiera en una oración fúnebre y le dije que le llevaría el coche en una hora.

—Necesito alquilar uno. ¿Tienes alguno para dejarme?

—No sé. Si te has estampado contra un árbol con el Trans Am, no puedo.

—Bueno, lo conducía otra persona y los que chocaron con ella lo hicieron a propósito. ¿Tienes alguno para alquilarme?

—Puede. Tengo un viejo Impala. A ti te parecerá un barco después de conducir ese pequeño Pontiac, pero te apuesto lo que quieras a que el motor funciona mejor.

—De eso estoy segura —asentí inmediatamente—. Te veré dentro de una hora.

A continuación le expliqué mi lamentable historia a mi agente de seguros. Me dijo que antes de que pudieran autorizar cualquier reparación su perito tenía que ver el coche. Como no quería perder tiempo discutiendo eso, le di la dirección de Luke y colgué.

La falta de sueño y la cantidad de cosas que tenía que hacer me estaban poniendo frenética. Me afanaba de una tarea a otra, empezando cosas que no podía terminar. Busqué el número de Eddie Mohr, el tipo cuyo coche robado había colisionado con el Trans Am. Antes de llamarle recordé que quería comunicarme con Freeman, y solté la guía de teléfonos para buscar en mi agenda de direcciones. En medio de mi búsqueda me pregunté si no debería ir a ver al señor Contreras, decirle que comprobara si Jake Sokolowski había dado con el hijo de Mitch Kruger en Arizona.

¿Y mi pistola? Si alguien estaba tan cabreado conmigo como para arremeter contra mi coche y agredir a su conductora, no debería salir desarmada. Fui a mi habitación, donde me había instalado una caja fuerte en el armario, y saqué la Smith & Wesson. Es la única cosa de la casa que mantengo siempre limpia: una automática encasquillada perjudica mucho más a quien dispara que a quien es disparado. Sólo para asegurarme, la desmonté y me puse a pasarle un trapo dentro del cañón. Esa metódica tarea me ayudó a serenar mi mente exaltada.

Estaba montando el arma cuando sonó el teléfono. Encajé cuidadosamente la recámara y me estiré sobre la cama para alcanzar el teléfono.

—¡Vic! Soy Freeman. Te he dejado un recado en tu servicio de mensajes. ¿No te lo han dado?

—Lo siento, Freeman, no les he llamado —antes de que se pusiera a perorar sobre mis deplorables hábitos de trabajo le expliqué lo del accidente de Lotty—. Debes de leer el pensamiento, mi siguiente paso iba a ser llamarte. ¿Dónde estás?

—Ocupándome de mis asuntos en Northbrook. ¿Para qué demonios quieres a los directores de Diamond Head?

Había estado tendida sobre la cama desde que descolgué el teléfono, pero la vehemencia de su voz hizo que me incorporara.

—Es material para una investigación que estoy llevando. ¿Por qué te preocupa?

—¿Tú no serías capaz de estar jugando conmigo sin decirme las reglas del juego, verdad?

—Aquí no hay ningún juego, pero, oyéndote a ti, parece que se tratara de una juerga. Fui a tu oficina sin saber que tus colegas habían cortado todos los lazos. Cuando vi a Catherine, se ofreció a hacer una pesquisa para mí. Cuéntame en qué se parece eso a un juego.

—Ya es hora de que tengas tu propio ordenador, Warshawski. No pienso hacer ese tipo de mandados para ti. Quizá no nos hemos separado tan bien como yo hubiera querido, pero no pienso adherirme a una *vendetta* contra mis socios. O ex socios.

Me cogí de los pelos, intentando aplacar el retumbar de mi cabeza.

—¿Qué tiene que ver una *vendetta* con buscar algo en el Lexus? Con pedirte a ti que lo busques, quiero decir.

—Me gustaría ver tu cara, V. I. Me cuesta convencerme...

—¿De qué?

—De la pureza de tus intenciones. No siempre eres todo lo franca que tu propio asesor y abogado desearía. Consíguete tu propia computadora —repitió—. Ése es el mejor consejo que te puedo dar hoy.

Colgó mientras yo estaba aún buscando una réplica. Me quedé mirando fijamente el teléfono, demasiado anonadada hasta para enfadarme. Dick había debido de llamarle para echarle la bronca, pero ¿por qué bastaba con eso para que me incriminara de esa forma? Nada de lo que Dick decía o hacía en el pasado había tenido ese efecto sobre él. Su partida de Crawford-Mead debió de ser terriblemente dolorosa.

Me pregunté qué me llevaría más tiempo, si recorrer los seiscientos kilómetros de ida y vuelta hasta Springfield y volver para buscar en el directorio manual de las corporaciones, o comprarme mi propia máquina y descubrir cómo utilizar el sistema Lexus. Llamé a Murray al *Herald-Star*.

—¿Sabes que anoche agredieron a Lotty Herschel? —le dije sin preámbulo.

—Caramba, Vic. Estoy bien, gracias, ¿cómo estás tú? Me alegro de saber que no me guardas rencor por lo del otro día.

—Debería: te comiste mi sandwich, cerdo. ¿Te interesa lo de Lotty?

—Muchísimo. ¿Cómo está? ¿Cómo ha sido lo de esa paliza? ¿Dónde ocurrió? —se oía como si estuviese masticando un buñuelo mientras hablaba.

—Te contaré toda la historia cuando termines con tu tentempié. Lo único es que necesito ir allí a consultar el Lexus.

—Tú nunca llamas sólo para saludar, Warshawski. Siempre es porque quieres algo.

El zumbido de mi cabeza empezaba a concentrarse en un latido en mi sien derecha.

—Quizá si no hubieses estado con la boca abierta junto a mi cama cada vez que tenía una llamada personal durante los últimos años, ahora me sentiría más como una amiga y menos como un trozo de carne en una barbacoa cuando hablamos.

Hizo una pausa, tratando de determinar si esa queja estaba justificada.

—Dime lo que quieres saber y te lo buscaré.

—...No, no. No me hiciste ni caso con lo de Pichea y la señora Frizell. Te contaré lo que le pasó a Lotty, pero el resto de mi trabajo es asunto mío.

—Puedo conseguir que uno de los chicos de los recados se entere de la historia de Lotty.

—Cierto —dije—, pero no conseguirían ninguno de los detalles íntimos. Como por qué da la casualidad de que iba conduciendo mi coche, y cosas por el estilo.

—Oh, que te zurzan, Warshawski. Lotty es importante para ti, pero no es el notición de esta ciudad. Y sé que ninguno de vosotros me vais a dejar entrar con una máquina de fotos. Pero ven, y acabemos con eso.

—Gracias, Murray —declaré dócilmente—. Te veré dentro de dos horas, ¿vale?

Gruñó.

—No estaré aquí, aunque igual es mejor así. Pero pondré al corriente a Lydia Cooper. Pregunta por ella en el segundo piso.

Es difícil mantener una relación profesional que se vuelve personal, aunque tal vez sea aún peor a la inversa. Cuando Murray y yo nos conocimos, hacía más o menos una década, sentimos una atracción mutua, y durante un tiempo fuimos amantes. Pero nuestra rivalidad en cuanto al fraude financiero que ambos cubríamos agrió nuestra vida privada. Y ahora el recuerdo de nuestra vida amorosa le daba un tinte acerbo a nuestro trato profesional. Quizá necesitaba invitarle a cenar y hablarlo largo y tendido. Eso sería sin duda comportarse con madurez, pero aún me faltaba un año para los cuarenta, y todavía no tenía por qué ser madura.

Metí la pistola en la sobaquera y bajé a casa del señor Contreras. Se quedó consternado al enterarse de lo de Lotty. Repasé varias veces los detalles con él; a la tercera, cayó bruscamente en la cuenta de que yo podía estar en peligro.

—Y te vas alegremente a corretear por las calles sin nadie que te proteja.

—Nadie puede protegerme —repliqué—. Ni siquiera un guardaespaldas puede protegerte si alguien está determinado a cazarte. Fíjese en aquél, el gángster ese que se cargaron en Lincolnwood.

—Alan Dorfman —puntualizó—. Pero aun así, pequeña...

—Aun así, no tiene ningún objeto que venga usted y lo hieran también. Ya se ha llevado un mal golpe en la cabeza y una bala en el hombro por acercarse demasiado a mis problemas. La próxima vez que alguien le ataque voy a tener que devolver mi licencia y buscarme otra profesión.

—Es que odio quedarme al margen —murmuró.

Le rodeé con un brazo solidario, desde luego yo conocía muy bien ese sentimiento.

—Hay algo que podría hacer —le conté lo del tipo que había ido a ver a la señora Polter diciendo que era el hijo de Mitch—. ¿Puede comentárselo a Jack?

Se alegró un poco. No era tan atractivo como la posibilidad de sacudirle a alguien con una llave inglesa, pero al menos era acción. Le dije que estaría fuera todo el día, pero que volvería a eso de las cinco.

—Ándate con cuidado, pequeña. Quizá deberías llamarme a eso de la una, no quiero pasarme todo el día preguntándome si alguien te está persiguiendo con una apisonadora.

Normalmente su paternalismo me irrita, pero el ataque a Lotty me había afectado. Me di cuenta de cómo puedes sentirte cuando te preocupa alguien a quien quieres. Se lo prometí, le besé en la mejilla, y salí.

Ya eran más de las doce cuando Luke concluyó su oración fúnebre sobre los daños del Trans Am. Como no me daba las llaves del Impala a menos de tener la oportunidad de explayarse sobre el tema de la situación de la fabricación de coches en general, y más específicamente de los Pontiac, y como ejemplo particular del mío propio, tuve que escucharle con toda la buena disposición de que pude hacer acopio.

Tenía razón respecto al Impala: parecía un autobús en comparación con el Trans Am. Pero su motor iba suave como la seda. Lo conduje cuidadosamente entre el tráfico, tanteando sus dimensiones, y con un ojo avizor, pendiente de cualquier compañía indeseada. No tenía la impresión de que me hubieran seguido hasta el garaje, pero no quería ser temeraria.

Recordando mi promesa al señor Contreras, telefoneé desde el vestíbulo del *Herald-Star*. Como no contestaba, me imaginé que habría sacado a *Peppy* y subí a la planta del periódico para hablar con la joven periodista que Murray me había asignado.

Lydia Cooper, la ayudante de Murray, perecía recién salida de la escuela de periodismo. De hecho, con sus mofletes encarnados y su espeso flequillo negro, parecía a punto de salir para el instituto. Tenía un fuerte acento del Midwest; cuando le pregunté, sonrió y me dijo que era de Kansas.

—Y por favor, no me pregunte por Toto ni si allí todo está en blanco y negro. Créame, ya lo he oído un millón de veces, y sólo llevo once meses en Chicago.

Al parecer Murray le había transmitido mi solicitud sin poner impedimentos, se ofreció alegremente a enseñarme el sistema Lexus en cuanto termináramos de hablar.

Le di los detalles del ataque a Lotty. Mientras Lydia tomaba afanosamente apuntes junto a mi hombro, llamé a Max para saber cómo habían ido los exámenes de Lotty. Tal y como pensaba Audrey, Lotty tenía una fractura pequeña en el brazo izquierdo, pero el escáner no había detectado coágulos ni ningún otro problema. Carol, impactada por el ataque, iría a la clínica unas horas al día, pero Lotty estaba deseando volver a su propio trabajo.

Lydia agotó una concienzuda lista de preguntas, pero aún tenía que aprender a indagar más allá de las respuestas parciales. Cuando terminó, me llevó a una computadora con modem y pidió el Lexus para mí.

—Murray me encargó que le advirtiera que quizá no podamos utilizar esa noticia —dijo arrastrando las sílabas—. Pero gracias por contármelo. No tiene más que salir del programa cuando termine, no hace falta que me busque antes de marcharse.

Cuando conseguí el informe de Diamond Head sentí una punzada de frustración, y un irracional acceso de ira. El único nombre que figuraba era el de su agente colegiado, Jonas Carver, con una dirección del sur de Dearborn. Perfectamente legítimo, ya que no era una empresa pública, pero yo había estado esperando grandes cosas de esa computadora. Me había imaginado que encontraría a alguien estrechamente relacionado con Daraugh Graham, que se habría apresurado a presionar a Chamfers para que hablara conmigo.

La tecnología me había fallado. Iba a tener que hacer mis indagaciones a la antigua usanza, mediante allanamiento y alevosía.

Los trabajos de Hércules

Volví a llamar al señor Contreras antes de marcharme del periódico. Seguía sin contestar. Procuré no preocuparme por ello. ¿Qué problema podía tener, al fin y al cabo? Pero había insistido tanto en que le llamara a la una, y además, no dejaría a *Peppy* sola tanto tiempo. Quizá había olvidado que tenía una cita con el médico cuando me lo dijo. Quizá *Peppy* había tenido algún problema veterinario urgente. No era posible que hubiera resbalado y se hubiese dado un porrazo, quedándose inmovilizado en el suelo del baño, como la señora Frizell. Desde luego que no. Bajé las escaleras desde Michigan a la carretera de dos en dos.

Había aparcado el coche ilegalmente en el subterráneo de Wacker, esperando que el sitio estuviese demasiado apartado para los municipales. Mientras quitaba la hojita naranja de la multa del limpiaparabrisas del Impala, pensé que tenía que haberlo sabido: cuando los dados juegan contra ti, los de tráfico siempre te cogen. Además iba a tener que pagarla: los aspavientos de Luke si le confiscaban el Impala eran insoportables de imaginar.

Seguí tentando a mi mala suerte en la carretera que conducía a casa, pero conseguí llegar a Belmont sin que me persiguiera ningún guindilla: el Impala no llama la atención de la misma forma que el Trans Am. Una vez en Belmont, tuve que tomármelo con calma debido al tráfico. Tamborileaba con impaciencia sobre el volante en los semáforos y corría estúpidos riesgos al adelantar a los camiones de reparto estacionados en doble fila.

Sólo cuando llegué a Racine me acordé de fijarme en si me seguían. A esas alturas no podía estar segura de que no llevaba a nadie detrás, aunque por lo menos no creía que nadie me hubiera seguido hasta el taller de Luke. Desde luego no quería facilitarles la tarea aparcando junto a mi edificio para que supieran qué coche llevaba. Encontré un sitio en Barry y recorrí a la carrera las dos manzanas hasta casa.

Cuando toqué el timbre del señor Contreras, *Peppy* soltó agudos ladridos desde detrás de la puerta, pero el viejo no apareció. Me mordí el labio, momentáneamente indecisa. Él tenía el mismo derecho a la intimidad que yo exigía para mí. Desgraciadamente, la agresión a Lotty me había puesto demasiado sensible al bienestar de mis amigos como para dejar lugar a debates sobre la Novena Enmienda. Subí corriendo a mi casa, extraje mis ganzúas último grito de entre el revoltijo de la cesta que tengo junto a la entrada, y realicé mi primer allanamiento de la jornada.

Peppy seguía sin parar de ladrar ferozmente mientras yo forcejeaba con las cerraduras. Me dio esperanzas de que espantaría a un verdadero asaltante: aunque el señor Contreras tenía dos cerrojos, ambos eran lamentablemente fáciles de abrir. En cuanto supo que era yo, agitó levemente el rabo y regresó junto a su gimiente progenitura.

El viejo no estaba en la casa. Comprobé la parte de atrás por si yo estuviese haciendo el ridículo mientras él estaba fertilizando sus tomates, pero tampoco estaba fuera. *Peppy* vino conmigo a la puerta trasera mientras fui a mirar.

—¿Adónde ha ido, eh? Sé que te lo ha dicho.

Soltó un impaciente ladrido y la dejé salir un poco. No le habían atacado y sacado a la fuerza de la casa: no había señales de lucha. Desistí. Algo había surgido y ya me enteraría a su debido tiempo. Comprobé que *Peppy* tenía agua en su cuenco, y dejé una nota sobre el teléfono diciéndole que me había pasado por allí y que nos veríamos a la noche.

Después de volver a cerrar su puerta con llave pasé por mi casa para tomarme un sandwich y un vaso de agua. También dejé la Smith & Wesson, no era probable que alguien ejercitara su puntería sobre mí en la avenida Racine.

Marjorie Hellstrom estaba en su jardín, ocupada con un rosal. A excepción de la señora Frizell y de mí misma, la manzana estaba llena de jardineros fanáticos. Yo no era capaz de cultivar ni perejil en una maceta, y el jardín de la señora Frizell estaba retornando a su origen de pradera: pradera llena de tapaderas y latas de cerveza, exactamente en la forma en que estaba cuando los indios vivían allí.

La señora Hellstrom se acercó a la valla que separaba su seto tallado a mano del vertedero contiguo.

—¿Va a casa de Hattie, señorita...? Ayer le lavé algo de ropa y se la llevé al hospital, pero no me reconoció. Parecía que no la hubiera lavado ni una sola vez desde que la compró. Al señor Hellstrom no le gustó que la lavara, tenía miedo de que se me pegara algo al tocarla, pero ¡cómo va una a dejar en la estacada a una vecina junto a la que lleva viviendo treinta años!

—¿Cómo ha visto a la señora Frizell? —la interrumpí.

—Sinceramente, creo que ni siquiera se dio cuenta de que estaba allí. Estaba tumbada con los ojos entornados, con una especie de ronquido, pero sin decir nada, excepto llamar al perro de vez en cuando. Si ha pensado en llevarle algunas de sus cosas, yo no me molestaría, señorita...

—Warshawski. Pero puede llamarme Vic. No, sólo quería asegurarme de que sus papeles estaban en orden.

La señora Hellstrom frunció el entrecejo.

—¿No se supone que la que tiene que hacerlo es Chrissie Pichea, encargarse ella y su marido de los asuntos de la señora Frizell? Es la mar de generoso de su parte hacerse cargo, cuando tienen su propio trabajo que hacer, aunque creo que no deberían haberse precipitado tanto en hacer sacrificar a sus perros. Por lo menos tenían que haber hablado conmigo primero, seguro que sabían que era yo la que los estaba cuidando.

—Sí, estoy de acuerdo. Yo tengo cierta práctica financiera que Todd y Chrissie no poseen. Y siento cierta responsabilidad sobre la señora Frizell, debí hacer algo por proteger a sus perros.

—Sé cómo se siente, querida... ¿Vic, dice?, porque yo me siento igual. Vaya, pero posiblemente tenga que abrir una ventana. Aunque he tratado de limpiar un poco el suelo, bueno, francamente, ahí dentro *apesta* —con esa última frase bajó la voz, como si estuviera utilizando una palabra demasiado fea para una conversación educada.

Asentí vigorosamente y entré por la puerta de atrás. Casi temía que Todd y Chrissie hubiesen cambiado las cerraduras, así que me había llevado las ganzúas, pero no debieron de pensar que hubiera algo que proteger allí. Así que técnicamente no estaba allanando un domicilio, sólo entrando en él.

La señora Hellstrom tenía razón en lo del olor. Años y años de deyecciones de perro, platos sucios y suelos sin fregar habían producido una atmósfera espesa y cargada que era como para desmayarse.

Abrí de par en par las ventanas de la cocina y la sala, ya de por sí una ardua tarea, ya que estaban atrancadas por la falta de uso, y eché un rápido vistazo a la casa. La señora Frizell parecía arreglárselas bien sin las trampas de la tecnología moderna: tenía una pequeña radio, pero ni televisión, ni discos compactos, ni siquiera un tocadiscos. Sí que tenía una cámara de fotos, una antigua Kodak por la que en la calle no le hubieran dado ni una papelina. Volví a la sala de estar y arrimé una silla desvencijada al escritorio. Era un mueble antiguo, oscuro, con una tabla para escribir con tapa enrollable, estantes para libros arriba, y cajones en la parte inferior. La tapa enrollable llevaba años atrancada por los papeles que atascaban sus bordes. Había papeles amontonados tras las puertas de cristal biselado de los estantes, y apiñados en los cajones. Todo estaba recubierto de una fina capa de mugre.

Si no hubiera estado hasta el moño de Todd, Dick Murray e incluso Freeman, hubiera cerrado las ventanas y me hubiera largado a casa. Era absurdo pensar que pudiera haber algo de valor, y menos aún de interés, en esa escombrera. Pero necesitaba algo, una palanca para apartar a Todd Pichea de la señora Frizell, y no se me ocurría ninguna idea. Lo único que quería era algún tipo de documento que me proporcionara, si no una palanca, al menos una cuña.

Mientras examinaba los horrores que tenía delante, no pude evitar preguntarme qué parte de mi determinación se debía a mi preocupación por la señora Frizell, y cuál era debida a mis propios sentimientos de humillación. Soy mala perdedora y hasta la fecha Todd, y Dick, me habían derrotado en cada encuentro.

«No te mueve la venganza, luchas por la verdad, la justicia y el estilo de vida americano», me dije a mí misma con una mueca.

Probablemente la señora Frizell había amontonado sus papeles según el sistema SVL (Según Van Llegando). La dificultad estribaba en sacar la capa superior —tanto de las estanterías como de la tabla— sin perturbar las regiones paleontológicas de debajo.

Pese al trabajo de la señora Hellstrom, la alfombra de la sala de estar, un raído tapiz gris que antaño pudo ser marrón, aún tenía una capa de polvo demasiado espesa para sentarse allí. Subí al piso de arriba y encontré una de las sábanas que había lavado. Extendiéndola en el suelo, empecé a extraer cuidadosamente documentos del escritorio y a ponerlos sobre la sábana.

Entre la cochambre de la cocina había divisado una gran pila de bolsas de papel —la señora Frizell nunca tiraba nada—. Las cogí y dispuse una fila de ellas junto al escritorio. Tomé la decisión arbitraria de mirar todo lo que tuviera fecha posterior a 1987 y de poner todo lo anterior en bolsas separadas por años.

A eso de las cinco había llenado dos docenas de bolsas. La sábana sobre la que estaba se había puesto negra con toda la mugre que había sacudido de los papeles. La señora Frizell estaba en la lista publicitaria de todas las compañías de productos para animales de toda Norteamérica y conservaba todos sus catálogos. También había conservado todas las facturas del veterinario desde 1935 —la fecha más remota que había aflorado a la superficie hasta ese momento—, y recortes de periódico refiriéndose a la crueldad con los animales. No había encontrado nada relacionado con su hijo, pero la mayoría de las cosas que había examinado sólo databan de finales de los años setenta.

Los únicos documentos financieros estaban revueltos con las facturas del veterinario y los recortes de periódico. Eran escasos. Recibía un cheque mensual de la Seguridad Social, pero al parecer en la fábrica de cajas donde trabajaba no había sindicato. O al menos no parecía que tuviera ningún plan de pensiones aparte del del gobierno. El banco de Lake View había pagado su contribución y se hacía cargo de sus modestos ahorros. Al parecer también le pagaban las facturas por diversos servicios. Encontré un par de copias de los informes trimestrales que enviaban a Byron Frizell a San Francisco detallando las transacciones que efectuaban por cuenta de ella.

La Seguridad Social no dispone de un sistema electrónico de transferencias. Tenían que enviar sus cheques directamente a la señora Frizell, y ella tenía que ser lo bastante responsable como para acordarse de llevarlos al banco. Aparentemente tenía la suficiente coherencia mental para hacerlo, ya que su libreta del banco, que encontré bajo un prospecto de Jewel de 1972 promocionando Purina a diez centavos la libra, mostraba ingresos mensuales regulares.

No era un asidero muy firme el que mi autoasignada clienta tuviese la capacidad mental suficiente como para llevar su dinero al banco. Y no era de mucha ayuda para hacer frente al penoso estado en que se encontraba ahora. Obviamente, no se podía decir que actualmente fuese capaz de manejar sus propios asuntos.

Tras un examen más detenido, la libreta tampoco resultó ser un gran aliado. La señora Frizell había ingresado su cheque el día diez de cada mes durante dieciocho años, pero de repente había dejado de hacerlo en febrero, cuando el saldo estaba justo un poco por encima de los diez mil dólares. ¿Qué había hecho con los cheques desde entonces? ¿Encontraría cuatro cheques sumergidos en las profundidades de ese mar de papeles?

Me froté la nuca y los hombros con mis dedos sucios. Me sentía vacía y deprimida. No estaba encontrando ninguna prueba del brillante estado mental de la señora Frizell. Y menos aún un alijo de valores por los que valiera la pena despojarla de sus bienes.

Fui a la cocina a lavarme las manos bajo el grifo. Aunque el tiempo había cambiado con la tormenta de la noche anterior, el trabajo entre esa basura me había dejado entumecida y sudorosa. La pila estaba tan sucia que, aunque tenía mucha sed, no me apetecía beber del grifo. Tenía que haber pensado en traerme un termo de casa. Media hora más y se acabó.

Cuando volví a la sala de estar y divisé el desbarajuste, estuve tentada de abandonar de inmediato, pero la importuna sensación de que ya había invertido demasiado tiempo como para irme con las manos vacías me impulsó a continuar. Desde luego, ése es el clásico error que lleva los negocios a la bancarrota: «Ya hemos invertido cinco años y cincuenta billones en este producto inservible, no podemos abandonar ahora». Pero tu impulso te hunde cada vez más en el cenagal.

La habitación estaba orientada al oeste. El sol poniente la iluminaba mucho más que la bombilla de cuarenta vatios de la única lámpara que tenía allí la señora Frizell. Abrí las cortinas y continué mi búsqueda. Hasta entonces sólo había mirado la sección del medio y los estantes con puertas de cristal. Como último intento, abrí los tres cajones de abajo. Acuclillada, empecé a sacar sobres. Debían de ser cerca de las siete cuando encontré la carta del banco de Lake View.

15 de marzo

Estimada Sra. Frizell:

Según sus instrucciones, hemos vendido sus Certificados de Depósito y cancelado su cuenta, y hemos transferido su saldo a su nueva cuenta en el banco Metropolitan and Trust de Estados Unidos. Hemos servido con agrado sus intereses financieros durante los últimos sesenta años, y lamentamos que no desee continuar nuestra relación. En caso de que cambiase de opinión en el futuro, por favor no dude en llamarnos. Nos complacerá reabrir su cuenta sin ningún cargo para usted.

La carta llevaba la firma personal de uno de los agentes del banco.

El banco de Lake View es una pequeña institución familiar: se ocupan de mi hipoteca con la atención y el esmero que la mayoría de los bancos reservan a las grandes sociedades clientas suyas. Debe de ser el único banco de la ciudad que aún maneja libretas de pequeñas cuentas. Era muy propio de ellos que le escribieran una carta personal a la señora Frizell.

Lo extraño era que transfiriera su dinero al Metropolitan. No había encontrado una libreta ni ningún otro documento de ellos. O bien habían quedado enterrados bajo el estrato jurásico, o los guardaba en otro sitio. Pero eso era un detalle comparado con la cuestión importante: ¿por qué había cambiado su cuenta a un banco del centro? Y no precisamente cualquier viejo banco, sino uno que era noticia una semana sí y otra también por las conexiones políticas que sus directores tenían en la zona. La junta de administración del condado de Du Page era sólo uno de los grupos que recientemente habían suscitado el interés periodístico por mantener depósitos disponibles en las cuentas del Metropolitan que no devengan intereses.

Me estaba aferrando a un clavo ardiendo y lo sabía. Probablemente el Metropolitan había lanzado alguna campaña publicitaria que la señora Frizell había encontrado irresistible. Me puse en pie, con las corvas agarrotadas de estar tanto tiempo sentada. No sabía qué hacer con el desbarajuste que había dejado en el suelo. El escritorio seguía rebosante de papeles, no me imaginaba volviéndolos a embutir dentro. Al mismo tiempo, no podía dejarlos ahí tirados, como prueba de mi labor. Aunque quizá Chrissie supondría que había sido obra de la señora Hellstrom; probablemente los Pichea sabrían que había hecho algo de colada.

Una llave girando en la cerradura zanjó el problema por mí. Doblé la carta del banco y me la metí en el bolsillo de atrás un segundo antes de que irrumpieran Chrissie y Todd. Parecían radiantes de salud,

Chrissie con un mono ceñido como una funda, Todd con un pantalón corto color canela y una camisa polo. No quería ni imaginarme el aspecto que tendría yo: el olor procedente de mis sobacos era lo bastante desagradable.

—¿Qué estás haciendo aquí, Warshawski?

—Limpiando los establos de Augias. Podéis llamarme Hércules. Aunque creo que él tuvo ayuda. En cierta manera, le he superado.

—No intentes tomártelo a broma, porque no tiene gracia. Cuando la señora Hellstrom nos ha dicho que estabas aquí hurgando en los documentos financieros, mi primer impulso ha sido llamar a la policía. Podía haberte hecho arrestar, sabes. Esto es una propiedad privada.

Me froté la nuca.

—Pero, que yo sepa, no es propiedad tuya. A menos que hayas utilizado tus poderes de custodia para hacerte con la escritura.

Súbitamente caí en la cuenta de que ése era el único documento valioso que poseía la señora Frizell. Quizá estuviera en el fondo de alguno de los cajones. O quizá Todd y Chrissie ya habían arramblado con él. No me sentía con ánimos de allanar su casa para comprobarlo, al menos no por esa noche.

—Por qué simplemente no te largas de aquí —me espetó Todd—. Desde que encontramos a la anciana, has estado empeñada en socavar mi interés por ella, hasta llamar a su hijo...

—¡Qué interés! —le interrumpí—. Lo primero que habéis hecho, espabilados, ha sido matar a sus perros, lo único que quería la señora Frizell en el mundo. Todo lo que habéis hecho desde el viernes puede que sea legal, pero yo no quisiera tener algo que ver en ello ni de lejos. Apestas, Pichea, mucho más que cualquier montón de mierda de perro que haya podido dejar por aquí la señora Frizell.

—¡Basta! —bramó—. ¿Crees que tu superioridad moral te da derecho a quebrantar la ley? Tengo documentos que demuestran mi derecho a controlar a quien entre en este lugar, y cualquier juez de esta ciudad estaría de acuerdo.

Solté una carcajada.

—¿Tienes documentos? Eso suena a pedigrí de perro. Pero, hablando de documentos, ¿dónde está el título de propiedad de la señora Frizell? ¿Y dónde está la libreta de su cuenta en el Metropolitan?

—¿Cómo sabes...? —inició Chrissie, pero Todd la interrumpió.

—Tienes dos minutos para marcharte, Warshawski. Dos minutos antes de que llame a la policía.

—Así que tenéis efectivamente su libreta del banco —dije, procurando infundirle a mi voz un tono cargado de intención. Preguntándome para mis adentros en qué podía cambiar eso las cosas, me dirigí tranquilamente a la puerta principal.

Socorridas costillas

El señor Contreras había estado según toda evidencia pendiente de mi llegada: estaba en la puerta de su apartamento cuando abrí la puerta del vestíbulo.

—¿Dónde has estado, nena? Pareces la perdedora de un partido de lucha libre en el barro.

Retoqué tímidamente mis mechones empapados de sudor.

—Podría preguntarle lo mismo. Creí que íbamos a comunicarnos a la una para confirmar que nadie me hubiera atacado.

—Sí, pensé que no te haría daño una dosis de tu propia medicina. No me refiero a cuando te lo dije, sino después, cuando se me ocurrió ir a verle en persona. Pensé: bueno, Vic se preocupará cuando llame —si es que llama— y no le conteste nadie. Pero no tenía ninguna forma de comunicarme contigo y me acordé de todas las veces que me has tenido pendiente de ti sin saber palabra, y que no te vendría mal cocerte un poco en tu propio jugo.

—Bueno, me alegro de que se lo haya pasado bien —estaba demasiado cansada para discutir—. Por cierto, ¿cuánto tiempo ha estado fuera? *Peppy* parecía muy impaciente por salir cuando me pasé por aquí a la una.

Ése era un golpe bajo; me arrepentí tan pronto como las palabras salieron de mi boca. Una de las prerrogativas más celosamente preservadas por el señor Contreras es la de que la perra viva con él dado que yo estoy fuera demasiado tiempo para ser una buena ama.

Se ofendió y sus ojos castaños se nublaron.

—Eso no es justo, nena, cuando sabes que estoy aquí día y noche por la princesa. No sería capaz de marcharme durante días sin pensar en sus necesidades lo mismo... Bueno, en cualquier caso, no la dejaría en la estacada.

También él asestaba sus golpes, pero conteniéndose en lugar de lanzar un ataque en regla respecto a mis ausencias periódicas. Le di unas palmaditas en el hombro y me volví para subir a mi casa.

—¿Ni siquiera quieres saber lo que he averiguado? —preguntó.

—Sí, sí, claro que sí. Déjeme solamente lavarme primero.

—Estoy asando unas costillas —me gritó mientras subía—. ¿Quieres que te guarde algunas?

Los informes sobre el colesterol y el cáncer de colon no afectaban la dieta del señor Contreras. En realidad, quizá años y años de comer costillas de cerdo le habían convertido en el hombre saludable y fuerte que era actualmente. Desde luego se me antojaban más reconfortantes tras mi horrible tarde que la cena supernutritiva de bajas calorías que había planeado. Se lo agradecí, pero le avisé de que necesitaba al menos una hora para estar lista.

El agua del baño se tornó negra tan pronto como entré en la bañera. No podía quedarme en remojo en esa porquería. Sumergiéndome unos cuantos segundos para quitarme el sudor del pelo, salí, vacié la bañera y limpié el cerco de pringue que dejaba el agua al vaciarse. Abrí la ducha, pero había agotado el calentador en llenar la bañera y limpiarla.

Gruñendo entre dientes, me envolví en una toalla y fui a telefonear a Lotty mientras esperaba que el agua se volviera a calentar. Como no obtuve respuesta, probé el número de Max. Resultó que se había ido a Evanston para quedarse unos días con él. Estaba bien, o tan bien como podía esperarse, pero había cierta tensión entre nosotras: sentimiento de culpa por mi parte, y miedo por la suya. Procuré subsanarlo lo mejor que pude, pero no nos despedimos con nuestra armonía habitual.

Cuando colgamos estaba tiritando, y me alegré de volver a encontrar caliente el agua. Permanecí bajo la ducha hasta que empezó a enfriarse, mucho después de quitarme del pelo las últimas trazas del polvo de la señora Frizell. ¿Habían vuelto a batirme Todd y Chrissie en nuestro último encontronazo, o había puesto yo el dedo en algo? Cierto que el Metropolitan no es un gran banco, pero la señora Frizell había cambiado su cuenta cuatro meses atrás, mucho antes de que Todd y Chrissie entraran en su vida.

Quizá Chrissie trabajaba allí: me la imaginé visitando a todos los ancianos del barrio, convenciéndoles de que transfirieran su dinero a las cuentas del

Metropolitan que no devengaban interés. Caí en la cuenta de que no sabía si Chrissie trabajaba fuera de casa. En cuanto a la desaparecida escritura de la casa de la señora Frizell, quizá estuviera en una caja de seguridad en algún sitio. O arriba, junto a su cama. Como dormía con los perros, quizá imaginaba que su dormitorio era el sitio más seguro para guardar cosas de valor.

Me sequé la cabeza con una toalla y me tumbé para descansar un poco. Aún me quedaba por practicar un tercer allanamiento ese día, y no sería capaz de hacerlo en ese estado. El teléfono me despertó a las nueve y media: el señor Contreras, que quería saber si estaba enfadada y quería castigarle encerrándome arriba.

Me incorporé, algo aturdida.

—Me he quedado dormida —interrumpí sus excusas—. Me alegro de que me haya llamado, ya tenía que levantarme. Estaré abajo en cinco minutos.

Me puse unos vaqueros y una camisa blanca de algodón de manga larga, aún estaba un poco destemplada a pesar de la cálida noche de verano. Volví a mirar el reloj y decidí irme directamente desde la casa del señor Contreras. Ajustándome la funda sobaquera, me metí el carné de conducir, algo de dinero y las llaves en diferentes bolsillos. Las ganzúas me pinchaban el muslo: las saqué y las deslicé en el bolsillo de una chaqueta de dril que me coloqué para ocultar la sobaquera. Ahora tenía calor, pero eso era inevitable.

Cuando bajé, el señor Contreras me tenía la puerta abierta.

—¿No has cenado, verdad, pequeña? Te estoy calentando las costillas en el tostador del horno ahora mismo.

Agitó ante mis ojos una botella de Valpolicella, pero la decliné. No podía permitirme beber nada a esas horas de la noche si quería ser capaz de moverme con rapidez. Desapareció rápidamente en su cocina.

Me acerqué a la sección de maternidad: antes no había tenido tiempo de extasiarme con los cachorrillos. Habían abierto los ojos y hacían tentativas por separarse del costado de *Peppy*. Ésta me observaba atentamente cuando los cogía para acariciarlos, pero no se alteraba tanto como cuando estaban recién nacidos.

El señor Contreras volvió con un plato de costillas, pan de ajo y —por consideración a mis hábitos alimenticios— una fuente de lechuga congelada. Abrió una mesa plegable para mí y se sentó con el vino. En cuanto vi las costillas me di cuenta del hambre que tenía.

—Cuénteme su jornada. ¿Fue a ver a Jake Sokolowski? —le pregunté con la boca llena.

—No. Sólo le telefoneé a casa de Tonia Coriolano. No creí que supiera nada del chico de Mitch, ninguno de nosotros sabía nada. Mitch no se preocupó nunca por mantenerse en contacto con el chico y Rosie cuando lo dejaron hace treinta y cinco años —echó un trago de vino, pensativo—. O quizá estaba simplemente demasiado avergonzado por no haber sido capaz de cuidar de ellos como cualquier hombre debe hacerlo. Y no me digas que las mujeres pueden cuidar de sí mismas. Si te casas con una mujer y la dejas con un crío, estás obligado a cuidar de ellos.

Tras observarme unos instantes para ver si estaba dispuesta a responder al desafío de su voz, prosiguió.

—No, a quien fui a ver es a Eddie Mohr.

—¿Eddie Mohr? —repetí como un eco.

—El tipo al que le robaron el coche. El que utilizaron para atacar a la doctora.

—No sabía que usted lo conocía.

—Bueno, no estaba seguro, hasta que lo comprobé con Jake. Me refiero a que no es un nombre común, pero podía haber más de uno.

Dejé las costillas, controlando mis ganas de gritarle. Cuando el señor Contreras tiene noticias, las suelta con cuentagotas y por lo general empieza por lo último.

—Me rindo: ¿*quién* es Eddie Mohr? Además del dueño del coche de la muerte, claro.

—Un tipo que fue presidente de nuestro sindicato. Es un poco más joven que Jake y yo, puede que acabe de cumplir los setenta, por eso empezó después que nosotros y no estaba en nuestro mismo grupo. Pero claro que lo conocía, por eso fui a verle. Tiene una casita muy maja en Fortieth, al este de Kedzie, vive con su mujer y tiene un precioso Buick. Además del Oldsmobile que fue robado, quiero decir. El Buick es el coche de su mujer, sabes, el suyo es el otro, el Olds —el señor Contreras estaba radiante de satisfacción por poder referir noticias tan importantes.

—Creo que ya caigo. ¿Qué tenía él que decir?

—Oh, se quedó realmente estupefacto. Yo sólo quería asegurarme, sabes, de que de verdad no tenía nada que ver con los que siguieron tu coche y le atizaron a la doctora, y todo eso.

A mí también me apetecía saber esas cosas. Me hubiera gustado hacerle yo misma esas preguntas a Eddie Mohr. Una razón por la que me gusta hacer yo misma mi trabajo pesado es que las reacciones de la gente te dicen más que sus propias palabras. Desde luego, podía ir a verle personalmente mañana. Sólo sería la tercera persona que lo interrogase, después de la pasma y del señor Contreras. Para entonces ya tendría sus respuestas perfectamente memorizadas.

Empecé a preguntarle dónde aparcaba sus coches Mohr, si en la calle o en un garaje, y si tenía algún sentido logístico que fuese el Oldsmobile el que cogieron los rateros. ¿Y acaso no era una extraña coincidencia que el presidente de la sección sindical de Diamond Head se viera envuelto, por tangencialmente que fuera, en el repaso que le habían dado a Lotty, cuando yo estaba intentando investigar la muerte de un antiguo empleado de Diamond Head? Pero el señor Contreras no podía responder a esas preguntas, y si se las hacía lo único que conseguiría era desinflarle su globo.

—¿Se sorprendió al verle? —opté por preguntarle.

—Claro, naturalmente, que saliera yo del olvido después de doce años, claro que se sorprendió.

—¿Desconcertado, cree?

Gruñó.

—No sé muy bien adónde quieres llegar. ¿Te refieres a si actuaba como si tuviera la conciencia poco tranquila? Pues sí, se sintió tremendamente culpable cuando le conté quién era la doctora y cómo la habían herido. Pero por supuesto él no sabía que le iban a robar el coche, y menos aún que se lo iban a robar para atacarla con él.

—¿Cómo es que él tiene dos coches y que usted va en autobús?

Abrió de par en par los ojos, asombrado.

—¿Estás sugiriendo que tiene más dinero del que debería? Yo podría tener un coche si quisiera —desde luego no me hacen falta dos—, pero ¿para qué lo necesito? Es un gasto inútil: los impuestos, la gasolina, el seguro, los problemas para aparcar, preocuparte de que no le hagan el puente y te lo roben. ¿Piensas que por el hecho de que un tío le entregue su vida al sindicato no puede permitirse poseer un coche?

Sacudí la cabeza, confusa.

—No, claro. Sólo me estoy aferrando a lo que puedo.

Piqué un poco de la lechuga helada.

—Sabe, Terry Finchley no ha intentado localizar al hijo de Mitch. Y Jake tampoco. Pero alguien que pretendía ser el joven Kruger fue a ver a la señora Polter y registró el cuarto de Mitch sólo un día después de que se encontrara su cuerpo. O bien el tipo vino a la ciudad sin que nadie lo supiera excepto Mitch, o alguien estaba tan interesado en encontrar algo entre las cosas de Mitch que se hizo pasar por él. Quiero decir que, en ambos casos, la persona sabía dónde vivía. Lo que significa que Mitch tuvo que decírselo, porque usted y él —Jake— eran los únicos que lo sabían.

El señor Contreras guiñó astutamente un ojo.

—¿Quieres que le pregunte a Jack si pasó alguien por allí tratando de enterarse de la nueva dirección de Mitch?

Encogí un hombro con impaciencia.

—Supongo que sí. Me gustaría acercarme con algunas fotos y enseñarlas en esa calle. Sabe, no sabemos si el hijo de Mitch seguía viviendo en Arizona. Joder, tendrá mi edad, o algo más. Podría estar en cualquier parte. ¿Recuerda su nombre?

—Mitch júnior —dijo inmediatamente el señor Contreras—. Siempre recuerdo que envidiaba el hecho de que él tuviera un hijo y yo sólo tuviera a Ruthie. Una estupidez. No significa nada, ahora me doy cuenta, pero en aquella época... oh, bueno, no tienes ganas de escuchar eso.

Me limpié los dedos en la servilleta de papel húmeda que me había proporcionado. Montar la búsqueda de una persona que podía estar en cualquier parte estaba muy por encima de mis recursos: me refiero a ir a las delegaciones de tráfico del estado, escribir al Pentágono, todo ese tipo de actividades que no tenía ni tiempo ni dinero para emprender. Sin embargo, una foto de Mitch júnior podía ser muy útil.

—¿Quiere sufragar algunos anuncios, ya que no desperdicia su dinero en un coche? Podríamos pasar algunos en todos los periódicos de Arizona, y algunos por aquí. Ya sabe, si Mitch Kruger, originario de Chicago, escribe a cierta dirección, le informarán de algo que le interesa.

El señor Contreras se frotó las manos.

—Exactamente como en Sherlock Holmes. Buena idea, chiquilla. Buena idea. ¿Quieres que me ocupe yo?

Le di de buen grado mi consentimiento y me levanté.

—Voy al centro y quisiera salir por la parte de atrás. Por si acaso los tipos que mangaron el coche de su amigo estuvieran esperándome con otro delante de la puerta. ¿Puedo salir por su cocina?

—¿Al centro? —sus ojos se clavaron en mi axila izquierda—. ¿Qué vas a hacer al centro?

Sonreí.

—Un pequeño trabajo de oficina.

—Entonces ¿para qué necesitas la pistola? ¿Para dispararle a una carta y espantarla?

Me reí.

—Que me muera si miento, no salgo con la perspectiva de una violenta confrontación. Espero no ver ni un alma. Pero ya conoces mis métodos, Watson: si alguien empieza a meterse conmigo, o con mis amigos, no voy por las calles oscuras sin una pequeña protección.

No estaba contento; ni siquiera estaba seguro de creerme. Pero descorrió los cerrojos de su puerta trasera y me acompañó hasta el callejón.

—Te voy a colocar una de esas cosas que llevan los polis, así si tienes problemas podrás mandarme una señal.

La idea de un cordón umbilical permanente con el viejo me obligó a tragar saliva. Me alejé por el callejón lo más rápido que pude, como para alejarme del mismo aire que había presenciado esa sugerencia.

Las chicas malas se recogen tarde

El sur del Loop es un pueblo fantasma por la noche. Sus bares cierran por la tarde a la hora punta del tráfico. Aunque en su orilla este están el Auditorio y un cine, y al sur ha surgido Dearborn Park, es poca la vida nocturna que subsiste al norte de la autovía Congress. Y gran parte de esa movida es de una calidad tan dudosa que casi preferirías encontrarte con un fantasma de verdad.

La dirección de Jonas Carver —el hombre que aparecía en el Lexus como agente colegiado de Diamond Head— resultó estar justo al norte de Van Buren. Aparqué el Impala a una distancia razonable, esperé a que un borracho —o quizá un flipado— atravesara la calle a la deriva, y entré en el vestíbulo.

Era un edificio antiguo que habían remozado superficialmente: la pintura estrictamente necesaria para justificar una subida del alquiler a tono con las nuevas construcciones de Dearborn Park. Uno de los elementos cosméticos era una pesada puerta de cristal con un doble cerrojo: tenían que estar metidas las dos llaves a la vez para que se abriera. Ésa sería una buena prueba para evaluar la eficacia de mis ganzúas. Me habían costado setecientos dólares, pero se suponía que estaban a la altura de ese tipo de trabajo.

También advertí con amargura que los pisos de los inquilinos —cuya lista estaba junto al telefonillo exterior a la puerta— estaban cifrados. Sin duda útil para los residentes particulares, pero si querías ver a algún profesional, como Jonas Carver, ¿cómo se suponía que ibas a adivinar a qué piso te tenías que dirigir? Afortunadamente el edificio sólo tenía once pisos: eso reduciría considerablemente mi tiempo de exploración.

Sólo para asegurarme, marqué el número de código de Carver. Nadie contestó. Además, ¿qué iba a hacer allí alguien a las doce de la noche?

Echando un vistazo alrededor para comprobar que nadie me veía, me puse manos a la obra con las ganzúas. Al cabo de media hora empecé a preguntarme si no debería apostarme en el Impala y entrar detrás de la primera persona que llegara por la mañana. También me daban ganas de sacar la Smith & Wesson y echar abajo la puerta. No me parecía que el ruido fuese a despertar a nadie.

Era casi la una cuando mis delicados tanteos soltaron por fin el resorte de la cerradura superior, permitiéndome trabajarme la del pomo con bastante rapidez. Me dolían los riñones de estar tanto tiempo doblada. Me froté y me estiré contra la pared, tratando de relajar la tensión.

Una tenue lamparilla de noche arrojaba apenas la luz suficiente como para ver los botones del ascensor. El vestíbulo era minúsculo, apenas suficiente para cuatro personas. Saqué un cuarto de dólar y lo eché a cara o cruz: cara, subía hasta arriba y buscaba a Carver de arriba a abajo; cruz, empezaba por el segundo e iba subiendo. En la poca luz apenas pude distinguir el perfil de Washington. Llamé al ascensor.

La puerta se abrió inmediatamente. Eso significaba que la última persona que lo había utilizado fue para salir, una buena señal, aunque en el fondo no esperaba encontrarme a nadie. Cuando la puerta se cerraba sobre mí, advertí un directorio en la pared de enfrente. Metí el pie, mantuve abierta la puerta, y me asomé para ver el número de la oficina de Jonas Carver. Estaba en el sexto piso. Tanto si hubiese empezado por arriba como por abajo, hubiese dado igual. Quizá mi suerte estaba empezando a cambiar un poco.

La cerradura de la oficina de Carver era mucho más fácil de convencer que la de abajo. Buena cosa, ya que mi espalda protestó cuando volví a inclinarme para juguetear con ella. Me arrodillé, buscando una postura de trabajo confortable, y conseguí descorrer el pestillo al cabo de unos cinco minutos.

La oficina de Carver daba al patio de luces del edificio. Ninguna farola de la calle filtraba sus rayos hasta allí. La única luz de la habitación procedía de un cursor que parpadeaba, impertinente, a media distancia. Me abrí paso hasta él, encontré la mesa sobre la que estaba, y tanteé a su alrededor hasta que encontré un interruptor. No sé por qué no me había llevado una linterna.

La habitación, que en la oscuridad me había parecido inmensa, resultó a la luz de la lámpara pequeña y austera. Junto a la mesa de despacho metálica con el ordenador, había dos archivadores y una mesita con una cafetera eléctrica. Al otro extremo, una puerta daba a otro cuarto, presumiblemente los dominios privados del señor Carver. En él la mesa era chapada en imitación madera; una falsa alfombra china cubría parte del suelo. Carver también tenía un ordenador listo para la acción.

La información sobre las compañías con que trabajaba Carver esperaba sin duda tras el parpadeante cursor, y se revelaría pulsando el mando adecuado. Mis capacidades informáticas no eran mi punto fuerte; adivinar cuál era la tecla correcta iba a ser una ardua tarea. En su lugar traté de encontrar alguna copia impresa en los archivadores, pero parecían destinados a las leyes sobre impuestos y las recomendaciones del gobierno para administrar sociedades anónimas. También encontré manuales sobre la utilización del ordenador. Apretando los dientes, abrí la carpeta y empecé a leer.

Al cabo de una media hora supuse que sabía lo suficiente al menos para ponerlo en marcha. Me incliné cortésmente y le pedí un directorio. La máquina me complació con una rapidez y una meticulosidad que me dejó totalmente confundida. Una línea en la parte inferior me preguntaba qué deseaba hacer: consultar, crear, editar, archivar, salir, y parpadeó con impertinencia ante mi vacilación.

Finalmente descubrí qué tecla de función me permitía consultar. La máquina, impaciente por mi lentitud, apenas me permitió pulsar antes de pedirme el nombre del archivo. Le proporcioné «Diamond

Head». Lo rechazó: «No se encuentra ese archivo». Probé una variedad de permutas del nombre, pero ninguna le gustó.

Por fin conseguí volver al directorio y lo estudié detenidamente. Algo llamado «Client.Exec» parecía prometedor. Manipulé diferentes letras y conseguí —tras numerosos intentos infructuosos— una combinación que le gustó al ordenador. Unos cuantos parpadeos y los archivos de los clientes aparecieron frente a mí. Por supuesto, no como en los libros, sino en forma de otro menú con varias opciones.

Consulté mi reloj. Eran casi las tres. Me había llevado más tiempo descubrir cómo utilizar el maldito ordenador que forzar la puerta de entrada. Tras otra serie de tanteos y errores conseguí los archivos de Diamond Head.

Tan pronto como llegué a la lista de presidentes y directivos, comprendí por qué Freeman se había mostrado tan irritado esa mañana. Jason Felitti era el presidente, Peter Felitti el vicepresidente, y Richar Yarborough el secretario. Me quedé boquiabierta. No sabía quién era Jason, pero había conocido a Peter en la gala benéfica que habían dado Michael y Or'. Era el suegro de Dick y el presidente de Amalgamated Portage.

Me reí en voz alta, con cierto histerismo. Sí, ya conocía a uno de los directivos que podían presionar a Chamfers respecto a mí, muy bien. ¡Caray, caray! ¡Con razón Freeman creyó que estaba queriendo implicarle en una guerra personal contra Dick! Eso no excusaba su grosería, pero al menos podía entender su punto de vista.

Recorrí someramente el resto del archivo. Eran ya más de las cuatro y a mis ojos les costaba enfocar las brillantes letras verdes. Me hubiera gustado saber cómo imprimir el archivo, pero estaba demasiado cansada como para descubrir más artimañas informáticas, y no quería que alguien que llegase temprano me encontrara con las manos en la masa.

Si Carver llevaba los libros de Diamond Head, estaban en un directorio de archivos aparte, que tampoco tenía idea de cómo buscar. Los datos someros presentados en ése mostraban que Diamond Head estaba firmemente respaldada. De hecho, sus deudas parecían exceder de las utilidades incorporadas en la proporción de uno a dos. Y la compañía estaba vinculada a Amalgamated Portage, que asumía una gran parte de la deuda. Qué cómodo: así todo quedaba en familia.

Además, Diamond Head tenía relación con Paragon Steel. Los archivos de Carver no mostraban de qué modo, pero al parecer Paragon era responsable de gran parte de los movimientos de capital de Diamond Head. Paragon Steel. Que una sociedad tan importante estuviese vinculada a una empresa tan insignificante como Diamond Head no tenía sentido para mí. Me froté los ojos varias veces para asegurarme de que lo estaba leyendo correctamente.

Paragon era una de las pocas compañías que habían anticipado la grave crisis de la industria del acero en Estados Unidos quince años atrás. Se habían reconvertido para poder producir lotes relativamente pequeños de acero en diferentes grados de especialización en plazos muy ajustados; se habían metido con fuerza en los plásticos; y también era una de las pocas compañías de Illinois que se habían forrado como bandidos con el reforzamiento de la Defensa llevado a cabo por Reagan.

El *Wall Street Journal* había sacado un importante artículo sobre ellos hacía sólo un mes o dos, por eso tenía los detalles frescos en la memoria. Podía entender que Paragon poseyera Diamond Head, los pequeños motores que hacía esta última podían encajar perfectamente en sus operaciones de Defensa. ¿Pero que Paragon proporcionara un flujo de capital a una empresa más pequeña? Sacudí la cabeza, pero el tiempo volaba. Tendría que preocuparme de eso al día siguiente.

Hurgué en la mesa de Carver y encontré un bloc de impresos. Arranqué una hoja para no dejar huellas patentes de lo que escribiera debajo, y apunté los datos claves. En ese momento no podía hacer nada más. Además, me moría por una cama.

Afortunadamente, el teclado me ofreció la opción de salir. Así lo hice, y, más por suerte que por habilidad, volví a encontrarme ante una pantalla vacía con un cursor parpadeante. Recorrí minuciosamente con la vista los dos cuartos para asegurarme de que no dejaba allí nada mío.

Mientras bajaba sentí un leve remordimiento de conciencia. ¿Qué me había hecho a mí Jonas Carver para que invadiera su oficina? Si él entrara en la mía a fisgonear en mis archivos, le rompería las rótulas; él podía tener todo el derecho a hacer lo mismo conmigo.

Sin duda Gabriella lo hubiera desaprobado. Su rostro difuminado me siguió hasta en mis sueños, diciéndome que había sido una chica muy mala.

Sólo pasaba por aquí...

Antes de irme a la cama tomé la precaución de deslizar una nota bajo la puerta del señor Contreras. No quería que me despertase al despuntar el alba llamando frenéticamente a mi puerta. También desconecté el teléfono. Así conseguí casi seis horas de sueño, lo suficiente para poder ir tirando, aunque no con verdadero entusiasmo.

Hacía varios días que no había corrido y necesitaba terriblemente ese ejercicio, más para mi bienestar mental que físico. La zona lumbar ya no me dolía, pero noté la rigidez de mis músculos al hacer mis ejercicios de calentamiento. Tendría que correr el riesgo cuando diera con los tipos que habían golpeado a Lotty confundiéndola conmigo.

Dejé la pipa en casa. Es demasiado difícil correr con una funda sobaquera bajo el chándal: la pistola te golpea desagradablemente el pecho. Me atuve a las calles poco importantes en lugar de hacer el recorrido más agradable hasta el lago, y regresé a casa sin incidente. Tras mi ducha y un desayuno tardío (fruta, yogur y un sandwich de queso tostado) que tendría que hacerme también las veces de comida, intenté decidir lo que iba a hacer a continuación.

Tenía que hablar con Chamfers del ataque a Lotty. Los polis pretendían haberse encargado de ello y que él estaba tan limpio como un billete lavado a mano, pero yo quería oírle en persona. También necesitaba ir a la biblioteca pública a investigar en la computadora sobre Jason Felitti. Presumiblemente era hermano del suegro de Dick, o quizá su tío, pero quería algo más de información. Me pregunté si en el banco de Lake View alguien querría hablar conmigo respecto a la señora Frizell. Probablemente no, pero valía la pena intentarlo.

Consulté mi reloj. Todo eso tendría que esperar. Lo primero que tenía que hacer era ver si alguien de Paragon Steel estaba dispuesto a hablar conmigo.

La elección de la ropa que iba a llevar era compleja. Necesitaba tener un aspecto profesional para entrevistarme con los directivos de Paragon. Quería estar cómoda. Necesitaba poder llevar mi pistola. Y necesitaba estar en condiciones de correr si era necesario. Finalmente opté por unos vaqueros y una chaqueta pata de gallo de seda. Era algo que sólo en California podía pasar por profesional, pero tendría que apañármelas con eso.

Antes de salir busqué mi agenda de direcciones y marqué el número de teléfono particular de Freeman Carter. Me alegré de encontrarle en casa, podía perfectamente haberse ido al campo una semana.

—V. I. Warshawski, Freeman. Espero no interrumpir tu almuerzo.

—Estoy a punto de salir, Vic. ¿Es algo que pueda esperar?

—No, pero seré breve. Hasta esta madrugada a las cuatro no he sabido que Dick y su suegro estaban relacionados con Diamond Head Motors. Creo que me debes una excusa.

—¿A las cuatro de la madrugada? —Freeman se quedó con la parte más insignificante de mi comentario—. ¿Qué estabas haciendo a las cuatro de la madrugada?

—Labor de allanamiento para investigar lo que tú podías haberme dicho sin gastar sudor. ¿Creías que te iba a obligar a implicarte en una guerra entre Dick y yo? Hubiera sido más amable de tu parte preguntármelo primero.

—Conque labor de allanamiento, ¿eh? Bueno, siempre he pensado que no te haría daño arreglártelas para ganarte la vida.

—¿Pero creías que te iba a involucrar en un enfrentamiento con Dick? —insistí.

—La idea sí me pasó por la cabeza —convino Freeman tras una pausa—, y aún no se me ha ido del todo. Es una increíble coincidencia que te intereses por Diamond Head.

—Oh, no sé. Crawford-Mead debe de estar relacionada con montones de medianas empresas en todo Chicago. También son las mismas con las que yo suelo trabajar normalmente. Simplemente tenemos... esferas de interés coincidentes, eso es todo —la frase, sacada de un viejo curso de historia política, me gustó más a mí que a Freeman, que se quedó callado.

Tras un largo silencio, me lancé de cabeza.

—Sabes, he estado pensando. Respecto a ti y a Crawford-Mead, quiero decir. No puedo evitar preguntarme si empezaron a trabajar con las fusiones y adquisiciones durante los días gloriosos de Drexel. Recuerdo que en el concierto me dijiste que la firma estaba llevando algunos asuntos que no te gustaban, no creo que hubieses seguido allí si fuese algo francamente inmoral, como defender a los blanqueadores de dinero. Pero las fusiones... hay un montón de empresas que, una vez en ello, se dan cuenta de que la cola empieza a menear al perro, así que es muy probable que fuera eso lo que tenías en mente. Ya que Peter Felitti es el suegro de Dick, pudiste pensar que había un conflicto de intereses en el fondo de esa transacción concreta.

Freeman soltó un agudo bramido que pudo ser una carcajada.

—A estas alturas ya debería saber que delante de ti no debo decir nada si no quiero que sea utilizado contra mí en un tribunal. ¿Se te ha ocurrido esa teoría a ti solita? ¿O has estado hablando con alguien?

—He estado pensando. Así es como me gano la vida, ya sabes. Gran parte de mi trabajo consiste en descubrir por qué la gente hace lo que hace. Diamond Head tiene encima una fuerte deuda, lo cual indicaría que sus finanzas son chapuceras. El nombre de Dick consta en su junta directiva, lo cual indicaría que él se ocupó de ese asunto. Tú te enfureciste, lo cual indicaría que lo sabías y creíste que yo estaba poniendo el dedo en la llaga.

—Bueno, sigo sin querer discutir contigo los asuntos de la firma, Vic. Quizá tengas razón, o quizá estés metiendo la pata hasta el corvejón. Eso es todo lo que te puedo contar —excepto que siento haberte juzgado mal el otro día—, pero lo que está más claro que el agua es que me gustaría que trabajaras en otra cosa que en Diamond Head. Ahora tengo que irme: tengo esperando a un amigo.

—Hay otra cosa —me apresuré a decir antes de que colgara—. Necesito absolutamente a alguien que convenza al director de la fábrica de Diamond Head para que hable conmigo. Lleva dos semanas escaqueándose. Por eso quería los nombres de los directivos, pensé que quizá conociera a alguno de ellos.

—Y así es, Vic. Conoces a Richard Yarborough. No hago más que decirte que subestimas a Dick. Podría responderte si te avinieras a preguntarle amablemente —sonó el clic del teléfono en mi oído.

Era muy remota la posibilidad de que Freeman se sintiera tan consternado por haberme juzgado mal como para ayudarme a entrevistarme con Chamfers. Para eso tendría que fingir estar todavía en Crawford-Mead, y él era demasiado escrupuloso para esa clase de embustes.

«Además, las dificultades fortalecen el carácter», me dije en voz alta.

Antes de iniciar mi jornada llamé a Lotty. Aún seguía en casa de Max pero pensaba estar ya lo suficientemente repuesta como par ir a la clínica medio día por la mañana. Le pregunté si había hablado con la policía.

—Sí. El sargento Rawlings se pasó por aquí el viernes por la tarde. No saben nada, pero al parecer cree que tú estás obstruyendo su investigación, creo que ésas fueron sus palabras. Vic... —hizo una pausa, buscando las palabras—. Si hay algo que le estés ocultando a la policía, díselo, por favor. No voy a poder conducir sin mirar por encima del hombro cada cinco segundos hasta que cojan a esos tipos que me golpearon.

Mis hombros se encorvaron.

—Le conté a la policía lo del tipo que me amenazó con hacerme seguir, pero creen que está limpio. No sé qué más puedo hacer, excepto tratar de llevar mi propia investigación.

—Hay varias formas de contar las cosas. Te he visto operar durante años y sé que muchas veces te guardas para ti el... dato clave o decisivo, tal vez, o el pequeño detalle que les permitiría hacer las mismas deducciones que tú haces.

Su voz, que carecía de su habitual vitalidad y viveza, era más deprimente que sus palabras. Traté de recordar mis conversaciones con Conrad Rawlings y Terry Finchley. No les había contado lo de la persona que se había hecho pasar por el hijo de Mitch Kruger y que alguien había sustraído papeles de casa de la señora Polter. Tal vez debería hacerlo. No podía soportar la idea de que el miedo le echara bruscamente los años encima a Lotty, especialmente un miedo que yo había contribuido a fomentar.

Permanecí callada tanto tiempo que preguntó con aspereza:

—Hay algo, ¿verdad?

—No sé si lo hay o no. A mí no me ha parecido relevante, pero antes de salir llamaré al detective Finchley y se lo diré.

—Hazlo, Vic —dijo, quebrándosele la voz—. Haz como si yo te importara, no como si fuese simplemente un peón del juego que planeabas y que no ha salido como esperabas.

—¡Lotty! Eso no es justo... —empecé a decir, pero colgó antes de que pudiese oírla llorar.

¿Tan desalmada era yo? Yo quería a Lotty. Más que a cualquier otro ser vivo en quien pudiera pensar. ¿Acaso la estaba tratando como un peón? Yo no tenía planeado ningún juego, ése era en parte mi problema. Perdía el hilo entre una acción y otra, sin saber en qué dirección iba. Sin embargo, recordé el disgusto que sentía conmigo misma por haber penetrado en la oficina de Carver la noche anterior, y un nudo de aversión hacia mí misma me encogió el estómago.

Súbitamente sentí una urgencia irresistible por volver a la cama. Tenía los párpados tan pesados que apenas podía abrir los ojos. Me recosté en el sofá y me dejé sumergir por la oleada de la depresión. Después de un rato, sin sentirme mejor pero sabiendo que tenía que ponerme en movimiento, llamé al Área Uno para hablar con Finchley. No estaba; dejé mi nombre y mi número pidiendo que me llamara esa tarde. Al menos nadie me colgó en mitad de una frase. Era una franca mejoría respecto a mis dos primeras llamadas.

Bajé melancólicamente las escaleras. Antes de dirigirme a la calle llamé a la puerta del señor Contreras. Era una señal de mi estado desesperado que incluso aceptara una taza de su café recocido antes de salir. Esa tarde el viejo tenía suficiente marcha para dos, puede que hasta para cuatro. Había pasado la mañana redactando nuestro anuncio y llamando a Arizona para conseguir los nombres y las tiradas de sus principales diarios; estaba impaciente por mostrarme su obra. Procuré hacer acopio de un nivel adecuado de entusiasmo, pero de repente advirtió que mis ánimos no concordaban con los suyos.

—¿Qué es lo que te corroe, pequeña? ¿Has pasado mala noche?

Solté una cohibida risita.

—Oh, es que siento que he dejado a Lotty con un mal trago y que no he hecho nada por ayudarla.

El señor Contreras me dio unas palmaditas en la rodilla con su mano callosa.

—Tu forma de ayudar a los demás no es la misma que la de la mayoría de la gente, Vic. El que no te precipites a verla con unas flores y un barreño de sopa no significa que no la estés ayudando.

—Ya, pero ella cree que debería cooperar más con la policía, y tiene razón —musité.

—Ya, cooperar con ellos —se burló el viejo—. El noventa por ciento de las veces ellos no te escuchan. Yo estaba presente cuando hablaste con ese detective negro, cómo se llama, Finchley, y ya vi el caso que te hacía. Por lo que a la bofia respecta, Mitch se golpeó la cabeza y se cayó al canal. ¡Mitch, que conocía esa orilla como la palma de su mano! Seguro que no les preocupa que te hayan estado siguiendo durante una semana antes de que esos cafres atacaran tu coche y le zumbaran a la doctora. Yo no veo que tengas ningún motivo para echarte la culpa, ni por un segundo, pequeña. Venga, tienes que sobreponerte y hacer el trabajo para el que Dios te ha dotado.

Volvió a palmear mi rodilla para enfatizar sus palabras. Le di unas palmaditas en la mano y le agradecí su reconfortante charla. Lo extraño es que realmente me sentía mejor. Introduje unos cuantos cambios en el modelo de anuncio, pero sin variar lo esencial. Estaba de acuerdo con mi vecino en que era mejor pedir que el joven Mitch se pusiera en contacto con él, y no conmigo, por si acaso tenía algo que ver con la muerte de su padre: en ese caso, podía haber oído mi nombre en boca de alguien de Diamond Head.

—¿Quiere hacer algo más? —le pregunté, levantándome para marcharme—. Hable con alguna gente del barrio, con la señora Hellstrom o tal vez con la señora Tertz. A ver si puede averiguar si Chrissie Pichea se gana la vida con algún trabajo.

El señor Contreras asintió encantado, conmovido de que al fin yo lo considerase un socio de pleno derecho. Me acompañó hasta la puerta, chachareando con entusiasmo hasta que estuve fuera de su alcance.

Mi conversación con Lotty me había mosqueado en cuanto a quién podía estar siguiéndome los pasos. O siguiéndoselos a ella. Me pregunté si no estaríamos todos errando el tiro, quizá había sido atacada por los parientes de un paciente convencidos de que había recibido un tratamiento erróneo. Tendría que hablar con Rawlings, ver si estaba considerando esa posibilidad. Desde luego no podía mencionárselo a Lotty, al menos si no quería que me espachurraran el otro lado del Trans Am.

Cuando llegué a la esquina cambié de opinión. Había un par de tipos sentados en un Subaru último modelo frente a mi edificio cuando salí. Uno de ellos bajó del coche y empezó a seguirme por la calle. Miré a mi alrededor. El Subaru se apartó del bordillo y avanzó despacio detrás de nosotros. Seguí por Racine hasta Belmont: mi amigo no se separó de mí. El Subaru retrocedió lentamente hasta media manzana. Pensé en coger un autobús hasta el tren aéreo y volver por el Loop, pero me pareció una innecesaria pérdida de tiempo. Entré en el restaurante Belmont.

Hacía tiempo que había pasado la hora de comer. El local estaba casi vacío. Las camareras, que estaban tomándose un descanso, fumando y leyendo los periódicos, me recibieron con la amistosa naturalidad con que tratan a sus habituales.

—¿Un BLT con patatas, Vic? Tammy acaba de sacar una tanda caliente del aceite —ésa era Barbara, que solía atenderme y conocía mis debilidades.

—Hoy voy a tener que pasar de él. Tengo detrás a un par de tipos demasiado interesados en mí. ¿Puedo salir por la puerta trasera? —eché un vistazo alrededor y vi a mi seguidor abriendo la puerta—. De hecho, ahí viene uno de ellos.

—No hay problema, Vic.

Barbara me empelló hacia la parte de atrás. Mi colega se dispuso a seguirme, pero Helen derramó su tetera de té helado justo delante de él. Sólo tuve tiempo de oír: «¡Ay!, cielo, lo siento tanto... No, no te muevas, ahora mismo te limpio ese precioso pantalón...», antes de que Barbara abriera la puerta de atrás y me empujara afuera.

—Un montón de gracias —le dije, agradecida—. Os recordaré en mi testamento.

—Aligera, Warshawski —dijo Barbara, empujándome vivamente por la espalda—. Y menos coba: todos sabemos que no tienes nada que dejar.

Un Paragon sin parangón

Salí corriendo directamente hasta Seminary, y luego di un rodeo de más de un kilómetro por Racine para llegar hasta el Impala por la parte oeste. Cuando me desplomé en el asiento del conductor me faltaba el aire y sentía un doloroso pinchazo en el costado derecho. Temblándome ligeramente las piernas al pisar los pedales, me dirigí hacia el oeste hasta el final de Barry, que terminaba sin salida en el río. Después hice un recorrido sinuoso por las calles laterales hacia la avenida Kennedy.

Barbara y sus amigas habían descarriado limpiamente a mis atacantes. Avancé lentamente para recuperar el aliento mientras pensaba cuál sería el siguiente paso. Necesitaba investigar en la biblioteca a Jason Felitti, cuyo nombre había aparecido como el propietario de Diamond Head en mi búsqueda nocturna. También quería visitar a la gente que liberaba fondos para Diamond Head: Paragon Steel. Lo eché mentalmente a cara o cruz: siempre podía ir a la biblioteca el sábado. Giré hacia el norte por la autovía.

Paragon tuvo su propio rascacielos en el centro de la ciudad, pero lo habían vendido cuando se pusieron a recortar gastos quince años atrás. Ahora su sede ocupaba cinco plantas en una de las torres de un modesto complejo en Lincolnwood. El estacionamiento exterior del complejo estaba tan abarrotado que tuve que estacionar una manzana más allá de la entrada del primer edificio.

Desde el extremo donde estaba aparcada podía ver el Hyatt púrpura donde Alan Dorfman había exhalado su último suspiro. Mientras cerraba la puerta del Impala, el pensamiento de los pistoleros que se habían cargado al gánster —al recibir una seña de su chófer— me recordó mi propia fragilidad. Palpé mi propia pistola para infundirme seguridad y entré en el vestíbulo.

Ningún guardia ni recepcionista esperaba para orientar al ignorante. Di una vuelta buscando un panel informativo. Al parecer había entrado por una puerta trasera, y tuve que recorrer un par de pasillos antes de encontrar un directorio. Éste me dirigió hacia el edificio contiguo, donde Paragon ocupaba los pisos cuatro a ocho.

Todo el complejo parecía extrañamente vacío, como si todos esos coches del estacionamiento hubiesen descargado a sus ocupantes en el espacio. No me encontré con nadie en los pasillos y aguardé sola junto al ascensor. Cuando llegué al cuarto piso me vi frente a un muro color verde claro con un diminuto letrero indicándome la recepción. Al parecer, durante los días de penuria de Paragon habían decidido no desperdiciar dinero en grandes rótulos.

El local estaba tan desierto que empezaba a preguntarme si no me iba a recibir una parpadeante pantalla de ordenador en la recepción. Me sentí aliviada al ver a una persona real, una mujer más o menos de mi edad, con unos rizos que le caían sobre los hombros y un traje sastre marrón lacio y descolorido por muchos años de uso. Empecé a sentirme más a gusto con mis vaqueros.

Exhibí una sonrisa destinada a manifestar a la vez mi simpatía y mi confianza en mí misma, y pregunté por la persona encargada. Marcó amablemente un número y tapó el receptor con la mano.

—¿A quién debo anunciar?

—Me llamo V. I. Warshawski —le tendí una tarjeta—. Soy investigadora financiera.

Transmitió la información, tartamudeando un poco con mi apellido, como casi todas las recepcionistas, y luego se volvió hacia mí.

—No están contratando a nadie.

—No estoy buscando trabajo. Sería mucho más fácil explicárselo directamente a la encargada, en lugar de que se lo explique usted a su secretaria.

—Encargado. El señor Loring. ¿Qué es lo que tiene que decirle?

Conté con los dedos.

—Seis palabras. Diamond Head Motors y financiación de deudas.

Repitió dubitativamente mis palabras. Asentí con la cabeza y volvió a decirlas al teléfono. Esta vez parecía estar a la espera. Contestó algunas llamadas del exterior y las pasó a sus destinatarios, volvió a comprobar su lucecita parpadeante y siguió esperando. Al cabo de unos cinco minutos me dijo que podía sentarme: Sukey iba a bajar a buscarme.

La espera se alargó hasta veinte minutos antes de que apareciera Sukey. Era una mujer alta y delgada cuya falda ajustada acentuaba tristemente sus huesudas caderas y pelvis. Su pálido rostro estaba lleno de cicatrices de acné, pero su voz al pedirme que la siguiera era dulce y profunda.

—¿Cómo ha dicho que se llama? —me preguntó cuando entramos en el ascensor—. Charlene no lo ha dicho muy claro por teléfono.

—Warshawski —repetí, tendiéndole una tarjeta.

Estudió gravemente el pequeño rectángulo, hasta que las puertas se abrieron en el octavo piso. En cuanto salimos del ascensor me di cuenta de que había encontrado el escondrijo secreto de los empleados de Paragon. El local era un laberinto de cubículos, ocupado cada uno de ellos por dos o tres terminales de ordenador y los empleados que las manejaban. Conforme recorríamos la planta los cubos iban siendo sustituidos por despachos, también llenos de ordenadores con sus operadores.

Finalmente llegamos a una pequeña zona abierta. La mesa de Sukey estaba delante de un despacho abierto en una esquina. Constaba como guarida de Ben Loring, pero él no estaba en casa. Sukey me dirigió hacia uno de los asientos rellenos de espuma y llamó a una puerta contigua. No pude oír lo que dijo al asomar la cabeza por el umbral. Desapareció brevemente, y luego volvió para acompañarme dentro.

La sala de conferencias estaba llena de hombres, la mayoría en mangas de camisa, que me miraban todos con una mezcla de desconfianza y desdén.

Nadie habló, pero dos o tres de ellos miraron de reojo al segundo tipo a mi izquierda, un fornido cincuentón con un espeso cepillo de pelo gris.

—¿El señor Loring? —le tendí la mano—. Soy V. I. Warshawski.

Ignoró mi mano.

—¿Para quién trabaja, Warshawski?

Me senté sin ser invitada al extremo de la mesa oval.

—Para Salvatore Contreras.

Esta vez los siete intercambiaron miradas. Normalmente, por supuesto, mantengo secreta la identidad de mis clientes, pero quería ver la expresión que ponían al tratar de adivinar qué importantes intereses financieros podía representar el señor Contreras. Quizá llegaran a pensar incluso que formaba parte de la mafia.

—¿Y en qué le interesa Diamond Head? —inquirió finalmente Loring.

—Qué le parece lo siguiente, señor Loring: usted me explica cuál es el vínculo de Paragon con Diamond Head y yo le diré quién es mi cliente.

Eso suscitó algunos murmullos en la sala. Oí susurrar al hombre que estaba a la derecha de Loring:

—Ya te he dicho que era una pérdida de tiempo, Ben. Sólo viene a fisgonear.

Loring lo ignoró como a una pelota mal lanzada.

—No puedo hablar con usted hasta que no sepa a quién representa. Aquí hay cosas importantes en juego. Si usted trabaja para... bueno, para cierta gente, entonces ya lo sabe todo al respecto y nuestro departamento jurídico se encargará de denunciar esto, que parece un intento bastante ingenuo de espionaje. Y si su cliente —¿Contreras, dice?— tiene sus propios intereses en el asunto, entonces no le voy a hacer el regalo de darle una información explosiva.

—Ya veo —me examiné las uñas mientras reflexionaba—. Le haré otra pregunta distinta. Dos preguntas. ¿Cuánta gente de la que hay en esta habitación sabe que Paragon está financiando a Diamond Head? ¿Y cuántos de ustedes saben por qué?

Esta vez el murmullo se convirtió en un rugido. Loring lo dejó estar un momento y luego volvió a tomar el control de la asistencia.

—Chicos, ¿alguno de vosotros sabe algo de Diamond Head? ¿O de financiación? —su voz estaba impregnada de sarcasmo.

La asamblea respondió a su tono. Los asistentes lo negaron con risotadas forzadas, dándose unos a otros palmadas en el brazo y mirándome de reojo para ver si su numerito surtía efecto.

Esperé a que terminaran de divertirse.

—Vale, me habéis convencido: sois todos demasiado ingenuos para manejar una multinacional. Pero lo que sí me parece curioso es que haya aceptado verme sin más trámites sólo porque he mencionado el nombre de Diamond Head en relación con una financiación de deuda.

—He aceptado verla sin más trámites porque pensaba que podía tener alguna propuesta de negocio para nosotros, y no una acusación.

—¿En serio? —ahora me tocaba a mí ser un poco sarcástica—. Debe de ser por eso por lo que el *Journal* os ensalzaba tanto hace unas semanas: porque interrumpís vuestro trabajo cada vez que entra un extraño por la puerta sin ninguna presentación, ni proyecto, ni nada de nada. Sólo con la esperanza de que pueda tener alguna propuesta de negocio.

El hombre a la derecha de Loring empezó a hablar, pero el jefe le conminó al silencio.

—¿Qué es lo que quiere, Warshawski?

—Podríamos seguir con este tira y afloja toda la tarde. Quiero información. Respecto a usted y a Diamond Head.

—Creo que hemos dejado claro que no tenemos nada que contarle —el hombre de la derecha de Loring ignoró la mano silenciadora del jefe.

—Vamos, chicos, yo *sé* que estáis financiando a Diamond Head. He visto los informes de su situación financiera.

—Entonces ha visto algo en cuyo secreto no participo. No puedo hacer ningún comentario al respecto —dijo Loring.

—¿Con quién puedo hablar que sí pueda hacerlo? ¿Con su director administrativo o con su director general?

—Ninguno de los dos podrá decirle nada. Y, al contrario que yo, ni siquiera le concederían una entrevista.

—Entonces, ¿debería preguntarles a los federales?

De nuevo se oyó un murmullo alrededor de la mesa. El hombre que tenía a mi derecha, enjuto, de blanca melena, dio un manotazo en la mesa.

—Ben, tenemos que comprobar su buena fe. Y enterarnos de lo que realmente quiere.

Asentí aprobadoramente con la cabeza.

—Buena idea. Puede comprobar fácilmente quién soy llamando a Daraugh Graham en Continental Lakeside. Es el presidente; trabajo mucho para él.

Loring y el hombre que acababa de hablar intercambiaron largas miradas, y luego Loring, casi imperceptiblemente, sacudió la cabeza.

—Puede que lo haga, Warshawski. *Si* lo hago, puede que vuelva a hablar con usted. Pero aún tendrá que convencerme del porqué de tantas preguntas.

—Digamos que quiero saber hasta qué punto participan en la toma de decisiones de Diamond Head. Porque si están en el secreto de su trabajo interno... bueno, entonces hay muchas más preguntas que me gustaría hacer.

Loring sacudió la cabeza.

—A mí no me la da. Todo lo contrario. Y tal y como ha señalado tan prestamente, somos gente ocupada. Tenemos que seguir ya con nuestras actividades.

Me puse en pie.

—Entonces tendré que seguir investigando. Y no puedo predecir lo que haré si hurgando encuentro materia en descomposición.

Nadie respiró, pero conforme salía de la habitación se elevó un gran murmullo. Tenía ganas de pegar el oído a la puerta, pero Sukey estaba seguramente pendiente de mí desde su mesa. Me acerqué a ella.

—Gracias por su ayuda... Tiene una bonita voz, ¿sabe? ¿Usted canta?

—Sólo en los coros de las iglesias. Con esto —señaló las cicatrices de acné, sonrojándose penosamente— nadie quiere hacerme una audición para la escena.

El intercomunicador de su mesa zumbó con fuerza: Ben Loring la necesitaba en la sala de conferencias. Me pregunté si podía arriesgarme en su ausencia a intentar mirar sus archivos, pero sería algo imposible de explicar si volviera deprisa y me pillara. Además, eran ya casi las dos. Tenía el tiempo justo para bajar al centro a indagar sobre Jason Felitti antes de que cerrara la biblioteca.

Después de dos décadas de regateo, Chicago está por fin construyendo una nueva bilioteca pública. Con el nombre del malogrado y preclaro Harold Washington, el monumento —en vías de construcción— tiene el lamentable aspecto de un mausoleo victoriano. En espera de su apertura, el municipio conserva las colecciones que posee en una serie de locales apartados. Recientemente se han trasladado de unos viejos barracones junto a la avenida Michigan a un bohío aún más desolado en la orilla oeste del Loop.

Desgraciadamente, ese barrio también bordea la nueva galería y los comercios más en boga de la ciudad. Tuve que meterme en las calles subterráneas para encontrar un parquímetro libre. Aunque confiaba en que había despistado a mis seguidores, seguía sintiéndome incómoda en el laberinto de rutas camioneras y muelles de carga. Cualquiera podría atacarme allí sin que nadie se diera cuenta. Esas macabras fantasías me produjeron un tembleque nervioso en las piernas. Subí por Kinzie hasta la luz del día a más velocidad de la que pensaba que aún podían desempeñar mis piernas.

La hora que pasé con la encargada del ordenador de la biblioteca confirmó mi necesidad de comprarme mi propio aparato. No porque la encargada no fuese útil —lo fue, y mucho—. Pero la cantidad de información disponible con sólo marcar un número era tan grande, y tan fuerte mi necesidad de ella, que no tenía sentido depender de las horas de apertura de la biblioteca.

Me llevé el fajo de papeles impresos a una mesa ya atestada de la hemeroteca, uno de los pocos lugares del edificio donde una se podía sentar y leer de verdad. Mis vecinos inmediatos incluían a un hombrecito gris con un fino bigote que estaba absorto en la *Scientific American* y manifestando por lo bajini un ansioso comentario. No estaba claro si estaba reaccionando al artículo o a la vida en general. A mi otro lado, un hombre más corpulento leía el *Herald-Star* palabra por palabra, recorriendo las líneas con el dedo y leyendo con los labios. Hice votos porque la nueva biblioteca incluyera unas duchas en los aseos. Serían de gran ayuda, si no para mi compañero, al menos para quien le tocara estar junto a él en el futuro.

Abstrayéndome del olor hasta donde podía, empecé a leer lo que tenía sobre Jason Felitti, propietario de Diamond Head Motors. Era hermano de Peter, tres años más joven (nacido en 1931), educado en Northwestern (empresariales), y se había metido en actividades políticas y en contratas. Peter, mencionaba uno de los papeles, también había asistido a Northwestern, donde había obtenido un diploma de ingeniero. Jason, que no estaba casado, vivía en la propiedad familiar de Naperville, mientras Peter se había mudado a Oak Brook con su mujer y dos hijas en el 68. Un año significativo en muchas vidas del mundo entero, ¿por qué no también en la del suegro de Dick?

Amalgamated Portage, el negocio de la familia, había sido fundado por Tiepolo Felitti en 1888. Se había iniciado como una operación simple: una simple carreta de mano para transportar chatarra. A la muerte de Tiepolo, cuando la epidemia de gripe de 1919, Amalgamated se había convertido en una de las empresas de transportes más importantes de la región.

La Primera Guerra Mundial había fomentado enormemente su línea de ferrocarriles. En los años treinta tuvieron visión de futuro, y éste aparecía bajo la forma de transporte a larga distancia por carretera. Fueron de los primeros transportistas en reunir una flotilla de camiones. A partir de la Segunda Guerra Mundial se habían diversificado con la minería y la fundición, primero con gran éxito y luego al parecer con un fracaso igualmente grande.

Peter había vendido las operaciones mineras a la baja cuando su padre murió, en 1975. Ahora el negocio intentaba mantenerse más afín a su misión original: los portes. En 1985 Peter había comprado uno de los servicios de reparto que habían surgido de la noche a la mañana; al parecer funcionaba modestamente bien. Amalgamated seguía siendo una compañía principalmente familiar, por lo que la información sobre ella era esquemática.

Jason había heredado algunas acciones de Amalgamated cuando su padre murió, pero fue Peter quien se hizo cargo de la empresa. De hecho, Peter había pertenecido al comité directivo desde hacía años, mientras Jason al parecer sólo formaba parte del consejo de administración. Me pregunté si Jason había sido considerado incompetente desde el principio, o si la familia estaba estructurada tan rígidamente que sólo el primogénito estaba autorizado a dirigir. En ese caso, ¿qué sucedería cuando Peter muriera, ya que Jason no tenía hijos y Peter sólo tenía hijas? ¿Sería Dick el elegido o tendría que disputarle el botín al otro yerno?

Durante años, Jason había invertido la mayor parte de su energía en la política del condado de Du Page. Había sido comisionado de las aguas, había trabajado en el proyecto del Gran Túnel, y finalmente había pasado doce años en la propia junta del condado. En las últimas elecciones había decidido no presentarse para un cuarto mandato.

Según unas declaraciones que ocupaban unas cuantas líneas de la edición metropolitana del *Herald-Star*, Jason anunciaba que quería dedicarse a tiempo completo a los negocios. Ray Gibson, del *Tribune*, pensaba que Jason se había preocupado por algunas historias que su oponente político estaba desenterrando, un conflicto de intereses entre su puesto de comisionado del condado y su función de director del U. S. Metropolitan Bank & Trust. Pero Gib siempre se esperaba lo peor de los funcionarios elegidos en Illinois, aunque la mayor parte de las veces no le decepcionaban.

El año anterior Jason había adquirido Diamond Head. La noticia no había merecido más de un párrafo en las páginas financieras. El magro comentario no revelaba nada de la financiación, aunque el *Sun-Times* insinuaba que Peter podía haberle proporcionado el respaldo de Amalgamated. Nadie parecía conocer la liquidez real de Amalgamated, o si ellos también habían adquirido una fuerte deuda durante su fracasada incursión en la minería. No parecía que Dick hubiese accedido con su matrimonio al colosal imperio financiero que siempre había imaginado.

—El Metropolitan —dije en voz alta, olvidando que estaba en una biblioteca.

Ello sobresaltó al hombrecillo gris, que soltó su revista. Me miró fugazmente, murmurando entre dientes, y luego se mudó a una mesa alejada, dejando la *Scientific American* en el suelo. La recogí y la dejé sobre la mesa, dándole unas palmaditas que querían ser consoladoras. Él había cogido un periódico y me observaba por encima del borde. Cuando se dio cuenta de que le estaba mirando, se tapó la cara con el periódico. Lo tenía boca abajo.

Doblé esmeradamente mis recortes formando un cuadrado, los embutí en mi bolso, y salí. No pude resistir volver la vista para ver si seguía con su revista, pero seguía escondiéndose tras el *Sun-Times*. Ojalá produjera yo ese efecto en Dick, o incluso en los matones apostados frente a mi apartamento.

Eran más de las cinco cuando bajé corriendo por Kinzie en busca del Impala. Demasiado tarde para volverle a dar la vara a Chamfers. Me senté en el coche, masajeándome las lumbares; se me habían vuelto a agarrotar durante mis indagaciones. Jason Felitti formaba parte del consejo de administración del Metropolitan y —probablemente— había canalizado por ahí algunos fondos del condado de Du Page. Ahora, tres años más tarde, la señora Frizell había cancelado su cuenta en el banco de Lake View y había abierto otra en el Metropolitan.

«Estás empeñada en que ahí haya una conexión —le dije mordazmente al salpicadero— pero el hilo que conduce de Jason Felitti hasta Todd Pichea es demasiado tenue —aunque sí pasaba por Richard Yarborough.» Quizá Freeman tenía razón, y sí le guardaba rencor a Dick, por haber descollado mientras yo aún batallaba por llegar a fin de mes. ¿O por haber preferido a una mujer más joven y más bonita?

No tenía la impresión de que me importase Teri: se adecuaba mucho mejor que yo a la mezcla de ambición y de debilidad de Dick. Pero tal vez sí me reconcomía el haber sido la prometedora graduada, tercera de la clase, con una docena de ofertas de trabajo, que ahora no podía permitirse un nuevo par de zapatillas de deporte. Yo había hecho mi propia elección, pero los resentimientos rara vez tienen un fundamento racional. En cualquier caso, no quería arriesgarme a darle la razón a Freeman iniciando una *vendetta* contra Dick respecto al tipo de negocios en que estaba metido.

Acorde con esa nota moral, arranqué el coche y me uní al estancado tráfico que salía del Loop. No fue sino hasta después de haber tomado la salida oeste por Stevenson cuando me di cuenta de adónde iba: a Naperville, a la mansión familiar de los Felitti.

Alternando con los ociosos ricos

Naperville, a unos cincuenta kilómetros al oeste del Loop, es uno de los barrios de las afueras de más rápido crecimiento. Está rodeado de elegantes casitas con parcelas de terreno bastante grandes, repletas de ejecutivos medios de Chicago y de una deprimente cantidad de hormigón. Enormes autopistas surcan la periferia al suroeste, devorando los campos cultivables y dejando en su estela abruptas e irregulares depresiones de terreno.

Entre los pilares de hormigón y la interminable sucesión de galerías comerciales, establecimientos de comida rápida y vendedores de coches, subsiste el resto de la ciudad. Hace cien años era una tranquila comunidad agrícola, sin mucha conexión con Chicago, cruzando el río que transportaba mercancías entre la ciudad y el Mississippi. Cierto número de personas, enriquecidas gracias a la tierra o al agua, se construyeron allí sólidas mansiones victorianas. Una de ellas, cuya fortuna se debía al tráfico de gabarras, había pertenecido a Tiepolo Felitti.

Encontré la casa de la calle Madison con bastante facilidad, simplemente parándome a preguntar en la biblioteca. Tiepolo era uno de los padres ilustres de Naperville: su mansión era un punto de referencia en la localidad. Era azul cielo pálido, con una pequeña placa en la fachada que explicaba su interés histórico. Por lo demás, no tenía otros rasgos destacables. En el pequeño porche frontal había un columpio de sillón, pero la casa carecía de los cristales emplomados o las vidrieras de colores que imprimen interés a algunas casas victorianas. La propia puerta principal era un tablero de madera lisa, pintada de blanco para hacer juego con el resto de los marcos.

La casa ocupaba una diminuta parcela típica del centro de la ciudad. Comprendí por qué Peter se había mudado a Oak Brook: allí se podía hacer mucha más ostentación de opulencia. Quién sabe si Dick se habría siquiera enamorado de Teri si su padre hubiese permanecido en ese lugar sin pretensiones.

«Pero si no hubiese sido Teri, habría sido otra muy parecida», me dije en voz alta mientras me acercaba a la puerta.

—¿Decía algo?

Me sobresalté ligeramente al oír la voz. No había oído al hombre que se acercaba por la senda detrás de mí. Su rostro rollizo, perfectamente rasurado, parecía el prototipo del político de Chicago. No sé por qué, siempre le había imaginado con aspecto de demócrata, pero caí en la cuenta de que carecía de experiencia en cuanto a los barrios exteriores.

—¿El señor Felitti? —sonreí de forma pretendidamente agradable.

—En carne y hueso. Y es una agradable sorpresa encontrarla a usted frente a mi puerta tras una larga y dura jornada —consultó su reloj—. ¿Lleva tiempo esperando?

—No. Me gustaría hablar con usted.

—Bien, pase, pase y dígame qué le apetece beber. Se lo prepararé en cuanto haya visto a mi madre.

No me esperaba tal exuberancia. A la vez me facilitaba y me dificultaba el trabajo.

Sostuvo la puerta para que pasara. Al parecer Naperville aún no había crecido hasta el punto de que tuviese que cerrarla con llave. Sentí una punzada de envidia, mezclada con ira, pensando en los bienaventurados que tienen la suerte de no necesitar dos o tres cerrojos de seguridad entre ellos y el resto del mundo.

Jason me acompañó por un largo vestíbulo sin muebles. Las paredes estaban empapeladas con descoloridos motivos dorados, aparentemente los mismos desde que se construyó la casa. La estancia a la que me condujo mostraba los primeros síntomas de riqueza de la familia. Era un estudio que daba al pequeño jardín de atrás, con una alfombra persa rojo vivo sobre el encerado suelo de madera, otra de seda de un dorado pálido colgada en la pared, y algo parecido a una colección de museo de pequeñas figuras esparcidas entre los libros.

—¿Usted no será una de esas chicas modernas que sólo beben vino blanco, verdad?

La sonrisa se me heló un poco.

—No. Soy una mujer moderna, y bebo whisky puro. Black Label, si tiene.

Se echó a reír como si hubiese dicho algo verdaderamente encantador y extrajo una botella de un mueble bajo el tapiz de seda.

—Es Black Label. Ahora, sírvase lo que quiera y yo iré a ver a mi madre.

—¿Está enferma, señor Felitti?

—Oh, tuvo un ataque hace unos años y ya no puede andar. Pero su mente sigue funcionando, ya lo creo, tan rápida como un aguijón. Aún tiene una o dos cosas que enseñarnos a Peter y a mí, desde luego. Y las damas de la parroquia tienen la amabilidad de venir a visitarla, así que no vaya a creer que está sola.

Volvió a reír y se alejó por el pasillo. Me entretuve inspeccionando distraídamente las estatuillas. Algunas de las piezas, pequeños bronces con músculos perfectamente esculpidos, tenían pinta de datar del Renacimiento. Otras eran contemporáneas, pero de una factura moderna muy delicada. Me pregunté en qué invertiría yo si tuviese millones de dólares que derrochar.

Al cabo de cinco minutos de irse Jason, tuve la idea luminosa de que quizá podría encontrar el número particular de Chamfers en ese cuarto. Había un gran escritorio cubierto de cuero con una tentadora serie de cajones. Estaba precisamente abriendo el del medio cuando regresó Jason. Fingí estar estudiando un globo en miniatura, un complejo modelo con estrellas incrustadas y unos fantásticos monstruos marinos que surgían de las profundidades.

—Pietro D'Alessandro —anunció alegremente Jason, dirigiéndose al bar—. El viejo estaba loco por cualquier cosa perteneciente al Renacimiento italiano, la prueba de que había triunfado en el Nuevo Mundo y que era un digno sucesor del antiguo. Eso suena bien, ¿no le parece?

Asentí estúpidamente.

—Entonces, ¿por qué no lo anota? —se sirvió un martini, se lo bebió rápidamente, y volvió a servirse un segundo.

—Es pegadizo, creo que lo he memorizado —me pregunté si su eufórico humor con los extraños sería síntoma de enfermedad mental o de alcoholismo.

—Apuesto a que la buena memoria es de una gran utilidad en su tipo de trabajo. Yo, si no escribo todo por triplicado, lo olvido a los cinco minutos. Pero siéntese y dígame qué quiere saber.

Desconcertada, me senté en el gran sillón de cuero verde que me señalaba.

—Se trata de Diamond Head Motors, señor Felitti. O más específicamente, de Milton Chamfers. Llevo dos semanas intentando encontrarme con él pero se niega a hablar conmigo.

—¿Chamfers? —sus ojos azul pálido parecieron dilatarse ligeramente—. ¿Quiere que hablemos de Chamfers? Yo creí que la cosa iba conmigo. ¿O quiere que le hable de la adquisición de la compañía? Eso no lo puedo hacer en absoluto, porque es cosa de la familia, y no discutimos públicamente nuestros asuntos. Desde luego, hicimos una emisión pública de bonos, pero de eso tendrá que hablar con los banqueros. Y no es que quiera defraudar a una chica tan guapa como usted.

Así que no estaba loco, sino que me había tomado por una periodista. Estaba a punto de desengañarle cuando soltó su última frase. Yo soy tan vanidosa como cualquiera, pero prefiero que los piropos sobre mi aspecto me los hagan en el contexto apropiado, y un poco mejor elaborados.

—Me gusta conocer cuantos más aspectos pueda de una cuestión —murmuré—. Y Diamond Head es su principal empresa comercial en lo personal, ¿no es así? Eso puede contármelo sin violar la *omertà* familiar, ¿verdad?

Volvió a reírse a carcajadas sonoras y divertidas. Estaba empezando a comprender por qué nadie había querido casarse con él.

—¡Buena chica! ¿Habla italiano, o ha rebuscado eso para la ocasión?

—Mi madre era italiana; lo hablo con cierta fluidez, al menos hasta donde alcanza un vocabulario de adolescente.

—Yo nunca lo aprendí. Mi abuela nos hablaba en italiano cuando éramos chiquillos, pero cuando ella murió lo olvidamos. Desde luego, papá no se casó con una italiana —la abuela Felitti estaba fuera de sí, ya sabe cómo era la gente en aquellos tiempos—, pero el resultado fue que mi madre se negó a aprender la lengua. Lo hizo para mortificar a la anciana.

Se rió de nuevo y a mí se me escapó una mueca.

—¿Qué fue lo que le impulsó a querer comprar Diamond Head, señor Felitti?

—Oh, ya sabe cómo son esas cosas —dijo vagamente, contemplando el contenido de su vaso—.

Yo quería poseer mi propio negocio, montármelo por mi cuenta, como diría su generación.

Me preparé para la alegre carcajada, pero esta vez se abstuvo. No me importaba en realidad por qué había comprado la compañía; estaba tanteando para descubrir la manera de llegar a Chamfers sin tener muchas ideas que me sirvieran de anzuelo.

—Tuvo suerte de conseguir que Paragon Steel se interesara por su compañía —observé por fin.

Estudió mi cara por encima del borde de su vaso.

—¿Paragon Steel? Creo que es uno de nuestros clientes. Pero no hay mucha gente que sepa de ellos. Ha debido de hacer bien sus deberes, jovencita.

Exhibí una amplia sonrisa.

—Me gusta tener la base suficiente para que las cosas sean interesantes cuando después hablo con un... mmm... sujeto.

Su risa sonó de nuevo, pero esta vez parecía un poco forzada.

—Admiro la meticulosidad. Pero el viejo siempre estaba diciéndome que yo carecía de ella. Así que tengo que confesar que dejo los detalles minuciosos del negocio para otra gente.

—¿Significa eso que no quiere hablar de Paragon? —mantuve la sonrisa plasmada en mi cara.

—Eso me temo. Esperaba que esta entrevista tratase de temas personales y estoy dispuesto a hablar de ellos —hizo ostentosamente el gesto de consultar su reloj.

—Está bien. Si hemos de hablar de personas y no de dinero, ¿qué piensa del tipo que mataron junto a Diamond Head la semana pasada? No hay nada más personal que la muerte, ¿no le parece?

—¿Qué? —tenía la cabeza inclinada hacia atrás para apurar las últimas gotas de su vaso. Le tembló la mano y la ginebra le salpicó la delantera de la camisa—. Nadie me ha dicho que alguien muriese allí. ¿De qué me está hablando?

—De Mitch Kruger, señor Felitti. ¿Le suena ese nombre?

Me clavó agresivamente la vista.

—¿Debería sonarme?

—No sé. Usted no hace más que decirme que no participa mucho en el aspecto administrativo de aquello. Pero, en cuanto al personal, ¿no es ése su punto fuerte? ¿Les da órdenes de contratar detectives? ¿De golpear a las doctoras? ¿De tirar a los ancianos al canal? —supongo que ya estaba demasiado cansada para las sutilezas.

—Pero bueno, ¿quién es usted? —inquirió—. Usted no es de *Chicago Life*, está claro que no.

—¿Qué me dice de la agresión a la doctora Herschel? ¿Lo organizó Chamfers? ¿Lo sabía usted de antemano?

—Nunca he oído hablar de esa doctora como se llame, y empiezo a convencerme de que a usted tampoco la conozco de nada. ¿Cómo se llama?

—V. I. Warshawski. ¿Le *suena* eso?

Se le encendió la cara.

—Yo creí que eras Maggie, la chica de la revista. Iba a venir esta tarde. Está más claro que el agua que jamás te hubiera dejado entrar si hubiera sabido quién eras.

—Es útil, señor Felitti, que usted sepa quién soy. Porque eso significa que Chamfers le ha hablado de mí. Y eso significa a su vez que usted está un poquito implicado en lo que hace su compañía. Lo único que quiero es hablar con Chamfers respecto a Mitch Kruger. Ya que usted es el director, podría facilitármelo bastante.

—Pero yo no quiero facilitarte nada. Lárgate de mi casa, antes de que llame a la policía para que te eche.

Por lo menos había dejado de reírse, lo cual era un enorme descanso. Me terminé el whisky.

—Ya me voy —dije, levantándome—. ¡Ah!, había una última pregunta. Respecto al Metropolitan Bank. ¿Qué fue lo que le ofrecieron a una anciana para impulsarla a cancelar su cuenta en el banco del barrio y trasladarla al Metropolitan? Los chicos de ese banco tienen fama de no pagar intereses por las cuentas, pero algo le habrán tenido que decir.

—Estás desvariando. No voy a llamar a la policía, voy a llamar a los loqueros de Elgin para que vengan con una camisa de fuerza. Yo no sé nada del Metropolitan y no sé para qué te has metido en mi casa a curiosear.

—Usted es uno de los directores, señor Felitti —le reproché—. Estoy segura de que su compañía de seguros preferiría creer que usted sabe a qué se dedica el banco. Ya sabe, para pedir responsabilidades a los directores y encargados.

El púrpura de su cara se hizo menos violento.

—No estás hablando con la persona adecuada. No soy lo bastante listo como para idear campañas de marketing bancario. Pregúntale a quien quieras. Pero no en mis propiedades.

No creí que pudiera progresar algo permaneciendo allí. Posé mi vaso vacío sobre el escritorio.

—Pero sí sabe quién soy —repetí—. Y eso significa que Chamfers estaba lo bastante preocupado como para llamarle. Y también significa que mis sospechas de que Mitch Kruger sabía algo respecto a Diamond Head son correctas. Al menos ahora sé dónde concentrar mis energías. Gracias por el whisky, señor Felitti.

—Yo no sé quién eres, jamás había oído tu nombre —dijo en un último intento por darme el pego—. Lo único que sé es que se suponía que eras una chica llamada Maggie, y que tu nombre no es Maggie.

—Buena jugada, señor Felitti. Pero ambos sabemos que está mintiendo.

Cuando me dirigía lentamente hacia el pasillo pasando por delante de él, sonó el timbre. Una mujer joven y menuda con una espesa y ensortijada melena negra esperaba en el umbral.

—¿Es Maggie, de *Chicago Life*? —pregunté.

—Sí —contestó, sonriente—. ¿Está el señor Felitti? Creo que me está esperando.

—Precisamente detrás de mí —extraje una tarjeta del bolsillo lateral de mi bolso y se la tendí—. Soy detective privado. Si le dice algo interesante respecto a Diamond Head, llámeme. Y cuidado con sus carcajadas, son mortales.

Quedarse con la última palabra proporciona cierta satisfacción emocional, pero no hace avanzar una investigación. Conduje al azar por Naperville, buscando un lugar donde tomarme un refresco antes de regresar a Chicago. No vi nada que se pareciera a una cafetería. Terminé por bajarme en el parque que bordea el río. Dejé atrás grupos de mujeres con niños pequeños, adolescentes haciéndose arrumacos, y un surtido de trabajadores volviendo a sus casas, hasta que encontré un solitario puente rústico.

Asomándome por la barandilla de madera para contemplar el río Du Page, traté de interpretar mi conversación con Felitti procurando no hacerme demasiadas ilusiones. Estaba convencida de lo último que le había dicho: él sabía realmente quién era yo. Chamfers se lo había comunicado. Eso significaba que tenía que concentrarme efectivamente en Diamond Head.

En cambio, sí me creía lo que había dicho del Metropolitan. No era él la persona indicada para preguntarle sobre proyectos de marketing. Por su forma de decirlo, intuí que era con su hermano Peter con quien debería hablar: «Yo no soy lo bastante listo, pregúntale a cualquier otro». Aunque su tono no fuese especialmente amargo, era la expresión de alguien acostumbrado a que le señalen su propia estupidez. Al fin y al cabo, era a Peter a quien la familia había confiado los negocios. A Jason nunca le habían invitado a participar.

Tenía que haber investigado a Peter al mismo tiempo que a Jason. No sabía mucho de él, pero estaba dispuesta a apostar que estaba en el consejo de administración del Metropolitan.

Salí de la avenida Stevenson por Damen y me dirigí al hospital del condado. Me dolían todos los huesos de agotamiento. Salvé la distancia del coche al edificio, y luego la de los interminables corredores, por pura fuerza de voluntad. Aunque eran más de las siete, Nelle McDowell aún estaba en la sala de enfermeras.

—¿Cuándo libras? —le pregunté.

Torció el gesto.

—Estamos tan escasos de personal aquí que podría hacer una semana de ciento sesenta horas y seguiríamos desbordados. ¿Has venido a ver a la anciana? Me alegro de que algunos de los vecinos os preocupéis y sigáis en contacto. Me he enterado de que tiene un hijo en California y ni siquiera se ha molestado en mandarle una tarjeta.

—¿Sigue sin hablar?

McDowell sacudió la cabeza con pesar.

—Sigue llamando a ese perro, *Bruce*, creo. No sé hasta qué punto entiende lo que se le dice, pero hemos dado órdenes estrictas al personal de todos los turnos de que no le digan nada de eso.

—¿Han estado por aquí Todd o Chrissie Pichea? Son la pareja que se han hecho nombrar tutores

—temía que su crueldad intrínseca les impulsara a contarle la mala noticia a la señora Frizell con la esperanza de que eso acelerara su muerte.

—¿Esa parejita pija? Vinieron anoche, bastante tarde, puede que a las diez. Yo ya me había marchado, pero la enfermera de noche, Sandra Milo, me lo contó. Al parecer buscaban desesperadamente sus documentos financieros. El título de propiedad de su casa o algo así. Supongo que pensaban que lo necesitaban como garantía para sus gastos médicos o algo así, pero fueron demasiado bruscos con ella en el estado en que está, le sacudían el hombro, querían incorporarla y obligarla a hablarles. Sandra los echó sin miramientos. Aparte de ellos no ha venido más que una vecina. No sabría decirte su nombre.

—Hellstrom —le facilité mecánicamente—. Marjorie Hellstrom.

Así que Todd y Chrissie no tenían sus documentos cruciales. Yo había supuesto que estarían enterrados en la capa jurásica del viejo escritorio, pero los Pichea podían haber registrado la casa a su antojo. Si no habían encontrado la escritura, ¿dónde podía estar?

—¿Cuánto tiempo vais a tener aquí a la señora Frizell? —pregunté finalmente.

—En estos momentos no está en condiciones de ser trasladada. La cadera no se recupera muy aprisa. A la larga, tendrá que ir a una casa de reposo, sabes, si los tutores pueden encontrarle una que ella pueda pagar, pero para eso aún falta.

Me acompañó por el pasillo hasta el estrecho cubículo de la señora Frizell. La máscara de muerte que era el rostro de la anciana estaba más pronunciada que la vez anterior, sus mejillas tan profundamente hundidas que su cara parecía un emplasto gris plasmado sobre la calavera. Un hilillo de baba le corría desde la comisura derecha. Roncaba ruidosamente al respirar, y se agitaba sin cesar en la cama.

El estómago me dio un vuelco convulsivo. Me alegré de no haber comido nada desde mi sandwich de queso seis horas antes. Me forcé a arrodillarme junto a ella y a tomarle la mano. Sus dedos parecían un manojo de astillas quebradizas.

—¡Señora Frizell! —la llamé en voz alta—. Soy Vic. Su vecina, Vic. Tengo un perro, ¿recuerda?

Sus agitados movimientos parecieron calmarse ligeramente. Pensé que estaría intentando concentrarse en mi voz. Repetí mi mensaje, haciendo hincapié en «perro». Al oír eso parpadeó levemente y murmuró:

—*¿Bruce?*

—Sí, *Bruce* es un perro estupendo, señora Frizell. Conozco a *Bruce*.

Sus labios resecos se arquearon casi imperceptiblemente hacia arriba.

—*Bruce* —repitió.

Masajeé suavemente sus frágiles dedos entre los míos. Parecía una empresa imposible desplazar su atención de *Bruce* al tema del banco, pero lo intenté de todas formas. Odiándome por esa mentira, le sugerí que *Bruce* tenía que comer, y que para eso se necesitaba dinero. Pero no podía reaccionar lo suficiente como para hablar de algo tan complicado como su decisión de cambiar de banco la primavera pasada.

Terminó por decir:

—Dale de comer a *Bruce* —era un indicio de esperanza respecto a su estado mental, demostraba que relacionaba lo que yo le decía con las neuronas adecuadas, pero no me servía de ayuda para investigar sus finanzas. Le di unas últimas palmaditas en la mano y me levanté. Para mi sorpresa, Carol Alvarado estaba esperando detrás de mí.

Soltamos una exclamación al unísono al vernos. Le pregunté qué hacía en el servicio de ortopedia.

Sonrió levemente.

—Probablemente lo mismo que tú, Vic. Como ayudé a rescatarla me siento responsable de ella. Vengo de vez en cuando a ver cómo sigue.

—¿Con uniforme y todo? —pregunté—. ¿Vienes derecha de la clínica de Lotty?

—En realidad, he cogido un trabajo en la unidad de traumatología —soltó una risita cohibida—. He estado todo este tiempo en la sala del sida con Guillermo, y, claro está, he charlado con las enfermeras de turno. Siempre están faltos de personal y me pareció una gran oportunidad. Cuando Guillermo vuelve a casa puedo seguir ocupándome de él durante el día.

—¿Y cuándo duermes? —inquirí—. Parece que vas de Guatemala a Guatepeor.

—Supongo que sí, en cierta forma. Sólo paso las tardes en la clínica de Lotty durante unos días hasta que su nueva enfermera se sienta capaz de encargarse a tiempo completo. Pero... no sé. Aquí se hace un verdadero trabajo de enfermera. No es como en la mayoría de los hospitales, donde lo único que haces es rellenar papeles y hacerles a los médicos el trabajo ingrato. Aquí se trabaja con los pacientes, y puedo ver casos tan distintos. En la de Lotty son principalmente bebés y ancianas, excepto cuando vienes tú a que te remendemos. De todas formas, ahora sólo llevo dos noches, pero me entusiasma.

Comprobó la ropa de cama de la señora Frizell.

—Es bueno que le hayas hecho decir algo más, una palabra nueva. Deberías venir más a menudo: le ayudaría a recuperarse.

Me froté la nuca. Eso me sonaba a una de esas buenas acciones que alegran a los angelitos del cielo, pero que al autor le resultan una carga.

—Sí, podría intentar venir más.

Le expliqué la información que estaba buscando y por qué.

—Supongo que no se te ocurrirá ninguna forma de hacerla hablar de su banco.

Carol echó un precavido vistazo por el pasillo para asegurarse de que nadie podía oír.

—Podría, Vic. No te ilusiones demasiado, pero podría ocurrírseme algo. Ahora tengo que volver a traumatología. ¿Te acompaño hasta la escalera?

Una vez más los ascensores estaban fuera de servicio. Se parecía demasiado a mi propia oficina como para quejarme. Mientras bajábamos le pregunté a Carol si tenía algún plan concreto en mente.

—Me gustaría averiguar lo de su dinero mientras aún le queda algo.

—¿Qué? ¿Crees que esos vecinos vuestros la están esquilmando? ¿Tienes alguna prueba? ¿O es que simplemente no te caen bien? —su tono de voz era irónico.

Se me había olvidado que Carol me había visto echando pullas a Todd Pichea y a Vinnie. Me puse roja y balbuceé un poco al intentar explicarme.

—Quizá esté montando una *vendetta*. Es por lo de los perros, a mí me pareció que los Pichea se apresuraron a conseguir los derechos de tutela sólo por deshacerse de los perros para preservar el valor de su propiedad. Quizá lo hicieron por puro altruismo. Pero sigo sin entender por qué forzaron así las cosas, ni por qué hicieron matar a los perros cuando ella no llevaba ni veinticuatro horas fuera de su casa.

La inseguridad me quebró la voz. Debería estar gastando mi energía en Jason Felitti y Diamond Head; al parecer había dado con algo candente allí. Debería dejar de dar la lata en el barrio y dejar que Todd y Chrissie se lo montaran como quisieran. Al fin y al cabo, la señora Frizell no era el sujeto más encantador con quien perder el tiempo. Pero, por muchas reconvenciones que me hiciera a mí misma, no dejaba de remorderme la conciencia cuando pensaba que podía haber hecho algo más por proteger a la pobre mujer, y que ahora debería estar cuidando de ella.

Carol me apretó el brazo.

—Eres demasiado exagerada, Vic. Te lo tomas todo muy a la tremenda. El mundo no va a dejar de girar si tú no rescatas a cualquier animalito herido que te encuentres.

Le sonreí.

—Tú eres precisamente la más indicada para sermonearme, Carol, después de trocar la agitación de Lotty por el tranquilo chollo de la unidad de traumatología del condado de Cook.

Se rió con un destello de su blanca dentadura bajo la tenue luz de la escalera.

—Y, dicho esto, más vale que me vaya ya. Cuando venía estaba tranquilo, pero ahora que se pone el sol empezará la gente a llegar en tropel.

Nos abrazamos y salimos en direcciones opuestas. Había aparcado el Impala en esa calle, a unas cuantas manzanas del hospital. Lo que tiene de bueno llevar un coche viejo con la carrocería oxidada es que no te preocupa demasiado que te lo vayan a mangar. Al arrancar el motor oí unas sirenas a lo lejos. Las ambulancias que traían su primer cargamento de la noche.

Era hora de cenar y dormir, pero no me apetecía irme derecha a casa. Supuse que aún podía llegar libremente una vez más a mi casa antes de que los chicos del Subaru se percataran de mis idas y venidas. No quería desperdiciar esa oportunidad en la cena.

Aparqué el coche en una calle lateral cerca de Belmont y Sheridan y me pasé al asiento de atrás para descansar un poco. Mi visita nocturna a la oficina de Jonas Carver en el Loop me había tenido agotada y malhumorada todo el día. Y a eso le había añadido mis incursiones por las afueras del norte y del oeste. Sin mencionar mi precipitada huida de un violento musculitos.

Otra cosa buena que tenía el Impala, pensé mientras buscaba una posición cómoda, era que en mi Trans Am no hubiera cogido mi metro setenta y dos en el minúsculo asiento trasero.

Dormí una buena hora. Unas potentes luces me cegaron los ojos, despertándome con una brusquedad que me sobresaltó. Saqué mi pistola y me incorporé, temiendo que mis perseguidores hubiesen dado conmigo. Resultó ser sólo un coche que intentaba aparcar al otro lado de la estrecha calle. Se las había arreglado para quedar atravesado en la calzada. Sus faros enfocaban directamente el asiento trasero.

Sintiéndome algo estúpida, volví a guardar el arma en la sobaquera. Busqué un peine en mi bolso y procuré darle forma a mi pelo lo mejor que pude en la oscuridad. El coche de enfrente seguía con problemas para aparcar cuando bajé del Impala. Para demostrar que Carol estaba equivocada y que era perfectamente capaz de desentenderme de alguien en apuros, les abandoné a su suerte.

El restaurante Dortmunder, uno de los lugares favoritos de Lotty y también mío, sólo estaba a unas cuantas calles. Está en la planta baja del Hotel Chesterton, y ofrece sandwiches y copiosas comidas junto con una excelente carta de vinos. Normalmente me gusta pedir una botella fina, un Saint-Emilion o algo por el estilo, pero ésta era una parada y fonda estrictamente necesaria para volver al trabajo.

Me pasé por el lavabo del hotel a lavarme un poco. Llevaba un vaquero y un corpiño de punto de algodón, no era un atuendo para una cena elegante, pero tampoco había quedado hecho un asco por dormir en el coche. Sólo olía un poquito a maduro.

El personal del Dortmunder me recibió con entusiasmo, preguntando si la doctora vendría también. Cuando les expliqué que la doctora había resultado herida en un accidente de coche días antes, se preocuparon como era de esperar: ¿cómo había sucedido? ¿Cómo estaba ella? La conciencia me cosquilleó cuando les expliqué a grandes rasgos la situación.

Lisa Vetec, la nieta del propietario, me acompañó a una mesa del rincón y me tomó el pedido. Mientras me preparaban un sandwich de su famoso salami húngaro, llamé al señor Contreras. Se alegró de oírme.

—Han venido preguntando por ti hará una hora o así. Le dije que no estabas, pero no me ha gustado su pinta.

Le pregunté al señor Contreras qué pinta tenía el visitante. Su descripción fue esquemática, pero supuse que podía ser el hombre que me había seguido hasta el restaurante de Belmont por la mañana. Si tenía tanta urgencia por verme, nuestra confrontación era sólo cuestión de tiempo. Pero a ser posible prefería ser yo quien eligiera el momento y el lugar.

Me puse a considerar la situación, dándome con los nudillos en los dientes.

—Creo que me voy a mudar durante uno o dos días. Me acercaré de aquí a una hora para recoger unas cuantas cosas. Quiero entrar por la parte de atrás. Le llamaré justo antes de llegar, si me abre usted es posible que no se enteren de que estoy allí.

—Pero ¿adónde puedes ir, pequeña? Sé que sueles irte a casa de la doctora, pero...—se calló con una delicadeza poco habitual.

—Ya, no puedo implicar más a Lotty, aunque ella me dejara. Se me acaba de ocurrir que podía cogerme una habitación en el mismo sitio donde vive Jake Sokolowski.

No le gustó, no por nada en particular, sino porque le desagradaba que me alejara tanto de su órbita. No tanto por querer controlarme, según había entendido últimamente, sino porque necesita tener la seguridad de que puede localizarme. Finalmente aprobó mi plan, a condición de que le llamase «regularmente, pequeña, no sólo una vez a la semana, cuando se te antoje», y no colgó hasta que no se lo prometí.

Mi sandwich y mi café me estaban esperando, pero busqué a Tonia Coriolano en el listín. Mientras se me enfriaba el café, ella se deshizo en excusas, pero no tenía nada libre. Normalmente, para hacerle un favor a la amiga de un inquilino, podía permitirle pasar una noche en el sofá del salón, pero hasta éste estaba ocupado en ese momento.

Lisa me hizo señas con la mano, señalando mi mesa. Asentí con la cabeza. Los momentos desesperados requieren medidas desesperadas. Busqué a la señora Polter y no sé si me alivió o me decepcionó encontrarla en el listín.

Contestó después de nueve señales.

—¿Sí? ¿Qué quiere?

—Una habitación, señora Polter. Soy V. I. Warshawski, la detective que ha estado por allí estos días.

Necesito un sitio para dormir por unas cuantas noches.

Soltó una áspera carcajada.

—Sólo hombres en mi casa, cielo. Excepto yo, claro, pero yo puedo cuidarme sola.

—Yo también puedo cuidarme sola, señora Polter. Llevaré mis propias toallas. Será por tres noches como mucho. Y créame, ninguno de sus huéspedes me molestará.

—Sí, pero y qué me dices de... bah, qué coño. Me has pagado la habitación del viejo y nunca la utilizó. Creo que puedes dormir aquí si quieres. Pero no más de dos noches, ¿me oyes? Yo tengo que cuidar de mi reputación.

—Sí señora —me apresuré a acatar—. Iré a eso de las diez y media para dejar mis cosas y que me dé la llave.

—¿Las diez y media? ¿Qué crees que es esto? ¿El Ritz? Yo cierro... —volvió a interrumpirse—. Bueno, ¿qué más da? De todas formas, yo estoy en pie hasta la una de la madrugada, mirando la caja boba. Vente para acá.

Cuando volví a mi mesa, Lisa me sirvió otro café caliente. Por algo una es clienta habitual.

Trepando a la planta

Seguí a la señora Polter por la estrecha y oscura escalera, tropezándome en el linóleo roto. Considerando el olor que recordaba, me había llevado mis propias sábanas, así como toallas, pero el recuerdo se quedaba corto ante la realidad de la grasa y el sudor rancio. Un motel barato hubiera estado diez veces más limpio y habría tenido más intimidad.

La señora Polter iba rozando con los brazos el hueco de la escalera. Se detenía con frecuencia para recuperar el aliento. Después de chocar con su mole en el primer descanso, me mantuve a tres buenos pasos detrás de ella.

—Bueno, cielo, aquí está. Ya te he dicho, nada de cocinar en las habitaciones: la instalación eléctrica no está hecha para eso. Tampoco se fuma en los cuartos. Ni radio ni tele fuerte. De todo eso, nada. Puedes servirte tú misma un desayuno entre las siete y las doce. Encontrarás fácilmente la cocina, está en la planta baja, al final del pasillo. Procura no acaparar el cuarto de baño por la mañana, los tíos tienen que afeitarse antes de ir a trabajar. Hay una llave de la puerta de entrada; si la pierdes, tendrás que pagar una cerradura nueva.

Asentí solemnemente e hice ostentosamente el gesto de atármela a una de las trabillas de mi cinturón. Había tenido que batallar para conseguir que me dejara una llave. Cuando le di a elegir entre eso y el despertarla en plena noche, empezó a pedirme que me fuera a otro lado. A mitad de la discusión se había interrumpido, echándome una mirada feroz, y bruscamente había cedido en lo de la llave. Era la tercera vez que se echaba atrás en una objeción importante a mi presencia. Estaba allí en contra del buen juicio de las dos, lo cual nos proporcionaba desde luego un terreno común para conversar.

Encendió la bombilla desnuda de cuarenta vatios con evidente desgana. Para ahorrar electricidad, se movía el mayor tiempo posible en la oscuridad. Se quedó en el paso de la puerta, echándole el ojo a mi maleta, que tenía una cerradura con combinación.

—¿Quiere que le diga la combinación? —pregunté ingeniosamente—. ¿O prefiere descubrirla por sí misma?

Al oír eso murmuró algo misterioso entre dientes y apartó su bulto de la entrada. Cuando oí su paso lento escaleras abajo, abrí la cerradura e inspeccioné el contenido. A excepción de los cargadores de repuesto de mi pistola, no había nada allí que ella no pudiese ver, nada que revelase mi dirección ni mis ingresos. Mis mudas de ropa interior eran de sobrio algodón blanco, no había traído las más preciadas de seda. También había llevado un bote de limpiador para el baño y un trapo para fregar el lavabo mínimamente para soportar lavarme allí los dientes. Que se lo tomara como quisiera.

Recogí los cargadores y los embutí en los bolsillos de mi chaqueta. Podían quedarse en la guantera del Impala por el momento. Quité las malolientes sábanas del delgado colchón, las tiré debajo de la cama y en su lugar puse las mías. Me pareció bastante divertido que alguien tan descuidado como yo estuviese últimamente invirtiendo tanta energía en limpiar las casas de otras.

La habitación ostentaba un antiguo escritorio de contrachapado forrado con periódicos que databan de 1966. Fascinada, leí parte de un artículo sobre el discurso de Martin Luther King en el Campo del Soldado. Recordaba ese discurso: yo había sido una de las cien mil personas que había estado allí para oírlo.

Pero esa noche no era el momento más adecuado para la nostalgia. Alcé la vista de la mugrienta hoja y pasé la mano por los cajones para ver si Mitch había dejado algún documento revelador. Lo único que saqué fue un tiznón negro de la mugre acumulada. Decidí dejar mi ropa —en realidad sólo una camiseta limpia y la ropa interior— en la maleta.

Escruté la habitación en busca de algún posible escondrijo, levantando trozos sueltos de linóleo, examinando las tiras de las endebles persianas. Nada de todo eso podría ocultar algo más que un kleenex. El pequeño fajo de papeles que Mitch había considerado lo bastante importante como para llevárselo consigo debió de ser el súmmum de sus posesiones secretas. Y habían volado. Hacia su hijo, o quizá un sucedáneo de él.

Una vez terminada mi inspección, dejé la maleta sin cerrar. Sabía que la señora Polter estaría allí hurgando en ella tan pronto como me marchara; no quería que hiciera saltar el resorte para abrirla. El bote de detergente y el trapo los dejé en el suelo.

Había cuatro habitaciones en esa planta. Una pálida luz se filtraba levemente bajo una de las puertas, y una radio sintonizada en una emisora hispana sonaba suavemente. Alguien roncaba potentemente tras la puerta de la segunda, pero la tercera parecía vacía. Quizá era sólo su desesperación por la pasta lo que había convencido a la señora Polter de dejarme estar allí, me había pedido veinte dólares más de lo que había pagado por Mitch en cuanto me presenté en la puerta.

Mi casera estaba mirando la televisión cuando bajé las escaleras. El aparato en color exhibía lucha libre profesional. La luz procedente de la pantalla superaba con creces los miserables esfuerzos de la única lámpara de la habitación.

La señora Polter me sintió acercarme pese a los gritos de los hinchas en el programa y se volvió hacia mí.

—¿Te vas, cielo? —no se molestó en bajar el volumen.

—Ajá.

—¿Adónde vas?

Salí con lo primero que me vino a la mente.

—A un velatorio.

Me observó atentamente.

—¿No es una hora muy extraña para eso, cielo?

—Es que era un tipo bastante extraño. No sé a qué hora volveré —me di media vuelta para irme.

Intentó levantarse del sillón.

—Si alguien pregunta por ti, ¿qué tengo que decirle?

Sentí una punzada bajo el cuero cabelludo y regresé al salón.

—¿Y por qué supone que van a venir preguntando por mí, señora Polter?

—Yo... tus amigos, quiero decir. Una chica joven como tú debe de tener un montón de amigos.

Me apoyé en la pared y me crucé de brazos.

—Mis amigos tienen algo mejor que hacer que venir a molestarme cuando estoy trabajando. ¿Quién se iba a presentar aquí?

—Cualquiera. ¿Cómo voy a saber yo a quién conoces?

—¿Por qué ha decidido dejarme venir aquí, si va contra sus reglas? —ya había estado hablando a gritos para hacerme oír por encima de la televisión, pero ahora mi voz se elevó un decibelio más.

Sus mejillas color tabaco se estremecieron. ¿De ira? ¿De miedo? Era imposible saberlo.

—Tengo buen corazón. Puede que no estés acostumbrada a ver gente que tenga buen corazón en esa clase de trabajo tuyo, así que cuando lo ves, no lo reconoces.

—Pero lo que sí oigo es un montón de mentiras, señora Polter, y de lo que estoy segura es de que las reconozco cuando las oigo.

Se abrió una puerta detrás del televisor y un hombre gritó con voz trémula:

—¿Todo va bien, Lily?

—Sí, estoy bien. Pero no me vendría mal una cerveza —miró en dirección a la voz y luego hacia mí—. Es Sam. Es mi más antiguo inquilino y le gusta estar un poco al tanto. Vas a llegar tarde al velatorio de tu amigo si te entretienes aquí hablando toda la noche. Y no des portazo cuando vuelvas, tengo el sueño ligero.

Se volvió con determinación hacia el televisor, utilizando el mando a distancia para subir el volumen. Contemplé los bultos de grasa de sus hombros, intentando pensar en algo que pudiera forzarla a decir la verdad.

Antes de que se me ocurriera nada salió Sam con la cerveza, arrastrando los pies. Llevaba un pantalón de pijama y un albornoz descolorido y remendado. Su expresión era totalmente indiferente; me dirigió una breve ojeada, le alargó la cerveza a Lily, y volvió a meterse en cualquiera que fuese el antro que habitaba. La señora Polter se echó la cerveza al gaznate en un solo y largo trago, y luego arrugó la lata con la mano. Ya sé que últimamente las hacen de un material muy ligero, pero sentí que me estaba haciendo una advertencia.

Había dejado el Impala al final de la calle. Antes de subir di media vuelta y volví a la casa. La cortina de la ventana se agitó bruscamente. La señora Polter me estaba observando, pero ¿para quién?

Tal vez el hijo de Mitch hubiera llegado realmente a la ciudad. Me imaginé a alguien que hubiese llegado a la edad adulta lleno de resentimiento, sin perdonar el insulto del abandono, obsesionado por el deseo de venganza. Intentando hablar con Mitch, enfureciéndose con su entrega a la bebida. Golpeando a Mitch en la cabeza y tirándole al canal.

Giré por Damen. Si eso era cierto, ¿por qué Chamfers se negaba de esa forma a hablar conmigo? ¿Quién había golpeado a Lotty, y por qué? ¿Y quién andaba tras de mí esa mañana? Un hijo obsesionado no parecía encajar con esa descripción.

Las calles estaban casi desiertas a esa hora de la noche, aunque el tráfico seguía rugiendo en la vía rápida elevada de Stevenson. Una vez que salí de Damen tuve las calles para mí sola. La plaza Treinta y uno disponía incluso de espacio para aparcar un viejo y enorme Impala sin hacer maniobra. Lo acerqué al bordillo y saqué del maletero el cinturón con el equipo. Comprobé dos veces la linterna, me aseguré de que las ganzúas estaban bien fijas al cinturón y me coloqué una gorra de los Cubs inclinada sobre la frente para que la luz no se reflejara en mi cara.

Con el corazón a cien, me alejé del resplandor de las farolas recorriendo Damen hasta el camino cubierto de malas hierbas junto al canal. La exuberante hierba y el agua negra me erizaron el pelo con más nerviosismo del que justificaba la misión en sí —aunque el momento de entrar en acción, cuando una pasa del pensamiento al hecho, siempre me encoge el estómago.

Utilizando lo menos posible la linterna, me abrí paso a lo largo de la barrera rota que me separaba del canal. En realidad, Diamond Head estaba tan cerca de la casa de la señora Polter que podía haber ido a pie. Mitch también debió de tener eso en cuenta cuando apareció en su puerta.

Detrás de mí discurría la avenida Stevenson. Los pilares de hormigón parecían amplificar el estruendo de los camiones, cargando el aire con su rugido, cubriendo el latido de mi corazón que me golpeaba en el pecho y el ruido de las latas o las botellas que mis pies entorpecidos por los nervios pateaban. Empuñé la Smith & Wesson. No había olvidado las palabras del detective Finchley, de que esa zona estaba infestada de drogadictos.

No me topé con ningún flipado. Las únicas señales de vida aparte del tráfico de la autovía eran las ranas que espantaba en la espesa hierba y la luz ocasional de alguna barcaza que pasaba. Me deslicé por detrás de Gammidge Wire, el vecino inmediato de Diamond Head Motors, hasta el lugar en que una estrecha lengua de cemento terminaba en el canal.

Gammidge tenía una sola luz nocturna encima de su entrada trasera. Me agazapé contra su puerta cerrada por un gran candado para evitar proyectar mi sombra. El ruido de la autovía y del canal ahogarían cualquier sonido que yo hiciese en la plataforma, pero me di cuenta de que iba de puntillas, pegándome al metal ondulado de los muros de Gammidge. De repente estalló a mi derecha el bocinazo de una barcaza. Di un salto y me tambaleé. Vi a los tipos de la timonera riéndose y haciendo señas con el brazo. Si había alguien al volver la esquina, esperé que pensara que el saludo iba dirigido a él.

Ardiéndome las mejillas, continué mi sigiloso avance por el borde del canal. Al llegar al espacio abierto entre Gammidge y Diamond Head me agaché entre una espesa mata de hierba para asomarme a la esquina.

Había camiones adosados a tres de las naves de carga de Diamond Head. Tenían los motores en marcha, pero las naves estaban cerradas. No había ninguna luz encendida. Tumbada precavidamente sobre el suelo húmedo, atisbé entre las hierbas. Desde esa distancia, y con la escasa luz, no podía distinguir ninguna pierna u otro apéndice humano.

No había vuelto a ver camiones en el lugar desde mi primera visita, la semana anterior. Como no sabía nada respecto al ritmo de trabajo de Diamond Head, no podía especular si eso significaba que los pedidos eran bajos. Y no se me ocurría por qué los motores estaban encendidos, si estarían preparándose para un cargamento por la mañana, o esperando a que alguien los descargara.

Estuve tentada de encaramarme a una de las plataformas de carga esperando encontrar un medio de entrar por las naves. El pensamiento de la señora Polter me volvía precavida. Parecía bastante evidente que me estaba vigilando por cuenta de alguien. Si se trataba de Chamfers, quizá le había prometido un coche de bomberos para ella sola si le llamaba cuando yo volviese a aparecer. Podía tener al increíble Hulk con el que me había topado el viernes anterior al acecho en la parte trasera de uno de los camiones para saltarme encima. Pero el Hulk no me parecía lo bastante paciente como para quedarse apostado un tiempo indefinido. Me imaginé a uno de los jefes sentado en el camión con el Hulk, sujetándole con una correa: «¡Sentado, chico! ¡Sentado, he dicho!». La imagen no me hizo reír todo lo fuerte que hubiera querido.

Mis rodillas y mis brazos empezaban a empaparse en la hierba fangosa. Eché una ojeada al canal, no quería que alguien me sorprendiera echándoseme encima por el costado. El hormigón que bordeaba el canal dificultaría trepar por allí. Agazapándome, avancé desde la mata de hierba hasta la parte trasera de Diamond Head. Nadie disparó sobre mí ni tampoco gritó.

Las puertas de atrás, que se abrían lateralmente para dar acceso al tráfico de las barcazas, tenían un candado y unos cerrojos bastante sofisticados. No quería gastar el tiempo que me llevaría abrirlos: era un lugar demasiado expuesto para quedarme allí una hora o más. Y la autovía no era lo bastante ruidosa como para ocultarle la efracción a alguien que estuviera en el interior.

Recorrí rápidamente el espacio hasta el lateral del edificio y me asomé por la esquina. Las ventanas de la sala de montaje seguían abiertas: se veía el resplandor de sus cristales en la oscuridad. Los antepechos estaban a cosa de un metro cincuenta de mi cabeza.

Con la linterna de bolsillo comprobé el terreno de debajo. El muro lateral de la fábrica daba al oeste, del lado opuesto al canal, donde el sol podía secar el terreno y hacerlo más firme. Las altas hierbas que cubrían la zona estaban allí más finas y parduzcas. Despejé cuidadosamente un camino de aproximadamente un metro de ancho bajo la ventana más cercana, quitando las latas y botellas vacías y apilándolas al otro lado del edificio.

Cuando me pareció que tenía una zona libre de obstáculos, volví a enganchar la linterna al cinturón. Examiné la ventana, tratando de calcular la altura que tendría que saltar, para preparar los músculos de mis piernas. Era más o menos la distancia de un tiro a canasta, y la semana anterior, sin ir más lejos, había demostrado que aún podía jugar al baloncesto.

Los dedos me hormigueaban y tenía las palmas húmedas. Me las limpié en las piernas del vaquero. «Vamos», me susurré, «éste es tu lance, Vic. A la de tres».

Conté por lo bajini hasta tres y eché a correr por el camino que había despejado hasta la ventana. Cuando me faltaba poco más de un metro, salté con los brazos extendidos, impulsándome hacia arriba. Mis dedos se asieron al alféizar. Afiladas virutas de metal me cortaron las palmas. Gruñendo de dolor, busqué un asidero, y me encaramé. Aparta, Michael Jordan. Aquí viene Air Warshawski.

Movida nocturna

Encaramada en los bordes metálicos de la ventana, encendí fugazmente la linterna para asegurarme de que no iba a caer sobre un eje o cualquier otra máquina mortal. A excepción de unos radiadores junto a los muros, el suelo estaba despejado. Giré, me así al alféizar lo más firmemente que pude, extendí las piernas, y me dejé caer.

Aterricé con un golpe sordo que repercutió en mis rodillas. Frotándome las doloridas palmas, me agaché tras una de las altas mesas de trabajo, esperando hasta estar segura de que el ruido de mi llegada no había dado la alerta a nadie.

La puerta de la sala de montaje tenía un simple pestillo, que se abría desde dentro. Lo dejé abierto al salir: si necesitaba una huida rápida no quería tener que vérmelas ni siquiera con un sencillo cerrojo. No había nadie en el pasillo. Me quedé un largo rato junto a la puerta, atenta a percibir la menor respiración, el menor movimiento o vibración sobre el suelo de cemento. La fábrica se extendía a lo ancho entre donde yo estaba y los camiones. En el silencio del recinto podía oír sus motores vibrando suavemente. Aparte de eso todo estaba tranquilo.

Cinco luces colocadas a grandes intervalos producían un tenue resplandor verdoso, como si el lugar estuviese bajo el agua. La oscuridad trastornaba mi sentido de la orientación; no podía recordar cómo se iba de la sala de montaje al despacho del director de la fábrica. Cogí un pasillo equivocado. De repente los motores se oyeron muy fuerte: estaba siguiendo el corredor que conducía a la nave de carga.

Regresé bruscamente y avancé de puntillas hasta la esquina. Estaba frente a la caverna de cemento que daba directamente a las naves. Allí también la única luz procedía de dos dispositivos anti-incendios verdes. No veía claramente, pero me pareció que allí no había nadie.

Aunque las naves seguían estando cerradas por unas puertas de metal ondulado, por éstas se filtraban los humos del diesel. Arrugué la nariz para reprimir un estornudo, pero estalló como una explosión sorda.

Justo en ese momento sonó otra explosión por encima de mi cabeza. El corazón me martilleó las costillas y las corvas se me doblaron. Me forcé a quedarme quieta, a no perder la presencia de ánimo precipitándome a huir por el pasillo. Al siguiente segundo me sentí como loca: el motor que accionaba una enorme grúa pórtico se había puesto en marcha, con un crujido de su mecanismo como un horno de fundición a todo vapor.

Los raíles de la grúa cruzaban el alto techo de la sala. Corrían paralelos entre una ancha plataforma de cemento construida a dos tercios de la altura total de los muros y puertas de las naves. Dos raíles perpendiculares, cada uno de ellos soportando un gigantesco brazo de grúa, conectaban éstos. Probablemente la plataforma de cemento daba a una zona de almacenamiento.

La vez anterior que había estado allí me había fijado en una escalera de hierro junto a la entrada principal que conducía a un segundo piso, probablemente la misma zona que se alcanzaba con la grúa. A mí no me parecía muy eficiente almacenar el material pesado en la segunda planta cuando el trabajo se efectuaba abajo. Pero quizá no pudiesen hacerlo de otro modo, constreñidos por el espacio: los edificios alrededor del canal estaban ya tan apiñados que no podían ampliarse a lo ancho.

Esforzando la vista bajo la pálida luz para seguir la trayectoria de la grúa, noté cierto movimiento por encima de mí. Alguien había surgido de las tinieblas del piso superior y estaba bajando por una escalera metálica incrustada en la misma pared. No miró a su alrededor, sino que se dirigió directamente a las naves y empezó a abrir las puertas.

Me empecé a sentir incómodamente expuesta e inicié un retroceso de espaldas hacia el pasillo. En el preciso momento en que me alejaba de la entrada, el hueco de carga se inundó de luz.

Nerviosa, eché un vistazo por encima del hombro. No había nadie detrás de mí. Di media vuelta y corrí por el pasillo, pegándome a la pared sur para ocultarme lo más posible a la vista.

Al llegar al pasillo principal me detuve para recuperar el aliento y volverme a orientar. Si giraba a la derecha llegaría a un cruce en forma de T; un par de giros más y habría llegado a las oficinas administrativas. O podía ir hacia la izquierda, lo que me conduciría a la entrada principal con las escaleras de hierro que llevaban al piso superior.

El problema estaba en que quería ver los dos sitios. Que estuviesen cargando camiones a media noche en una fábrica que parecía desierta era algo que merecía un examen más detenido. Si decidía ir primero a las oficinas, podían terminar lo que estuviesen haciendo con los camiones antes de que yo volviese allí. Por otro lado, si alguien me veía observando los camiones tendría que huir sin examinar los archivos de Chamfers. Tenía que elegir. Giré a la izquierda.

Los suelos eran tan espesos que no dejaban pasar mucho ruido. No oía ninguna voz de arriba, pero cada pocos minutos se oía un golpe sordo cuando alguien descargaba un objeto pesado. Me moví rápidamente, sin preocuparme de que alguien de arriba me fuese a oír. Incluso volví a estornudar sin tratar de reprimirme.

Volví a tomar precauciones ante la puerta que me separaba de la entrada principal. Metal macizo, a ras del suelo, sin ninguna cerradura por la que pudiese mirar. Su cerrojo de seguridad se cerraba desde fuera pero podía abrirse desde mi lado. Moviéndome con infinita cautela, descorrí el cerrojo... y conté hasta diez. Nadie gritó ni se me abalanzó encima.

Giré lentamente el pesado picaporte metálico, entornando la puerta sólo lo suficiente para echar un vistazo alrededor. No estaba hecha precisamente para espiar, ya que el picaporte quedaba a la altura del pecho y obstaculizaba la vista. Observé lo mejor que pude los alrededores. Al parecer no había moros en la costa. Todos los ruidos que había estado oyendo parecían proceder del piso superior.

Abrí un poco más la puerta y me colé por ella, reteniéndola con la mano para cerrarla suavemente. El pestillo se cerró con un leve chasquido. Me quedé inmóvil. Creía haber dejado abierto el cerrojo, pero al parecer se había corrido tan pronto como solté mi pulgar. Ahora estaba encerrada en la parte más recóndita con quienquiera que me estuviese esperando. Como esa entrada, muy expuesta a la vista, era el peor sitio donde manipular un cerrojo complicado, tendría que apañármelas. Lo peor que se puede hacer en esos casos es culparse a sí misma. Cometes un error, pues punto y aparte y a otra cosa, no te destroces la moral con recriminaciones.

Como la puerta se abría detrás de la escalera, no podía saber si había alguien o no en la escalera. Ahora oía voces, sólo gruñidos o gritos apagados como «¡sujétalo!» y «¡mierda!», seguidos de un golpe sordo. Abandoné mi santuario. La puerta delantera estaba entreabierta. Desde allí podía vislumbrar dos o tres coches, pero el ángulo era demasiado estrecho y la luz demasiado débil para poder distinguir si había visto alguno de ellos antes.

La puerta que había al subir la escalera, que en mi anterior visita estaba cerrada, estaba ahora abierta de par en par. Desde abajo sólo podía vislumbrar un metro o así más allá. No parecía haber nadie justo detrás. Pegándome a un lado de la escalera, subí tan silenciosamente como pude.

Subí los últimos escalones a gatas y me tumbé en el suelo para mirar dentro. Un pasillo sin luz conducía desde la puerta a una zona abierta brillantemente iluminada. Los gruñidos y golpes procedían de allí. También se oía más lejos el rechinar de las grúas. Un puñado de hombres se movían lentamente más allá de la entrada, maniobrando una gigantesca argolla.

El propio pasillo era una franja despejada de un pequeño almacén. A ambos lados se vislumbraban formas gigantescas del tamaño de una vaca. Eran probablemente viejas máquinas, pero la luz procedente de abajo proyectaba detrás de ellas sombras grotescas, no de vacas, sino de monstruos de las primitivas marismas que dieron origen a Chicago. Esa fantasía hizo que me estremeciera.

Esperé a que los cuatro pares de piernas que tenía enfrente terminaran de mover la argolla, y luego me incorporé y me deslicé hasta una sombra cercana. El bulto que tenía delante era decididamente de metal, y no de carne, y estaba cubierto de una espesa capa de polvo. Me tapé con fuerza la nariz para reprimir otro estornudo.

Mis ojos ya estaban lo suficientemente acostumbrados a la penumbra como para distinguir las principales formas, pero no los pequeños trozos de escombros que cubrían el suelo. Esa zona parecía haber sido la escombrera de Diamond Head durante años. Al moverme sigilosamente por el suelo no paraba de tropezarme con tubos, trozos de alambre y otras cosas que sólo podía adivinar. Finalmente encontré una posición desde la que podía ver una buena parte de la zona iluminada.

Veía la gran repisa construida por encima del muelle de carga. Ésta conducía a otro almacén más grande, que estaba fuera de mi vista. Al parecer había cuatro hombres manejando a mano unos elevadores para mover unas grandes bobinas hasta el borde. Eso también quedaba fuera de mi campo visual, pero supuse que la grúa las transportaba hasta el piso inferior, donde podían ser cargadas en los camiones.

Por el tamaño de una de las bobinas que pasaron frente a mí mientras observaba, no imaginé que pudieran meter más de una en cada camión. De hecho, era el tipo de carga que suele transportarse en una plataforma. No entendía cómo se proponían subirlas a los trailers, ni cómo iban a poder asegurarlas. Tampoco sabía lo que había en ellas. ¿Qué es lo que podía ir empacado así? Algún tipo de metal enrollado.

Estiré el cuello, tratando de ver si había algo escrito en ellas. «Paragon» estaba impreso en letras tan grandes que no las advertí de inmediato. Paragon. La empresa de aceros cuyo encargado no quería hablar de Diamond Head. ¿Quizá porque sabía que la compañía de motores estaba sacando material de Paragon y vendiéndolo en el mercado negro?

Sin avisar, el estornudo que había estado reprimiendo estalló con la intensidad de una ráfaga de ametralladora. Esperaba que el ruido de la cinta transportadora ahogara el mío, pero dos de los hombres estaban al parecer justo al otro lado de la entrada. Llamaron a los otros, con voces demasiado audibles. Breve discusión: ¿habían oído algo o eran sólo imaginaciones?

Me agazapé tras un gigantesco cepillo metálico. El recurso del avestruz. Si yo no podía verlos, ellos no me verían a mí.

—¡Qué puñetas, Gleason! ¿Quién puede haber ahí?

—Ya te he dicho que ha llamado el jefe para avisarme que ha estado una detective fisgoneando por aquí, y que ha llegado a sus oídos que podría estar esta noche por los alrededores.

El que había hablado primero soltó una carcajada.

—Una detective. No sé quién está más loco, si Chamfers o tú. Si con eso te quedas satisfecho, podemos echar un vistazo alrededor, ¿quieres que te coja la mano? —espetó las últimas palabras con violento sarcasmo.

—Me importa un carajo. Llama al jefe y le dices que no has tenido huevos para buscar a ningún fisgón.

Me metí la mano en la chaqueta en busca de la Smith & Wesson. El rayo de una linterna, de potencia industrial, atravesó la penumbra del almacén. Unos pasos se acercaron, se alejaron, removiendo el polvo, que me cosquilleó insoportablemente la nariz. Contuve la respiración, con lágrimas en los ojos. Pude contener el estornudo, pero el movimiento me hizo bascular sobre mis talones; la mano que empuñaba la pistola arañó el costado del cepillo metálico.

El haz de luz proyectó un largo dedo sobre mí. La piel de la cara me hormigueó y se me erizó el vello de los brazos. Observé el suelo, esperando a que los pies revelaran la línea de ataque. Venían de mi izquierda. Me tiré hacia la derecha, a la zona de carga.

En un primer momento quedé deslumbrada por la potencia de la luz y no pude distinguir nada. Fuera de allí el ruido era bastante fuerte como para ahogar los gritos de los hombres a mis espaldas. Me deslicé al otro lado de la bobina de Paragon y casi choco con otros dos hombres. Estaban afirmando una segunda bobina en el borde de la plataforma y no levantaron la vista, absortos en su intento por rodearla con un calabre. Al deslizarme por la plataforma, haciéndome una composición de la situación, advertí la etiqueta de la bobina: HILO DE COBRE, CALIBRE INDUSTRIAL.

—¡Detenedla, coño!

Los hombres que me habían descubierto se abalanzaban sobre mí. Los dos que tenía enfrente habían terminado de amarrar su carga e hicieron una señal al operador de la grúa, al otro extremo de la sala. Se volvieron lentamente, sorprendidos, incrédulos de que hubiese habido alguien realmente en el almacén.

—Eh, tú, un momento —dijo uno de ellos con calma.

Una mano asió mi chaqueta desde atrás. Lancé la pierna en un movimiento reflejo, ganando así un segundo para soltarme, y apunté la Smith & Wesson hacia los dos que tenía delante. Uno de ellos extendió un brazo mientras por detrás otro me volvía a agarrar.

—Vamos, nena, dame esa pistola y déjate de jueguecitos.

Disparé al frente y los dos hombres saltaron hacia un lado. Media vuelta y otra fuerte patada hizo retroceder al que me cogía de la chaqueta.

La argolla estaba a poco más de un metro del borde de la plataforma. Me metí la pistola en el bolsillo de la chaqueta y salté. Mis manos, húmedas de sudor, resbalaron en los cables de cuerda y acero del calabre. Hice unas tijeras con las piernas, demasiado violentas. Las piernas se me fueron para atrás, arqueando mi espalda. Me obligué a relajar la tensión; dejé que mis piernas se balancearan hacia delante, esperando que la gravedad las elevara. A la altura de la argolla, enganché una rodilla en la barra que la ensartaba.

Los muslos me temblaban. Ignoré su queja de debilidad y me enderecé, tembleque ándome las manos húmedas al asir el calabre. No podía ver lo que tenía detrás, no podía saber lo que estaban haciendo mis cuatro compinches. No creía que tuvieran armas, al menos no las tendrían en la plataforma.

No podía saltar hasta abajo: el suelo estaba a diez metros de mis pies. Miré la cabria que tenía sobre mi cabeza. Si pudiese trepar por el cable de la grúa más rápido de lo que ellos pudieran enrollarlo, quizá podría encaramarme y reptar por los raíles hasta el muro. Temblaba tan violentamente ahora que no me sentía capaz de realizar ese ejercicio gimnástico.

La cabina de control estaba en el suelo, en el extremo opuesto al muelle de carga. Cuando bajara aún tendría que correr más rápido que el hombre de la cabina. Y que los dos hombres que me miraban, boquiabiertos, desde una de las naves abiertas. Ambos parecían lo bastante enormes como para ser el Hulk que me había perseguido en mi primera incursión allí.

La bobina oscilaba ligeramente por el impulso de mi salto. El operador de la grúa hacía unas muecas delirantes. Me así a la cuerda. Conforme el arco se ampliaba, las náuseas se apoderaron de mis tripas. Estábamos avanzando hacia el lateral del edificio. Era un sistema de grúas antiguo y no podía moverse a más de ocho kilómetros por hora, lo suficientemente lento como para que me hiciera una idea de su plan: iban a lanzar la carga y a aplastarme contra el muro.

Los dos forzudos de las naves miraban hacia arriba. El sonido no llegaba hasta mí, pero por la actitud de sus cuerpos adiviné que se estaban riendo con ganas.

Al llegar al muro, el operador de la grúa empezó tentativamente a mover lateralmente la carga. Nos alejamos del muro y volvimos con más fuerza. Justo antes del golpe solté una mano de la cuerda y la tendí hacia la pared que tenía detrás. Así algo de metal y salté de la carga. Durante un terrible segundo, mi mano izquierda no asió sino el aire. Tenía manchas oscuras ante los ojos y tendí las manos a ciegas hacia la pared. Un instante después de que mis pies se afirmaran sobre una viga, la bobina de cobre chocó violentamente contra el edificio.

El golpe hizo vibrar la viga. Yo me sujetaba con la desesperación de la muerte. Los bordes de metal me penetraban en la palma de la mano. Cerré los ojos y me obligué a soltar una mano... a cerrarla... Bajarla, bajar mi pie derecho, buscar un nuevo apoyo... Soltar mi mano izquierda, bajarla. Mis tríceps temblaban, pero mi entrenamiento con las pesas me estaba siendo útil. Mientras mantuviera los ojos cerrados y no pensara en lo que me esperaba abajo, podía mantener el ritmo de asirme y soltarme de las barras transversales de metal.

Cada veinte segundos o así la viga se sacudía al estampar el operador la bobina contra ella, siguiéndome a lo largo del raíl. Los cables tenían frenos incorporados para impedir que sus cargas se deslizaran demasiado rápido. Aun sabiendo eso, di un salto en los últimos tres metros, aterrizando como una masa y rodando lo más lejos que pude de la grúa y de los forzudos.

Saqué la pistola mientras los hombres venían por mí. Blandían gigantescas llaves inglesas, pero cuando vieron el arma retrocedieron un poco. Por el rabillo del ojo pude ver al otro hombre que bajaba por la escalerilla desde la plataforma superior. Siete hombres, ocho balas. No tendría tiempo de volver a cargar. No era posible que disparara sobre todos ellos.

Los forzudos me separaban del muelle de carga. Bruscamente uno de ellos lanzó la llave por el suelo hacia los refuerzos y desapareció fuera. El otro se abalanzó sobre mí, esgrimiendo su llave como una antorcha. Disparé, fallé, volví a tirar. Se tambaleó al llegar junto a mí. Me alejé de un salto de su temible llave y salí corriendo sin detenerme a ver si le había herido.

Estuve fuera antes de que mis perseguidores se dieran cuenta de lo que había pasado. Salté de la plataforma y salí de estampida hacia el frente del edificio y la carretera. Al volver la esquina aparecieron unos faros, cegándome.

El Hulk había ido a por uno de los coches. El motor rugió cuando pisó a fondo. Mis piernas supieron qué hacer casi antes de que mi cerebro registrara la presencia del coche. Me encontré abrazada a la base de la fábrica.

La Smith & Wesson había aterrizado a unos buenos tres metros de mí. Jadeando, empapada en sudor, empecé a reptar en su dirección mientras el coche volvía a la carga. Alcancé la pistola cuando el Hulk volvió a poner el coche en movimiento. Justo cuando empezaba a sentir la presencia del resto de los colegas a mis espaldas, vi otro par de faros que se unía al primero. No podía correr hasta detrás de los camiones: el resto de la banda me cogería como a una rata en un cepo.

Los brazos me temblaban tan fuerte que apenas podía empuñar la pistola. Esperé a los coches todo el tiempo que pude hacerlo, disparé una vez a cada parabrisas, enfundé la pistola en la sobaquera y corrí hacia el canal. Con las últimas fuerzas que pude reunir, me zambullí lejos de las pilastras en el agua fétida.

Recuerdos de un baño de medianoche

—Has tenido suerte, Warshawski, una jodida suerte. ¿Qué hubieras hecho si no hubiese aparecido esa barcaza? —Conrad Rawlings me gritaba lo más alto posible para mantenerme despierta.

—No me habría ahogado, si es eso lo que piensas. Tenía aún suficiente fuerza en los hombros para trepar por el borde.

—Te digo que has tenido una puñetera suerte —repitió—. Ese borde es de hormigón macizo. No está hecho para acrobacias.

—Por curiosidad, ¿qué estabas haciendo junto al canal a las tres de la madrugada? —ése era Terry Finchley, con tono de conversación.

Le miré entornando los ojos desde debajo del sudario protector de la manta de la policía. Cuando desde la *Santa Lucía* me vieron debatirme alrededor del puente de la avenida Damen, me pescaron y llamaron a la patrulla fluvial del departamento de policía. Para entonces yo estaba perdiendo el conocimiento y ya no pude ver con seguridad si mis colegas de Diamond Head estaban zapateando de frustración en la orilla opuesta.

Los tripulantes del remolcador me envolvieron en una manta y me dieron sopa caliente mientras esperábamos a la *pasma*. Cuando llegó la patrulla fluvial, los marineros recogieron su manta y los polis me proporcionaron una bonita manta azul y blanca. A mí me pareció como la que la policía montada utilizaba para sus acicalados caballos.

Los polis fluviales se mostraron amables, tan amables que caí bruscamente en la cuenta, a través de las nieblas de la fatiga, de que pensaban que había intentado suicidarme. Me cogieron la Smith & Wesson y siguieron intentando averiguar a quién tenían que avisar.

—A Terry Finchley, del Área Uno —musité, despertándome sobresaltada cada vez que me lo preguntaban—. Él os lo contará.

No fue sino hasta la tercera o cuarta repetición cuando advertí que lo que querían era un marido, o una hermana, alguien a quien me pudiesen entregar. Estaba exhausta, pero no había perdido el juicio. Sabía que no estaba en forma como para enfrentarme con alguien que pudiera estar esperándome, ya fuese en mi casa o en la de la señora Polter. Normalmente, en esos momentos de crisis llamo a Lotty, pero esa noche tampoco podía hacerlo. Además, estaba en casa de Max. Seguí musitando el nombre de Finchley y quedándome traspuesta.

Debían de ser cerca de las cuatro cuando uno de los hombres de la patrulla me sacudió el brazo.

—Levanta, nena. Te hemos encontrado a Terry Finchley.

—No lleva zapatos —oí decir a uno de los patrulleros.

—Es dura —la voz de Finchley me llegaba desde una distancia de kilómetros—. Sus pies pueden soportar unas cuantas astillas sin destrozarse.

Avancé tambaleándome detrás del patrullero que me había despertado. Al llegar a la pasarela, se dio la vuelta, me levantó por encima del borde y me depositó junto al chófer de Finchley. No estoy acostumbrada a que me manejen como a un peso muerto. Añadía una dimensión de impotencia a mi fatiga.

—Llevaba esto; no sé si tiene licencia —el sargento le tendió mi pistola a Finchley.

—Hay que limpiarla —me oí decir—, limpiarla y engrasarla. Ha estado en el agua, sabes.

—Necesita un médico y un baño caliente, pero no ha querido decirnos a quién llamar —el sargento hablaba de mí como si estuviese muerta, tirada en la habitación de al lado.

Me palpé bajo la manta. Me habían dejado la funda. Pero mi cinturón con setecientos dólares de ganzúas había desaparecido. Lo único que recordaba es que me había liberado de él bajo el agua, cuando me despojé de la chaqueta y los zapatos, intentando aligerar mi peso. Mi billetera seguía en mi bolsillo trasero. Los polis podían haberla sacado y averiguado fácilmente mi dirección, pero les preocupaba sobre todo que no me fuese a volver a tirar a las aguas turbias del canal de saneamiento.

—¿Quieres que hablemos, Warshawski? Klimczak, de la patrulla fluvial, dice que has insistido en verme a mí. Me he levantado de la cama para venir a verte, no me voy a sentir muy feliz si ahora te me cierras en banda.

El acerbo tono de voz de Finchley me hizo regresar al austero cuarto de interrogatorios del Área Uno. Con su camisa almidonada y la perfecta raya de su pantalón, no parecía recién salido de la cama. Rawlings, al que había llamado en un momento dado de la sesión, tenía más ese aspecto, con su camiseta arrugada y sus vaqueros. Tenía los ojos rojos y parecía irritado, o nervioso, o ambas cosas a la vez. Ya tenía demasiadas dificultades para permanecer despierta como para distinguir los matices de su discurso.

—Tengo miedo de pillar el cólera. Por el canal, claro. Pero no tenía otra alternativa. Me hubieran dado un repaso si no me tiro —bajo la manta, sentía mi pelo enmarañado por el agua sucia.

Finchley inclinó la cabeza como si mis palabras tuvieran un sentido evidente.

—¿Quién? —estalló Rawlings—. ¿Quién te iba a dar un repaso? ¿Y qué coño estabas haciendo allí? Klimczak temía que fueras una suicida, pero le he dicho que no se haga ilusiones.

—Imagináoslo, chicos —mis palabras salían lentamente, desde una gran distancia. No podía conseguir hablar más rápido—. Ya sabéis lo que está pasando en Diamond Head, ¿no? Es decir, para vosotros, nada. Nada está sucediendo allí. Para mí, es allí donde han matado a un hombre. Y el jefe de la planta no quiere hablar conmigo. Y Jason Felitti, que es el dueño, me echa de su casa. Así que fui a echar un vistazo por mí misma. ¡Y *voilà*!

Agité la mano como un borracho de tebeo. Al parecer no podía controlar esos gestos extravagantes.

—¿Y *voilà* qué? —inquirió Finchley.

Enderecé la cabeza —otra vez me estaba adormeciendo—. Estaban cargando camiones con cobre de Paragon a media noche.

—¿Quieres que los arreste, Warshawski? —preguntó Rawlings.

Le miré con ojos de búho.

—Es una idea. Una idea decisiva. Primero, ¿por qué tienen ellos bobinas de cobre de Paragon? No, ésa es una pregunta fácil. Lo compraron para hacer sus chismecitos esos de motor, supongo. ¿Y por qué lo están embarcando en secreto, a oscuras? Ésa es la pregunta difícil.

—¿Cómo sabes que lo están haciendo en secreto? Un negocio activo puede embarcar su material a cualquier hora —Finchley se cruzó de piernas y arregló la raya del pantalón.

—Lo estaban cargando en camiones cerrados. Las bobinas suelen ir en camiones de plataforma. Además, cuando me vieron espiándoles, ¿por qué no os han llamado a vosotros? ¿Por qué en lugar de eso me han perseguido hasta el canal?

La sombra de una sonrisa flotó sobre el rostro de ébano de Finchley.

—Si tú pillaras a alguien en tu despacho, dudo que tu primer gesto fuese el de llamarme, Vic. Supongo que te cabrearías y los echarías tú misma si pudieras.

No podía hurgar en mi mente en busca de argumentos convincentes.

—Les he disparado. Creo que he alcanzado a uno de los tipos. ¿Ha dado parte alguien de eso? ¿Tal vez ha pasado alguien a poner una denuncia?

Finchley enarcó las cejas al oír eso. Hizo una seña hacia el rincón y una mujer con uniforme se levantó y salió por la puerta. No la había advertido hasta entonces.

—Mary Louise Neely —dije en voz alta.

—Sí, es la agente Neely —confirmó Finchley—. Va a comprobar lo de tu hombre herido. Así que, ¿qué es lo que pasa, Warshawski? Estás empeñada en montar un caso contra Diamond Head, y quieres llevarte el gato al agua, perdona la expresión. Un viejo borracho se golpea la cabeza, se mata y cae o es arrojado al canal. Es una pena, pero eso no significa que todas las compañías de Chicago tengan que dedicarse al fraude y a la estafa sólo porque tú estás que ardes con eso.

La acritud de sus palabras devolvió algo de sangre a mis mejillas y me despejó momentáneamente la mente.

—Muy bien, Finchley. He querido llamarte esta noche porque tú... no, fue Rawlings aquí presente, pero pensé que tú estarías al tanto, llamó a la doctora Herschel para quejarse de que me estaba guardando algo. ¿Te han dado el recado?

Asintió enérgicamente con la cabeza.

—Lo que quería decirte es que alguien pasó por la pensión donde vivía el viejo y arrambló con todos sus papeles. Un tipo que pretendía ser su hijo. ¿Por qué había de hacerlo? Los papeles que lleva encima un paria no tienen valor. Y luego, cuando vuelvo a la pensión, la dueña llama al jefe de Diamond Head para decirle que he vuelto a los andurriales. Se lo *oí* decir a los tipos en la fábrica cuando estaba allí esta noche. Sé que una gran compañía del acero está invirtiendo pasta en ellos y veo unas bobinas de cobre que desaparecen en mitad de la noche con el nombre de esa compañía del acero estampado en un lado.

Aparté la manta de mis ojos y me volví hacia Rawlings.

—Y mientras tanto, a Eddie Mohr, el antiguo jefe de taller, le roban el coche unos matones que aporrean a Lotty Herschel de mala manera. Eso fue en *tu* zona, Rawlings, ¿te acuerdas? Así que, tíos, decidme vosotros qué es lo que pasa.

—¿Cómo sabes que no era su hijo? —Rawlings pasó por alto todo el rollo de Paragon y fue directamente a lo menos importante.

—No lo sé. Pero el hijo se crió en Arizona. Hacía treinta y cinco años que no sabía nada de su viejo. Finchley, aquí presente, no trató de comunicarse con él. ¿Cómo ha sabido que tenía que aparecer ahora? Y sobre todo, ¿cómo ha encontrado la pensión de mala muerte donde Kruger fue a dar con sus huesos sólo ocho días antes?

Me callé un momento, buscando en las profundidades de mi fatigada sesera algún dato esencial. Lo pesqué en el preciso momento en que Neely volvió al cuarto y se inclinó sobre el hombro de Finchley.

Me volví hacia Rawlings.

—Identificamos a Mitch Kruger el lunes. El supuesto hijo fue a casa de la señora Polter el martes. Aunque alguien hubiese llamado al hijo a Arizona, ¿cómo pudo llegar tan rápido? A menos, por supuesto, que ya estuviese aquí, después de haber matado a su padre.

—No te sulfures, señorita W., no te sulfures —Rawlings se acercó a Finchley y a Neely para unirse al conciliábulo.

Mientras hablaban, mi súbito arranque de energía se extinguió. Volví a acurrucarme bajo la manta, estremeciéndose de fatiga la piel de mis brazos. El delgado y musculoso cuerpo de Finchley estaba inmóvil como una estatua, como uno de los Budas del Art Institute.

Había visto los Budas por primera vez cuando tenía seis años y mi madre me llevó a la ciudad a ver las obras maestras del Renacimiento italiano. Estaban colocados a la entrada de la sala principal. Sus rostros eran tan tranquilos, tan inmutablemente benignos, que me daban ganas de acariciarlos. Gabriella no podía entender mi fascinación por ellos: estábamos allí para que yo experimentara la gloria de sus ancestros, y no para extasiarme ante formas menores del arte.

El Buda creció y me hizo una seña. Me solté de la mano de Gabriella y me subí a su regazo. Una mano de piedra fría me asió mientras una voz aplacadora me musitaba grandes verdades. «Cuando despiertes lo recordarás todo, hija, todo lo importante.» No dejaba de acariciarme con su mano fría y de repetir el mantra, hasta que tomé conciencia del brazo de Rawlings que me rodeaba y su voz profunda conminándome a despertarme.

—Tienes que irte a la cama, Warshawski. Así no eres de ninguna utilidad para nadie. ¿Quieres que te acerque a casa?

—Llévame a un motel —susurré—. No quieres creer que estén tras de mí, pero esta mañana me han dado caza. Ayer por la mañana. Pregúntale a Barbara, del Belmont Diner, te dirá que es verdad.

—¿Conoces un motel donde te dejen entrar con esta pinta? Ni siquiera llevas zapatos. Más vale que me dejes llevarte a casa, Nancy Drew. Si estás verdaderamente preocupada haré que alguien haga una ronda por tu casa cada veinte minutos.

Me sentía débil e indefensa, abandonada por el Buda. Luché contra mi impulso por desplomarme al suelo llorando.

—Más vale que subas conmigo hasta mi apartamento. No estoy en condiciones de enfrentarme con nadie que se me eche encima esta noche.

—Vale, chica, vale. Escolta policiaca personal. Protección las veinticuatro horas, al menos hasta que vuelvas a salir de tu guarida. Venga, vamos a casa. El detective Finchley tiene que pensar un poco. Es un trabajo pesado y no le gusta tener espectadores.

Miré a Finchley.

—Entonces, ¿me crees? ¿Qué te ha dicho Neely?

Se permitió una leve sonrisa.

—Ingresó un hombre en el Christ Hospital a eso de las dos y media con una bala en el muslo izquierdo. Pretende que se le disparó accidentalmente la pistola cuando la estaba limpiando. Podría ser tu tipo, o... podría ser lo que él dice.

—En cuanto al resto de tu historia... no es una historia, Vic. Es sólo otra forma de enfocar una empresa y una muerte. Pero volveré a echarle un vistazo. Ahora, deja que Conrad te lleve a casa. Ha estado fuera de sí desde que oyó que te habían sacado del caldo.

Sólo una forma distinta de considerar la misma historia. Rawlings no estaba furioso conmigo, sólo preocupado. Quizá el Buda estaba cuidando de mí, después de todo.

—Quiero mi pistola, Terry. Tengo permiso de armas —eché a un lado la manta de caballo y busqué mi billetera en mi bolsillo trasero. Estaba pegajosa por el barro y el agua. La abrí y traté de separar las diferentes piezas de identificación y tarjetas de crédito de sus pliegues empapados.

Finchley me observó maniobrar durante un minuto o dos, luego se ablandó y me tendió la Smith & Wesson.

—Tendría que hacer que balística comprobara la bala que han extraído en el Christ Hospital. Y luego tendría que arrestarte por agredir al tipo.

—Y luego me las vería ante un gran tribunal para probar que fue en defensa propia, y sus cinco compinches serían los únicos testigos.

—Es tentador, Vic, muy tentador. Apuesto a que el teniente me ascendería por eso. Ten cuidado la próxima vez que dispares este cacharro.

—Sí, detective —asentí sumisamente. Saqué el cargador y lo embutí en el bolsillo de mi vaquero antes de volver a poner el revólver en su funda. Una pistola oxidada podía tener algún lamentable fallo.

Rawlings recogió la manta y me la colocó sobre los hombros. Me apoyé agradecida en su fuerte brazo al dirigirme hacia la puerta.

Estaba tan exhausta que hasta después de varios minutos de estar forcejeando inútilmente con mis llaves no me di cuenta de que algo fallaba.

—Alguien ha intentado forzar la puerta, pero lo único que ha conseguido es romper la cerradura.

Tenía los labios hinchados por la fatiga; las palabras salían como un incomprensible balbuceo. Rawlings echó un vistazo al marco de la puerta y vio inmediatamente el destrozo. Se puso a chillar órdenes en su radio portátil antes de que yo me diese cuenta.

Tapé el micrófono con la mano.

—Ahora no, sargento, por favor. Necesito dormir, no puedo soportar a más funcionarios o protectores esta noche. Podemos dar la vuelta por la parte de atrás, ver si podemos entrar por allí. Y si no... dormiré en el sofá del señor Contreras —compartiendo mi descanso con el fantasma de Mitch Kruger. La idea me hizo estremecer.

Rawlings me miró dubitativamente.

—Veamos si encontramos algo por la parte de atrás —contemporizó.

Mis piernas parecían haberse independizado del torso. Se movían por lerdos impulsos, como de robot, pero mostraban una lamentable tendencia a doblarse sin avisar. Rawlings, con la pistola en su mano derecha, no había dejado de sostenerme con el brazo desde mi primer desplome. Cuando vio lo débil que estaba, cogió el coche para dar la vuelta a la manzana hasta el callejón de atrás.

Antes de entrar en el patio apuntó con un potente foco hacia arriba, hacia la escalera y todos los rincones. Oí un suave ladrido de *Peppy* a través de la puerta del señor Contreras. Una cortina se agitó en el dormitorio de la esquina norte de la casa de Vinnie.

Había sufrido tantas efracciones relacionadas con mi trabajo a lo largo de los años que había forrado mi apartamento de acero inoxidable. La puerta principal, además de su triple cerrojo, está reforzada con una placa de acero. La parte de atrás tiene rejas convencionales en la puerta y las ventanas. Estaban intactas, pero a esas alturas estaba lejos de ser capaz de manipular las cerraduras. Le tendí mi llavero a Rawlings y me derrumbé contra los barrotes de la ventana mientras él buscaba las llaves que necesitaba.

Lo único que deseaba era que me dejaran sola para poder sumirme en el pozo del sueño. Estuve a punto de aullar de agotamiento cuando Rawlings insistió en examinar el lugar.

—Aquí no hay nadie, Conrad. Lo han intentado por delante, no han podido, y han decidido que la parte trasera estaba demasiado expuesta para tomarse la molestia. Por favor... lo único que necesito es dormir.

—Sí, eso ya lo sé, señorita W. Pero el que no va a poder dormir soy yo si no hago una rápida inspección.

Me desplomé sobre la mesa de la cocina, tirando con los codos los periódicos del día anterior. Me dormí inmediatamente; Rawlings tuvo que levantarme a la fuerza la cabeza de los brazos para volverme a despertar.

—Odio hacer esto, Vic, pero, a menos que el mantenimiento de tu casa haya alcanzado sus cotas más bajas, seguro que alguien ha estado aquí.

Mis sesos estaban hechos gelatina; era incapaz de pensar una respuesta, y menos aún de forzar mis labios hinchados a decir nada. Le seguí estúpidamente hasta la sala de estar.

Alguien había roto una de mis ventanas que dan al norte, había trepado por allí y había dejado la casa hecha trizas. No lo habían hecho con la menor sutileza. Había vidrios rotos bajo el alféizar. Un pedazo había volado hasta el taburete del piano. El propio taburete estaba abierto. Todas las partituras estaban tiradas por el suelo o sobre el piano, con los lomos rotos y las hojas colgando de un solo hilo. Cada libro y cada papel de la habitación parecía haber sufrido el mismo trato.

—Tengo que dar parte de esto —dijo ásperamente Rawlings.

—Puede esperar hasta mañana —protesté con toda la energía que pude—. Esta noche no voy a tocar las pruebas. Pero vas a tener que ingresarme en Elgin si no me meto en la cama. Simplemente, no puedo enfrentarme a esto en este momento.

—Pero esa ventana...

—Tengo clavos y un martillo. Debe de haber algunas tablas en el sótano.

—¡No puedes hacerlo! Puede haber huellas dactilares.

—¿Y qué? *Hasta ahora* nunca he sabido que vosotros teníais recursos que gastar en investigar una violación de domicilio. Dame un respiro, Rawlings.

Se frotó los ojos.

—A la mierda, Vic. Podría dormir aquí en tu sofá, pero me la iban a armar en la comisaría por no haber llamado a un equipo en cuanto vi esto. Y más si paso la noche aquí. *Tengo* que avisarles. ¿No has dicho que te ibas a quedar donde tu vecino?

—Lo he dicho, pero no quiero hacerlo. Mira, llama a los maderos si tienes que hacerlo, pero déjame acostarme.

Asintió tras una inspección del dormitorio. Habían volcado los cajones con mi ropa, pero no había ningún mueble roto. Miré en el armario. Me habían revuelto la ropa, pero habían pasado por alto el pequeño cofre mural de seguridad que había en el fondo del armario. Aficionados. Y además enfurecidos.

—¿Sabes algo relacionado con esto, señorita W.? ¿Para qué se habrán tomado toda esta molestia? Sabes, si fuesen sólo manguis de la calle, hubieran desistido al ver que no podían forzar la puerta principal.

—Mi cerebro no funciona, sargento. Llama a tus colegas si quieres, pero déjame en paz —la voz se me quebró, pero estaba lejos de importarme.

Rawlings me echó un largo vistazo, pareció decidir que ya no podía sacarme nada, aunque me pegara, y volvió por el pasillo hasta la sala de estar. Oí el crujido de su radio mientras se alejaba.

Pese a todo, no podía meterme en la cama hasta después de pasarme veinte minutos bajo la ducha, liberando mis poros de toda la porquería del canal. Las tropas estaban llegando cuando volví al dormitorio. Di un ostensible portazo, y luego caí en un profundo y pesado sueño, entre pesadillas en que trepaba a las paredes, intentando alcanzar un Buda que siempre permanecía fuera de mi alcance, mientras unos hombres gigantescos me perseguían con camiones. En cierto momento resbalé y caí desde un alto andamiaje. Justo antes de aplastarme contra el suelo me desperté con un sobresalto. Eran las doce y media.

Hice un desganado esfuerzo por incorporarme, pero mis brazos y mis piernas parecían demasiado embotados para moverse. Volví a derrumbarme sobre el colchón y contemplé las manchas de sol que jugaban en lo alto de las cortinas y el techo.

Si alguien me hubiese preguntado si conocía un buen detective privado, en ese momento le habría tenido que mandar a una de las grandes empresas de las afueras. Estaba empeñada en hacerle de abogada a una mujer profundamente sumida en la senilidad, que ya estando cuerda había tenido una vida bastante espantosa. Después de una semana machacando para que Diamond Head Motors me diera información sobre Mitch Kruger, lo único que me había ganado con mis esfuerzos eran unos músculos doloridos, una pistola oxidada y un apartamento saqueado. Bueno, no. También una factura de doscientos dólares por la reparación del Trans Am. Y tener a Lotty Herschel herida, asustada y furiosa, allá en Evanston.

«Vaya tigre —me dije en voz alta con amarga ironía—. Vaya inútil, vaya puñetera pérdida de tiempo eres. Deberías dedicarte otra vez a entregar citaciones. Eso al menos es algo que sabes hacer. Aunque probablemente te enredarías los pies y te romperías el cuello por las escaleras.»

—¿Siempre hablas tan alto cuando hablas sola, Warshawski? No me extraña que los vecinos se quejen de ti —en la puerta apareció Conrad Rawlings.

Había saltado de la cama en cuanto oí una voz, escudriñando desesperadamente a mi alrededor en busca de un arma defensiva. Al ver quién era, me ardieron las mejillas. Recogí del suelo una camiseta y un pantalón corto al azar y me embutí en ellos.

—¿Siempre entras en los dormitorios sin avisar? Si mi pistola no necesitara una limpieza, podrías estar muerto. Podría arrastrarte ante un tribunal.

Rawlings se rió y me alargó una taza de café.

—Agente de la ley, para servir y proteger, señorita W. Aunque, visto cómo te negaste a cooperar anoche, no debería molestarme.

—¿Negarme a cooperar? Os sirvo una buena historia en bandeja, tío, y lo único que haces es acosarme por una estúpida ventana rota... ¿Has pasado la noche aquí, o es que has venido a primera hora de la mañana?

Se sentó en un extremo de la cama.

—Terminamos aquí a eso de las siete. Vi que tenías un juego de llaves de repuesto; pensaba cogértelas prestadas para cerrar con llave al irme. Entonces tu viejo amigo de abajo me interceptó cuando salía. Me examinó rigurosamente de arriba abajo, y cuando se convenció de que no era un mangui me dio su versión de los hechos. Decidimos que debería volver aquí. He dormido en el sofá. No es demasiado incómodo, de veras. Además, he disfrutado de cuatro o cinco horas antes de que me despertara el Finch. Ya me darás las gracias después por recogerte los papeles y fregarte los platos.

Me senté en la cama con las piernas dobladas.

—Te pondré cinco pavos más en el sobre de la paga. Me huelo que no habéis averiguado gran cosa respecto a todo esto.

Torció el gesto.

—Quienquiera que fuera llevaba guantes y unas Reebok del cuarenta: han encontrado una huella en el polvo junto a la ventana. Parece que la limpieza deja mucho que desear.

Esbocé una sonrisa forzada.

—No necesito el comentario, sargento. ¿Y los vecinos? Tienen que haber visto a alguien subido a una escalera.

Sacudió la cabeza.

—El que lo hizo se arriesgó, pero no demasiado. ¿Cuándo te fuiste de aquí? ¿Anoche a las diez? Entonces, entre las diez y las cuatro. Esta manzana es tranquila. Además, este lado no es muy visible desde la calle, hay árboles que te pueden ocultar de la parte norte, y la falsa fachada te tapa de alguien que pueda estar pasando justo debajo. ¿Qué estaban buscando, Vic?

—Ojalá lo supiera —dije lentamente—. No tengo la menor pista. He estado buscando algunos papeles, unos que tenía Mitch Kruger en la pensión donde vivía. Pero la señora Polter dice que apareció su hijo al día siguiente y los cogió. Cualquiera que haya hablado con ella sabe que no los tengo.

Por supuesto, también había estado buscando papeles en la casa de la señora Frizell, y Todd y Chrissie no sabían si los había encontrado o no. Para ellos era fácil saber que yo no estaba en casa, pero ¿podían tener agallas para entrar a la fuerza?

—¿Alguna idea sobre la escalera de mano? —pregunté.

—Probablemente nueva. Sus patas han dejado una buena impronta, aún tenían las estrías, no estaba lo bastante usada para que se borraran —se terminó el café y dejó la taza en el suelo—. He ordenado que se pase por aquí de vez en cuando un coche patrulla. Sólo para asegurarme de que no vuelven tus visitantes.

—Gracias —vacilé, procurando elegir mis palabras—. Lo aprecio mucho, en serio. Y el que te hayas quedado toda la noche, yo estaba totalmente muerta. Pero, bueno, no he pedido un guardaespaldas, y no creo que lo necesite. Cuando llegue el día que no pueda cuidarme sola, me retiraré a Michigan.

Un destello de luz brilló en su diente de oro.

—Debe de ser por eso por lo que me caes bien, señorita W. Por lo arisca que eres. Me encanta ver cómo sacas de quicio a los demás.

—La semana pasada, en casa de Lotty, no parecía que te encantara tanto.

—He dicho a *los demás*, Warshawski, no a mí.

No pude evitar una carcajada.

—¿Es tu distracción favorita?

—Sí, pero últimamente no he tenido mucha ocasión de practicarla.

Posé mi propia taza de café en la mesita de noche y tendí un brazo hacia él. De repente, mis músculos no parecían tan embotados como diez minutos antes.

—Creí que nunca me lo ibas a pedir, señorita W. —se inclinó sobre la cama y pasó sus fuertes dedos bajo mi camiseta—. Hace tres años que tengo ganas de hacer esto.

—Nunca imaginé que fueses un tipo tímido, sargento —seguí la larga línea de una cicatriz por su torso hasta la espalda—. No tienes una mujer, o una amiga, o alguien de quien yo debiera saber, ¿verdad? Pensé que estabas viendo mucho a Tessa Reynolds.

Tessa era una escultora que los dos conocíamos. Conrad hizo una mueca.

—Durante un tiempo. Necesitaba un hombro sobre el que llorar después de la muerte de Malcolm, y el mío estaba a mano. No sé, a lo mejor un poli no tiene la clase suficiente para una artista. ¿Y tú? ¿Qué me dices de ese periodista con el que te veo de vez en cuando?

—¿Murray Ryerson? Últimamente apenas nos hablamos. Quiá. Hay un par de tíos a los que veo, pero nadie en especial.

—Muy bien, señorita W. A mí me parece bien.

Nos acercamos y nos besamos. No hablamos de nada más durante un buen rato. Estiré un brazo y escarbé en mi mesilla buscando mi diafragma. Después me adormecí en los brazos de Rawlings. Mis sueños debieron de seguir atormentándome, porque de pronto solté un «Tú no eres Buda, sabes».

—Sí, señorita W. Ya me lo han dicho.

Su mano acariciándome el pelo fue lo único que recordé durante un buen rato. Cuando volví a despertarme eran casi las dos. Rawlings se había marchado, pero me había dejado una nota junto a la cafetera explicando que se había ido al trabajo. «Le he devuelto tus llaves de repuesto al viejo, así que no te asustes si vuelvo a entrar sin avisar. Tengo a un coche patrulla vigilando por si ven a ese Subaru que has mencionado. No se te ocurra ir a enfrentarte con ninguna banda sin llamarme antes. P. D.: ¿Qué te parece si cenamos juntos mañana?».

Me sorprendí silbando algo de Mozart por lo bajini mientras me vestía. El síndrome de Scarlett O'Hara. Llega Rhett y pasa la noche contigo y de repente vuelves a cantar y a estar feliz. Me hice una mueca ante el espejo, pero esa idea no me chafó el ánimo como quizá debería haberlo hecho. Claro que en principio una detective privada debería evitar relaciones íntimas con los polis. Por otra parte, ¿dónde estaría yo si mi madre no se hubiera metido en la cama con un sargento de policía? Si era lo bastante bueno para ella, tendría que serlo también para mí.

Seguí con *Mi tradi quell'alma ingrata* mientras limpiaba la Smith & Wesson. La melodía es tan alegre que esa aria me suele venir a la cabeza en momentos felices, pese a su desesperada letra. Pero más tarde, mientras me limpiaba el aceite de las manos, me pregunté quién podría ser el ingrato canalla. Desde luego no Conrad Rawlings, ni el señor Contreras. Pero eso dejaba un amplio campo que incluía a Jason Felitti, a Milt Chamfers, y al bueno de mi ex marido, Dick. Al contrario de la heroína de Mozart, no me compadecía demasiado del personal de Diamond Head, pero una chispa de sentimentalismo me hizo desear que Dick no estuviera metido hasta las cejas en su mierda.

¡Qué noche la de aquel día!

Una vez la pistola limpia y yo vestida, resultó que eran más de las cuatro. Llamé a Larry, el tipo que me recompone el apartamento cuando ha sido saqueado, y le expliqué mi problema. No iba a poder hacerlo hasta el siguiente miércoles, pero me recomendó a un cristalero de urgencia que aceptó encargarse de mi ventana por la mañana.

Después de debatir el asunto, decidí llamar a una empresa de seguridad para instalar una alarma en mis puertas y ventanas. Di con su contestador y las instrucciones para que volviera a llamar el lunes por la mañana. Detesto vivir dentro de una fortaleza. Ya es bastante fastidioso cerrar todo herméticamente todas las noches —aunque un sistema de alarma podía permitirme recortar el gasto en armamento—, pero sencillamente no podía permitirme que entraran a atacarme por la ventana.

Me pasé el resto de la tarde clavando tablas en la ventana rota e instalando unos toscos refuerzos en las demás. Después me sentí intranquila, y, para mi gran consternación, abandonada. La soledad suele aportarme un sentimiento de paz, pero en ese momento me sentía prisionera. Sentí que no podría soportar pasar allí una noche con las ventanas selladas.

Podía llamar a Conrad, pero sería un error iniciar una relación en estado de dependencia. Tras unos minutos de vacilación, llamé a Lotty a casa de Max.

—Creo que he encontrado a los tipos que te atacaron —le dije bruscamente por todo saludo—, o que ellos me han encontrado a mí.

—¿Ah? —su tono era cauteloso.

Le expliqué lo que había sucedido la noche pasada, recalcando que les había dicho a Finchley y a Rawlings todo lo que sabía respecto a Mitch Kruger y a Diamond Head.

—Pero no creo que se lo estén tomando muy en serio. Creen que haber terminado en el canal es mi merecido por haberme introducido en la fábrica.

Respiré hondo.

—Lotty, sé que estás enfadada conmigo porque te atacaron en mi lugar. No te lo reprocho. Pero... es que esta noche no soporto estar sola. Ha habido demasiadas... hay demasiada gente intentando... —para mi consternación, me encontré sofocada por las lágrimas; no podía continuar.

—¡Vic, por favor! —la aspereza de su voz me sobrecogió—. En estos momentos no puedo ayudarte. Lo siento. Siento mucho de veras que hayas tenido una noche tan terrible. Ojalá pudiera hacer algo por ti... pero yo misma estoy demasiado hecha polvo como para ser capaz de ayudarte.

—Yo... Lotty... —pero ella ya le había pasado el teléfono a Max.

Se puso al habla con una amabilidad inesperada, disculpándose incluso por su rudeza la noche en que Lotty había sido agredida.

—Las dos pensáis que la otra es invencible, y al daros cuenta de que no es así ambas sufrís —añadió—. Lotty... bueno, ahora mismo no se encuentra muy bien. No está enfadada contigo, pero necesita sentirse enfadada para mantener una apariencia de funcionamiento. ¿Puedes entender eso? Dale algo de perspectiva, algo de tiempo.

—Supongo que es lo que tendré que hacer —dije amargamente.

Después de colgar me quedé inmóvil en medio de la habitación sujetándome la cabeza con las manos, tratando de impedir que su hirviente contenido se me derramara por las sienes. *No* podía quedarme en ese apartamento ni un minuto más, eso estaba claro. Embutiendo algo de ropa al azar en una bolsa para la noche, junto con un cargador adicional, me lancé escaleras abajo. Cogería el tren aéreo hasta O'Hare y me subiría al primer avión donde hubiese una plaza libre.

Pensé en salir sin que se enterara el señor Contreras, pero decidí que eso no sería justo con el viejo. No tenía que haberme preocupado por eso: tenía la puerta abierta de par en par antes de que llegara a su descansillo.

Me examinó con los brazos en jarras.

—Así que has cogido y te has tirado al canal, ¿eh? Después de hacerme creer que ibas a quedarte quieta unos días. No soportaré muchas más noches como la pasada, eso tenlo por seguro. No creas que me voy a disculpar por haberle hecho quedarse a ese sargento Rawlings, porque no pienso hacerlo. Si no puedes compartir tus planes con nadie, lo menos que puedo hacer es conseguir que los polis cuiden de ti.

—Gracias, aprecio su preocupación. Aunque he dormido hasta el mediodía sin saber que había un poli en mi sofá. Estoy segura de que esa percepción subliminal es lo que me ha permitido descansar.

Gruñó con exasperación.

—Vamos, no me vengas con tu pedante jerga. Sé que no lo haces más que cuando estás cabreada, pero a mí no me la das. Yo soy el único que se entera de pronto, a las cinco de la madrugada, de que has estado a punto de matarte. Una vez más.

—¡Por favor! —grité con más rudeza de la que quería—. Ahora no puedo soportar que me sigan hostigando.

Empezó a perorar, que tendría que aprender a soportarlo hasta que fuera capaz de tener en cuenta cómo se sentía él, o al menos de preocuparme... pero mi angustia debía de estar escrita claramente en mi cara. Al cabo de un minuto se interrumpió y me preguntó cuál era el problema.

Traté de reunir fuerzas para sonreír.

—Dura noche la pasada, y demasiada gente acosándome ahora mismo.

—Sería más fácil para mí no ser uno de ésos si supiera en lo que andas.

Cerré un instante los ojos, como si con eso pudiera hacer desaparecer el mundo. Pero cuanto antes empezara con mi relato, antes acabaría.

—Me colé en Diamond Head. Para eso tuve que dar un salto acrobático hasta una ventana a tres buenos metros del suelo. Luego me colgué de una bobina de cobre suspendida de una grúa, me descolgué por los cables de suspensión para no ser aplastada contra la pared, y me tiré al canal para no ser atropellada por un coche. Ya sé que es usted un gran tipo, estoy segura de que es estupendo conmigo, pero si le hubiera contado mis planes se habría empeñado en venir conmigo. Y sencillamente, no está a la altura de la acción. Lo siento, pero es así.

Sus ojos se humedecieron inesperadamente. Giró la cabeza para que no le viera enjugarse las lágrimas. Estupendo. Ahora todo el mundo estaba llorando al unísono. Incluida yo.

—Ay, no entiendes, pequeña. Me preocupo por ti, bah, qué carajos, sabes que te quiero. Ya sé que tengo a Ruthie y a mis nietos, pero ellos no son parte de mi vida diaria como tú —hablaba girando la cabeza hacia otro lado; tenía que esforzarme por oír lo que decía.

—Yo crecí en tiempos distintos a los tuyos. Sé que a ti te gusta cuidarte sola, pero me duele saber que no puedo cuidarte, que no puedo ir colándome por las ventanas contigo. Hace veinte años... ¡bah!, pero de qué sirve quejarse. Algún día también te llegará a ti, y entonces sabrás lo que quiero decir. Bueno, te llegará si no dejas que alguien acabe antes contigo.

Lo llevé suavemente hasta la sala de estar y le hice sentar en el sillón mostaza. Me arrodillé junto a él, con la mano en su hombro. *Peppy*, que sintió su angustia, abandonó brevemente a sus retoños para venir a olerle las rodillas. La acarició distraídamente. Tras unos minutos de calma sonrió con un heroísmo desgarrador.

—Así que te quedaste colgando de la grúa, ¿eh? Me hubiera gustado ver eso. ¿Quién había allí? ¿Qué fue lo que te obligó a hacerlo?

Le hice un rápido resumen de mi velada.

—¿Para qué se estarían llevando tanto cobre? Finchley dice que es «parte normal del negocio», pero a mí no me cabe en la cabeza; no están haciendo turnos de noche. Y lo que deberían estar descargando son unos lindos motorcitos, y no enormes bobinas de cobre.

—Sí, así es. Además, ellos no utilizan tanto cobre. Parece como si alguien lo estuviese almacenando allí. Sabes, esa vieja plataforma de arriba, donde te pillaron, no la habían utilizado para cargar desde la guerra —la Segunda Guerra Mundial, quiero decir—, cuando hacían tres turnos para intentar mantenerse a flote. Cualquiera que conozca la fábrica sabe que esa planta superior está disponible para almacenar lo que sea. Ya sabes, si alguien estuviese robando algo y quisiera tenerlo escondido durante un tiempo.

Me mordí un nudillo. Eso tenía tanto sentido como cualquiera de las cosas que se me habían ocurrido.

—Las bobinas llevaban todas la etiqueta «Paragon». ¿De dónde podían proceder?

—¿Paragon? —sus pobladas cejas grises se enarcaron—. Paragon era propietaria de Diamond Head. La compraron más o menos cuando yo me jubilé.

Y luego se la vendieron a algún tipo hará un año o así. Recuerdo haberlo leído en el *Sun-Times*, pero ninguno de los nombres me sonaba ya, por eso no los memoricé.

—Jason Felitti —dije mecánicamente, pero mis ojos brillaban de rabia. ¿Eran *propietarios* de la puñetera compañía, y Ben Loring no me podía decir ni mu sobre la jodida relación entre Paragon y Diamond Head? Descargué un puñetazo furioso sobre el brazo del sillón.

El señor Contreras me miró con preocupación, y entonces le expliqué mi abortada conversación con el gerente de la compañía del acero.

—¿Conoce a algún rufián de Diamond Head que pudiera tomar parte en ello? Estoy segura de que los tipos de la planta comentan algo, algo tuvo que oír.

Sacudió la cabeza con pesar.

—Sabes, pequeña, de eso hace mucho. Y, como te he dicho, Paragon entró cuando yo ya estaba saliendo.

Nos quedamos en silencio durante unos minutos. *Peppy* volvió a sus cachorros. Ahora tenían ya casi tres semanas y empezaban a explorar. Tuvo que recuperar a un par de ellos que se habían extraviado por la sala de estar, devolviéndolos delicadamente al nido con sus fuertes fauces.

—¡Ah! pequeña, he olvidado decírtelo. Le pregunté a una de las vecinas respecto a Chrissie Pichea. Eso de si tenía un trabajo, ya sabes.

Aparté mi pensamiento de las iniquidades de Ben Loring y procuré pensar en Todd y Chrissie Pichea.

—¿Y bien?

—No que ellas sepan. Pero la señora Tertz y la señora Olsen dicen que es majísima, que quiere aconsejarles en sus inversiones, así que se preguntaban si no habría hecho ese tipo de trabajo antes de casarse.

Me quedé mirándole.

—¿En serio? ¿Aconsejarles en sus inversiones? Espero que ninguna de las dos haya cedido al impulso.

Se encogió de hombros.

—En cuanto a eso, no podría decírtelo. Pero lo que sí me pareció interesante es quién la acompañaba para hablar con ellas. Adivina.

Sacudí la cabeza.

—Por su tono de voz sé que no es su marido, pero... no sería el anterior señor Warshawski, seguro.

—¿Anterior? ¡Ah!, ya caigo, tu ex, quieres decir. Nanay. Es el chico que vive enfrente de mí. Vinnie Buttone, ese que te da tanto la lata.

Me senté en mis talones. Vinnie el Banquero. Así es como yo lo llamaba siempre. Nunca me había preocupado por saber de qué banco. Tenía que ser el U. S. Metropolitan Trust and Savings. Solté un silbido. Vinnie estaba vinculado a Todd y a Chrissie. Por lo tanto, eso les vinculaba con el banco.

Tendría que confirmarlo, claro. Pero suponiendo que tuviera razón... el Metropolitan estaba conectado con Diamond Head, propiedad de Jason Felitti, que también estaba en la junta del Metropolitan. Sentí cómo las dos mitades de mi cerebro pugnaban por volverse a juntar, por conectar a Chrissie, a

Vinnie y a la señora Frizell con Diamond Head Motors. Yo era incapaz.

Me levanté de un salto.

—¿Adónde vas, muchacha? ¿Quieres hablar con Vinnie? ¿Crees que puede ser un estafador consumado que quiere robarles su dinero?

Me reí. Vinnie era un botarate tan estirado y tan fantoche, que era difícil imaginárselo como un cerebro del fraude. De todas formas, no pensaba enfrentarme con él hasta que no tuviera algunos hechos irrebatibles que lanzarle a la cara. Estaba harta de salir trasquilada por meterme con la gente sin tener municiones para hacerles hablar.

Se lo expliqué al señor Contreras.

—Me voy al aeropuerto. Tengo que salir de la ciudad.

—¿Adónde vas? ¿Vuelves a Pittsburgh?

—No sé. Los Cubs están en Atlanta este fin de semana. A lo mejor tiro para el sur e intento conseguir una entrada.

No le gustó. Detestaba perderme de vista. Pero si me quedaba en la ciudad la policía tendría que registrar por lo menos otro cadáver, o tal vez más.

El estadio del condado de Fulton era un lugar inmenso comparado con Wrigley Field, y no había tantos hinchas para venir a animar a los Braves. No me costó nada conseguir una entrada el domingo. Ganaron los Cubs, un verdadero milagro. A los chicos les estaba costando elaborar una estrategia de juego para este verano.

Cumplí como es debido con la peregrinación a la casa donde nació Martin Luther King y me tomé un gin-fizz de ginebra Ramos en Brennan's. El simple hecho de alejarme de Chicago durante dos noches resultó de gran ayuda, pero no podía superar el dolor sordo que me producía la angustia de Lotty: distanciarme de ella era como separarme de una parte de mi propio cuerpo.

Cogí un vuelo al mediodía para regresar a Chicago el lunes. Durante el trayecto en el tren de cercanías que me llevaba al centro procuré ordenar mis pensamientos en torno al trabajo que me esperaba.

Llamé a la puerta del señor Contreras para avisarle de que había vuelto, pero estaba fuera —con sus tomates, según vi desde la ventana de la cocina. Me había olvidado del cristalero de urgencia, pero mi vecino había dejado de lado sus heridos sentimientos y había hecho entrar al hombre, según me informaba una nota pegada a la nueva ventana.

Manoseé un trozo de masilla que había sobrado. La única forma que conozco de mantener a raya la depresión es trabajando. Necesitaba hacer una visita al banco de Lake View, para intentar descubrir por qué la señora Frizell había cancelado su cuenta allí. También quería presionar un poco a Ben Loring, de Paragon Steel. Pero lo primero que hice fue darles un toque a los de la instalación de alarmas. Les pillé justo cuando iban a cerrar, pero pude programar la instalación para la mañana siguiente.

Era demasiado tarde para ir al banco, pero sin duda alguna Ben Loring estaría todavía enfrascado en los controles de Paragon Steel en Lincolnwood. Marqué su número y me pusieron con la profunda y aterciopelada voz de Sukey. Me di cuenta de que no me había enterado de su apellido.

—Soy V. I. Warshawski. Estuve allí el viernes hablando con Ben Loring y sus colegas.

—Ah, sí, señorita Warshawski. Me acuerdo muy bien.

—Tenía otra pregunta que hacerle. Algo de lo que me enteré después de marcharme.

—Lo siento, pero me ha dicho explícitamente que no quería hablar con usted si llamaba —su profunda voz dejaba traslucir su pesar personal. Alguien debería hacerle una audición para la escena.

—Bueno, no voy a intentar forzar las cosas prescindiendo de usted. Pero ¿podría decirle que ahora sé que alguien de Diamond Head está llevándose bobinas de cobre de Paragon en mitad de la noche? Pregúntele si eso le parece extraño, o si es parte normal de sus actividades.

Me dejó en espera. A los cinco minutos la áspera voz de Ben Loring me exigía saber de qué coño estaba hablando, para quién trabajaba, y qué carajos quería.

—Compartir información con usted. ¿Le sorprende saberlo?

Pasó eso por alto.

—¿Cómo lo sabe? ¿Ha sacado fotos? ¿Tiene algún tipo de prueba?

—Los he visto con mis propios ojos. Estaba colgada de una de sus bobinas mientras se balanceaba de una grúa. De hecho, probablemente me salvó la vida. Así que, de verdad, llamo por agradecimiento.

—No se haga la lista conmigo, Warshawski, me parece que no le pega. Déme detalles. Y dígame para qué llama.

Le describí sucintamente lo que había visto.

—Estoy empezando a hartarme de que toda la gente que tiene relación con Diamond Head me dé esquinazo. Si no se decide alguien a hablar conmigo pronto, iré a compartir mis pequeñas informaciones con los federales. Y puede que también con los periódicos.

Le oí mascullar «mierda» entre dientes, pero no dijo nada más.

—Tenemos que hablar, Warshawski. Pero primero tengo que consultar con mis directivos. ¿Cuándo puede venir aquí? ¿Mañana por la mañana?

Me acordé de la instalación de la alarma.

—Estaré bastante ocupada. A no ser que quiera usted venir aquí.

—Mañana por la mañana no puedo faltar. La llamaré. Pero no hable con nadie hasta que yo la avise.

—Joder, Loring. No pienso estar colgada de una bobina toda la vida por usted.

—Ni yo se lo pido, Warshawski. Sólo hasta mañana por la mañana. Puede que incluso la llame esta noche. Déme su número.

—¡Sí, mi capitán! —saludé elegantemente al teléfono cuando colgamos, pero obviamente él no pudo verme.

¿Y ahora qué? ¿Estaría implicado y trataba de ganar unas horas, ya fuese para buscarse una tapadera o para volarme los sesos? Por lo menos el coche patrulla de Rawlings les dificultaría esto último un poco más.

No tenía suficiente información como para seguir preocupándome por ello esa tarde. Necesitaba recuperar el Impala, recoger mis pertenencias de casa de la señora Polter antes de que las vendiera para comprarse extintores, y regresar a casa.

Al salir llamé a la puerta del señor Contreras. Ya estaba en casa y me recibió con alivio. Aguanté su ráfaga de información sobre el cristalero, agradeciéndoselo cuando hubo una pausa en su raudal, y luego le expliqué adónde iba.

—Volveré aquí. Probablemente a eso de las ocho.

—Podría hacer de cenar para los dos —sugirió.

Le abracé brevemente.

—Tengo algo de pollo arriba que tendría que cocinar esta noche. ¿Por qué no me deja que le prepare yo algo, para variar?

Me acompañó hasta la puerta.

—Mantente alejada del canal esta vez, pequeña. Ya sé que tú bebes mucha agua, pero ese caldo no es bueno para ti.

Vinnie estaba llegando cuando yo salía. El señor Contreras y yo nos quedamos los dos mirándole fijamente, tratando de imaginárnoslo como un cerebro del fraude. Con su terno de verano gris pálido y su corbata pulcramente anudada parecía tan plúmbeamente gremial, que tuve que desistir.

—Buenas, Vinnie —dije ingeniosamente—. ¿Tienes alguna recomendación que hacernos para invertir?

Me dirigió una mirada glacial.

—Vende tu parte en la comunidad, Warshawski. El barrio está prosperando y no podrás pagar tu contribución.

Me reí, pero sentí que el señor Contreras se erizaba. Al cruzar la puerta oí una diatriba que empezaba con «jovencito...» y podía terminar quién sabe cómo.

Me acerqué a la esquina de Belmont y Halsted para coger el tren de cercanías. Al parecer nadie me estaba siguiendo. Me dolían las piernas al subir las escaleras hasta la plataforma. El señor Contreras tenía razón: llegaría el día en que ya no sería capaz de colgarme de los candelabros, ya sentía en mis músculos que se estaba avecinando.

La climatización del tren que cogí no funcionaba y las ventanas no se abrían. Esa noche jugaban los Sox en su campo. Sus alegres hinchas en vaqueros cortados se habían unido al flujo de viajeros de cercanías, convirtiendo el trayecto en una sofocante angustia.

Al bajar en la calle Treinta y uno, me alegré tanto de estar fuera que decidí ir andando hasta el Impala. Hice un amago de señal al autobús al salir de la estación, pero me alegré de no ser una de esas sardinas verticales apretujadas en una noche tan asfixiante.

Mis Nikes estaban en el fondo del canal. Los mocasines que llevaba puestos no me ofrecían una gran sujeción. Empezaron a dolerme los pies a mitad de camino hacia el coche, pero seguí penosamente andando, sin detenerme en las paradas de autobús. El cielo vespertino empezaba otra vez a cubrirse de nubarrones. Las primeras gotas empezaron a caer cuando llegué a Damen. Recorrí a la carrera la media manzana que me quedaba hasta la plaza Treinta y uno, donde había dejado el coche. Al parecer nadie lo había saqueado. Durante mi viaje al sur me había estado preocupando por eso, preguntándome si Luke aceptaría jamás arreglarme el Trans Am si su propio y amado bebé sufriera algún daño.

Llevaba las llaves en el bolsillo de los vaqueros cuando me tiré al agua. El llavero estaba oxidado, pero el encendido respondió a la primera. También había salvado las llaves de la señora Polter. El nudo que había hecho en la trabilla de mi cinturón había resistido a mis tribulaciones del viernes por la noche.

Cuando llegué a su casa en la calle Archer caía una espesa cortina de agua. Subí a todo correr las desvencijadas escaleras, resbalándome sobre la gastada madera con mis mocasines. Estaba hecha una sopa antes de llegar arriba. Mis dedos, embotados por el frío del chaparrón, tantearon torpemente la cerradura de la puerta de entrada.

Cuando quise abrirla, la señora Polter estaba esperando al otro lado. El vestíbulo estaba tan oscuro que apenas se veía, pero el resplandor procedente de la calle se reflejó en el extintor que estaba apuntando en mi dirección. Me cubrí la cabeza con los brazos para proteger mis ojos, y arremetí contra su estómago por debajo de sus brazos extendidos. Fue como hincar la cabeza en un colchón. Ambas gruñimos. Giré bajo sus axilas y le arrebaté el extintor.

—Señora Polter —resoplé—, qué amable es en recibirme personalmente.

—Estás empapada —proclamó—, estás chorreando por todo el suelo.

—Es el canal. Sus amigos me han empujado al agua, pero he conseguido salir. ¿Quiere que hablemos de eso?

—No tienes ningún derecho a entrar aquí a la fuerza para atacarme. Voy a llamar a la pasma.

—Hágalo, señora Polter. No se corte. Nada me gustaría más que hablar las dos con los maderos. En realidad, estoy esperando que uno de ellos la llame a usted. ¿Ha sabido algo del detective Finchley, del Área Uno?

—¿El madero negro? Sí, ha estado aquí. Yo no tengo nada que decir a ninguno de ellos.

—¿A los negros, o a los maderos? —quise hablar con ligereza, pero la imagen del pecho cobrizo de Conrad Rawlings contra el mío me atravesó la mente y me empañó la voz. Procuré reprimir mi rabia: no me iba a dar su información más fácilmente si le echaba un discurso sobre los males del racismo.

—A ninguno. Le dije que si quería hablar conmigo iba a necesitar una orden de registro. Conozco mis derechos, ya se lo dije, y no puede venir aquí a darme la paliza.

—¿En qué quedamos? ¿No quería llamar a la comisaría para quejarse de mi entrada aquí? ¿O quiere que vuelva con Finchley y una orden? —los dientes me empezaban a castañetear de frío. Eso me dificultaba más concentrarme en la conversación, que de todas formas me estaba pareciendo que no conducía a ninguna parte.

Con uno de sus bruscos giros, la señora Polter dijo:

—¿Por qué no subes a cambiarte, querida? Arriba tienes algo seco para ponerte. Y luego charlaremos un poquito las dos. Sin meter en esto a los maderos.

Aún tenía el extintor en la mano. Antes de acercarme al oscuro hueco de la escalera, se lo tendí. A esas alturas no pensé que me fuese a atacar ya.

Bajo la bombilla de cuarenta vatios de la antigua habitación de Mitch me quité la ropa empapada y me froté para entrar en calor con una toalla de mi maleta. Por el desorden de la maleta, era obvio que mi casera ya había hurgado en ella.

Me puse la camiseta y el pantalon de chándal limpio, y me pregunté qué hacer con mi pistola. La chaqueta que ocultaba mi funda sobaquera estaba demasiado mojada para volver a ponérmela. Finalmente me sujeté el arma con esparadrapo directamente sobre la piel, donde me rozaba desagradablemente. El suelo crujió al otro lado de mi puerta. Giré y la abrí. Uno de los inquilinos había estado espiándome por la cerradura.

—Sí, tengo tetas. Ahora que has tenido oportunidad de verlas, lárgate con viento fresco.

Me miró parpadeando, nervioso, y retrocedió por el pasillo. Cerré la puerta, pero sin preocuparme por tapar la vista, lo que realmente no quería que viera nadie era mi pistola, pero ya era demasiado tarde para ocultarla.

Tenía un par de calcetines de repuesto, pero no calzado. Mis mocasines estaban demasiado mojados para volver a ponérmelos. Decidí guardarme los calcetines limpios para la vuelta en coche hasta casa. Bajé descalza, en silencio y lentamente, para no cortarme con algún clavo o algún borde suelto del linóleo.

Mi casera estaba viendo una escena de persecución a toda pastilla donde aparecían Clint Eastwood y un chimpancé. Su más antiguo inquilino, Sam, estaba sentado en el sofá, bebiéndose una Miller y riéndose del mono. Cuando la señora Polter me vio llegar detrás de ella, giró la cabeza hacia Sam. Éste se levantó obedientemente, desenganchando un muelle del diván de su raído traje.

Me señaló y luego señaló el sofá. Era el único asiento aparte de su enorme sillón de plástico. Lo miré dubitativamente. Los lugares donde el material todavía cubría los muelles estaban llenos de migas de galletas. Me posé en uno de los brazos, que se bamboleó peligrosamente bajo mi peso.

La señora Polter bajó el sonido a desgana justo en el momento en que Clint y el mono empujaban a otro coche fuera de la carretera. Yo también habría preferido ver eso que hablar conmigo.

—Así que te has tirado al canal, ¿eh?

—¿No se lo han dicho sus amigotes? Menuda noche pasamos juntos. Cuando intentaron utilizar mi cuerpo como parte de la carretera, decidí que quien lucha y huye vivirá para volver a luchar.

—¿Quién ha intentado atropellarte? —masculló, sin quitar la vista de la pantalla.

—Milton Chamfers, señora Polter. Usted lo conoce: le telefoneó en cuanto supo algo de mí, para decirle que había vuelto al barrio.

—No sé de qué hablas.

—Sí, claro que lo sabe, señora Polter —me levanté del sofá y le arrebaté el mando a distancia—. ¿Por qué no dejamos a Clint para más tarde? Mis aventuras del viernes fueron punto por punto tan excitantes como las suyas. Prometo describírselas en tecnicolor con tal de que me escuche.

Pulsé el interruptor y la gigantesca Mitsubishi se quedó en blanco.

—Eh, no tienes derecho... —gritó.

—Lily, ¿estás bien? —Sam se asomó nervioso a la puerta. Debió de adelantarse un poco por el oscuro vestíbulo, listo a saltar en su defensa.

—Oh, ve a cenar, Sam. Puedo arreglármelas con ella.

Intentó hacerle señas. Como ella no se inmutó, se acercó y se inclinó junto a su silla.

—Ron dice que tiene una pistola. Se la ha visto cuando se estaba vistiendo.

La señora Polter soltó una risa cascada.

—Así que tiene una pipa. Tendría que tener un cañón para hacer mella en mis carnes. No te preocupes por eso, Sam.

Cuando él volvió a desaparecer en la penumbra, me miró de hito en hito.

—¿Has venido aquí a pegarme un tiro?

—Si hubiera querido hacerlo habría sacado la pistola cuando usted estaba apuntándome con el puñetero extintor ese, los maderos se habrían quedado con que era en defensa propia.

—No sabía que eras tú —exclamó, indignada—. Oí a alguien en mi puerta. Yo también tengo derecho a defenderme, igual que tú, y en este barrio ninguna prudencia está de más. Y luego te me echas encima como un toro furioso, ¿qué esperabas? ¿El alcalde y una fiesta de bienvenida?

Sonreí ante su último comentario, pero proseguí mi ataque.

—¿La llamó Chamfers el sábado? ¿Le dijo que yo estaba muerta?

—No conozco a nadie que se llame Chamfers —gritó—. Quítate eso de la cabeza.

Le di un manotazo al televisor.

—No me venga con esa mierda, señora Polter. *Sé* que usted lo llamó; me lo dijeron el viernes por la noche en la fábrica.

—Yo no conozco a nadie que se llame así —repitió obstinadamente—. Y deja de pegarle a la tele. Me he gastado mucha pasta en ella. Como me la rompas me pagas otra nueva, aunque tenga que llevarte a juicio.

—Bueno, usted llamó a alguien. ¿A quién? —de repente se hizo la luz—. No, no me lo diga. Telefoneó al hijo de Mitch Kruger. Le dio un número de teléfono cuando vino a buscar los chismes de Mitch y le pidió que le llamara tan pronto como alguien viniese preguntando por su papá. Usted debió de avisarle de que yo había estado aquí y él le dejó muy claro que quería saber inmediatamente si yo volvía.

Se quedó boquiabierta.

—¿Cómo lo sabías? Dijo que nadie tenía que saber que había estado aquí.

—Usted me lo dijo. ¿Recuerda? El lunes pasado, cuando vine a buscar los papeles de Mitch.

—¡Oh! —era difícil leer su expresión en la tenue luz, pero me pareció que estaba apenada—. Le prometí que no diría nada. Se me olvidó...

Me acuclillé en el suelo polvoriento, debajo de la lámpara, para que pudiésemos vernos mejor las caras.

—El tipo que vino y le dijo que era el hijo de Mitch, ¿es más o menos de mi estatura? ¿Bien afeitado, con pelo castaño, corto, cepillado hacia atrás?

Me miró con desconfianza.

—Puede ser. Pero eso podrían ser un montón de tipos.

Lo reconocí. Es difícil pensar en algo del aspecto de un director de compañía que le haga destacar entre la multitud.

—Sabe qué le digo, señora Polter, estaría dispuesta a apostar una buena suma, digamos cien pavos, a que la persona que dijo que era el hijo de

Mitch es en realidad Milt Chamfers, el director de esa fábrica de ahí, Diamond Head. Ya sabe, la fábrica de motores esa de la Treinta y tres, junto al canal. ¿Querrá venir conmigo en el coche por la mañana a echarle un vistazo? ¿Para demostrarme si tengo razón o estoy equivocada?

Los botones negros de sus ojos destellaron de rapacidad durante un segundo, pero conforme lo iba pensando mejor el destello se apagó.

—Pongamos que tienes razón. No es que yo lo crea, pero digamos que sí. ¿Por qué lo iba a hacer?

Respiré hondo y elegí cuidadosamente mis palabras.

—Usted no conoció a Mitch Kruger, señora Polter, pero estoy segura de que ha conocido a montones de tipos como él en todos estos años. Siempre pendientes de que caiga fácilmente un dólar, sin querer nunca trabajar para salir adelante.

—Ya, he conocido a unos cuantos de ésos —admitió de mala gana.

—Él creyó que estaba sobre alguna pista en Diamond Head. No me pregunte cuál, porque no lo sé. Lo único que puedo decir es que merodeaba por allí, hacía insinuaciones a sus colegas de que estaba a punto de descubrir un fraude, y murió. Chamfers creyó probablemente que Mitch tenía verdaderamente alguna prueba de algo ilegal. Así que, tan pronto como se descubrió su cuerpo, Chamfers vino aquí pretendiendo ser el hijo de Mitch para poder hurgar en sus papeles.

No me parecía probable que Mitch hubiese dado con alguna prueba escrita de un robo relacionado con el cobre. Aunque quién sabe —quizá estuvo rebuscando en sus desechos algún documento que le sirviera de material para un chantaje. Eso parecía más faena de la que yo le imaginaba capaz, pero sólo había visto al tipo un par de veces.

—Bueno, supongamos que le llamara el viernes —la señora Polter interrumpió mi pensamiento—, no que lo haya hecho, sólo supongamos. ¿Y qué?

—Llevo dos semanas intentando hablar de Mitch Kruger con el chico y él no quiere verme. Fui a la fábrica el viernes por la noche, esperando encontrar algo que le decidiera a hablar conmigo. Tenía a seis tíos esperándome. Peleamos, pero eran demasiados para mí, cuando intentaron atropellarme me tiré al canal.

No me pareció necesario contarle a la señora Polter lo de las bobinas de cobre. Al fin y al cabo, si se ponía a chantajear a Chamfers con lo del robo organizado, el suyo podría ser el siguiente cuerpo que bajara flotando por el río Stickney.

—Seis tipos contra ti, ¿eh? ¿Llevabas tu pistola?

Sonreí para mis adentros. Estaba empeñada en que le diera la versión en tecnicolor. Le hice una descripción gráfica, incluido el estornudo que me delató. E incluyendo los comentarios de que «el jefe» les había avisado de que yo iba a dejarme caer por allí. Me callé la parte de los camiones y el cobre, dejándola creer que habían puesto la grúa en marcha cuando yo me encaramé a ella.

Respiró ruidosamente.

—¿De verdad te descolgaste por el pórtico de la grúa esa? Me hubiera gustado que hubiese allí alguien con una cámara. Desde luego, yo también fui joven. Pero no creo que pudiese nunca saltar de una plataforma a una grúa. Por culpa de mi cabeza, le temo a las alturas.

Meditó en silencio durante unos minutos.

—Está claro que ese tipo se ha quedado conmigo diciéndome que era el hijo de Mitch Kruger. Me lo tenía que haber figurado cuando me ofreció tanta pasta... —me miró, insegura, pero se relajó al ver que no le echaba la bronca.

—Es mi única debilidad —dijo con dignidad—. Nos criamos con demasiada miseria. Solíamos llevar bocatas de tocino a la escuela. Los días buenos eran cuando teníamos dos mendrugos de pan para ponerlo entremedias. Pero soy buena para calar a los hombres, y debí habérmelo figurado, era demasiado listo, tenía mi número.

Reflexionó un rato más, y luego, de súbito, se levantó de la silla.

—Quédate aquí. Vuelvo enseguida.

Me levanté. Tenía las rodillas doloridas de estar tanto tiempo arrodillada en el linóleo. Mientras cuchicheaba en un conciliábulo con Sam en el vestíbulo, me senté en su banqueta e hice levantamientos de piernas. Me dio tiempo a hacer cincuenta con cada pierna antes de que volviera.

—Cogí esto del cuarto de Mitch cuando vino su hijo o quien fuera. Más vale que conozcas también mi lado malo. Vi que estaba deseando echarle la zarpa a los papeles del viejo, y pensé que a lo mejor tenían algún valor. Pero los he leído un millón de veces y por mi vida que no se me ocurre en qué pueden ser tan importantes para que él quisiera cargar con ellos por todo el South Side. Puedes quedártelos —me lanzó a las manos un paquete envuelto en papel de periódico.

Un pollo para el señor Contreras

Eran casi las ocho y media cuando doblé desde la avenida Kennedy por Belmont. La señora Polter había querido compartir una cerveza o dos antes de que me fuera, como prueba de que no le guardaba rencor por lo de mi chapuzón en el canal. Aunque no soy muy aficionada a la cerveza, me pareció de buena política alentar ese sentimiento más amable que tenía hacia mí.

Sam había sacado un paquete de seis cervezas y dos vasos y se había quedado con cierta inquietud junto a la puerta para asegurarse de que no la fuese a atacar. Para cuando quise zafarme del florido flujo de sus recuerdos, ya me estaba dando palmadas en el muslo y diciéndome que no era tan engreída como parecía al principio.

Me detuve en una cabina de teléfonos junto a Ashland para llamar al señor Contreras, en parte para que supiera que seguía viva, pese a mi tardanza. También quería asegurarme de que el edificio no estuviese vigilado. Con el alivio de saber de mí se puso locuaz; le interrumpí con la promesa de contarle todo durante la cena.

Supuse que no era necesario ocultar el Impala. A esas alturas cualquiera que quisiera saber dónde andaba ya debía de tener una idea bastante clara de cada paso que daba. Desde luego, no estaba convencida de que la señora Polter no hubiese llamado a Milt Chamfers en cuanto salí de su casa. Esperé frente a mi casa unos minutos, vigilando la calle por si descubría a alguien que pareciese fuera de lugar.

El señor Contreras salió a recibirme en la entrada. Insistió en cogerme la maleta y en subirla. Le di a elegir entre vino y whisky, pero había traído una botella de su propia *grappa*. Se instaló ante la mesa de la cocina con un vaso mientras yo me ponía zapatos secos y un par de vaqueros limpios.

No había mirado el paquete de periódico de la señora Polter, sólo me lo había embutido en la cintura del pantalón cuando me lo dio. No quería mostrar demasiada impaciencia delante de ella. Además, tenía miedo de desenvolverlo, temía que ese fajo de papeles significara tan poco para mí como para ella. Había dejado el bulto sobre mi cómoda mientras me cambiaba, pero sin dejar de mirarlo. Al volver a la cocina tomé aliento y me lo llevé allí.

Lo dejé como si tal cosa frente al señor Contreras.

—Éstos son papeles personales de Mitch. La señora Polter los había mangado de su cuarto después de su muerte, pero ha decidido devolvérmelos. ¿Quiere ver si hay algo interesante en ellos mientras empiezo a hacer la cena?

Me activé con una sartén y aceite de oliva, picando champiñones y olivas como si el pequeño bulto no tuviera interés para mí. A mis espaldas oí el crujido del periódico al desenvolverlo el señor Contreras, y luego su laboriosa extracción del contenido. Rebocé el pollo en harina y lo eché a la sartén. El sonido de la fritura ahogó el ruido del papel.

Finalmente, después de flambear el pollo con un poco de brandy y de cubrir la sartén, de lavarme las manos con la meticulosidad de un cirujano, y de servirme un largo trago de whisky para neutralizar la aguada cerveza que me estaba haciendo eructar, me senté junto al señor Contreras.

Me miró dubitativamente.

—Espero de verdad que no sea por esto por lo que casi te matan, pequeña. Esto parece un gran montón de nada. Claro, significaba algo para Mitch, y algunas cosas tienen un valor sentimental, su carné del sindicato y esos rollos, pero el resto... no es gran cosa, y no vale una mier...bueno, sea lo que sea, velo tú misma.

Sentí que se me encogía el diafragma. Había esperado demasiado. Cogí el fajo de documentos, pringosos por el intenso manipuleo que habían sufrido últimamente, y los revisé uno por uno.

El carné del sindicato de Mitch. Su tarjeta de la Seguridad Social. Un formulario para enviar a los federales indicando su cambio de domicilio, para poder seguir cobrando la Seguridad Social. Otro para el sindicato. La noticia del *Sun-Times* sobre el cambio de dueño de Diamond Head, tan arrugada que era apenas legible. Una foto de periódico de un hombre de pelo blanco, con una sonrisa que enseñaba sus últimas muelas, estrechando la mano de un próspero cincuentón. El pie de la foto había sido tan toqueteado que también era ilegible. Cogiéndolo por una esquina, se lo enseñé al señor Contreras.

—¿Tiene alguna idea de quiénes pueden ser estos tíos pijos?

—Oh, el tío de la izquierda es el antiguo presidente de nuestro sindicato, Eddie Mohr.

—¿Eddie Mohr? —un cosquilleo me recorrió la nuca—. ¿El hombre cuyo coche utilizaron para atacar a Lotty?

—Sí... ¿Adónde quieres llegar, pequeña? —se agitó incómodo en la silla.

—¿Por qué llevaba Mitch su foto junto con sus pertenencias más queridas?

El señor Contreras se encogió de hombros.

—Probablemente no estaba acostumbrado a ver a la gente que conocía en los periódicos. Sentimentalismo, ya sabes.

—A mí Mitch no me pareció muy sentimental. Perdió la pista de su hijo y de su mujer. No poseía ni un trocito de papel que mostrara su preocupación por alma viviente alguna en este mundo. Y aquí, junto con el artículo sobre Jason Felitti cuando compró Diamond Head, hay una foto del anterior presidente del sindicato de Diamond Head. Pero si a Mohr le fotografiaron para el periódico, no es posible que estuviese haciendo algo que no quería que se supiese —añadí, más para mí misma que para el viejo.

—Exactamente, niña. Tú quieres que eso signifique algo. Bah, yo también. Hemos estado escarbando por ahí casi tres semanas enteras sin encontrar nada, sé hasta qué punto *deseas* que esto sea importante.

Trasegué el whisky y me aparté de la mesa.

—Vamos a cenar. Y luego me llevaré esto a mi oficina. Si hago una fotocopia, puede que el texto aparezca con más claridad, a veces pasa.

Me dio unas torpes palmaditas en el hombro, tratando de solidarizarse con mi empeño en cazar imposibles. Me ayudó a servir el pollo y a llevarlo al comedor. Llevé el pequeño tesoro de Mitch a la mesa y extendí los papeles en círculo entre el señor Contreras y yo.

—Su tarjeta de la Seguridad Social la necesitaba. Supongo que el carné del sindicato también lo necesitaba, para la pensión. O quizá era la única cosa que había realizado en su vida a la que sentía que se podía aferrar. ¿Para qué seguirle el rastro al dueño de Diamond Head?

No esperaba respuesta alguna, pero el señor Contreras apuntó inesperadamente una:

—¿Cuándo compró ese Felitti la compañía? ¿Hace un año? ¿Dos? Para entonces Mitch sabía que la pensión no le iba a alcanzar para vivir. Quizá pensó en ir a pedirle trabajo.

Asentí para mis adentros. Eso parecía tener sentido.

—¿Y Eddie Mohr? ¿También podía ayudar a Mitch?

—Lo dudo —el señor Contreras se limpió la boca con la servilleta—. Delicioso, el pollo, pequeña. ¿Le has puesto aceitunas? A mí nunca se me hubiera ocurrido. No, estando jubilado como está, Eddie Mohr no podía tener ninguna influencia sobre la gente que contratara la compañía. Por supuesto, podía hacer sus recomendaciones, eso siempre da más peso que alguien que viene directamente de la calle sin más, pero él y Mitch no se llevaban especialmente bien. No me lo imagino molestándose por un tipo que para empezar tampoco se molestaría mucho por él.

—¿Quién es ese que le está dando la mano a Eddie?

El señor Contreras se sacó las gafas del bolsillo de la camisa y volvió a escrutar la foto.

—¡Ni idea! No se parece a nadie que conozca... Ya veo que estás tascando el freno por salir de aquí, por ir a ver qué se puede hacer con ese cretino. El café puede esperar hasta que volvamos.

Le sonreí.

—No sabía que era *tan* transparente. ¿Viene usted?

—Pues claro. Si vas a levantar alguna liebre, yo quiero ver cómo sale. Aunque ya no pueda saltar de una plataforma a una grúa en movimiento. Aunque apuesto a que sí podría —musitó entre dientes mientras yo cerraba cuidadosamente los tres cerrojos—, apuesto a que aún me quedan más bríos de lo que imaginas.

Decidí que nuestra amistad sería más duradera si fingía no haber oído.

El trayecto hasta el centro fue rápido. Ahora que los oficinistas se habían marchado por ese día, encontré un lugar bastante grande para el Impala a sólo unas puertas del Pulteney.

Me pregunté si la gente que había entrado a saco en mi casa la noche pasada habría saqueado también mi oficina, pero la puerta estaba intacta. Aficionados. Pese a lo que dijera Rawlings, era gente que no me conocía. Si de verdad estaban buscando algo que pensaban simplemente que yo tenía, hubieran probado también en mi oficina.

Mi fotocopiadora de despacho cobró rápidamente vida. Agrandando la copia y aumentando el contraste, en unos minutos logré rescatar lo suficiente de la inscripción como para saber en qué estaba ocupado Eddie Mohr. El jubilado del South Side, como lo llamaba el periódico, estaba recibiendo un premio de un nombre borroso que pensé sería probablemente Hector Beauregard. Hector, el borroso secretario de Chicago Settlement, estaba conmovido por la contribución que Eddie había hecho a su obra benéfica favorita.

El señor Contreras, que seguía con su calloso dedo mientras yo descifraba, soltó un silbido.

—Nunca me imaginé a Eddie como a un tipo caritativo. Los Caballeros de Colón, quizá, pero no una organización de la ciudad, como creo que es Chicago Settlement.

Me senté en la dura esquina de mi mesa.

—No es sólo una asociación benéfica de la ciudad, es la niña mimada del bueno de mi ex marido, Dick Yarborough. El hijo de Max Loewenthal, Michael, tocó en una gala benéfica para ellos hace tres semanas y vi allí a Dick, dirigiendo el asalto a la comilona. No es sólo curioso, es francamente sórdido. Creo que tengo que hablar con el señor Mohr. ¿Puede llevarme usted? ¿Hacer las presentaciones?

El señor Contreras se quitó las gafas y se frotó el puente de la nariz.

—¿Para qué quieres hablar con él? No pensarás que está haciendo algo... bueno, algo bajo capa con esa organización de Chicago Settlement, ¿verdad? No saldría en los periódicos si hubiese algo sospechoso en ello.

—No sé lo que pienso. Por eso quiero hablar con él. Es que es demasiado... demasiada coincidencia. Mitch llevaba encima su foto junto con un artículo sobre Diamond Head. Mi ex marido, Dick, está mimando a tope a Chicago Settlement. Al mismo tiempo, el suegro de Dick tiene un hermano que es el propietario de Diamond Head. Eddie, Dick y Jason Felitti se conocen todos entre sí. Tengo que averiguar por qué Mitch creyó que eso podía ser valioso.

—No me gusta eso, pequeña.

—A mí tampoco —extendí unas manos suplicantes—. Pero es todo lo que tengo, así que es lo que voy a tener que utilizar.

—Me hace sentir... no sé, como un soplón, como un esquirol.

Torcí la boca con tristeza.

—El trabajo del detective es así, no es todo aventura y lujo. Muchas veces es faena sucia, y a veces se vive como una traición. No le voy a pedir que venga si de verdad le hace sentir como un esquirol. Pero yo voy a tener que hablar con Eddie Mohr, tanto si está usted como si no.

—¡Oh!, iré si estás empeñada en hacerlo —dijo lentamente—. Ya veo que no tengo mucha opción.

El retorno del ex marido

Rawlings llamó al poco de estar en casa.

—Sólo quería oír tu dulce voz, señorita W. Asegurarme de que no te habías caído debajo de un trailer o algo así. Intenté localizarte ayer, pero no lancé una alerta general, supuse que, si estabas muerta, tu cadáver podía aguantar un día más.

—Salí de la ciudad —dije, disgustada de ver que estaba ofreciéndole una explicación—. Han pasado casi tres días sin que nadie intentara matarme. La vida se está volviendo aburrida. Pero me gustan los coches patrulla. Nunca pensé que la visión de un poli me alegraría tanto.

—Supongo que una dama con clase como tú espera algún regalo, señorita W., y como no puedo pagarte diamantes te ofrezco lo que tengo. ¿Qué tal una cena mañana?

Me reí levemente.

—¿Qué tal el miércoles? Mañana trabajaré hasta tarde.

Él estaba ocupado el miércoles. Lo fijamos para el viernes, en el Costa del Sol, un restaurante mexicano en Belmont, justo al oeste de la zona *yuppy*.

—Si tu trabajo de mañana significa enfrentarte a unos matones armados y no me lo cuentas, me voy a mosquear un poco —añadió antes de colgar.

Sentí una inesperada oleada de rabia, pero procuré hablar sosegadamente.

—Aprecio los coches patrulla y el interés, sargento, pero no pienso poner mi vida entre tus manos. Si ése es el precio, prefiero arriesgarme en la calle —la templanza y yo al parecer no hacemos muy buenas migas.

—¿Es así como lo ves, Vic? —parecía sorprendido—. Soy un poli. Y por muy bien que me caigas, no quiero ver a los civiles en la línea de fuego, eso nos da diez veces más trabajo a la policía. Y también me dan sudores fríos cuando pienso en alguien trepando a tu ventana con una escala y entrando como si nada.

—A mí también me dan sudores fríos, pero me hago cargo de la situación. Sea como sea, yo soy civil y no me gusta que los polis me digan cómo hacer mi trabajo. Sin contar que hace dos semanas vosotros, guapos, no queríais creer que existía una línea de fuego en todo esto. Ahora que os lo he demostrado, queréis que líe el petate y me quede en casa. Quizá los polis y los detectives no deberían hacer tanta amistad —lamenté mi última frase tan pronto como la pronuncié.

—Vaya. Golpe bajo, señorita W. Golpe bajo. Yo no veo por qué nuestro trabajo tiene que entrar en conflicto, pero tal vez tú sí.

—Conrad, sé que hay buenos polis; mi padre era uno de ellos. Pero los polis son como cualquier otro grupo de gente, cuando están juntos actúan como un clan. Les gusta demostrar su poder colectivo a los que están fuera de su cuadrilla. Y la sociedad os da cantidad de poder para que hagáis gala de vuestra fuerza. A veces pienso que todo mi trabajo consiste en mantenerme apartada de las distintas camarillas —de polis, de *yuppies*, o de lo que sea—, con una bandera amarilla para recordaros que vuestra opinión no es la única.

Permaneció un rato callado.

—¿Sigues queriendo cenar conmigo el viernes?

Sentí que mis mejillas enrojecían.

—Claro. Sí, a menos que hayas cambiado de parecer.

—Bueno, dejemos así las cosas antes de llegar demasiado lejos y no querer volvernos a ver. No puedo pensar lo bastante rápido como para una discusión de este tipo por teléfono —vaciló, y luego dijo—: ¿Me prometes que me llamarás si alguien intenta malherirte, atropellarte, entrar por tu ventana, o lo que sea? ¿Sería eso una violación de tus principios?

Accedí bastante amigablemente, pero aún tenía los puños apretados cuando colgué el teléfono. Tenía que habérmelo pensado mejor antes de meterme en la cama con un policía. Durante las últimas tres semanas había actuado sin pensar. Y todas las veces me había acarreado problemas.

Volvió a sonar el teléfono cuando me dirigía al cuarto de baño a prepararme para acostarme. Estuve a punto de dejarlo sonar, después de todo eran más de las once. Pero quizá era Rawlings que quería suavizar las cosas. Descolgué el supletorio del baño a la quinta señal. Era Murray Ryerson. A juzgar por el ruido de fondo, llamaba desde una fiesta en pleno apogeo.

—¿Estás borracho, Murray? Hace tiempo que ha pasado la hora decente de llamar a quien sea.

—¿Te estás haciendo vieja, Warshawski? Creí que tu noche estaría apenas empezando.

Le hice una mueca al teléfono.

—Sí, me estoy haciendo vieja. Ahora que ya lo sabes, ¿está satisfecha tu inquisitiva mente de reportero?

—No del todo, Vic —gritaba para hacerse oír por encima de la música. Alejé el receptor a varias pulgadas de mi oreja.

—¿Cómo eres capaz de caerte al canal de saneamiento sin contarme nada? Uno de mis ayudantes acaba de darme la noticia aquí en el bar. Desde luego, estaba convencido de que yo ya lo sabía, porque todo el mundo cree que tú y yo somos colegas. Me haces quedar mal.

—Vamos, Murray, me dijiste la última vez que te vi que lo que yo hacía no era noticia. No me vengas con la tonadilla esa de la unión y la amistad. No me lo trago —estaba tan furiosa que partí en dos un lápiz con el que había estado jugueteando.

—Tú no puedes decidir lo que es noticia o no, Warshawski. Una vieja que pierde a sus perros porque está senil y ellos son una molestia, eso no le interesa a nadie. Ni tampoco un vago alcohólico que se cae al canal. Pero si eres *tú* la que se da el baño, la gente quiere saberlo.

—Que te jodan a ti y al caballo en el que vas montado, Ryerson —colgué el teléfono aporreándolo con todas mis fuerzas.

Estaba jadeando de rabia, totalmente desvanecida la frágil serenidad lograda con el viaje a Atlanta. Pero ¿qué les pasaba a los tíos esos, que intentaban todos darme lecciones? Saqué una pelota de baloncesto del fondo del armario del pasillo y me puse a botarla, con una perversa indiferencia por la familia que estaría intentando dormir abajo, esperando echar fuera algo de mi furia.

Llevaba unos cinco minutos botando el balón cuando volvió a sonar el teléfono. O era Murray, esperando sonsacarme alguna historia, o mi vecina de abajo, la señora Lee. Volví a guardar rápidamente el balón en el armario antes de descolgar el receptor.

—¿Vic? —era la clara voz de barítono de Dick—. Ya sé que es tarde, pero llevo dos horas intentando localizarte.

Me senté rígidamente en el taburete del piano; la sorpresa desbancó bruscamente a la rabia.

—¿Y eso te da derecho a llamar a las once y cuarto? —no porque hubiera dejado de estar furiosa le iba a facilitar las cosas a Dick.

—Tenemos que hablar. Hoy he dejado dos recados en tu servicio de mensajes.

Caí en la cuenta de que no me había comunicado con mi servicio de llamadas desde mi regreso de Atlanta.

—Esto es demasiado repentino, Dick, no puedo darte una respuesta inmediata. ¿Lo sabe Teri?

—Por favor, en este momento no te hagas la payasa, Vic. No estoy de humor para eso.

—Bueno, para empezar, creo que fue por eso por lo que rompimos, ¿no? —dije en tono razonable—. Porque yo no me preocupaba lo suficiente por saber para qué rollos estabas tú de humor.

—Mira. Has estado metiendo las narices en mis asuntos durante el último mes. Creo que he sido bastante tolerante en general, pero ahora estás verdaderamente buscándote problemas. Y, por extraño que te parezca, no quiero verte metida en problemas gordos.

Le hice una mueca al receptor.

—Tiene gracia que digas eso, Richard. Hace poco he tenido un pensamiento idéntico respecto a ti. Hagamos un trato: tú me dices cuál es el problema gordo que crees que me espera y entonces te diré cuál es el tuyo.

Suspiró ostensiblemente.

—No sé por qué me he molestado en intentar hacerte un favor.

—No sé por qué crees que llamarme para imponer tu ley me iba a parecer a mí un favor —le corregí.

—Me gustaría que vinieras mañana a mi oficina. Estaré libre a eso de las diez.

—Lo que significa que estaré haciendo antecámara hasta las once o las doce. No, gracias. Mañana tengo un programa muy apretado. ¿Por qué no te pasas por aquí de camino hacia el Loop? Es sólo un salto desde Eisenhower hasta Belmont.

No le gustó, principalmente porque no controlaba él el programa. Intentó convencerme de que fuese al centro hasta el Enterprise Club, lugar favorito de las momias de los abogados y banqueros de más postín de Chicago. Yo quería empezar el día en mi barrio, en el banco de Lake View. Finalmente consintió en encontrarse conmigo en el Belmont Diner, pero tenía que ser a las siete: sus importantes reuniones empezaban a las ocho y media. Como Dick sabe que los madrugones y yo no estamos en los mejores términos, eso le permitía terminar la conversación con un pequeño triunfo.

Antes de irme a la cama llamé a mi servicio de mensajes. Desde luego, había dos recados de Dick, ambos insistiendo en la urgencia de que le llamase *inmediatamente*. Había llamado el detective Finchley, así como Luke Edwards y el sargento Rawlings. Me alegré de no haber hablado con Luke. No estaba de humor para oír el largo y lúgubre recuento de los males del Trans Am. Desenchufé el teléfono y me fui a dormir.

Disputa posmatrimonial

Mis sueños se vieron atormentados por imágenes de mi madre. Aparecía en el gimnasio donde yo estaba jugando al baloncesto. Yo soltaba la pelota y salía corriendo de la cancha hacia ella, pero justo cuando le tendía una mano, me volvía la espalda y se alejaba. Me sentí llorar en sueños mientras la seguía por Halsted, suplicándole que se volviera y me mirara. Detrás de mí, el Buda decía con el fuerte acento de Gabriella: «Ahora estás sola, Victoria».

Cuando el reloj sonó a las seis, agradecí el alivio que supuso después de la trampa de los sueños. Tenía los ojos pegados por las lágrimas que había derramado durante la noche. Sentía tal autocompasión que solté otro hipido lloroso mientras me cepillaba los dientes.

—Pero ¿qué te pasa? —me burlé del rostro del espejo—. ¿Te sientes despojada porque has perdido el amor de Dick Yarborough?

Abrí el agua fría de la ducha y metí la cabeza debajo. La impresión me limpió las pestañas y me despejó la cabeza. Hice una tabla completa de gimnasia en el salón, incluyendo una serie completa de ejercicios de pesas. Cuando terminé me temblaban los brazos y las piernas, pero me sentí purgada de mi pesadilla.

Me vestí con un esmero que me hizo sentir un poco disgustada conmigo misma, con un corpiño color oro viejo y un traje pantalón antracita. No creía que me apeteciera impactar a Dick, al menos no en un sentido sexual. Sólo quería aparentar soltura y prosperidad. Unos grandes pendientes y un llamativo collar me añadían un toque moderno. La chaqueta era lo suficientemente amplia como para ocultar mi funda sobaquera.

Habían pasado casi cuatro días desde mi baño forzoso. Estaba empezando a ponerme nerviosa que mis amiguitos me dejaran tanto tiempo en paz. Ni llamadas de amenazas, ni bombas incendiarias por la ventana. No era sólo debido al ojo vigilante de los muchachos de Conrad. No podía evitar pensar que se estaban reservando para alguna sorpresa gorda, de cuidado.

Escudriñé detenidamente la calle desde la ventana de mi salón antes de salir. Era difícil saber desde ese ángulo si alguien me estaba acechando fuera desde los coches de enfrente, pero el Subaru que me había seguido la semana anterior no estaba. Nadie disparó sobre mí cuando salí. Siempre era un buen comienzo para la jornada.

Di un largo rodeo hasta el Belmont Diner, observando la regla número uno para los posibles blancos de los terroristas: variar la ruta. Aunque pasaban unos minutos de las siete cuando llegué al restaurante, Dick todavía no había llegado. Con mi ansiedad por recordar las reglas contra el terrorismo, había olvidado una imprescindible para estar en posición de fuerza: hacer esperar a la otra persona.

Barbara y Helen me saludaron con entusiasmo. Había mucho trabajo, pero consiguieron contarme los detalles de lo que había pasado con mi perseguidor después de marcharme, el viernes anterior.

—Querida, tenías que haber estado aquí —gritó Barbara por encima del hombro, mientras depositaba una pequeña pila de tostadas y unos huevos fritos en la mesa de detrás de mí—. Esta Helen casi desnuda al pobre tipo, lloriqueándole sobre la pernera del pantalón y haciéndose la compungida por lo del té. Y luego... bueno, ahora te cuento... ¿Quieres lo de siempre, Jack? Y tú, Chuck, ¿dos vuelta y vuelta, cielo? ¿Y unas patatas al horno? —volvió a toda prisa a la cocina.

Helen, que había estado descargando una brazada de comida en una esquina, voceó desde allí:

—La guinda la puso Moira. Salió de la cocina para ver qué era todo ese jaleo y dejó caer un bote de grasa caliente por el pasillo. El refuerzo del pobre tipo había entrado a toda pastilla. Cuando el otro le gritó que te habías esfumado por atrás, el segundo se cayó patas arriba en la grasa —rugía de risa.

Barbara apareció con una jarra de café recién hecho y me sirvió una taza.

—Fue increíble, Vic. Santo cielo, me hubiera gustado tener mi cámara. Tardaron como una hora en salir de aquí, y durante todo ese tiempo nosotras lloriqueando como si fuéramos el Trío de la Risa y no pudiéramos parar... ¿Qué vas a tomar hoy, cielo?

—Estoy esperando a alguien para pedir. Sois estupendas. Me hubiera gustado quedarme para el espectáculo. Si tuviera una fortuna, la repartiría entre todas vosotras.

La mayoría de los parroquianos a esa hora eran clientes habituales, gente del barrio que llevaba años parando allí antes de ir al trabajo. Era evidente que ya habían oído la historia, y no dejaban de interrumpir con sus propios adornos. Al oír mi comentario un par de ellos rechifló.

—Es fácil prometer cuando sabes que morirás en la ruina, Vic.

—Deberías dejarlo y pasarle tu negocio a estas chicas, ellas son las verdaderas profesionales.

El barullo se extinguió de repente. Miré por encima de mi hombro y vi entrar a Dick. Su veraniego traje de estambre gris perla tenía el lustre de la riqueza. El leve desdén con que miró las mesas de formica descascarilladas provocó una pequeña ola de resentimiento. Los hombres en mono de trabajo y raídas chaquetas se ensimismaron en su comida. Cuando Dick me vio y amagó un saludo con la mano, un leve murmullo recorrió a los parroquianos.

—¿Quién es ese portento? —susurró Barbara, volviéndome a llenar la taza de café—. Si lo pescas, ya tienes esa fortuna de inmediato. Y no creas que me voy a olvidar de tus zalamerías.

Cuando Dick se sentó, agitó su trapo delante de él.

—¿No te importa que se siente contigo, Vic?

Me sentí un poco azorada, no le había pedido a Dick que viniese allí para que lo insultaran abiertamente.

—Está conmigo, Barbara. Dick Yarborough, Barbara Flannery. Dick estuvo casado conmigo, pero eso fue en otra galaxia.

Barbara ahuecó la boca para proferir un avispado «¡Oh!» que indicaba su entendimiento de que teníamos asuntos confidenciales.

—¿Quieres la carta, Dick?

Dick enarcó glacialmente las cejas. En el Enterprise Club los camareros le decían «señor Yarborough» con deferencia.

—¿Tienen fruta fresca?

Barbara revolvió los ojos, pero no soltó su réplica favorita.

—Melón chino, melón francés y fresas.

—Fresas. Con yogur. Y granola. Leche desnatada con la granola.

—Fruta, nueces y copos, desnatada —musitó Barbara—. ¿Y para ti, Vic?

La ostentación dietética de Dick me hizo sentir tan perversa como casi todo lo que él hacía.

—Carne picada y un huevo escalfado. Y patatas fritas.

Barbara me guiñó un ojo y se alejó.

—¿Has oído hablar alguna vez del colesterol, Vic? —Dick inspeccionó su vaso de plástico para el agua como si fuera una forma de vida desconocida.

—¿Qué era eso de lo que querías hablarme con tanta urgencia? Sabes, ya has visto plástico antes, es lo que solíamos utilizar para beber cuando vivíamos juntos, allá en Ellis.

Tuvo el tacto de sentirse un poco avergonzado. Bebió algo de agua, jugueteó con sus gemelos, y miró a su alrededor.

—Probablemente es bueno para mí venir de vez en cuando a un sitio de éstos.

—Sí. Algo así como ir al zoo. Puedes sentirte superior a las criaturas enjauladas, aunque te den pena.

Barbara llegó con su comida antes que pudiese replicarme algo realmente astuto. Escarbó precavidamente en las fresas, apartó cuatro o cinco que al parecer no cumplían sus normas, y vertió algo de yogur sobre el resto. Era por los tipos como él que se habían mudado a ese barrio por lo que el Diner había empezado a servir cosas como yogur y granola. Cuatro años atrás, cuando yo estaba recién llegada, no se conseguía una comida tan sofisticada.

—Bueno, ¿de qué querías hablar, Dick? Sé que tu tiempo vale mucho.

Engulló una cucharada de fresas.

—Fuiste a ver a Jason Felitti el viernes.

—Gracias por compartir esa información conmigo.

Frunció el ceño, pero siguió adelante.

—Me gustaría saber por qué creíste que debías molestarlo.

Barbara me trajo mi pedido. Partí el huevo y revolví la yema con la carne. Las patatas estaban doradas y crujientes; comí unas pocas y luego volví a la carne. Me pareció que Dick ojeaba las patatas con cierta envidia.

—Sé que estás en la junta de Diamond Head, Dick. Tengo la corazonada de que tú llevaste el tema legal cuando Jason compró la compañía. Al fin y al cabo, es el hermano de tu suegro, y hasta en Oak Brook me imagino que las familias forman una piña —mientras hablaba estudiaba su cara, pero él ya había estado metido en demasiadas apuestas de mucha monta como para demostrar la menor sorpresa por lo que yo sabía.

Resumí la historia de Mitch Kruger y la negativa de Milt Chamfers a hablar conmigo.

—Por eso esperaba simplemente persuadir a Jason de que convenciera a Chamfers para que hablase conmigo. ¿Se te ha quejado tu querido suegro?

Dick exhibió una sonrisita forzada.

—Vic, lo creas o no, pese a todas las rabietas que te marcas cada vez que me ves, no te deseo ningún mal. Incluso te deseo el bien, con tal de que no empieces a desbaratar mi familia o mi vida profesional —bebió un poco de café e hizo una mueca—. Pero Peter Felitti está relacionado con alguna gente muy poderosa de esta ciudad. Le molesta que hayas estado acosando a Jason. Incluso tengo entendido que intentaste penetrar en la fábrica la otra noche. Peter podría presionar a la policía para que no te quiten ojo cada vez que intentes llevar una investigación. Podría incluso conseguir que perdieras tu licencia. Te estoy hablando como un amigo. Lo creas o no, lamentaría mucho verte sufrir ese tipo de contratiempos.

—Desde luego, si de verdad te preocuparas por mi bienestar, podrías convencer a Peter de que no hiciera todos esos chanchullos, al fin y al cabo, es tu suegro —terminé la carne, saboreando la suculenta yema de huevo—. Pero tengo algunas preocupaciones respecto a ti, Dick. Algo feo se está cociendo en Diamond Head. Algo que compromete a Paragon Steel y a alguno de los mecánicos retirados, y quién sabe a quién más —sacudí la mano para indicar el amplio repertorio de cosas feas que se me ocurrían—. No me gustaría verte ante la Comisión de Seguridad o ante el comité disciplinario de la abogacía, o lo que sea, por haber suscrito actividades no éticas. Quizá coaccionar a la gente para que dé dinero a tus obras benéficas favoritas a cambio de algún favor legal especial.

Repetidas veces desde que salí de mi despacho la última noche había estado pensando en Eddie Mohr y en Chicago Settlement. Se me ocurrió que los Felitti podían haber inducido a la firma de Dick a sonsacar contribuciones a cambio de acciones legales de alto precio. No es que pareciese una idea muy consistente, pero observé el rostro de Dick con la esperanza de ver si me estaba acercando a algo.

Volvió a meter la cuchara en la granola y me dedicó una implacable sonrisita.

—Ésas son acusaciones muy serias, Vic. Ya veo por qué no has querido que nos viésemos en mi oficina. Te sería difícil retractarte de esas afirmaciones si tuviese un testigo.

—Habrás estado practicando las leyes en un sitio muy extraño, si necesitas testigos para una conversación así. Por cierto, te habrás dado cuenta de que no te he preguntado cómo es que sabes que estuve en Diamond Head la semana pasada. Será que te lo ha dicho tu querido suegro Peter. Ya sé que el administrador trabaja de concierto con los rufianes que están utilizando la fábrica para almacenar mercancías robadas. Lo cual quiere decir que Peter también está al tanto de ese rollo.

Dick palideció de rabia, hasta el punto que sus ojos destellaban como zafiros por contraste.

—Hay leyes contra la difamación en este país, y están pensadas específicamente para pararle los pies a la gente como tú que echa basura de esa forma. ¿Un escondite para mercancías robadas? No puedes darme ni un ápice de prueba de lo que dices. Estás dando palos de ciego porque la otra noche te pillaron con los pantalones bajados.

—Dick, vi a seis hombres cargando camiones con bobinas de cobre de Paragon en mitad de la noche.

Soltó un bufido.

—Y, claro, tiene que tratarse de un robo.

—Intentaron matarme.

—Te pillarían forzando la puerta.

Ahora sí que estaba dando palos de ciego.

—Chamfers les había dicho quién era. Estaban sobre aviso, y me estaban esperando. Además, consiguen muchas más toneladas de cobre de Paragon de las que utilizan en la producción. ¿Qué crees que van a hacer con él cuando cierren la fábrica? ¿Mandarlo al Ejército de Salvación?

—Sí, e insisto en el *sí*, algunos empleados estuviesen robándole a la compañía, ¿crees que Peter lo iba a consentir? —sonrió compasivamente—. Pese a todas tus bravatas, no puedo evitar pensar que estás un poquito celosa de Teri. A veces te parecerá que lleva muy buena vida. Estás queriendo perjudicarla a través de su padre.

—¿Yo? ¿Celosa de Teri? ¿Celosa de alguien que tiene que ir a Neiman-Marcus sólo por tener algo en que emplear su tiempo? —mi voz subió hasta un tono de falsete—. ¡Por Dios, Dick! Domínate un poco. ¿Qué crees que he estado haciendo en la última década? ¿Esperar a que nuestros caminos se cruzaran por casualidad para poder atormentar a tu mujer?

Enrojeció y frunció el ceño.

—Sea como sea, te advierto por tu propio bien que te apartes de Diamond Head. Y, desde luego, que dejes de lanzar acusaciones calumniosas como la de robo. Palabras como ésas te van a pesar si la cosa llega a una confrontación mayor. Peter se enfureció muchísimo cuando supo que eras tú la que había caído al canal. De hecho, fue muy embarazoso para él, dada tu relación conmigo. Gracias a Dios, pudo convencer a la prensa de que no sacara nada al respecto...

—Tú no eres tan estúpido, Dick —le corté, lanzando chispas por los ojos—. Usa tu puñetera sesera. Te acabo de decir que puedo relacionar a los gorilas de Diamond Head con el director de la fábrica. Y tú acabas de hacer la relación entre Peter Felitti, el director de la fábrica y los gorilas. ¿De qué lado quieres estar cuando todo esto salga a la luz? Ni siquiera Peter Felitti podrá encubrirlo indefinidamente. Además, conozco a un tipo del *Herald-Star* que está deseando echarse un párrafo sobre lo que yo estaba haciendo en Diamond Head el viernes por la noche.

Dick arqueó el labio.

—¡Oh, sí! Tú y los chicos *sabéis*. Estar divorciada ha debido de ser un logro para tu estilo de vida feminista, ¿verdad?

Mi mano se extendió por reflejo: le derramé el café en la pechera de su camisa de rayas antracita. Barbara estaba por allí cerca por si necesitaba protección. Saqué de mi monedero un billete de veinte dólares y se lo metí en el bolsillo del delantal.

—Quizá tú y Marge podríais representar otra vez vuestro papel de buenas samaritanas para este portento. El chico no puede acudir a todas sus importantísimas reuniones con la camisa llena de café —estaba en pie, jadeando.

—Te arrepentirás de esto, Vic. Te arrepentirás de lo lindo de haber tenido esta conversación conmigo —Dick estaba blanco de humillación y de rabia.

—Tú convocaste la reunión, Richard. De todas formas, mándame la nota de la lavandería —las piernas me temblaban cuando salí del restaurante.

Encontré un banco en una parada de autobús al otro lado de la calle y me senté allí, aspirando grandes bocanadas de aire. Aún estaba temblando de furor, golpeándome el muslo con el puño cerrado. La gente que esperaba el autobús se apartó de mí: otra loca suelta.

Cuando advertí la impresión que estaba causando públicamente, procuré controlarme. Al desactivarse mi rabia, me quedé exhausta. Vi con indiferencia salir a Dick del restaurante, desconectar la alarma de su Mercedes descapotable, y enfilar la calle con un gran rugido de su tubo de escape. Ni siquiera tenía fuerzas para desear que le parara un municipal. Al menos, no las suficientes para desearlo ardientemente.

Al cabo de un rato volví a cruzar la calle y regresé al restaurante. El local se había vaciado; las camareras estaban agrupadas ante una mesa, tomando café y fumando.

Barbara se levantó de un salto al verme.

—¿Estás bien, cielo?

—Ajá. Sólo necesito lavarme la cara y recomponerme. Siento haberos impuesto un numerito de parvulario.

Sonrió con picardía.

—Oh, no sé, Vic. Nos has traído más acción en cinco días de la que solemos presenciar en todo el año. Eso le da vida al local y nos permite tener algo de que hablar aparte de nuestros dolores de espalda.

Le di unas palmaditas en el hombro y me acerqué al minúsculo aseo del fondo, por el pasillo donde Marge había derramado la grasa el miércoles. Ése era otro favor que les había hecho: el pasillo estaba más limpio de lo que nunca lo había visto.

Estuve lavándome la cara con agua fría durante varios minutos. Eso no podía reemplazar una siesta, pero tendría que servirme por ese día. Me pinté los labios bajo la parpadeante luz de neón. Su pálido resplandor enfatizaba los rasgos de mi cara, destacando en ellos profundos surcos. Era un anticipo del aspecto que podría tener al envejecer. Le hice una mueca a mi reflejo, subrayando así sus líneas grotescas.

—Y yo que creía que te habías vestido para triunfar, chica —le espeté a mi imagen.

Recordé súbitamente que había quedado para la instalación del sistema de alarma esa mañana. Utilicé el teléfono público del restaurante para llamar al señor Contreras; él estaría en casa toda la mañana y estaría encantado de abrirles a los obreros. Pero parecía deprimido.

—¿Seguro que no le importa? Iré a casa y los esperaré si para usted es un fastidio.

—Oh no, pequeña, nada de eso —me aseguró vivamente—. Supongo que lo que me fastidia es ir a ver a Eddie.

—Ya veo —me froté los ojos—. No se lo voy a imponer. Puede quedarse en casa si la idea le desagrada tanto.

—Pero ¿tú vas a ir de todas formas?

—Ajá. Necesito verdaderamente hablar con él.

No dijo nada más, excepto que estaría pendiente de los obreros, y colgó.

—Barbara me trajo una taza de café reciente para que me la llevara.

—Beber algo caliente te calmará, cielo.

Me lo bebí mientras caminaba por Belmont. Tomármelo lentamente me hizo en efecto sentirme más yo misma. Cuando llegué al banco de Lake View, en la esquina de Belmont y Sheffield, me sentía al menos capaz de entablar una conversación.

En su achaparrado edificio de piedra con rejas de hierro en las ventanas, el banco parecía aletargado y ajeno a las tribulaciones financieras de sus grandes hermanos del centro. Las ventanas enrejadas no dejaban penetrar mucha luz; el vestíbulo era un espacio sombrío y mohoso que probablemente no había sido fregado desde que abrió, en 1923. Pero el banco se tomaba en serio sus compromisos con el barrio, invirtiendo en la comunidad y sirviendo a sus clientes con dedicación. Había renunciado a los proyectos de altos vuelos que habían arruinado a muchas instituciones pequeñas en los ochenta; hasta donde yo sabía, su situación financiera era buena.

Gran parte de las operaciones bancarias se llevaban a cabo en una sala de alto techo más allá del vestíbulo. Los tres encargados de préstamos estaban sentados tras una barandilla de madera en el extremo opuesto a los cajeros. Divisé a Alma Waters, la mujer que me había ayudado con mi hipoteca, pero seguí el protocolo y presenté mi tarjeta a la recepcionista.

Alma se acercó a saludarme. Era una mujer rolliza, entre los cincuenta y los sesenta, que solía lucir vestidos ajustados de vivos colores, envuelta en echarpes y atildada con llamativas joyas. Hoy lucía una chocante combinación de rojo y rosa, y una serie de collares de cuentas rojas y plateadas. Deslizándose hacia mí sobre sus altos tacones negros de charol, me estrechó la mano tan efusivamente como si hubiese pedido un préstamo de un millón de dólares en lugar de cincuenta mil.

—Vamos allí, Vic. ¿Cómo estás? ¿Cómo va tu apartamento? Fue una buena inversión la que hiciste. Te dije en su día que podías contar con que ese tramo de Racine iba a prosperar, y así ha sido. Acabo de renegociar una hipoteca para una persona en Barry, y sabes, el valor de su pequeño apartamento de dos piezas se ha multiplicado por ocho. ¿Has venido por eso? —mientras hablaba había extraído mi expediente de un cajón.

A veces me costaba reunir los setecientos dólares al mes de mi piso además de mi alquiler del centro. Eso era exactamente lo que necesitaba, sí, triplicar mi hipoteca.

Sonreí.

—En parte. Lo que se refiere a ese tramo de Racine que está prosperando. Necesito una ayuda, una ayuda que quizá no puedas darme.

—Inténtalo, Vic —soltó una risa franca, mostrando una brillante dentadura, completa y uniforme—. Conoces nuestra divisa: «Crecemos sirviendo a la comunidad».

—Ya sabes que soy detective privada, Alma —tenía que saberlo: mis ingresos inciertos hacían de mí una clienta difícil para sus jefes—. Estoy trabajando para una anciana que vive en mi misma calle, Harriet Frizell. La señora Frizell... bueno, es de los más antiguos habitantes de Racine. De la parte que todavía no ha prosperado. Y ahora está viviendo momentos difíciles.

Le esbocé un cuadro breve —pero esperaba que conmovedor— de la situación de la señora Frizell.

—Era clienta vuestra, pero en febrero cambió su cuenta al U. S. Metropolitan. No creo que posea mucho. Pero tampoco creo que la pareja que se apresuró a hacerse cargo de su tutela sean unos angelitos del barrio. No te estoy pidiendo que me digas cuál es su capital, ya sé que no puedes hacerlo. Pero ¿puedes decirme si dio alguna razón para hacer el traslado?

Alma fijó en mí unos ojos brillantes y alegres durante un minuto.

—¿Qué interés tienes tú en esto, Vic?

Extendí las manos.

—Llámalo buena vecindad. Su mundo giraba alrededor de sus perros. Me comprometí a ayudar a cuidar de ellos cuando ingresó en el hospital, pero cuando volví de un viaje, me encontré con que los habían sacrificado. Eso me suscitó sospechas respecto a la gente que lo hizo.

Arqueó los labios, debatiendo la cuestión consigo misma. Finalmente giró hacia el ordenador de la esquina de su mesa y manipuló el teclado. Hubiera dado la paga de una semana —de una buena semana— por poder ver la pantalla. Tras unos minutos de tecleo, se levantó con un breve «vuelvo enseguida» y se alejó hacia el fondo del banco.

Una vez Alma hubo desaparecido en un despacho construido en el fondo del vestíbulo, mis instintos más bajos me pudieron: me levanté y miré la pantalla. Lo único visible era un menú inicial. Desconfiada mujer.

Alma tardó un buen rato en contarle mi caso a su jefe. A los diez minutos o así sonó el teléfono en una de las otras ventanillas de préstamos. La mujer habló brevemente, luego se levantó y desapareció también en el despacho de atrás. Me terminé el café que me había dado Barbara, memoricé un manoseado impreso sobre autofinanciación, encontré un elegante aseo de señoras en el sótano del banco, y aún tuve tiempo de estudiarme un folleto de hipotecas sobre viviendas antes de que aparecieran las dos mujeres.

Se detuvieron junto a la mesa de la segunda empleada para que ésta tuviera tiempo de sacar una carpeta de su fichero. Alma la trajo también a ella, presentándola como Sylvia Wolfe. La señora Wolfe, una señora alta y enjuta de unos sesenta años, llevaba un pulcro traje de punto más a tono con un banco que la exuberancia de Alma. Me estrechó enérgicamente la mano, pero dejó hablar a Alma.

—Hemos tenido una larga charla con el señor Struthers respecto a lo que podíamos decirte. Sylvia está aquí porque era ella la que atendía de hecho a la señora Frizell. Tu vecina fue clienta nuestra desde 1926 y fue un disgusto perderla. El señor Struthers ha decidido que podíamos enseñarte la carta que la señora Frizell nos envió, pero, por supuesto, Sylvia no puede dejarte mirar ningún otro de sus documentos financieros.

La señora Wolfe hojeó un grueso expediente con dedos expertos y sin decir palabra me tendió la carta en que la señora Frizell solicitaba la cancelación de su cuenta. La anciana había escrito en una hoja de amarillento papel rayado, arrancado de un bloc que debía tener desde que abrió su cuenta. Su redacción era inconexa, como si hubiese escrito la carta en varias veces sin pararse a comprobar lo que había dicho en la anterior, pero el contenido era bastante claro.

> «He tenido una cuenta en su banco durante muchos años y jamás pensé que ustedes engañarían a una clienta tan antigua, pero la gente se aprovecha de las mujeres mayores de forma terrible. El dinero que tengo en su banco es todo lo que poseo, y aun así ustedes sólo me pagan el ocho por ciento, pero en otro banco puedo ganar el diecisiete por ciento, y por supuesto tengo que pensar en mis perros. Quiero que vendan ustedes mis *cedés (sic)** y envíen mi dinero al U. S. Metropolitan *(sic)*, tengo el impreso que tienen que utilizar.»

* C.D. (certificados de depósito): lo escribe tal y como se pronuncias las iniciales. (*N. de la T.*)

—¿Diecisiete por ciento? ¿De qué diablos podía estar hablando? —pregunté.

Sylvia Wolfe sacudió la cabeza.

—La llamé e intenté discutirlo con ella, pero se negó a hablar conmigo. Intenté incluso pasarme a verla, decirle que sólo alguien que quiere *realmente* estafar a la gente mayor le podía prometer el diecisiete por ciento, pero me dijo que estaba claro que le iba con mi palabrería cuando ya era demasiado tarde. Le escribimos diciéndole que le volveríamos a abrir la cuenta sin gasto alguno si decidía volver con nosotros. Así quedaron las cosas.

—¿Cuánto tenía en certificados de depósito? —pregunté.

La señora Wolfe volvió a sacudir la cabeza.

—Sabe que eso no se lo puedo decir.

Le di vueltas a la carta entre mis manos, pero no me decía nada. No la había escrito otra persona, y no parecía dictada por alguna presión, pero no existía ninguna manera de saberlo a ciencia cierta.

—¿Tenía un cofre de seguridad aquí? —pregunté bruscamente.

Las empleadas de la sección de préstamos intercambiaron prudentes miradas.

—No —dijo la señora Wolfe—. Lo hablé con ella varias veces en esos años, pero prefería guardar cualquier documento importante en su casa. A mí no me parecía bien, pero no era la clase de gente a la que se le pueda decir nada; ya tenía tomada su decisión antes de empezar la conversación.

Le devolví la carta a la señora Wolfe. Mientras le agradecía su ayuda, me preguntaba dónde estarían los documentos personales de la señora Frizell. Todd y Chrissie no hubiesen tratado de sonsacarle la información si los tuviesen.

—¿Has conseguido lo que querías, Vic? —me interrumpió Alma.

Encogí un hombro.

—Algo, pero estoy confundida. Lo que me gustaría ver es su cuenta en el Metropolitan, averiguar qué pudieron ofrecerle que le rentara esa cantidad de dinero. Y me gustaría saber dónde está el título de propiedad de su casa, si no lo guardaba en un cofre de seguridad.

—¿Ha desaparecido? —me preguntó la señora Wolfe, con un destello de alarma en sus ojos castaño claro.

—Los chicos que se encargan de sus asuntos no lo tienen: aparecieron en el hospital el lunes con la cantilena de que no podían reunir el dinero para pagar su factura. Claro que está en el hospital del condado, no van a echarla, pero como es propietaria de una casa sí le piden que pague sus gastos hospitalarios.

La señora Wolfe sacudió la cabeza.

—No sé dónde podía tenerlo, ese título. Pero debe de estar en algún lugar de su casa.

Pensé en el gran cúmulo de papeles aún sin tocar en su escritorio. Pero seguramente a esas horas Todd y Chrissie ya habrían registrado la casa a fondo. Si el título estaba allí, tenían que haberlo encontrado. Me pregunté si la señora Hellstrom sabría algo. Volví a darles las gracias a las empleadas del banco, y volví al bochornoso día de junio.

La señora Hellstrom estaba en su jardín, atareada con un enorme saco de turba y una azada. Un sombrero de paja la resguardaba del sol, y unos guantes y un delantal protegían sus manos y ropas. Se mostró contenta de verme y me invitó a tomar un té helado en su cocina, aunque miró pensativamente hacia atrás al entrar.

Posó cuidadosamente los guantes y el sombrero en una pequeña repisa junto a la puerta trasera.

—Anoche fui al hospital. Me dijeron que habías estado allí, que conseguiste que Hattie hablase un poco más de lo habitual.

El cumplimiento rutinario de mi cometido de ángel de la guarda era lo que al parecer me había valido esa entrevista a solas. No lo estropeé diciéndole que quería conseguir que la señora Frizell me hablara de sus finanzas.

La señora Hellstrom me condujo hasta una silla junto a la inmaculada mesa de formica. Sacó una jarra del refrigerador y cogió dos vasos de plástico color ámbar de un estante, como aquellos a los que unas horas antes les había hecho ascos Dick. Me pregunté qué habría hecho con su camisa manchada de café y sus reuniones. Probablemente tendría una de repuesto en la oficina. O quizá su secretaria corrió a comprarle una nueva en Neiman-Marcus.

No soy muy aficionada al té y el brebaje de la señora Hellstrom procedía visiblemente de un paquete de té instantáneo, pero sorbí un poco en plan sociable. Lo había azucarado una mano generosa. Procuré no hacer una mueca mientras lo ingería.

Charlamos un rato de la señora Frizell, de algunos de los recuerdos que la señora Hellstrom tenía de ella.

—Claro, era de la generación de mi madre. El señor Hellstrom se crió en esta casa y solía intentar jugar con su hijo, pero él —el hijo, quiero decir— no era un chico que les cayese muy bien a los otros niños. Pero si piensa una en lo rara que es ella, no es de extrañar, ¿verdad? Aunque siempre ha sido una buena vecina, a pesar de toda esa basura de su patio y de esos perros.

No podía hacerme una idea clara de lo que pudo hacer la señora Frizell para merecer el apelativo de buena vecina. Quizá era simplemente que no se metía en los asuntos de los demás. De ahí la conversación giró sobre el egoísmo de mi generación, algo que no me sentía muy capaz de discutirle, pero cómo se alegraba la señora Hellstrom de encontrar gente joven en su barrio que encarnaba los viejos valores de buena vecindad.

—Desde luego, creo que fue un error de esos jóvenes hacer sacrificar a los perros, pero también se apresuraron a cuidar de los asuntos de Hattie. Y no creo que para ellos sea muy divertido hacerse cargo de una anciana tan maniática como ella.

—No, desde luego —murmuré—. Pero supongo que estarán un poco fastidiados por el hecho de que no consiguen encontrar el título de propiedad de la señora Frizell.

—¿El título de propiedad de su casa? —preguntó vivamente la señora Hellstrom—. ¿Para qué lo quieren?

Procuré hacerme la inocente, incluso la ingenua.

—Supongo que es para el hospital. Necesitan presentar algún justificante de su situación económica. Puede que incluso tengan que hacer una hipoteca, ya que al parecer va a permanecer allí bastante tiempo.

La señora Hellstrom sacudió la cabeza con impotencia.

—¿Adónde iremos a parar en este país? Ahí tenemos a una anciana que ha trabajado duro toda su vida, y ahora a lo mejor tiene que perder su casa sólo por culpa de una pequeña caída en su baño. Da miedo pensar en la vejez, de verdad.

Le di la razón. Dentro de un año yo cumpliría los cuarenta. No necesitaba que el señor Contreras me metiera miedo por lo que les ocurre a los detectives privados viejos e indigentes.

—Ella no le dio a guardar a usted sus documentos personales, ¿verdad?

—¡Oh, no! Hattie no es de las que confían sus cosas de valor a cualquiera. Lo único que tengo de ella es una caja con las cosas de los perros: sus fotos, sus pedigrís y esas cosas. La cogí cuando me traje a los perros la primera noche, porque sabía que era lo que realmente le importaba.

—Me pregunto si podría echarle un vistazo —procuré mantener un tono indiferente.

—Querida, si eso te complace, puedes examinar foto por foto. No es que sea gran cosa, pero ella destinó su caja más bonita para guardar sus papeles. Cuenta con Hattie para prestarle más atención a algo de sus perros que a sus propios documentos... ¿Más té, querida?

Como lo decliné, se dirigió rápidamente a la parte delantera de la casa. Volvió al cabo de un minuto con una caja de laca negra de unos cincuenta centímetros de largo por unos diez de ancho. Era un bello objeto, decorado con un dibujo de vivos colores representando a un perro con el hocico en el regazo de una chica, sentados los dos bajo un peral. La hechura era tan esmerada que la tapa ajustaba perfectamente en la caja, pero se abría sólo con un suave tirón. Me encontré mirando un retrato desenfocado de *Bruce*.

—Quiero seguir con mis plantas, querida. Puedes dejarla simplemente sobre la mesa cuando termines de mirarla. Y no dudes en servirte más té si te apetece.

Le di las gracias y empecé a sacar cuidadosamente papeles de la caja. Bajo la cabeza de *Bruce* había una foto de grupo de los otros cuatro perros junto a la valla trasera. Había conseguido quién sabe cómo que se irguieran sobre sus patas traseras y apoyaran las de delante en la verja. Aunque también estaba desenfocada, era una instantánea bastante ingeniosa. Quizá la alegraría tenerla junto a su lecho de hospital. La separé para llevármela en mi próxima visita.

Bajo esas dos había una serie de fotos que debían de ser de sus anteriores perros, junto con el certificado de *Bruce* del Kennel Club y papeles de otros perros desaparecidos desde hacía tiempo. Un puñado de recortes de periódico amarillentos mencionaban los días gloriosos de la señora Frizell, cuando presentaba en exposiciones labradores negros y ganaba premios. Nadie había sugerido nunca que ella hubiese llevado a cabo algo tan disciplinado.

Finalmente, en el fondo de la caja, encontré un pequeño fajo de documentos personales. La escritura de la casa. Y tres bonos, de un valor nominal de diez mil dólares. Cupones de acciones que redituaban el diecisiete por ciento, emitidos por Diamond Head Motors.

Una nueva raza de banqueros

Me quedé largo rato mirando fijamente los bonos, ansiando que consintieran en revelarme algo más que su valor nominal. O que su nulo valor nominal. En febrero la señora Frizell había cancelado su cuenta en el Lake View, transferido sus fondos al Metropolitan, y comprado treinta mil dólares en participaciones de Diamond Head. Como su carta al Lake View explicaba que iba a recibir diecisiete por ciento de intereses en el Metropolitan, parecía bastante probable que fuese el banco el que le hubiese vendido los bonos. Y eso significaba... algo tan sucio que deseé que no fuese verdad.

Los documentos privados de la señora Frizell habían estado a salvo durante semanas en la caja lacada, pero vacilé en dejarlos allí. Como la señora Hellstrom pensaba que Todd y Chrissie eran unos vecinos encantadores y serviciales, seguramente también les enseñaría a ellos el escondrijo, si se les ocurría pedírselo. Embutí la escritura y los bonos en mi bolso, coloqué todos los testimonios de gloria canina en el orden correcto, y volví a encajar cuidadosamente la tapa en su ranura. Sólo para acrecentar mi propia reputación de vecina encantadora y servicial, enjuagué los vasos del té y los dejé en el escurreplatos.

La señora Hellstrom estaba desherbando a gatas cuando salí de la cocina.

—¿Ya has mirado todo lo que había, querida?

—Sí. No me extraña que su hijo esté tan amargado: todos sus recuerdos se refieren a sus perros. Ni siquiera conservó su fotografía del jardín de infancia. Pero no sabía que preparaba a los perros para exposiciones caninas.

—Pues vaya que sí —se sentó sobre sus talones y enjugó el sudor de su frente—. Supongo que por eso no me molestaban tanto como algunos de los otros perros de los alrededores. Recuerdo cuando ese jardín estaba impecable y tenía siete u ocho labradores allí, todos perfectamente atendidos. Sólo estos últimos años ha sido cuando ha empezado a no poder ocuparse de ellos como antes. Maia Tertz te lo puede decir. Solía comprarle perros a Hattie, para su familia. Todos sus hijos tienen labradores, descendientes de alguna de las que tuvo Hattie, sí, ya lo creo, y supongo que también sus nietos. No creo que gente joven como Chrissie pueda apreciar eso.

—A Chrissie parece que le gusta ayudar a la gente en otras cosas —aventuré—. He oído que es una experta financiera.

—Quizá, querida, quizá, pero el señor Hellstrom y yo preferimos tomar nuestras propias decisiones para invertir. No estamos como para perder lo poco que tenemos, así que no podemos permitirnos hacer caso de los grandes lanzamientos de ventas.

—He cogido una de las fotos de los perros. He pensado que le daría ánimos tenerla junto a su cama.

—¿Pero cómo no se me ha ocurrido a mí? Es una estupenda idea. Estupenda. Y yo que siempre te tuve por una esnob... lo siento, querida, se me ha escapado —sonrió con embarazo y volvió a ponerse a gatas para seguir arrancando invisibles malas hierbas entre los rosales.

Mientras subía por Racine hacia Belmont, me sentía como si tuviese unos rayos X en mi bolso indicando la presencia de los bonos. Iba nerviosa y pendiente de todo aquel que pareciese seguirme un poco de cerca. Llegaba un autobús justo cuando alcancé la esquina. Me subí para el medio kilómetro que me separaba del banco de Lake View, sólo por seguridad.

De vuelta en su fresco y húmedo recinto, alquilé un cofre personal. Alma me dejó utilizar su fotocopiadora para sacar copias de los bonos y del título. Hice dos juegos de copias. Uno de ellos lo doblé y lo metí en el bolsillo de mi chaqueta; el otro lo puse en un sobre dentro de mi bolso. Después de poner los originales en el cofre de seguridad, volví a la mesa de Alma. Terminó una llamada telefónica y me miró inquisitivamente. Su cálida sonrisa parecía haberse desgastado un poquito respecto a mí.

—Ya sabes cómo el Lake View se precia de ser un banco que ofrece un servicio completo. Me preguntaba si podrías guardarme esto —le tendí la llave del cofre.

Sacudió la cabeza, sin molestarse siquiera en sonreír.

—No puedo hacer eso, Vic. Va totalmente contra las normas del banco.

Me mordí un nudillo, esforzándome en pensar algo.

—¿Podrías enviármela por correo?

Hizo una mueca.

—Supongo que sí. Si pones la dirección en el sobre y lo cierras tú misma.

Sacó un sobre de un cajón. Cogí yo misma un puñado de pañuelos de papel perfumados de la esquina de su mesa y envolví la llave en ellos. Dirigí el sobre a mi nombre a cargo de la propietaria de un bar que suelo frecuentar en el centro, el Golden Glow, y se lo tendí.

—Ahora tendrás que admitir que *sí* somos un banco con servicio completo. Díselo a todos tus amigos —se rió alegremente y puso el sobre en una bandeja destinada al correo de salida.

—Lo haré, Alma; cuenta con mi voto.

Había visto un teléfono público en el sótano, junto al lavabo de señoras, en mi primera visita de la mañana. Bajé a llamar a Dorothy Fletcher, una corredora de bolsa que conozco.

—¿Qué puedes decirme respecto a los bonos de Diamond Head? —le pregunté después de intercambiar algunas bromas.

—Nada. ¿Quieres que lo mire y que te llame?

—Hoy no estoy localizable. ¿Puedo esperar mientras lo miras?

Me advirtió que podía ser una espera larga, pero aceptó. Terminé examinando las paredes durante casi un cuarto de hora. Sylvia Wolfe bajó a los aseos e intercambiamos un saludo. Ninguna otra cosa perturbó la atmósfera sepulcral del sótano. Mientras se alargaban los minutos sentí no llevar un libro. Incluso hubiera agradecido una silla.

Dorothy volvió a ponerse cuando estaba contando las bombillas fundidas de la araña del sótano.

—Espero que no estés pensando en comprar bonos de esos, Vic. Se están vendiendo a diecinueve, sobre un valor nominal de cien dólares, claro. Puede parecer una ganga, pero no han satisfecho su pago de intereses de abril y nadie piensa que lo puedan hacer en octubre tampoco. Además no están asegurados.

—Ya veo. Gracias, Dorothy, me aguantaré las ganas.

Colgué y me masajeé las corvas, entumecidas de estar tanto tiempo de pie sin moverme. El Metropolitan había convencido a la señora Frizell de invertir su dinero en un montón de basura. Quizá era hora de hacerles una visita.

El banco de Lake View estaba justo frente al tren aéreo. En lugar de volver a casa a por el Impala, subí las desvencijadas escaleras y me dirigí al centro. El tren era uno de los antiguos modelos verdes, con las ventanillas abiertas para dispensar a sus pasajeros ráfagas de aire caliente. Esos anticuados vagones me hicieron sentir nostalgia de mi infancia, de los viajes al centro con Gabriella en el viejo Illinois Central, ella con guantes y un sombrero marinero plano con velo, y yo de rodillas junto a la ventana abierta, refiriendo con excitación el panorama que desfilaba. La maleza que bordeaba las vías solía albergar faisanes y conejos; una vez vi un mapache.

Ahora ya sólo había palomas y botellas rotas en los tejados. La única vida animal que divisé fue un hombre con barba de tres días tumbado junto a una de las chimeneas. Confié en que aún estuviera vivo.

Me bajé en Chicago y caminé rumbo al oeste, hacia la sede del U. S. Metropolitan. Siempre habían sido inconformistas, marginales a la corriente principal de las finanzas de Chicago: su ubicación a una milla al norte del Loop era sólo la manifestación física de serlo. Se habían construido sin embargo un edificio moderno hacía unos diez años, que rivalizaba en rutilante gloria con cualquiera de las obras arquitectónicas del oeste del Loop. Aunque sólo de diez pisos, ostentaba la misma piedra verde, las mismas ventanas convexas de cristales ahumados y las mismas incrustaciones de latón que las torres más modernas de la parte sur.

Los propietarios habían sido perspicaces al apostar que allí tendría lugar el crecimiento de la ciudad cuando instalaron sus nuevas oficinas —o sus directores políticamente bien relacionados les habían orientado en la dirección adecuada. Una década atrás, esa zona lindaba con Skid Row. Ahora albergaba una zona de viviendas individuales de alto nivel contigua al nuevo barrio comercial. A juzgar por las ventanas iluminadas, las diez plantas estaban ocupadas.

Me presenté a una empleada de información en la esquina del vestíbulo verde y cromado.

—Tengo una cita con uno de sus banqueros, Vinnie Buttone.

Recorrió con su larga uña morada una lista de teléfonos.

—¿Su nombre?

Solté un leve suspiro de alivio. Estaba segura al noventa y ocho por ciento de que Vinnie estaba allí, pero era bueno comprobarlo.

—Chrissie Pichea —se lo deletreé.

Marcó la extensión de Vinnie.

—Hay una persona que busca al señor Buttone. Chrissie Pichea —vaciló al decir el apellido. Me alegré de no haber probado «Warshawski» con ella.

Permaneció en silencio, quizá en espera de que la secretaria de Vinnie indagara dónde estaba y si quería ver a Chrissie. Podía estar en cualquier sitio —examinando a un solicitante de un préstamo en alguna zona en construcción, o, dada la clientela del Metropolitan, realizando una jugosa operación. Afortunadamente para mí, resultó estar en el edificio y deseoso de ver a su encantadora y servicial vecina.

La recepcionista me indicó una fila de ascensores artísticamente ocultos tras unas columnas. Subí a la cuarta planta, pregunté a la recepcionista de allí, y me dirigió hasta las mismas entrañas del banco.

El esplendor verde y oro del vestíbulo estaba recreado en tonos más suaves en los pisos superiores: felpa verde —con poco pelo, como correspondía al nivel inferior de los jefecillos que la hollaban— y muros recubiertos de paneles tapizados en dorado. Unos cuantos carteles de colores vivos en las paredes captaban la mirada y alegraban un poco el largo pasillo.

La mayoría de las puertas de los despachos estaban abiertas, revelando una falange de sinceros jovencitos en mangas de camisa y con corbata hablando por teléfono. El despacho de Vinnie, casi al final del pasillo, estaba cerrado. Toqué bajo la pomposa placa negra que lo identificaba como vicepresidente adjunto del departamento de préstamos comerciales.

—Hola, Chrissie. Entra... me parece que estaremos más cómodos... —me volví al oír la voz de Vinnie, procedente de una sala de reuniones abierta contigua a su despacho. Cuando me reconoció, su cara redonda pareció helada por la sorpresa, y luego estalló de ira.

—¡Tú! ¿Qué estás haciendo aquí? Tendría que llamar a seguridad...

—He venido a verte, Vinnie. Ya que somos vecinos y todos queremos ser serviciales entre nosotros, allá en Racine Norte —cerré la puerta detrás de mí y me senté sin ser invitada en una de las sillas de falso mimbre.

—Quiero esa puerta abierta. Estoy esperando a alguien, y además, no quiero verte en este banco.

—Estás esperando a Chrissie Pichea, pero he venido yo —sonreí—. Les he dado su nombre abajo, me ha parecido la manera más sencilla de subir aquí. Tú y yo tenemos mucho de qué hablar y no me parecía que pudiese esperar hasta la noche.

Clavó los ojos en mí, en la puerta, y luego en un teléfono en un rincón de la pequeña sala.

—Te doy cinco minutos, y luego llamo a los de seguridad del banco y podrás explicarte con los polis de Chicago. A no ser que los hayas comprado a *todos* ellos —se sacó su macizo reloj de oro de la muñeca y lo posó con ostentación frente a él sobre la mesa.

Busqué en mi bolso el sobre que había preparado en el Lake View y se lo puse delante, paralelo a la pulsera del reloj.

—Aunque esperaras a Chrissie, y me tengas a mí, creo que te gustará ver este material. Creo que vosotros dos lo habéis estado buscando. Esto os evitará la molestia de tener que preparar otra efracción.

Me lanzó una mirada venenosa, pero abrió el sobre. Cuando desplegó las copias de la escritura y de los bonos, se le volvió a helar el semblante y el color desapareció súbitamente de su cara. Los examinó durante mucho más tiempo de lo que merecían las cuatro hojas de papel.

—El examen será mañana —dije con viveza—. ¿Las has memorizado ya?

—No sé por qué crees que yo iba a estar interesado en estas cosas —dijo, pero su voz carecía de convicción.

—Bueno, eso creo, porque tú, o alguien que tú conoces, entró a saco en mi casa el viernes pasado buscándolas. Y ahora que lo pienso, debiste de ser tú, tú podías saber cuándo estaba yo fuera. Y hablando de la policía, soy *yo* la que debería traerla aquí. No me imaginaba qué era lo que podíais buscar, pero ahora que he encontrado esto, creo que he dado en el blanco.

De repente cogió los papeles y los rompió.

—No eres muy listo, Vinnie: deberías darte cuenta de que son sólo copias. Y ahora me has *demostrado* que sí son importantes para ti —vi cómo sus labios se movían sin proferir palabra—. Hablemos de los bonos de Diamond Head. ¿Se los vendiste tú a la señora Frizell? —sacudió la cabeza, pero siguió mudo—. ¿Le dijiste a Chrissie que se los vendiera a la señora Frizell? ¿Me estoy acercando?

—Yo no le dije a nadie que se los vendiera. No sé nada de ellos. Ni siquiera sé si son de ella: los bonos no llevan el nombre de su propietario —su voz cogía fuerza conforme hablaba; su última frase sonó francamente pomposa.

—¿No te parece sugerente que estén con la escritura de su casa? ¿Ni tampoco el hecho de que los haya encontrado bien juntitos en la caja de los tesoros más preciados de la señora Frizell?

—Sí, ya te conozco: eres capaz de decir cualquier cosa. Como acusarme ahora mismo de haber forzado tu apartamento. Pero los Pichea son los tutores legales de esa señora. Si estas cosas hubiesen estado en su casa, ellos las habrían encontrado.

Sonreí.

—Es que no estaban en su casa.

—¿Dónde...? —empezó a revelar, pero se calló antes de delatarse por completo.

—¿Dónde estaban? Por eso mola ser detective privado cuando buscas esta clase de tesoros. Tienes que saber dónde buscar... Hablemos de los consejos sobre inversiones que tú y Chrissie habéis estado prodigando por el barrio. La señora Tertz, la señora Olsen, la señora Hellstrom, todas están de acuerdo en que habéis estado yendo por ahí llenos de consejos útiles: cómo pueden conseguir diez puntos más de interés en sus dividendos. Tengo la desagradable sensación de que, si os hubieran hecho caso, también poseerían algunos papeles de estos de Diamond Head. ¿Fue idea tuya, o te mandó el banco?

Recogió su reloj.

—Ya has tenido tus cinco minutos. Ahora voy a llamar a los de seguridad. Y pienso ver a un abogado para hablar de tus calumnias sobre mí.

Sonreí irónicamente.

—Espero que no sea Dick Yarborough o Todd Pichea. Estos días ya tienen bastante quehacer. Y si llamas a los de seguridad, yo llamo a los federales. Están muy interesados en tu clase de ayuda comercial. Y ellos pueden confiscar los archivos bancarios, cosa que yo no.

Miró ansioso el teléfono, pero no pudo decidirse del todo a marcar.

—De todas formas, ¿qué es lo que quieres?

—Información, Vinnie. Sólo información. He descubierto un montón de cosas, sabes: tú saldando la bazofia de Diamond Head, Todd y Chrissie haciéndose cargo de los bienes de la señora Frizell... ¿para poder deshacerse de los bonos antes de que alguien los viera? ¿O sólo para hipotecar su casa y poder venderla para que ella ya no afee más *Yuppilandia*? Y me figuro que el bufete de abogados de Todd hizo todo el trabajo legal cuando Jason Felitti financió la deuda de Diamond Head. Y como Jason está en la junta directiva de aquí, del Metropolitan, debió de convencer al banco para que adquiriera parte de esa basura. Y así consigue que los jóvenes banqueros ambiciosos como tú los vendan en sus horas libres. Os imagino yendo de puerta en puerta, algo así como las jóvenes exploradoras.

¿Y dónde se situaba Dick en ese guión? Estaba claro que no pidiéndole a Todd Pichea que vendiera los bonos de Diamond Head a las ancianitas de su barrio. Era imposible que yo hubiese estado alguna vez enamorada de alguien capaz de hacer una cosa así.

—No tengo nada que decirte. Es hora de que te marches —la voz de Vinnie era un mero siseo.

No intentó llamar a los gorilas del banco, pero tampoco quiso hablar. Le insistí durante media hora, intentando alternativamente darle coba y pintarle un cuadro de su posible futuro en la prisión federal, pero no se inmutó. Cuando finalmente me levanté para irme, seguía mirando al frente, con los ojos vidriosos.

Provocando a la prensa

Cuando volví bajo el sol sofocante, me abatió el agotamiento. Sólo eran las doce y media, pero la pelea con Dick y la dura faena en dos bancos me habían dejado con ganas de irme a la cama. Todavía tenía que sondear a algunos de mis vecinos e intentar hablar con Murray Ryerson esa tarde, antes de que el señor Contreras y yo fuésemos a ver a Eddie Mohr por la tarde. Y quería ponerme en contacto con Max Loewenthal. Mi cuerpo no podía darse el lujo de desgastarse tan pronto.

Regresé a State Street y empecé a bajar las escaleras del paso elevado. La idea del largo trayecto hasta casa desde Sheffield me pareció demasiado. Me volví y le hice señas a un taxi. El taxista, balanceándose y marcando en el volante el ritmo que tronaba en su estéreo, ostentaba una serena indiferencia respecto al resto del tráfico. En el corto tramo entre La Salle y Fullerton consiguió subir a ciento diez. Su cabreo ante mi solicitud de que redujera la velocidad era tan amenazante que me bajé cuando se detuvo en el semáforo de Diversey, dejándole la cantidad que marcaba el taxímetro en el asiento junto a él. Sus gritos, mezclándose con el tronido de su radio, me persiguieron mientras cruzaba la calle para subirme al autobús de Diversey.

Durante el penoso viaje hacia el oeste me desplomé, casi comatosa, en un rincón. La oportunidad de abstraerme del mundo que me rodeaba, aunque fuese sólo por un cuarto de hora, resultó sorprendentemente refrescante. Cuando bajé en Racine no es que me sintiera capaz de brincar por encima de un rascacielos de un solo salto, pero me creí capaz de soportar una tarde de trabajo.

Una vez en casa, esperaba que el señor Contreras saliera, o para hablarme de los trabajos en mi apartamento, o para renegar un poco más de nuestra visita esa tarde al antiguo delegado del sindicato. Me pareció una suerte y un alivio que no saliera de su propio apartamento, pero me hizo preguntarme si no estaría demasiado mosqueado para hablar siquiera conmigo. Cuando vi que no estaba fuera, ajetreándose en su jardín, hasta me preocupé un poco. Pero llevaba muchos años cuidando de sí mismo. Tuve que reconocer que podía seguir haciéndolo una tarde más.

Los obreros habían estado en mi apartamento y se habían ido. Habían colocado un mecanismo electrónico para las huellas dactilares en todas las puertas y ventanas. Una nota junto a la entrada me explicaba cómo activar el sistema. El señor Contreras había pagado la factura por mí. Otros mil dólares que tendría que reunir a toda prisa como fuera. No se me había ocurrido que habría que pagarles de inmediato.

Siguiendo las instrucciones del manual que me habían dejado, programé la pequeña caja de control junto a la puerta de entrada. Si alguien intentaba ahora entrar a saco, sería cosa de unos minutos que se plantaran allí los polis de Chicago.

Mi frenesí matutino me había dejado sudorosa y arrugada, hasta un poco apestosa. Me tomé media hora extra para remojarme en un baño frío antes de ponerme unos vaqueros limpios.

Ya eran casi las dos. Murray Ryerson ya debería haber vuelto de su acostumbrado almuerzo prolongado con misteriosos informantes. Me preparé un sandwich con los restos del pollo de la noche anterior, me instalé en el cuarto de estar y marqué su número del *Star*. Contestó él mismo al teléfono.

—Hola, Murray. Soy Vic.

—Caray, Vic, qué emoción. Déjame coger mis guantes de amianto por si el teléfono se pone al rojo vivo.

—Buena idea, Ryerson. Cuanto más sarcástico te pongas, más fácil será mantener esta conversación.

—¡Oh, Todopoderosa-Autoridad! ¿A qué debo el honor de tu llamada, después de gritarme villanías y colgarme el teléfono anoche?

Comí parte de mi sandwich mientras cavilaba sobre alguna forma de evitar las hostilidades e ir al grano.

—¿Sigues ahí? ¿Se trata de una nueva forma de tortura? ¿Llamar y luego desentenderte del teléfono mientras yo sigo desgañitándome como un estúpido?

Rocié el sandwich con un sorbo de café.

—Ya sabía que esta conversación no iba a ser fácil desde antes de descolgar el teléfono. Pero esta mañana me han dicho algo tan extraño que me ha parecido que deberíamos procurar sobreponernos a nuestra repugnancia mutua y hablar.

—Algo extraño, ¿eh? ¿No se trataría de un comentario personal, algo respecto a tu temperamento o algo así?

Se me escapó una sonrisa al recordar las observaciones de Conrad Rawlings sobre mi carácter arisco.

—Qué va. Los tipos que no tienen agallas suficientes como para vérselas conmigo me tienen sin cuidado. Ese pequeño comentario tenía algo que ver con la libertad de prensa.

—Todos conocemos la verdad respecto a eso, Warshawski, que la prensa es libre para todo aquel que es bastante rico para poseerla.

—Entonces, ¿no quieres oírlo?

—¿He dicho eso? Lo único que hago es advertirte de que no voy a organizar una cruzada por algo que te esté fastidiando a ti.

—Ahí es adonde quiero llegar —me lamenté—. No quieres oír mis crónicas, y luego te ofendes porque no te las quiero soltar cuando tú lo mandas.

—Vale, vale —repuso, impaciente—. Cuéntame lo de la amenaza esa a mi ganapán. Si te escucho atentamente y hago los oportunos comentarios indignados, ¿me contarás lo de tu zambullida en el canal la otra noche?

—Todo eso está bien atado y envuelto dentro del mismo paquetito, cariño —le hice un relato detallado de mi desayuno con Dick y de cómo le tranquilizaba saber que Peter Felitti había conseguido mantener mis hazañas en Diamond Head a salvo de la prensa.

—¿Lo ves? Tú creías que era por no hablarte yo por lo que no conseguías la primera plana, y ha sido porque Felitti ha hablado con tu editor —concluí.

Murray se quedó mudo durante un minuto.

—No sé si creerte —terminó diciendo—. No, no, no estoy dudando de que esa conversación tuviera lugar. Lo que cuestiono es si Felitti tendrá el suficiente peso como para impedir que algo salga en los periódicos con sólo pedirlo.

—Su hermano fue comisionado en el condado de Du Page y sigue estando en la junta directiva del U. S. Metropolitan. A través de ese banco se cuecen un montón de relaciones políticas. Es muy posible que a Marshall Townley se le pueda coger por esa vía —Townley era el editor del *Herald-Star*.

Murray volvió a reflexionar.

—Quizá. Quizá. Voy a hurgar un poco en eso. ¿Por qué me cuentas esto ahora?

—Porque demasiada gente me ha estado zarandeando estas últimas tres semanas. Y cuando a Dick Yarborough se le ha escapado ese comentario esta mañana, de que podía suprimir cualquier información pública de lo que estoy tratando de descubrir, me ha mosqueado pero bastante.

—Conque mosqueada, ¿eh? ¿Queda algo del tipo ese?

—Aún le funciona un testículo —repliqué con gazmoñería.

—¿Le has dejado uno? Caray, te estás ablandando, Warshawski... Supongo que es hora de que yo pique. ¿Qué es lo que estás tratando de descubrir?

Le hice un rápido resumen de mi infructuosa investigación sobre la muerte de Mitch Kruger, incluida mi entrevista con Ben Loring en Paragon Steel.

—No tengo más remedio que pensar que Mitch había husmeado algo de lo que se trama en Diamond Head. Quizá el robo del hilo de cobre, según lo importante que sea para ellos mantenerlo bajo cuerda. Pero pudo ser otra cosa. El interés por sus escasos papeles ha alcanzado altas cotas, pero finalmente di con ellos la noche pasada y no hay nada que revele que supiera lo del robo. Pero tampoco hay nada que demuestre que supiera otra cosa.

Murray intentó sonsacarme el contenido de los papeles de Mitch, pero lo de Eddie Mohr y la conexión con Chicago Settlement me lo guardaba para mí hasta que hablara con Mohr esa tarde. Murray no había estado lo bastante cooperante últimamente como para que le pusiera en bandeja la especialidad de la casa.

—Está bien, Warshawski —declaró por fin—. Puede que eso sea noticia. Aunque también entiendo el punto de vista de Finchley, quizá simplemente no les guste que estés husmeando por Diamond Head. Hablaré con alguna gente y te llamo después.

—Caray, señor Hecht, gracias. Si no fuese por los abnegados chicos de la prensa, ¿dónde estaríamos nosotros, los pobres trabajadores inmigrados?

—En el canal, donde deberíais estar. Te llamo luego, Warshawski.

Me terminé el sandwich antes de marcar el número de Max en el hospital. El señor Loewenthal estaba reunido; ¿podía coger el mensaje su secretaria? No quería dejar mi número de teléfono y jugar al ratón y al gato con Max toda la tarde. Finalmente su secretaria admitió que si volvía a llamar a las cuatro era probable que diera con él.

Al pensar en Max resurgió Lotty de las profundidades de mi mente en que la había mantenido últimamente. Llamé a la clínica y hablé con la señora Coltrain. Lotty estaba trabajando con su enfermera en una de las salas de reconocimiento, no era el momento idóneo para interrumpir. La señora Coltrain me aseguró que le diría que la había llamado.

Volví lentamente a mi dormitorio. Cuanto más tiempo pasáramos sin hablarnos Lotty y yo, más difícil sería reconciliarnos.

Troqué la ligera camiseta que me había puesto después del baño por un sujetador y una blusa de seda rosa pálido. Un sostén es casi tan terrible como una funda sobaquera en un día de bochorno, pero no quería que mis vecinos de avanzada edad se escandalizaran tanto que me negaran la palabra. Empecé a ponerme la funda, y luego reparé en que eso implicaba una chaqueta, lo cual significaba que me convertiría en una ruina empapada antes de cruzar la calle. Seguramente podría recorrer mi propio barrio a plena luz del día sin ir armada. Dejé la pistola sobre la cama.

Al salir empecé a llamar a casa del señor Contreras, vacilé, y luego me fui sin insistir. *Peppy* había soltado un agudo ladrido cuando me acerqué: si quería verme no tenía más que abrir la puerta.

Se me ocurrió que ese día no había visto ninguna dotación policial patrullando por mi tramo de Racine. Quizá Conrad Rawlings se había disgustado tanto con mis comentarios de la noche pasada que había retirado su brazo protector. El placer que me producía tener la oportunidad de cuidar de mí misma, una vez puesto a prueba, no era tan intenso como debería. Estuve a punto de volver a subir a por mi pistola.

Un plan de marketing de alto voltaje

La señora Tertz tardó tanto en contestar al timbre que pensé que estaría fuera. Cuando finalmente acudió a la puerta, con la cara enrojecida por el calor, se disculpó diciendo que estaba en el porche trasero escribiendo cartas.

—Da al este, por eso a esta hora del día tenemos allí un poquito de brisa. En verano vivo prácticamente ahí fuera. ¿Qué puedo hacer por ti, querida?

—Quería hablar con usted de la situación de la señora Frizell. ¿Tiene unos minutos?

Se rió suavemente.

—Creo que sí. Aunque si crees que con agitar la mano vas a resolver los problemas de Hattie Frizell, es que aún te falta mucho para madurar. Pero entra.

La seguí por un diminuto pasillo perfectamente abrillantado hasta la cocina. La atmósfera de la casa, cargada de Pinosol y de cera para muebles, se espesaba en la cocina hasta alcanzar una densidad irrespirable. Unas pequeñas perlas de sudor empezaban a mancharme el cuello de la camisa cuando por fin la señora Tertz descorrió otra vez los cerrojos de la puerta trasera. La seguí agradecida hasta el porche.

Era un amplio espacio muy agradable, con muebles recubiertos de zaraza cuyas flores estaban descoloridas por años de uso. Una mesita de ruedas sustentaba un televisor, un calientaplatos y un horno gratinador. Cuando la señora Tertz vio que los miraba, sacudió la cabeza con pesar y me explicó que por la noche tenía que meterlos en la cocina.

—Antes Abe y yo solíamos dejarlos fuera todo el verano pero hoy en día hay demasiados robos. No podemos permitirnos levantar los muros para proteger más el porche, así que hacemos lo que podemos.

—¿Ahora ya no tienen perro? La señora Hellstrom me ha dicho que solía comprarle labradores negros a la señora Frizell.

—Vaya que sí. Y mis nietos juegan con perros descendientes de algunos de aquellos labradores. Pero, sabes, se necesita mucha fuerza para sacar a pasear a esos perros tan fuertes. Cuando nuestro último animalito murió, hace cinco años, Abe y yo llegamos a la conclusión de que ya no teníamos la energía suficiente para otro más. Pero los echamos de menos. A veces me gustaría, pero Abe tiene artritis, y yo no tengo la espalda muy católica. Simplemente no podríamos. ¿Cómo va Hattie? Marjorie me ha dicho que habías pasado a verla.

—Nada bien. Está inquieta, pero apática. No sé lo que va a ser de ella —tres semanas de cama podían significar una sentencia de muerte para una mujer de su edad, pero la señora Tertz no necesitaba que yo se lo dijera.

—Una cosa preocupante son sus finanzas. Va a necesitar atención médica durante mucho tiempo aunque se reponga lo suficiente para salir del hospital. Chrissie y Todd quieren hipotecar su casa, pero no saben dónde tiene la escritura.

La señora Tertz volvió a sacudir la cabeza, preocupada.

—Me da pena pensar que Hattie pueda perder esa casa encima de haber perdido a sus perros. No creo que dure mucho si eso sucede, quiero decir si ella se entera. Pero no puedo darte ninguna ayuda para ella en dinero, querida, si es eso lo que quieres: a Abe y a mí ya nos cuesta llegar a fin de mes con lo de la Seguridad Social. Y ahora que están subiendo las contribuciones... —apretó los labios, demasiado preocupada para seguir hablando.

Me apresuré a tranquilizarla.

—Pero lo más temible de su situación económica es cómo tiene invertido su dinero. En realidad es de eso de lo que quiero hablarle. Vendió los certificados de depósito de su antiguo banco en febrero, a la baja, claro, por lo de los descuentos, y metió su dinero en unos bonos. Con un alto rédito, pero que actualmente no rentan nada. Usted no sabrá por qué decidió hacerlo, ¿verdad?

La señora Tertz se agitó en su silla.

—Nosotras nunca hablábamos de dinero, querida.

La miré fijamente.

—Chrissie Pichea y Vinnie Buttone han estado recorriendo el barrio ofreciéndole a la gente asesoría financiera. Pudieron haberla convencido de que comprara esos bonos.

—Estoy segura de que cualquier cosa que hiciera Chrissie fue con sus mejores intenciones. Ya sé que vosotras dos no estabais de acuerdo en lo de los perros de Hattie, pero Chrissie es una vecina con un gran corazón. Cuando me ve cargada de paquetes de comida, siempre acude corriendo a ayudarme a traerlos a casa.

Sonreí, procurando no dejar traslucir mi hostilidad ni en mi cara ni en mi voz.

—Probablemente pensaba que le estaba haciendo un favor a la señora Frizell al hacerle cambiar sus certificados de depósito por algo mucho más rentable. ¿A usted no le habrá ofrecido alguna operación similar?

La señora Tertz estaba tan reacia a hablar del tema, que empecé a temerme que ella y su marido hubiesen también perdido sus ahorros en la bazofia esa de Diamond Head. Pero conforme seguimos hablando, se hizo evidente que lo único que quería era proteger a Chrissie.

—Estoy segura de que Chrissie es una persona estupenda —dije muy seria—. Pero puede que no tenga mucha experiencia en las inversiones arriesgadas. Hace ya cerca de diez años que vengo investigando fraudes financieros. Alguien pudo... velarle los ojos, por así decirlo, convencerla de que tenía una ganga excelente para la gente mayor. Y con su deseo de ayudar a sus vecinos, quizá ella no poseía la experiencia suficiente para ver que algo fallaba en esa oferta.

A mí me parecía bastante burdo, pero la señora Tertz se sintió aliviada pensando que «las chicas» sólo queríamos ayudarnos mutuamente. Diciéndome que sólo tardaría un minuto, desapareció en la cargada atmósfera de su casa.

Me acerqué a la puerta del porche y eché un vistazo al jardín. O ella o su marido compartían la manía del barrio por la jardinería: el diminuto cuadrado de césped estaba bordeado a un lado de macizos de flores sin un solo hierbajo, y al otro de hortalizas. A mi padre también le gustaba la jardinería, pero yo no había heredado ningún entusiasmo por cavar la tierra.

La señora Tertz volvió al cabo de unos diez minutos, con la cara encendida y sus bucles grises convertidos en apretados tirabuzones por la humedad. Me alargó un folleto.

—He intentado llamar a Chrissie para asegurarme de que no le importaría que te lo enseñara, pero no he podido comunicarme con ella. Así que espero estar haciendo lo correcto.

La aprensión me anudó la garganta. Lo único que me faltaba, que se presentara Chrissie en ese momento. Aunque ya le había enseñado mis cartas a Vinnie Buttone. ¿Qué más daba que la señora Tertz llamara a Chrissie?

Cogí el folleto de la reticente mano de la señora Tertz y examiné sus cuatro páginas. No quería que me lo llevara, ni siquiera por esa tarde, así que lo estudié detenidamente mientras ella resollaba junto a mí.

La primera página en letras saltonas preguntaba:

¿CREE QUE SU DINERO TRABAJA COMO ES DEBIDO PARA USTED?

La parte interior señalaba los males de la gente que vivía con un ingreso fijo.

«¿Tiene sus ahorros en certificados de depósito? Quizá su banquero o su agente de bolsa le haya dicho cuál es la mejor inversión para su dinero, ahora que usted ha alcanzado la edad de la jubilación. Sin riesgos, le habrán dicho probablemente. Pero sin rédito tampoco. Su banquero puede pensar que por estar jubilado usted no merece realizar las mismas inversiones que la gente joven. Pero esos certificados de depósito que le vendió no van a subir lo suficientemente rápido como para cubrir unos costosos gastos médicos si los necesita. Ni para permitirle esas vacaciones soñadas si lo desea. Lo que usted necesita es un dinero libre de riesgos que le proporcione una renta importante.»

La fotografía de una anciana en la abandonada cama de un hogar para la Tercera Edad miraba severamente desde el panel izquierdo, mientras en el derecho una pareja de edad con palos de golf contemplaba extasiada el océano.

«Tan seguro como los fondos federales garantizados», rezaba el panfleto. «El U. S. Metropolitan puede ofrecerle una inversión con el diecisiete por ciento de interés, y olvídese de sus preocupaciones.»

—«Tan seguro como los fondos federales garantizados» —repetí en voz alta—. Un bono no garantizado que no está rentando ni pizca y que se está vendiendo a diecinueve dólares por cada cien.

La amargura de mi voz asombró a la señora Tertz, que me arrebató el folleto.

—Si esto te va a enfurecer, no puedo dejar que lo mires; no sería justo para con Chrissie.

Intenté sonreír, pero sentí cómo se me torcía la boca.

—Puede que Chrissie tuviera las mejores intenciones, pero no ha sido muy honesta con la señora Frizell. Espero sinceramente que en este barrio no sean muchos los que le hayan comprado acciones a ella o a Vinnie. De lo contrario, ellos dos van a ser dueños de toda la calle dentro de poco.

Se mordió los labios, incómoda, pero me dijo que creía que era hora de que me marchara. Mientras me acompañaba rápidamente hasta la puerta principal, la oí lamentarse entre dientes del error que acababa de cometer. Creo que se refería más bien al de haberme dejado entrar en su casa que al de haber comprado bonos basura. Al menos así lo esperaba yo.

Cuando salí, el calor había aflojado un poco, pero mi blusa aún tuvo tiempo de humedecerse en el cuello y las sisas durante el corto camino hasta mi casa. El cebo perfecto para una anciana solitaria que está a la que salta: tu banquero te engaña sólo porque eres vieja. Y tu nueva inversión es tan segura como los fondos federales garantizados.

Al pasar delante de la puerta de Vinnie, me dieron ganas de tirarla de una patada, de violar su casa como él había expoliado la de la señora Frizell. Había entrado varias veces el año anterior; sabía que estaba llena de valiosas obras de arte moderno. Una inversión casi tan buena como los certificados federales garantizados. Idear alguna forma de sustituir esos chismes, pensé, llena de excitación al imaginarme destrozándolo todo. Lo que sí hice fue darle una violenta patada a la puerta que dejó una marca en la hoja. Simplemente eso ya le pondría frenético: él mismo la había lijado y pintado de un blanco cáscara de huevo. Los demás nos conformábamos con el barniz oscuro que ya tenían las puertas del edificio.

Una vez arriba descorrí los cerrojos, olvidando mi nueva alarma electrónica hasta que un agudo pitido me interrumpió mientras me tomaba un vaso de agua. Volví corriendo al vestíbulo y pulsé los números que desconectaban el sistema. Esperaba haber sido lo bastante rápida como para evitar una visita de la policía.

Regresé a la cocina y me llené otro vaso del grifo. Lo bebí más despacio, llevándomelo al cuarto de estar para llamar a Max. Me quité los zapatos y los calcetines y me masajeé los dedos de los pies. Los mocasines no constituían suficiente sujeción; me dolían los pies de tanto andar con ellos.

Sentándome sobre mis piernas dobladas, me arrellané en el sillón con los ojos cerrados. Necesitaba relajarme antes de llamar a Max. Sacarme de la cabeza la imagen de la señora Frizell revolviéndose inquieta en su cama de hospital, dejar que mi irritación con Vinnie y Chrissie se desprendiera de mis hombros y de mis dedos. Nunca se me había dado muy bien ese tipo de ejercicio; al cabo de unos infructuosos minutos, me enderecé y marqué el número de Max.

Acababa de salir de una reunión y estaba a punto de entrar en otra, pero consintió hablar unos minutos conmigo. Intercambié cautelosamente unos saludos con él, por si estuviese otra vez enfadado conmigo por lo de Lotty.

—Lotty sigue sin querer hablar conmigo. ¿Cómo está?

—Está mejorando. Su fractura empieza a cicatrizar y ya no se le aprecian las magulladuras —su tono de voz era evasivo.

—Ya sé que ha vuelto al trabajo, pero sigo echándola de menos cuando llamo a la clínica.

—Ya conoces a Lotty. Cuando está asustada se irrita... consigo misma, por su debilidad. Y cuando está irritada se lanza a la acción con verdadero frenesí. Siempre ha sido su mejor protección.

Le hice una mueca al teléfono: ésa también era mi coraza.

—Me he enterado de que ha contratado a una nueva enfermera. Quizá eso le alivie parte de la tensión.

—Nos ha robado a una de nuestras mejores enfermeras de pediatría —replicó Max—. Debería renegar de ella por esto, pero parece que le ha subido los ánimos.

Todo el mundo tiene problemas cuando interfiere su vida profesional con la personal, no sólo las detectives y los polis. La idea me tranquilizó.

—Yo también he andado por ahí debatiéndome en mi propio frenesí, intentando descubrir qué es lo que les preocupa hasta el punto de atizarle una paliza a Lotty. Y parece como si todo lo que hago se redujera a patalear y a levantar polvo sin llegar a ningún lado.

—Lo siento, Victoria. Me gustaría ayudarte, pero lo tuyo se sale del ámbito de mis capacidades.

—Pues estás de suerte, Max. He llamado específicamente por lo de tus capacidades. ¿Sabes algo de Hector Beauregard, de Chicago Settlement?

—No-o-o —Max pronunció lentamente la palabra—. De hecho era mi mujer la que trabajaba con el grupo. Desde que murió yo he seguido aportándoles ayuda financiera, pero no he jugado ningún papel activo. Hector es el director ejecutivo, es todo lo que sé de él. Los dos pertenecemos a un grupo de directores de organizaciones no lucrativas, y lo veo de vez en cuando allí. Al parecer ha engrosado bastante las arcas de Chicago Settlement, consiguiendo importantes donaciones de sociedades, le he envidiado un poco sus proezas para recaudar fondos, para ser sincero.

—¿Alguna vez se te ha ocurrido que pudiera hacer algo, digamos, poco ético, para recaudar dinero? —me froté los dedos de los pies mientras hablaba, como para extraer de ellos la respuesta que esperaba.

—¿Tienes alguna prueba de que haya hecho algo así? —la voz de Max se tornó súbitamente cortante.

—No. Ya te he dicho que lo único que hago es dar palos de ciego. Su nombre es lo único extraño que he descubierto —además de las bobinas de cobre de Paragon Steel, pero ¿qué relación podía haber entre ellas y el presidente de una gran asociación benéfica? ¿Quizá fue así como consiguió la contribución de las grandes compañías? ¿Vendiéndose unos a otros material que no necesitaban, luego cargándolo en camiones a media noche, vendiéndolo clandestinamente y recogiendo los beneficios? Demasiado rebuscado.

—¿Podría reunir fondos ilegalmente una organización benéfica? —pregunté.

—Cualquiera que dirija una institución con un capital tan recortado como la mía tiene fantasías —dijo Max—. Pero que puedas llevarlas a cabo sin que te pille Hacienda... Supongo que se podría hacer algo con ciertas mercancías, conseguir que alguien te las done inflando su precio para desgravarlo de sus ingresos, y luego venderlas a bajo precio para poder declarar una pérdida, pero cobrar de todas formas el beneficio. Pero ¿acaso no lo descubriría Hacienda?

Sentí una leve punzada de excitación en el diafragma, esa sacudida que te puede producir una idea candente.

—¿Podrías averiguar algo por mí? ¿Quién está en la junta directiva de Chicago Settlement?

—No si eso significa que alguno de ellos va a resultar malparado por estar implicado en tus tejemanejes, Victoria —la voz de Max no era precisamente jocosa.

—No creo que siquiera tú puedas resultar malparado. Y espero que yo tampoco. Quiero saber si... veamos: Richard Yarborough, Jason o Peter Felitti, o Ben Loring están en su junta directiva.

Max me repitió los nombres, comprobando su ortografía. Me di cuenta de que no tenía al director general de Paragon Steel, era más probable que fuese él que su administrador el que se sentara en una junta importante. Mi *Quién es Quién en el Comercio y la Industria de Chicago* estaba en mi oficina, pero mis números atrasados del *Wall Street Journal* estaban frente a mí, en la mesita baja. Mientras Max profería sonidos de impaciencia porque tenía que asistir a su próxima reunión, hojeé los números atrasados hasta que di con la historia de Paragon Steel.

—Theodore Bancroft. Cualquiera de esos cinco. ¿Puedo llamarte esta noche a tu casa?

—Tú estás lista para lanzarte a la acción, así que todos tenemos que estarlo también ¿no? —gruñó Max—. Estoy a punto de asistir a otra reunión y cuando salga de ahí me iré a casa a relajarme un poco. Me comunicaré contigo dentro de unos días.

Cuando Max colgó seguí frotándome distraídamente los dedos de los pies. Depósito de mercancías. ¿Y por qué no depósito de bonos? ¿Y si Diamond Head estuviese consiguiendo que Chicago Settlement comprara sus bonos por su valor nominal, y luego los vendiera con una fuerte pérdida, pero aun así eso representara dinero que antes no tenían?

Era una bonita idea, límpida. Pero ¿cómo había dado con eso Mitch Kruger? Era algo demasiado sofisticado para él. Aunque quizá no para Eddie Mohr, el antiguo presidente local del sindicato. Era hora de ir a verle y preguntarle.

Me incorporé y volví a ponerme los calcetines, unos finitos rosas con flores a los lados, bonitos de ver pero no lo bastante acolchados para los pies.

Volví a ponerme los mocasines y entré en mi dormitorio en busca de la Smith & Wesson. Al pasar por el pasillo me vi en el espejo del cuarto de baño. Mi camisa de seda tenía el mismo aspecto que si hubiera dormido con ella puesta. Me la quité y me refresqué bajo el grifo de la bañera.

Llevaba dos semanas sin hacer ninguna colada. Era difícil encontrar una camisa limpia que pareciese lo bastante respetable como para ir de interrogatorio con ella. Finalmente tuve que sacar de una bolsa de la lavandería un corpiño negro de vestir. Lo único que esperaba era que la funda sobaquera no rompiera el delicado tejido, no pensaba salir del barrio sin mi pistola. Una chaqueta negra de pata de gallo casi completaba mi atuendo, y casi cubría el arma. Me estaba un poco ajustada para poderla ocultar por completo.

El señor Contreras había estado tan mudo detrás de su puerta que llamé abajo antes de salir, para asegurarme de que estuviese allí. Contestó a la sexta señal, con la voz de quien está a punto de enfrentarse a un pelotón de ejecución, pero determinado a acompañarme. Cuando llegué abajo pasó varios minutos acariciando a *Peppy* y a sus retoños, como si fuese su último adiós.

—Tengo que irme —dije suavemente—. De verdad, no tiene por qué venir.

—No, no. He dicho que iría e iré —por fin se separó de los perros y me siguió por el pasillo—. Si no te importa que te lo diga, pequeña, es bastante obvio que llevas un arma. Espero que no estés planeando matar a Eddie.

—Sólo si él dispara primero —abrí el Impala y le sujeté la puerta.

—Si ve que llevas una pistola, y sólo un idiota podría no verlo, no creo que le den muchas ganas de hablar. Aunque no creo que de todas formas tenga mucho que decir.

—¡Ah! —giré el Impala por Belmont, hacia la avenida Kennedy—. ¿Y qué le hace pensar eso?

No dijo nada. Al mirarle vi asomar un rubor rojo oscuro bajo su piel curtida; volvió la cara para mirar por la ventanilla de su lado.

—¿Por qué le molesta tanto que vaya a verle?

No contestó, y siguió mirando por la ventanilla. Llevábamos veinte minutos en la avenida Kennedy, sorteando lentamente las salidas al Loop, cuando de repente estalló.

—Es que no me parece justo. Primero va Mitch y le matan, y ahora la tomas con el delegado de mi sindicato. Me siento como si estuviera traicionando al sindicato, como te lo digo.

—Ya veo —dejé pasar a un tráiler antes de intentar cambiar de carril para coger la salida a Stevenson—. Yo no quiero acusar de nada a Eddie Mohr. Pero no consigo que su antiguo jefe hable conmigo. Si no puedo hablar pronto con alguien relacionado con Diamond Head, tendré que parar mi investigación. No puedo coger el caso por ningún otro lado.

—Ya lo sé, niña, ya lo sé —murmuró, sombrío—. Entiendo todo eso. Pero sigue sin gustarme.

Ninguno de nosotros volvió a hablar hasta que salimos de Stevenson por Kedzie. Estábamos en una zona donde los almacenes y las fábricas alternaban con calles residenciales. En esa parte la calle Kedzie ostentaba unos enormes baches debido a los rugientes tráilers. Seguimos rumbo al sur, rebotando entre dos veloces monstruos de dieciséis toneladas. Mantuve el Impala a cerca de ochenta, apretando los dientes con cada sacudida y esperando que ninguno tuviera que parar en seco.

El señor Contreras se distrajo de sus preocupaciones para guiarme hasta la casa de Eddie Mohr en la calle Albany, junto a la Cuarenta. Conseguí coger la salida sin estamparme contra nadie. De repente nos encontramos en un oasis de chalets con jardines bien cuidados, uno de esos remansos de pulcritud que le dan a la ciudad un aire de pueblecito acogedor.

En barrios como ése se entra a los garajes por los callejones que conducen a la parte posterior de las casas. Yo me paré frente a la casa, preguntándome si el Oldsmobile que había sido utilizado en el ataque a Lotty estaría otra vez allí fuera. Me apetecía echarle un vistazo antes de irnos. Un impecable Riviera estaba estacionado frente a la casa: presumiblemente era el coche de la señora Mohr. Aparqué el Impala detrás de él.

El señor Contreras se tomó su tiempo para bajar del coche. Observé sus penosos movimientos durante un minuto, y luego me volví y caminé rápidamente hasta la puerta principal. Toqué el timbre sin esperar a que me alcanzara: no quería convertir aquello en una vigilia de toda la noche mientras él decidía si se estaba comportando o no como un esquirol por llevarme a ver a ese tipo.

La casa estaba protegida por espesas cortinas. Parecía un lugar deshabitado. Tras unos largos minutos, mientras debatía si dar un rodeo por la parte de atrás o si esperar simplemente en el Impala hasta que apareciese alguien, percibí un movimiento en el espeso telón más cercano a la puerta. Alguien me estaba espiando. Procuré dar una impresión de seriedad y sinceridad, esperando que el señor Contreras, que ahora estaba detrás de mí, no pareciera demasiado angustiado para la conversación. Una mujer cincuentona abrió la puerta. Su pelo, de un rubio descolorido, estaba enmarañado en greñas desiguales, como pegado a su cabeza por un peluquero inexperto. Nos observó con unos ojos protuberantes sin brillo.

—Venimos a ver a Eddie Mohr —dije—. ¿Es usted la señora Mohr?

—Soy su hija, la señora Johnson. No se le podrá velar hasta la semana que viene, pero pueden hablar con mi madre si son antiguos amigos suyos.

—¿No se le podrá velar...? —la mandíbula se me descolgó, inerte—. ¿Está...? ¿No estará muerto, verdad?

—¿No es por eso por lo que han venido? Me preguntaba cómo se habrían enterado tan rápido. Pensé que este señor sería su padre.

El señor Contreras me asió del brazo, de pronto le flojeaban las piernas.

—Acabo de hablar con él esta mañana, pequeña. Él... nos estaba esperando. Yo... a mí me ha parecido que estaba bien.

Me volví a mirarle, pero nada de lo que se me ocurría era apropiado para ese momento. Con razón estaba tan callado: sabía que yo quería coger desprevenido a Eddie. Probablemente sentía que estaba traicionando al sindicato, pero seguramente también pensaba que me estaba traicionando a mí.

—Lo siento —le dije a la señora Johnson—. Siento irrumpir en un momento así. Debe de haber sido un golpe terrible. No sabía que estuviese enfermo.

—No ha sido su corazón, si es eso lo que está pensando. Le han pegado un tiro. En plena calle Albany. Le han disparado a sangre fría y han huido. Malditos negros. No les basta con destrozar Englewood y matarse entre ellos. Tienen que venir hasta aquí a matar a la gente de McKinley Park. ¿Por qué no pueden quedarse donde están y meterse en sus cosas? —su cara enrojeció de ira, pero los ojos saltones estaban bañados en lágrimas.

—¿Cuándo ha ocurrido? —conseguí suavizar mi voz, pero clavándome las uñas en la palma de la mano.

—A eso de la una de la tarde. Mi madre me llamó, y por supuesto vine corriendo, aunque tuviera que dejar de cajera a Maggie, cosa que es siempre un error. No es que no sea honrada, pero es que no sabe sumar ni restar. Sencillamente, las escuelas de Chicago ya no hacen su trabajo como en mis tiempos.

Son las pequeñas cosas las que nos preocupan en momentos de gran calamidad. Maggie en la caja... tu mente puede distraerse en torno a esa idea. Tu padre asesinado en plena calle... No, no pienses en ello.

El señor Contreras se agitaba inquieto a mis espaldas, reacio a que yo siguiera fisgoneando como una sádica. Le ignoré y le pregunté a la señora Johnson si alguien había visto a los negros en cuestión.

—Sólo había dos personas en la calle, la señora Yuall y la señora Joyce, que volvían de la tienda. No le prestaron atención al coche. Nadie se espera que asesinen a alguien a plena luz del día en su propio barrio, ¿verdad? Entonces oyeron los disparos y vieron desplomarse a papá. Primero pensaron que había tenido un ataque cardiaco. Sólo después repararon en que habían oído disparos.

Se calló y giró la cabeza, escuchando a alguien que estaba a sus espaldas.

—Ahora mismo voy, mamá. Es uno de los antiguos amigos de papá. Ha llamado esta mañana. ¿Quieres verle?... Discúlpenme un momento —añadió dirigiéndose a nosotros mientras se metía en la casa.

—Esto es terrible, nena, terrible —farfulló ansioso el señor Contreras—. No podemos acosar a esta gente.

Le dirigí una sonrisa forzada.

—Creo que sería una buena idea averiguar qué estaba haciendo en la calle. Al fin y al cabo, tenía dos coches. ¿Por qué iba a pie, y no en coche? ¿Y por qué le ha llamado para decirle que íbamos a venir?

El señor Contreras enrojeció.

—Era lo justo. No podía permitir que irrumpieras aquí, acusando al sindicato de la muerte de Mitch, sin avisarle...

La señora Johnson volvió a salir y se interrumpió en mitad de la frase.

—Mi madre está acostada. Está con una amiga, pero le gustaría saber si mi padre le dijo algo en particular cuando habló con usted esta mañana. ¿Quieren pasar?

El señor Contreras, más rojo que una remolacha ante la idea de hablar con la señora Mohr estando ella en la cama, trató de excusarse. Le agarré el brazo y le empujé hacia dentro.

En realidad, el escenario del dormitorio era de lo más casto. En lugar de los habituales dormitorios diminutos de los chalets, la señora Mohr ocupaba una *suite* señorial. Un edredón acolchado cubría la cama. La señora Mohr estaba hundida en una amplia butaca de zaraza, con los pies en una banqueta a juego. Llevaba ropa de calle, con medias y tacones, con el rostro totalmente maquillado, de tal forma que los chorretones formados por las lágrimas y el terror acusaban su edad. La vecina estaba sentada junto a ella en una silla de respaldo recto. Había una jarra con té helado y un vaso junto al codo de la señora Mohr.

Las cortinas, estampadas con el mismo motivo floral, estaban descorridas, y sólo unos visillos de gasa blanca cubrían las ventanas. Una serie de puertas correderas daban a un patio. Más allá pude ver una piscina. Un excelente accesorio para un hogar en el South Side.

—Aquí están tus amigos, Gladys —dijo la vecina, levantándose—. Voy un rato a mi casa, pero te traeré algo de cenar más tarde.

—No tienes por qué hacerlo, Judy —protestó la señora Mohr con un hilo de voz—. Cindy está aquí y puede cuidar de mí.

Cindy, Kerry, Kim, todos esos nombres cursis e infantiles que a los padres le encanta endilgar a sus hijas, y que ya no nos pegan nada cuando somos unas cincuentonas amargadas. Di gracias al recuerdo de mi madre por haber corregido ferozmente a cualquiera que me llamase Vicky.

Cuando Judy salió me acerqué a la señora Mohr.

—Soy V. I. Warshawski, señora Mohr, y él es el señor Contreras, que trabajó con su marido. Siento muchísimo lo de su muerte. Y siento mucho que tengamos que molestarla.

La señora Mohr me miró apáticamente.

—Está bien. No tiene por qué, de verdad. Sólo quería saber de qué han hablado ellos dos esta mañana. Me pareció que después estaba irritado y molesto, y no me gusta nada tener que recordarlo así.

—Me parece que tiene muchas cosas por las que recordarle —dije, indicando la habitación y la piscina allá atrás con un amplio gesto de la mano—. Parece ser que supo perfectamente proveer.

—Eso fue después de jubilarse —explicó la señora Mohr—. Trabajó duro toda su vida y se ganó una buena pensión. Hoy en día los jóvenes se quejan. Es como todos esos negros, que lo único que quieren es que les den algo por nada. No comprenden que hay que trabajar duro, como lo hacíamos Eddie y yo, para conseguir las cosas agradables de la vida.

—Sí, desde luego —asentí con entusiasmo—. Sé que al señor Contreras, aquí presente, que trabajó con Eddie durante... ¿treinta años, fueron?, le encantaría poner una piscina en nuestro jardín trasero, pero nuestra junta de copropietarios no se lo permite.

—Vamos, nena —irrumpió indignado el señor Contreras—, sabes que no quiero hacer nada de eso. Y aunque quisiera, no tengo el dinero para hacerlo.

—¿No lo tiene? —pregunté en tono de reproche—. Creí que había trabajado duro toda su vida, igual que Eddie Mohr. Sé que dijo que podría permitirse tener un coche si quisiera, aunque no necesariamente un Buick Riviera y un Oldsmobile.

Una sombra de alarma cruzó por el rostro de la señora Mohr.

—Eddie fue el presidente del sindicato durante mucho tiempo. Hizo mucho por los trabajadores de Diamond Head, y consiguió un convenio... un convenio especial cuando se jubiló. No quisimos decirles nada a ninguno de los demás trabajadores de la planta, porque sabíamos que podía no parecer justo. Sólo pudimos permitirnos todo esto cuando se jubiló. Sólo hace dos meses que han terminado las obras del dormitorio y de la cocina. Pero todo eso no tiene nada de deshonesto. Eddie fue un hombre muy honrado. Formaba parte de los Caballeros de Colón y estaba en el consejo de la parroquia. Puede preguntárselo a cualquiera.

—Por supuesto —me senté en la silla que Judy había dejado vacante y le di unas palmaditas aplacadoras en la mano a la señora Mohr, preguntándome si estaba siendo tan destructiva como me sentía.

—¿Qué clase de cosas especiales hizo por ellos en Diamond Head?

Sacudió la cabeza.

—Eddie era un hombre decente. Dejaba su trabajo en el trabajo y nunca me molestaba con eso. Cuando estábamos empezando, cuando estábamos los dos con Cindy y sus hermanos, yo también tuve que trabajar. Hacía pasteles en Davison's. Es una lástima que en aquellos tiempos no pudiésemos disponer de parte de este dinero.

—Es sólo porque el barrio se vino abajo por lo que papá pudo permitirse esto —intervino la señora Johnson—. Cantidad de casas se quedaban vacías. Pudo haberse mudado a otro sitio. Pero quiso permanecer aquí porque aquí se había criado, por eso compró la parcela de atrás y le añadió la piscina. Lo único que hizo fue mejorar el barrio, para que luego vengan y lo maten.

Oímos a lo lejos el timbre de la entrada. Cindy Johnson acudió a contestar, alisándose el pelo enmarañado como si no sintiera su tacto.

Unas lágrimas asomaron a los grandes ojos de la señora Mohr. Miró más allá de donde yo estaba, hacia el señor Contreras.

—¿Qué fue lo que le dijo? ¿O qué le dijo usted? Después de colgar volvió a su estudio —convertimos la antigua cocina en estudio para él cuando hicimos la nueva el invierno pasado— y llamó a varias personas. No quiso decirme cuál era el problema, sólo salió dejándome aquí y ya no lo volví a ver. ¿Qué le dijo usted?

A pesar del aire acondicionado, el señor Contreras se estaba enjugando el sudor del cuello, pero contestó resueltamente.

—Él y yo... nunca fuimos muy íntimos cuando trabajábamos. Él frecuentaba a otro grupo, ya sabe cómo son esas cosas. Pero le oí decir a uno de los chicos que estaba dando un montón de dinero a una obra benéfica. Yo nunca había oído hablar de esa organización, pero Vic tiene unos amigos que tocaron el piano, o el violín, o algo así, en una de sus galas benéficas. Le dije que queríamos venir a hablar de eso con él. No sé por qué le enfureció tanto, eso lo puedo asegurar.

—¿Qué le dijo él? —preguntó dolorosamente la señora Mohr.

—Me dio las gracias. Me dio las gracias por avisarle. Creo que fue así como lo dijo. Si hubiera sabido... Desde luego me arrepiento de haber hecho esa llamada.

—¿Cree que salió para encontrarse con alguien? —le pregunté a la señora Mohr.

Entrelazó los dedos y luego los separó.

—Yo... sí, supongo que es posible. Dijo que iba a lo de Barney —es un bar, donde sirven también sandwiches—, que tenía que hablar con un hombre y que no iba a comer conmigo.

—¿Era al bar de Barney adonde iba cuando tenía que hablar con alguien en privado?

—Los hombres necesitan un sitio donde estar con otros hombres. Vosotras las jóvenes no siempre entendéis eso. Pero no los puedes tener amarrados a tus faldas todo el día, eso no es bueno para el matrimonio. Y conozco a Barney: nos criamos juntos. Antes que él, su padre era el dueño del bar. Hace ya sesenta años que estamos en esta esquina de la Cuarenta y uno y Kedzie. Sirven buenos sandwiches y una buena cecina, no esas porquerías enlatadas que te venden en los chiringuitos de comida rápida. Era un buen sitio para Eddie. También podía jugar un poco al billar. Siempre le ha gustado. Pero ojalá no le hubiese dejado ir hoy. Si le hubiese hecho quedarse para averiguar lo que le había exasperado tanto, no hubiese ido por la calle cuando pasó ese coche. Aún estaría conmigo.

Cindy volvió y se inclinó junto a su madre.

—Hay un negro ahí fuera, mamá. Dice que es detective y tiene su placa y todo, pero no lleva uniforme. ¿Quieres hablar con él? ¿O quieres que llame a la comisaría para comprobar?

La señora Mohr sacudió la cabeza.

—¿A qué viene? ¿A disculparse?

Sentí que se me encendía la cara.

—Probablemente tiene algunas preguntas que hacerle, señora Mohr. Probablemente es el mismo detective que contestó la llamada cuando robaron el coche de su marido y lo utilizaron para atacar a una doctora en el barrio norte.

Me levanté y me acerqué a la puerta. Como pensaba, era Conrad Rawlings. No pareció abrumado por el placer de verme, y me sentí enrojecer todavía más.

—Vaya, vaya, señorita W. Debí suponer que me ibas a tomar la delantera.

—No es lo que piensas —balbuceé—. No sabía que estaba muerto. Vine a hablar con él tratando de conseguir una pista sobre Mitch Kruger.

—¿En serio?

El señor Contreras, contento de tener un escape, había bajado al vestíbulo detrás de mí. Las exasperantes experiencias de la última media hora le habían puesto más agresivo de lo normal.

—Pues claro que en serio. Estoy harto de veros a los polis hostigando a Vic en vez de procurar coger asesinos. Nunca la escucháis, así que termina remojándose en el canal y encima venís a echarle la culpa. Da la casualidad de que he hablado con Eddie Mohr esta mañana. Entonces estaba bien. Le dije que íbamos a venir esta tarde, y la primera noticia que tengo es que le han pegado un tiro en la calle.

—Vale, vale —dijo Rawlings—. No habéis intentado adelantaros a mí. ¿De qué queríais hablar con él?

—De dinero. ¿Y tú?

—Bueno, yo he oído lo del tiroteo y ese nombre me sonaba de algo, por lo de la agresión a la doctora con el coche. Así que me proponía echar un vistazo por aquí. No soy tan rápido como tú, señorita W., pero sí que me muevo. Esta noche era la que te tocaba trabajar hasta tarde, recuerdo perfectamente que me lo dijiste ayer.

Cindy se acercó a nosotros en el vestíbulo antes de que se me ocurriese algo que aliviara un poco la amargura que denotaba su voz. Me sentía capaz de besarle delante del señor Contreras, pero no delante de Cindy. Parecería que lo estaba tratando con condescendencia, y eso dificultaría demasiado su entrevista con ellas.

—¿Lo conoce? —me preguntó Cindy.

—Sí. Es amigo mío. Un buen amigo, aunque a veces es demasiado impulsivo al juzgarme.

—Creo que puede hablar con mi madre. Pero sea breve. Hoy ha recibido una fuerte conmoción.

—Sí señora —asintió Rawlings—. Lo tendré en cuenta... Conduce con cuidado ese cacharro hasta casa, Vic. No quiero enterarme de que alguno de los muchachos te ha tenido que extraer de él.

Reconocimiento de una nueva profesión

—¿Crees que yo lo he matado, pequeña? —me preguntó el señor Contreras una vez en el coche.

Su ansiedad me quitaba todas las ganas de echarle la bronca por haber avisado a Eddie Mohr esa mañana.

—Claro que no. Si uno de nosotros lo ha matado, he sido yo, por empeñarme en esta investigación.

—No crees que lo hayan matado unos gánsteres, ¿verdad?

—Qué va. Alguien le convenció de que fuese al bar de Barney y le disparó a su vuelta a casa. Lo único que hubiera querido... —me interrumpí.

—¿Qué, pequeña? ¿Qué es lo que hubieras querido?

—Hubiera querido no encontrar la foto de Mitch. La de Eddie con Hector Beauregard. Y al mismo tiempo me gustaría saber a quién ha llamado esta mañana. Quizá Conrad pueda averiguar algo más que nosotros, aunque no es muy problable, dado que Cindy y Gladys lo consideran algo así como un simio inferior apenas dotado de palabra.

—Conrad, ¿eh? Estás empezando a hacer mucha amistad con un poli si ya le llamas por su nombre de pila.

Noté que me ruborizaba.

—Vayamos a ver si Barney nos cuenta algo.

Durante el corto trayecto hasta la taberna le sugerí una estrategia al señor Contreras. Aceptó inmediatamente, ansioso por compensar como pudiera su catastrófica llamada telefónica.

Barney's era un local pequeño, con una sala para el billar y otra para el bar. Había un puñado de viejos sentados en las dos rayadas mesas del bar. Algunos tenían copas, pero la mayoría parecía estar allí sólo por la compañía. Cuando repararon en que había extraños entre ellos, dejaron de hablar y se nos quedaron mirando abiertamente.

Un hombre macizo de poco más de setenta años se levantó de una de las mesas y se acercó a la barra.

—¿Puedo ayudaros, amigos?

Nos acercamos a él, el señor Contreras dispuesto a tomar la iniciativa. Pidió una cerveza y tomó un sorbo, luego ofreció un comentario sobre el tiempo, que Barney recibió en silencio. El señor Contreras observó la sala, estudiando a los hombres uno por uno, mientras ellos permanecían glaciales, dirigiéndome alguna que otra mirada francamente hostil. Era un bar de hombres, y por mucho que hicieran las feministas con locales del centro como el de Berghoff, el de Barney no se iba a dejar contaminar.

Finalmente, el señor Contreras soltó un pequeño gruñido de reconocimiento y se volvió hacia Barney.

—Soy Sal Contreras. Eddie Mohr y yo trabajamos juntos en Diamond Head durante más de treinta y cinco años.

Barney se retrajo ligeramente, pero el señor Contreras señaló una de las mesas y preguntó:

—¿No es cierto, Greg?

Un hombre con una enorme panza debida a la cerveza sacudió lentamente la cabeza.

—Puede, pero... bueno, aquí no hay muy buena luz. Alúmbralo un poco, Barney.

El dueño se inclinó detrás de la barra hacia un interruptor y encendió una bombilla del techo. Greg observó a mi vecino durante un largo minuto, dubitativo. De pronto una amplia sonrisa iluminó su rostro.

—Es cierto, Sal. No te había visto desde que te jubilaste. Todos nos hemos puesto viejos, aunque tú tienes buena pinta. Te has mudado a la zona norte, según creo.

Los demás hombres empezaron a moverse en sus asientos, terminándose las copas y murmurando entre ellos. Al fin y al cabo, éramos de los suyos. No tenían por qué cerrar filas.

—Sí —dijo el señor Contreras—. Después de que Clara muriera no me sentía capaz de quedarme en mi antiguo barrio. Me conseguí un buen pisito allá en Racine.

—¿Es tu hija? Se ha puesto muy guapa. Pero creía que tu chica era mayor.

—No. Ésta es mi vecina, Vic Warshawski. Me ha acompañado con el coche a visitar a Eddie esta tarde, para no tener que coger el tren de cercanías.

Entonces nos hemos enterado de que estaba muerto. Supongo que también os habréis enterado.

—Ajá —intervino Barney, ansioso por recobrar el control de su bar—. No hacía ni cinco minutos que había estado aquí. Y le dispararon mientras volvía a casa. La mujer de éste, de Clarence, ha visto morir a Eddie. Cuando los maderos y tal han terminado de hablar con ella, ha venido a por él.

Un calvo sentado junto a Greg asintió vigorosamente con la cabeza. Era el señor Yuall o el señor Joyce. En cuanto reconfortó a su mujer después de la conmoción, se había apresurado a volver al bar de Barney para compartirlo con sus amigos.

—La señora Mohr me ha dicho que había venido aquí a ver a alguien —aventuré, esperando que nuestra buena fe estuviese ya firmemente establecida como para poder hablar.

—Eso es lo que dijo Eddie —confirmó Barney—. Estaba esperando verse con alguien aquí para almorzar. Esperó una hora y finalmente decidió que ya estaba bien. Se comió una hamburguesa solo y se fue para su casa.

—¿Dejó algún recado, por si el hombre que estaba esperando aparecía finalmente? —pregunté.

—Sí, Barney —intervino Greg—. ¿Te acuerdas? Dijo que era uno de esos jefazos, un falso, y que estaba harto de esperar a los falsos de los jefes, así que si aparecía el tipo que le dijeras que le llamara cuando de verdad quisiera verle.

—Es verdad. Con eso de que se lo han cargado de esa forma, se me había olvidado —Barney se rascó el escaso pelo gris—. Pero ¿qué nombre dijo?

Esperé mientras hacía memoria.

—¿Milt Chamfers? ¿O Ben Loring? —aventuré finalmente.

Barney agitó lentamente la cabeza.

—Creo que era uno de ellos. Chamfers. Creo que ése es el nombre.

Greg estuvo de acuerdo en que Chamfers era el nombre que había dicho Eddie, pero a él no le sonaba de nada. Al parecer había dejado Diamond Head antes de que entraran los nuevos propietarios. No, Eddie nunca había mencionado a Milt Chamfers antes, ni a él ni a ninguno de ellos.

—Vaya un bonito añadido que le ha puesto Eddie a su casa —terció el señor Contreras, recordando el guión que intentábamos seguir—. Ojalá yo me pudiera pagar una piscina y un Buick, y todo eso. Estuve en Diamond Head treinta y ocho años, sin contar la guerra, pero desde luego ni de broma conseguí una jubilación así.

Hubo un murmullo de aprobación alrededor de las mesas, pero Clarence explicó que Eddie había cobrado una pasta. No, que él supiera, Eddie no tenía parientes ricos. Debió de ser algún primo lejano que regresó a Alemania y se acordó de sus parientes pobres de América.

—Antes era al revés —dijo amargamente uno de los otros—. No solían ser los americanos los primos pobres de los demás.

La conversación giró en torno a las habituales quejas de los incapaces, sobre los negros, las lesbianas, los nipones y todos esos que estaban trayendo la ruina al país. El señor Contreras se tomó una copa y una cerveza para mostrarse sociable. Nos fuimos aprovechando una ola de recién llegados impacientes por comentar la muerte de Eddie. De todas formas prefería salir antes de que apareciera Conrad Rawlings. Suponiendo que la señora Mohr le comunicara la noticia de que Eddie había estado allí justo antes de su muerte.

Cuando volvimos a salir me quedé inmóvil en la acera durante un minuto.

—¿Qué ocurre, pequeña?

—¿Qué fue exactamente lo que le dijo a Eddie cuando le llamó?

El viejo se volvió de un carmesí oscuro.

—Le dije que lo sentía. Ya sé que parece como si yo lo hubiese mandado a la muerte. No puedes estar tan preocupada como yo, pequeña, así que dame...

—No es eso lo que quiero decir. Después de hablar con usted se alteró lo bastante como para llamar, al parecer, a Milt Chamfers, que quedó en encontrarse con él, sólo como pretexto para hacerle salir a la calle y que pudieran pegarle un tiro. ¿Qué le dijo usted?

El señor Contreras se rascó la cabeza.

—Le dije quién eras tú, quiero decir, que eras detective. Y que esa foto suya con Mitch, la de la obra benéfica, te había alborotado mucho. Y que íbamos a ir a preguntarle de dónde había sacado tanto dinero para apoyar a una gran asociación benéfica de la ciudad, cuando yo sabía de oídas que era un Caballero de Colón. Y que sólo quería darle tiempo para que se lo pensara antes. Hubiese preferido...

Vi acercarse un taxi, cosa rara en ese sector de Kedzie, y agarré el brazo del señor Contreras para acercarle al bordillo.

—¡Eh, niña! ¿Qué haces?

—Suba... Ya hablaremos cuando estemos en otro sitio menos expuesto.

Le pedí al taxista que siguiera por Kedzie hasta que llegamos a una cabina de teléfonos, y que me esperara mientras hacía una llamada. Unas manzanas más abajo aparcó junto al bordillo.

Llamé a una agencia de alquiler de coches que conozco en el Distrito Norte llamada Rent-A-Wreck. Di con su contestador, y les conté que estaba desesperada por un coche, que estaría allí dentro de media hora y esperaba que mientras tanto hubieran comprobado sus mensajes. Rent-A-Wreck es una empresa cutre que llevan un par de mujeres desde su casa, con los coches aparcados en su patio trasero. Esperaba que estuviesen simplemente cenando, y escucharan sus mensajes aunque no se pusieran al teléfono.

De vuelta en el taxi el señor Contreras y el chófer parecían haber llegado a un buen entendimiento. Ambos eran hinchas de los Sox con las desilusiones comunes a todos los aficionados al baloncesto de Chicago: mientras lamentaban la pérdida de Iván Calderón pensaban en realidad que ése era el año en que los Sox podían triunfar. Le di al taxista la dirección de Rent-A-Wreck y me recosté en el asiento, dejándoles enfrascarse en una acalorada discusión sobre si Fisk debería retirarse y darle una oportunidad a otro más joven.

Me parecía un pequeño milagro que yo aún estuviese viva. Si Milt Chamfers asesinaba a Eddie Mohr sólo por temor a lo que Eddie pudiera decirme, ¿por qué no me había pegado un tiro a mí? ¿Qué habría hecho Eddie para Diamond Head para que lo jubilaran con esa renta tan generosa, y que no querían que revelara? No creía que Chamfers fuese el cerebro, ni en lo de pagar a Eddie Mohr ni en lo de mandar asesinarlo. Pero ¿quién había detrás de Chamfers? ¿Ben Loring, de Paragon Steel? ¿O el suegro de Dick y su hermano? Quizá todos ellos.

Cuando por fin llegamos a Rent-A-Wreck, en la avenida Cornelia, me consumía de impaciencia por actuar, por hacer algo, aunque no sabía muy bien qué. Pagué al taxista, dándole unos cuantos pavos más para que esperara en caso de que nadie contestara a nuestra llamada. Cuando Bev Cullerton salió a la puerta le hice señas al taxista. Pitó y se alejó.

—Hola, Vic. Tienes suerte de habernos pillado en casa. Callie y yo estábamos a punto de salir hacia la cafetería cuando hemos oído tu recado. ¿Has escacharrado ese extraño trasto que tienes? Tal vez podamos recomponértelo.

Sonreí.

—Esa historia remonta a la semana pasada. Sólo necesito moverme esta noche por la ciudad sin llevar a nadie pegado al culo. ¿Tienes algo para mí?

—Con el calor que hace todos quieren un coche para irse al condado de Door. Sólo nos queda uno, y no es gran cosa.

Dado el estado de la mayoría de los coches de Bev y Callie, uno que no fuera gran cosa sería un verdadero cacharro. Pero el que pide no puede exigir. Le di un billete de veinte como pago adelantado y cogí las llaves de un viejo Nova. El cuentakilómetros ya iba por su segunda revolución y el volante había sido diseñado para el entrenamiento del equipo búlgaro de levantamiento de pesas, pero Bev me aseguró que aún podía subir a ciento treinta si era necesario. Nos dio unos cojines para cubrir los mugrientos asientos y sujetó la puerta de la valla hasta que salimos del callejón.

—¿Quiere ir a casa? —le pregunté al señor Contreras.

—Oye, escúchame, Vic Warshawski: no pensarás que me vas a arrastrar por todo Chicago y luego me vas a aparcar en casa como si pensaras que estoy chocho y no puedo entender unas cuantas frases en inglés. Quiero saber por qué has dejado ese Impala allí junto al bar de Barney y qué es todo este jaleo. Y si estás maquinando algo para esta noche más vale que yo entre en tus planes, o ya puedes quedarte esperando en el coche hasta el amanecer, porque no vas a conseguir que me baje de aquí. A no ser que estés planeando enrollarte con *Conrad* —esa última palabra iba envuelta en una malicia de adolescente.

—Precisamente, preferiría no volver a ver a Conrad esta noche —giré con fuerza el volante hacia la derecha y me acerqué al bordillo, para hacerle un rápido resumen de los problemas que había estado meditando durante el trayecto en taxi. Además de todo eso, me preguntaba qué podían estar haciendo Vinnie o los Pichea ahora que sabían que había descubierto su sucia estafa a los viejos del barrio. Era la primera oportunidad que tenía de contárselo al señor Contreras. Se indignó, se enfureció, y durante un rato nos distrajo su sermón contra los que se aprovechan de la gente mayor.

—Vinnie es un tío bastante nefasto —dije cuando se calmó un poco—. Quién sabe qué será capaz de maquinar para desquitarse. De todas formas, no sé cómo estoy todavía viva, si Milt Chamfers es capaz de matar a Eddie sólo para impedir que hable conmigo. Me preocupa que usted también esté corriendo peligro, sólo por andar conmigo, por lo de llamar a Eddie Mohr, lo de acompañarme a verle y todo eso.

—¡Oh, no te preocupes por mí, pequeña! —dijo con rudeza—. No es que tenga ganas de morir, pero si alguien me pegara un tiro, no sería lo mismo que si no hubiese disfrutado de la vida. ¿Qué piensas hacer esta noche?

—Necesito encontrar un lugar con teléfono. Pero lo que realmente necesito es entrar en el despacho de Dick.

—El anterior señor Warshawski —repitió el viejo con regodeo—. Pero ¿para qué?

—Allí es donde todo se relaciona: los bonos de Diamond Head que la señora Frizell le compró a Chrissie Pichea; Chicago Settlement, y la propia Diamond Head: Dick les hizo los trámites legales. Sencillamente, no se me ocurre otra manera de hacer esa conexión sin mirar sus archivos. Y no sé cómo entrar allí.

—¿No puedes forzar la cerradura?

—Perdí mis ganzúas en el canal la otra noche, pero ése no es el verdadero problema. En una firma importante como ésa, los empleados trabajan a todas horas. No sé cómo entrar sin que me pesquen. Y no sé de qué otra forma conseguir lo que necesito saber.

Se lo pensó durante un rato.

—Sabes, chiquilla, tengo una idea. No digo que sea una gran idea, y habrá que trabajársela un poco, pero ¿sabes quién puede entrar en esos sitios sin que nadie le preste atención?

—El personal de limpieza, pero...

—Y los obreros —me interrumpió, triunfal—. Para los jefazos, son sólo parte del mobiliario.

Un traje nuevo, pero no de Saks*

El señor Contreras tenía que ir a casa a dar de comer a *Peppy* y a dejarla salir. Decidimos que lo llevaría hasta Diversey y lo recogería en Barry, al otro lado de nuestro callejón. El plan no me entusiasmaba mucho, pero tuve que reconocer que era más probable que cualquiera que estuviese montando guardia frente a mi casa me disparara a mí que a él.

Pasé la siguiente media hora sufriendo. No podía pasar con el coche por Racine, por si acaso tenían a alguien lo bastante listo como para buscarme independientemente del coche que llevara. Di un largo rodeo por Barry y me quedé aplastada en el asiento, con la pistola lista, prestando oído a cualquier ruido de violencia para poder correr al rescate del señor Contreras. Cuando apareció al otro extremo del callejón, el estómago se me levantó incontrolablemente; escupí una bocanada de bilis por la ventanilla del coche justo a tiempo.

El señor Contreras, dividido entre la excitación y la inquietud, me ofreció su gigantesco pa-

*Tienda elegante de Chicago. (*N. de la T.*)

ñuelo para limpiarme la boca. Lo utilicé con cierta congoja. Marlowe nunca se deja dominar por sus nervios.

Mi vecino traía un par de monos descoloridos, junto con una enorme caja de herramientas. Lo echamos todo en la parte de atrás. Giré enérgicamente el volante y salí del barrio. Antes de hacer cualquier otra cosa necesitaba un vaso de agua y algo de comer: otras necesidades corporales que nunca parecen afligir a los grandes detectives.

Encontramos un restaurante abierto las veinticuatro horas en Clark y nos detuvimos a por unos sandwiches. Como la zona junto al Distrito Norte estaba volviéndose cada vez más pija, ése era uno de los pocos sitios que quedaban para los maderos, los repartidores y demás currantes nocturnos.

El señor Contreras se excusó cuando iba por la mitad de su sandwich de jamón.

—Se me acaba de ocurrir algo, pequeña. Quédate aquí y actúa con naturalidad.

Desapareció antes de que pudiera protestar, dejándome con una mezcla de asombro y de irritación. Definitivamente, no soy de las que les gusta esperar. Era la segunda vez esa tarde que tenía la oportunidad de reflexionar sobre lo mal que me había portado todas esas veces, por dejar a mi vecino esperando infeliz toda la noche mientras yo me dedicaba a columpiarme de las grúas. No estoy segura de que mi carácter o mi ánimo mejorasen con esa reflexión.

Transcurridos cinco minutos desde que se fuera, llevé la nota a la caja. Cuando ya salía a buscarlo, apareció con una expresión de malicia tan satisfecha en la cara que mi mal humor se esfumó.

—Ah, aquí estás, pequeña. Pensaba que me ibas a esperar.

—He pagado la cuenta. Están a punto de llevarse el resto de su sandwich. ¿Quiere recuperarlo?

—No. He comido bastante. Para serte sincero, tengo el estómago un poco revuelto. He conseguido algo que nos va a ser de mucha ayuda.

Lo empujé hasta el Nova antes de que lo proclamara en voz alta para todo el restaurante. Una vez a salvo en el coche, exhibió ante mí un puñado de papeles. Intenté encender la luz interior, pero había perecido durante los primeros cien mil kilómetros del coche. Salí del estacionamiento y me detuve bajo una farola. El señor Contreras se había mangado un puñado de avisos de reparaciones de la furgoneta de Reparaciones Eléctricas Urgentes Klosowski.

—He visto que la puerta no estaba cerrada al pasar, y bueno, mientras él comía, pensé, ¿por qué no? Parece algo más oficial que cualquier otra cosa que podamos pergeñar en tu oficina.

Habíamos decidido intentar llegar a mi oficina mientras aún era de día y tratar de elaborar algún documento que nos permitiera entrar en Crawford-Mead. El señor Contreras tenía razón: ésos estaban mucho mejor que algo improvisado en mi Olivetti.

—Y —añadió, con la voz trémula por la excitación— también he conseguido una gorra, deberías taparte esos rizos.

Se sacó del bolsillo trasero una gorra de Klosowski.

—¡Qué lástima que no me haya conseguido también un bigote y una barba postizos! Sabe, creo que es mejor que nos acerquemos al sur. Me parece que alguien se dirige a la furgoneta. Puede que éste sea su sombrero favorito.

Aparcamos el Nova en Adams y dimos un rodeo a pie para llegar al Pulteney por el norte. Dado que el día anterior había entrado y salido sin tropiezos, era bastante seguro que nos enfrentábamos a una gente más bien aficionada que no me asociaba con una oficina, pero no valía la pena dar a conocer un coche que nos había costado tanto trabajo conseguir.

El ascensor estaba en uno de sus raros arranques de funcionalidad. Subí en él mientras el señor Contreras seguía a pie. Le di la llave de la puerta de las escaleras con orden de salir disparado en busca de la pasma si yo sufría algún ataque, no de meterse en la pelea.

Apretó con tozudez la mandíbula.

—No soy de esa clase de tipos que va a salir por piernas cuando atacan a una dama. Más vale que te resignes a eso.

Para mi consternación, sacó una llave inglesa de debajo de los monos. Era su arma favorita, que utilizaba con más entusiasmo que habilidad. Empecé a discutir con él, pero luego decidí que no era el momento. De todas formas, la probabilidad de que me agredieran no era tan grande.

Cuando el ascensor se detuvo con un crujido en el cuarto piso, apagué su luz y salí de rodillas, apoyando mi mano izquierda en la pared para mantener el equilibrio, y empuñando en la derecha la

Smith & Wesson. El vestíbulo parecía despejado; utilicé mi linterna de bolsillo para una rápida inspección y no vi a nadie.

Los gerentes del Pulteney no animan mucho a sus inquilinos a utilizar sus servicios: en los pasillos las luces brillan por su ausencia. Me levanté y me acerqué de puntillas a mi puerta. Después de utilizar el edificio durante doce años, me resultaba fácil moverme por él en la oscuridad.

Como había esperado, no había nadie al acecho, ni en el pasillo, ni en mi local. Ya tenía las luces encendidas y uno de los avisos mangados por el señor Contreras en la Olivetti cuando llegó él, le había llevado cierto tiempo conseguir abrir la puerta de la escalera en la oscuridad.

—Así que podían haberte convertido en papilla mientras yo trajinaba con la maldita puerta. Como si no me sintiera ya lo bastante mal por haber enviado a la muerte a Eddie Mohr.

Posé las muñecas en el teclado.

—Eso no ha sido así. Él optó por hacer algún trato con Diamond Head, no fue usted el que le empujó a hacerlo. Tampoco fue por su llamada por lo que le mataron: probablemente lo único que hizo fue acelerar el plan. Si hubiese podido verlo esta tarde...

—Podías haberle hecho entrar en razón y él seguiría vivo. No hace falta que seas amable conmigo, pequeña, sólo por respeto a mis sentimientos. Ya veo que en este trabajo se necesita hablar con la gente más de lo que me figuraba.

Me levanté de detrás de la máquina y le rodeé con el brazo.

—Lo peor que se puede hacer en una investigación es abatirse rumiando lo que uno ha hecho mal. Una vez el caso resuelto, puede uno tomarse un tiempo para tratar de aprender de los errores. Pero mientras uno está en ello hay que hacer como el Duque de Wellington: olvidarse de todo y seguir adelante.

—El Duque de Wellington, ¿eh? Es el tipo que venció a Napoleón, ¿no?

—El mismo —volví a sentarme ante la máquina—. Dígame algo que suene peligroso en un mal funcionamiento de una instalación eléctrica, algo tan delicado que no podamos dejar a nadie mirar mientras trabajamos, por miedo a quemarles los globos de los ojos.

El señor Contreras acercó una de mis sillas destinadas a los clientes a la máquina de escribir.

—No sé, nena. Con todo ese estrafalario equipo moderno que tiene la gente en sus oficinas, no sé en qué consiste, y sinceramente, no sé cómo se podría estropear.

—No se preocupe por eso. Los jóvenes sabuesos de la ley con los que nos vamos a tropezar tampoco lo sabrán. Dick tiene seguramente un ordenador, y su secretaria tendrá una terminal del sistema central de la compañía —traté de imaginarme la oficina de mi ex marido—. Quizá tenga una gruesa impresora, porque tendrá que imprimir un montón de formularios. Como él es uno de los socios importantes, quizá la utilice sólo ella.

El señor Contreras se lo pensó con calma, dibujando un esquema en una hoja de papel.

—Vale. Pon algo sobre un cortocircuito de alto voltaje en la protección de la máquina, quizá le descargó la corriente a la operadora, o la mandó a la otra punta de la habitación, o algo así.

Tecleé lo que me decía, añadiendo una fecha y una hora de llamada. Luego compuse un falso impreso de Klosowski fotocopiando el membrete del aviso en una hoja blanca. A sugerencia del señor Contreras, la utilicé para escribir un informe sobre una anterior inspección de un cortocircuito en el sistema de aire acondicionado del edificio que había sido localizado en el despacho de R. Yarborough. El resultado parecía lo más falso que se pueda imaginar, pero tal vez nos abriría las puertas.

Pese a la hora que era, una bandada de jóvenes e incansables abogados revoloteaba en las oficinas de Crawford-Mead. Traspasamos sus herméticas puertas de caoba sólo con enseñar nuestro aviso de reparación al vigilante nocturno del vestíbulo principal, que telefoneó a la oficina por nosotros.

Nadie le había informado de que hubiese algún peligro en la instalación eléctrica; se mostró malhumorado y asustado, y amenazó con llamar a su jefe. Le aseguramos que el problema había sido localizado en una oficina de la planta treinta —que nuestro jefe nos había advertido muy seriamente que no alarmáramos a la gente, ya que sólo teníamos que comprobar la instalación eléctrica de una habitación.

—No hagas que nos despidan ¿vale, tío? —le rogué.

Decidió a regañadientes que quedaría entre nosotros y llamó arriba.

—Pero más vale que me aviséis con tiempo si este antro se va a convertir en humo.

—Si esto se convierte en humo, serás el único que estará bien situado —señalé, siguiendo al señor Contreras hasta el ascensor.

Una vez en la planta treinta, el señor Contreras tomó la iniciativa. Aunque la gorra de Klosowski me cubría el pelo y ocultaba en parte mi cara, no queríamos correr el riesgo de que alguien me reconociera. El peor peligro era que Todd Pichea, que conocía tanto al señor Contreras como a mí, estuviese trabajando a esa hora tardía. Aunque no teníamos por qué preocuparnos, como había señalado antes el viejo, ya que los obreros en una oficina de profesionales son considerados tan humanos como un búfalo asiático, sólo que menos insólitos.

El señor Contreras esgrimió nuestra orden de trabajo ante un joven en camiseta y vaqueros, insistiendo en lo sumamente expuesto que podía resultar para una persona no experimentada acercarse a los peligrosos electrones que flotaban en el despacho de Dick. Asiendo un buen tocho de papel continuo para protegerse, el joven nos escoltó hasta el extremo de la escalera interior.

—El despacho del señor Yarborough está al final de este pasillo. Bueno, esto... esta llave debería abrir su despacho. Si... bueno, si no les importa, tengo que volver al trabajo. Quizá pueda dejarles ir solos. Pueden dejar la llave en el mostrador de la entrada cuando se vayan.

—Muy bien —dijo gravemente el señor Contreras—. Y asegúrese de que nadie venga hasta que les avisemos. Vamos a cortar una de las líneas. Puede que noten que parpadea la luz de vez en cuando, pero no tienen que preocuparse.

Nuestro guía estaba impaciente por despejar el campo. Con suerte, la totalidad del personal se asustaría lo suficiente como para dejar pronto el trabajo esa noche. No me apetecía que viniese algún buenazo a investigar mientras yo estaba copiando los archivos de Dick.

Al abrir el despacho de mi ex marido sentí una pequeña punzada de culpabilidad. Me recordó las veces que, siendo niña, hurgaba en el cajón donde mi padre guardaba su revólver reglamentario. Sabía que no debía tocarlo, ni siquiera saber dónde estaba, y la excitación y el remordimiento me ponían tan tensa que tenía que calzarme los patines y dar unas cuantas vueltas a la manzana. Con un molesto estremecimiento, me pregunté si eran esos sentimientos los que me habían empujado a la profesión de detective. Recordé mi consejo al señor Contreras: más tarde habría tiempo de sobra para autoanalizarse.

A Dick le correspondía una *suite* con una sala de espera, un pequeño despacho particular para su secretaria, y un amplio despacho cuyas ventanas convexas daban al río Chicago. El señor Contreras se afanó en la sala de espera, sacando algunos cables de su caja de herramientas y esparciéndolos por el suelo para dar el pego. También había traído un pequeño destornillador eléctrico, con el que desatornilló una de las rejillas junto a las tablas del suelo, revelando un interesante nido de cables.

—Tú vete adentro a mirar los papeles, pequeña. Si aparece alguien, yo empezaré a ajetrearme con esta cosa.

Me sorprendí entrando en el despacho de Dick de puntillas, como si mis pasos sobre su Kerman pudiesen despertar su furia allá en Oak Brook. La habitación estaba desprovista de muebles archivadores. Tenía varios estantes con los registros legales que según él podía necesitar a diario, un tablero de madera clara veteada que al parecer era una mesa de despacho, y un elaborado aparador que contenía cerámica alemana y un generoso bar. Teri y sus tres rubios retoños me sonreían desde el tablero veteado.

Una puerta lateral conducía a un cuarto de baño privado. Una segunda puerta daba a un pequeño armario empotrado. Allí colgaban unas cuantas camisas limpias. No pude resistirme a mirarlas; detrás estaba colgada la que yo le había manchado de café. Se había olvidado de llevársela a casa para que Teri se hiciera cargo de ella. O quizá no se decidía a explicarle por qué le había pasado eso. Sonreí, triunfal, y bastante infantilmente.

Volví a recorrer el Kerman de puntillas hasta el despacho de su secretaria. Harriet Regner había unido su sino al de Dick cuando él empezaba y tenía que compartir su secretaria con otros cinco hombres. Ahora era su secretaria ejecutiva desde hacía diez años, y dirigía a un pequeño grupo de empleados y leguleyos para él. Si Dick estuviese implicado en algo verdaderamente ilegal, ¿se lo confiaría a Harriet? Me acordé de Oliver North y Fawn Hall. Los hombres como Dick parecían siempre encontrar a mujeres con una devoción tan entusiasta que consideraban a sus jefes más importantes que la ley. Harriet se haría cargo ella misma de cualquier cosa cuestionable. Los chupatintas que ella supervisaba serían los que llevaban en otro sitio los expedientes de rutina.

Con esa aplastante lógica me acerqué a sus archivadores. Su madera clara hacía juego con la mesa de Dick, aunque sospeché que en este caso era sólo chapada. Sin mis ganzúas costó bastante abrir los archivadores: tuve que llamar al señor Contreras para que los forzara con su destornillador. No me importaba demasiado que Dick supiera que había estado allí, ni siquiera me había molestado en ponerme guantes. Una cosa era averiguar en qué estaba metido, y otra muy distinta idear una manera de confrontarle con ello. Si se enteraba de que había estado allanando su despacho, tal vez eso le forzara la mano.

Una vez que tuve los ficheros abiertos, el nombre de Diamond Head me dio inmediatamente la bienvenida. Sus asuntos ocupaban un fichero completo y se extendían hasta el cajón superior de otro. Yo creía que iba a poder irme a casa tranquilamente una vez que encontrara los expedientes. Se me había olvidado la cantidad de papel que genera un bufete de abogados: es la única forma de demostrar que trabajan de verdad. Cuando el señor Contreras me oyó soltar un taco, entró a ver qué problema había. Chasqueó solidariamente la lengua, pero no se sintió capaz de ayudar. Además, tenía que ocupar su puesto de vigilancia.

Hojeé el material del primer cajón. Tenía que ver con las condiciones de venta de Diamond Head por parte de Paragon Steel. Paragon había comprado una fábrica de helicópteros, Central States Aviation, Inc.; el Departamento de Justicia había dispuesto que tendrían que renunciar a Diamond Head como condición de su adquisición. Eso explicaba por qué se deshicieron de la pequeña empresa de motores, algo que me había tenido confusa.

Un enorme fajo de documentos detallaba un mutuo acuerdo entre Paragon y Diamond Head. Me detuve a mirarlos con la tentación de leerlos detenidamente, pero tenía que encontrar algún material que explicase los términos de un acuerdo entre Diamond Head y Eddie Mohr. Guardando cuidadosamente cada cosa en su orden original, puse ese fajo en el suelo junto a mí y me dediqué al segundo cajón.

Allí encontré los documentos relativos a la emisión de bonos que le permitió a Jason Felitti comprar la fábrica de motores. Los espectros de la familia Felitti me saltaron a la vista en forma de cartas de Peter Felitti a Dick. Jason había vendido la mayoría de sus acciones de Amalgamated Portage años atrás, al parecer para financiar sus ambiciones políticas en el condado de Du Page. Había utilizado el resto para conseguir un paquete de acciones del U. S. Metropolitan Bank and Trust.

Cuando quiso vender ese paquete para financiar en parte su adquisición de Diamond Head, Peter metió baza. Que Jason recurra a una financiación de deuda, le escribía a Dick. Eso era en 1988; Drexel aún estaba en su apogeo. Era relativamente fácil conseguir un inversionista dispuesto a emitir la deuda que le permitiría a Jason realizar su compra.

Ese mismo informe explicaba por qué Jason quería ante todo Diamond Head, o al menos daba la versión de Peter sobre el caso. Jason jugaba al golf con uno de los miembros de la junta de Paragon, un político colega suyo que también formaba parte de la junta directiva del Metropolitan. El compinche sabía que Jason quería establecerse independientemente de su hermano para triunfar en las finanzas, ¿por qué no comprar Diamond Head? Como Paragon tenía que deshacerse de ella en sesenta días, aceptaría cualquier oferta que se le hiciera.

Todo eso era fascinante, pero no ilegal. Ni siquiera inmoral. Fue el siguiente cajón el que reveló de pronto lo que estaba buscando.

Jason, al año de su adquisición, no pudo safisfacer los pagos de su deuda. La industria aeronaval estaba en declive. Nadie quería las pequeñas piezas que eran la especialidad de Diamond Head. Y, aunque las quisieran, las ventas no cubrirían ni para empezar el pago de los intereses, y menos aún el del principal.

Pero el fondo de pensiones de los trabajadores de Diamond Head estaba estimado en ese momento en veinte millones. Si Jason pudiera embolsárselos, podría respirar un poco. La pega estaba en que un sondeo informal entre las bases demostraba que probablemente perdería votos si convertía el fondo en anualidades. Pero Eddie Mohr, el presidente local, llegó a un acuerdo en nombre del sindicato. A cambio de un ajuste en metálico de quinientos mil dólares, firmó los documentos que le permitían a Diamond Head vender el fondo de pensiones y convertirlo en anualidades.

Pero ¿cómo pudieron salirse con la suya? Estaban todos esos pensionistas como el señor Contreras. Con toda seguridad notarían que sus cheques llegaban mermados. Estaba a punto de llamar a mi vecino, cuando encontré la respuesta. Las anualidades estarían estructuradas de tal forma que los pensionistas actuales recibieran la misma cantidad que hasta entonces. La institución pagadora dejaría de ser la compañía de seguros Ajax, que controlaba el fondo de pensiones, y se encargaría Urban Life, una compañía de seguros propiedad de los directores del Metropolitan, que a su vez aceptaron adquirir una importante cantidad de los inútiles bonos de Diamond Head.

Sentí que me faltaba el aire. Embolsarse el fondo de pensiones sin el consentimiento del sindicato y comprar a Eddie Mohr para hacerlo posible. Desde luego, él era el representante legalmente elegido del sindicato. Los federales podían alegar que eso la convertía en una transacción legal. Pero Eddie, sabiendo que Mitch Kruger había muerto por olfatear algo de la martingala, quizá se sintió incapaz de enfrentarse a otro viejo colega del taller. Cuando llamó el señor Contreras, quizá le remordió la conciencia pensando en su deslealtad respecto al sindicato. Quizá llamó al señor Chamfers y le dijo que no podía seguir engañando a sus colegas. Me pregunté si algún día llegaría yo a saberlo.

Un reloj en forma de carruaje ribeteado de oro proporcionaba la hora sobre la mesa de Harriet. Me sobresalté al mirarlo: las dos, y aún me quedaban tres cajones por registrar. El señor Contreras entró a ver qué tal me iba.

—Vengo de hacer una pequeña ronda de inspección. Creo que ahora tenemos los locales sólo para nosotros. ¿Necesitas que haga algo?

—¿Quiere fotocopiar algunos de estos documentos? Creo que he encontrado algo bastante candente. No se detenga a leer el rollo ahora, lo único que hará es sulfurarse demasiado para poder seguir.

Se alegró de poder ayudar, pero nunca había utilizado una fotocopiadora antes. La Xerox de Harriet era tan complicada que le llevó un buen rato hacerla funcionar con soltura. Eran casi las tres cuando pude volver a mis papeles.

Recorrí rápidamente los expedientes restantes, esperando encontrar una referencia a Chicago Settlement. Como no encontré nada, embutí otra vez los papeles en su sitio y volví a coger el tocho referente a Paragon Steel. El señor Contreras terminó de hacer sus copias. Al dejarlas junto a mí, me anunció, tosiendo con delicadeza, que iba a buscar un aseo de caballeros. Asentí distraídamente, sin recordar el váter privado de Dick hasta después de que hubo desaparecido por el pasillo.

Acababa de llegar a una parte que parecía sustanciosa, referente a la obligación de Paragon de mantener en funcionamiento a Diamond Head, cuando el señor Contreras volvió a todo correr.

—Ha entrado alguien, pequeña. Creo que puede ser la bofia. Me he acercado a la parte delantera, sólo para echar un vistazo al lugar...

—Coja sus herramientas y ya me lo explicará después. Si entran aquí, quiero que le encuentren ocupado en colocar la tapa de la ventilación.

Volvió atolondradamente a la sala de espera. Embutí los papeles en sus carpetas y las guardé en los cajones de cualquier manera. Miré las fotocopias, momentáneamente indecisa. Si era efectivamente la pasma y me registraban, no podía darme el lujo de que me las encontraran encima.

Abrí el cajón lateral de Harriet y saqué un gran sobre de papel manila con el membrete de Crawford-Mead. Embutiendo en él mis copias, lo remití a la dirección de mi propia oficina y salí corriendo por el pasillo. Al salir le grité al señor Contreras que no se preocupara, que no lo estaba abandonando.

El señor Contreras tenía razón: allí teníamos a los maderos. Los oí desde abajo de la escalera interior planeando cómo registrar los pisos superiores. Con cierto pánico, recorrí despacho tras despacho hasta que di con uno en que había una gaveta con correo para expedir. Deslicé mi sobre en medio del montón y volví junto al señor Contreras.

Entré en el preciso momento en que uno de los agentes se acercaba por el pasillo con el vigilante nocturno de la recepción.

Librados por los pelos

Fred Roper, el vigilante nocturno, estaba triunfal.

—Ya sabía yo que no podía haber un problema con el aire acondicionado y que no me hubieran dicho nada cuando empecé mi turno.

—Sólo ha tardado cinco horas en darse cuenta —dijo el señor Contreras—. ¿Qué ha tenido que hacer? ¿Descalzarse y pensárselo con los pies?

No estábamos realmente arrestados todavía, sólo nos llevaron a uno de los pequeños despachos laterales para interrogarnos. El nivel de adrenalina del señor Contreras tenía bastante presión como para enviar a Marte la sonda de Galileo. Lo único que deseaba yo era que se calmara antes de que se multiplicaran los cargos contra nosotros: allanamiento y registro furtivo ya era bastante. Aunque habíamos conseguido disimular a tiempo la mayoría de las pruebas, el señor Contreras aún estaba enrollando trozos de cable cuando aparecieron los maderos.

Su último comentario estaba desde luego justificado. Ofendió poderosamente a Fred Roper. Explicó por tercera vez en detalle cómo empezó a tener sospechas cuando salió el último empleado de Crawford-Mead —a eso de la una y media— y nosotros seguíamos allí. Finalmente decidió que no podíamos estar haciendo nada bueno y llamó a su jefe. El encargado nocturno de la seguridad telefoneó al encargado nocturno de los ingenieros del edificio, y confirmó que todos los dispositivos de la instalación eléctrica funcionaban perfectamente. A instancias de su jefe, Roger llamó a los maderos.

La voz monocorde y nasal de Roper, su sobreexcitación y su insistencia me dieron ganas de arremeter contra él y estrangularle. Sin lugar a dudas la policía lo estaba utilizando como instrumento de tortura para hacerme confesar.

—Sea como sea, ¿qué estábais haciendo aquí? —inquirió el jefe de la patrulla—. Y no me vengas con el rollo de que eres electricista y que ella es tu vecina y te estaba ayudando. Así no funcionan los obreros. Y los vecinos normales no llevan armas ni licencias de detective.

El agente Arlington era un hombre rechoncho de más de cincuenta años, con una calva que intentaba disimular cubriéndola con los escasos cabellos que le quedaban. Tan pronto como nos empujó a la sala de juntas —antes de decir una palabra—, se había quitado la gorra y alisado el pelo.

—No, ya lo sé —me apresuré a decir, antes de que el señor Contreras volviera a meter baza—. El señor Contreras sólo intenta protegerme, cosa que es muy amable de su parte. La verdad es que... bueno, esto es algo penoso de decir a unos extraños.

—Ya estoy acostumbrado, nena, vas a ver a un montón de extraños antes de que termines de contar tu cuento —el agente Miniver, un joven negro, compartía la actitud amenazante de su colega hacia los sospechosos.

—Bueno, se trata de esto —extendí las manos en una pantomima de desamparo femenino—: El despacho en el que estábamos es de mi ex marido. Y no consigo que se ponga al día con el pago de la pensión para nuestros hijos. No tengo dinero, no puedo permitirme llevarle a los tribunales, y además, ¿cómo iba a poder ganar contra un abogado de tanto peso como él?

—Hay muchas mujeres que no consiguen que les paguen sus pensiones por los hijos, pero no por eso fuerzan las puertas de los despachos de sus maridos. ¿Qué pretendías conseguir con eso?

—Esperaba encontrar... esto... supongo que alguna prueba de su solvencia. Eso es lo que no para de decirme, que no puede permitírselo por lo de su hipoteca y su nueva familia y todo lo que tiene en Oak Brook.

—¿Y para eso necesitabas una pistola? —apuntó irónicamente Miniver.

—Ya me ha amenazado otras veces. Puede que haya sido una estupidez, pero no quería que me volviera a zurrar.

—Es un tipo tremendo, tremendo —confirmó el señor Contreras—. Cómo ha podido tratar tan miserablemente a una chica tan dulce como Vic, es algo que nunca entenderé.

Ya veía que ni a Arlington ni a Miniver se les iba a romper el corazón por eso. Más bien parecían regocijarse de que Dick fuese lo bastante listo como para evadir sus obligaciones. Me hicieron una serie de preguntas sobre nuestra sentencia de divorcio y quisieron saber cómo se las había apañado Dick para no pagarme nada durante años.

Al final, Arlington silbó admirativamente.

—Supongo que todos esos estudios de leyes sirven para algo al fin y al cabo... Qué lástima que no te hayas gastado el dinero antes en un abogado, nena, en lugar de entrar ilegalmente aquí. Porque ten por seguro que ahora que estás arrestada tendrás que soltarle una pasta a alguno de ellos.

—¿Por qué no llamamos primero a Richard Yarborough? Al fin y al cabo, es él el que tiene que presentar los cargos.

—Ya, pero un tipo que no paga el mantenimiento de sus hijos no va a ser muy comprensivo con que hayas hurgado en sus papeles personales —sentenció Arlington.

—Deje que eso lo decida él. Lo único que sé de Richard Stanley Yarborough es que odia que otra gente tome las decisiones en su lugar.

Eran ya las cuatro y media. Pensarían que no se podía molestar a un abogado tan importante en plena noche. Además, estaban deseando llevarnos al señor Contreras y a mí a la comisaría y meternos en una celda preventiva para el resto de la noche.

—Tengo derecho a hacer una llamada —insistí—. Y no tengo ningún escrúpulo en molestar a un gran hombre en su casa. Así que voy a llamarlo. Pueden escuchar desde el otro teléfono, pero su superior no tiene por qué saber que lo han molestado.

Antes de que Miniver o Arlington pudieran objetar nada, me acerqué al teléfono que había en una esquina y marqué el número de la casa de Dick. Por una de esas perversidades de mi mente, me sé de memoria el número de Dick.

Contestó a la quinta señal, con la voz embotada por el sueño.

—Dick, soy V. I.

—¡Vic! ¿Qué coño quieres llamando a estas horas? ¿Tienes idea de la hora que es?

—Las cuatro y treinta y cinco. Estoy en tu oficina y hay un par de polis que quieren arrestarme por allanamiento. He pensado que querrías dar tu opinión antes.

No había extensión en la sala. Arlington había enviado a Miniver a buscar una línea desde donde pudiese escuchar. Oí un clic justo en ese momento.

—Ya lo creo que quiero. ¿Qué puñetas estás haciendo en mi oficina?

—Me sentía tan mal por haberte manchado la camisa esta mañana, que no podía dormir. He pensado que si podía llevármela a casa y lavártela, quizá me perdonarías. Desde luego, planchar no es mi fuerte, pero eso quizá Teri lo quiera hacer.

—¡Vete al infierno, Vic! —oí una voz sorda como ruido de fondo, y luego a Dick diciendo suavemente: «No, no pasa nada, cariño. Es sólo una clienta que se ha metido en un lío. Siento haberte despertado».

—La señora dice que no quiere pagar la pensión de sus hijos —interfirió Miniver desde su línea.

—¿Que no quiero quéee?

—Dick, si sigues gritando así, la pobrecita Teri no va a poder volver a dormirse. Ya sabes, los pagos atrasados que me debes por los pequeños, Eddie y

Mitch. Pero he mirado en tu archivo de Diamond Head, y he visto que tienes más pasta de la que nunca imaginé. Yo no he podido comprarme unos zapatos nuevos porque cada centavo que gano es para alimentar a tus dos niños, pero si pudieses ahorrar un poco de lo de Diamond Head, bueno, eso sería muy distinto.

Hubo un largo silencio, y luego Dick quiso hablar con el agente sin que yo estuviese al teléfono. Miniver, para asegurarse de que todo eso tenía sentido, me hizo pasarle el teléfono a Arlington. Dick parecía estar preguntando si me habían registrado, porque Arlington contestó que lo único que habían encontrado era una pistola.

—Quiere hablar otra vez contigo —Arlington giró la cabeza en mi dirección.

—No tienes ninguna prueba —dijo perentoriamente Dick cuando volví a ponerme.

—Cariño, siempre me estás subestimando. La pude sacar del edificio antes de que los polis aparecieran. Créeme, podría estar enseñándosela a mis amigos de la prensa mañana a estas horas.

Se quedó tan mudo que pude oír los primeros gorjeos de los pájaros de Oak Brook a través del teléfono.

—¿Sigue ahí, agente? —preguntó finalmente—. Puede soltarla. No voy a presentar cargos esta vez.

Miniver y Arlington estaban tan decepcionados por no poder arrestarme que salimos del edificio lo más rápido que pudimos. No quería que idearan algún otro cargo secundario, como el de suplantar a un electricista. La policía nos escoltó hasta el Nova, y luego me siguió de cerca hasta pasar la salida de La Salle en la Calzada del Lago. Finalmente salieron por Fullerton.

Subimos hasta Belmont, donde entré hasta el puerto y apagué el motor. Al este apuntaba ya en el cielo el rosa del incipiente amanecer.

Nos sonreímos, y de repente ambos nos echamos a reír. Nos reímos hasta que nos dolieron las costillas y las lágrimas nos corrieron por las mejillas.

—¿Qué hacemos ahora? —preguntó el señor Contreras cuando se recuperó del ataque de risa.

—Dormir. Ya no puedo hacer nada más antes de pasar unas horas en la cama.

—Sabes, pequeña, estoy tan... no sé cuál será la palabra. Creo que no voy a poder dormir.

—Sobreexcitado —le propuse—. Sí, pero se derrumbará muy pronto y entonces no va a servir para nada. Además, *Peppy* le necesita. Lo que pienso...

Eché una ojeada a mi reloj. Las cinco y cuarto. Era muy pronto para llamar a nadie, pero no me apetecía volver sola a mi apartamento en ese momento. Mi propio apartamento debería ser seguro, pero si Vinnie estaba compinchado de alguna manera con Chamfers, podían tener a toda una banda de matones en el edificio acechándome. O peor aún, a mi vecino. Prefería reventar antes que pedirle ayuda a Conrad Rawlings. Eso significaba que tenía que recurrir a mis amigos los hermanos Streeter. Tenían una empresa de mudanzas, pero además hacían algunos trabajos de seguridad.

A fin de cuentas, no desperté a Tim Streeter. Él y su hermano ya estaban levantados, a punto de tomar un desayuno temprano antes de emprender una mudanza. Si podía esperar hasta las seis, podría traer a un grupo de cinco tipos o más a mi edificio al paso que iban a hacer la mudanza.

Estaba hambrienta. Hicimos tiempo en el restaurante abierto toda la noche donde nos habíamos parado la noche anterior. El señor Contreras, que no creía tener hambre, se despachó tres huevos fritos, patatas al horno, una loncha de jamón y cuatro tostadas. Yo me paré después de dos huevos y las patatas. Ojalá no nos atacara nadie: un estómago lleno no es la mejor preparación para una batalla.

Tim y Tom Streeter aparecieron a las seis y diez, silbando con desenfado y bromeando con sus empleados. Los chicos Streeter son, ambos, enormes, con más de un metro noventa y unos músculos como para bajar cinco pisos con un piano. Los otros tres hombres tampoco eran pequeñajos que digamos.

Dejando a dos de los empleados delante de la puerta principal, los demás rodeamos por la parte de atrás. Si alguien estaba acechando en las escaleras, podríamos verlo antes de caer en la trampa. El sol ya estaba alto; era evidente que el terreno estaba despejado. Comprobamos detrás de los contenedores de basura en la entrada del sótano sólo para asegurarnos, y luego subimos hasta mi casa. Nadie había penetrado a través de mi sistema de seguridad.

Habíamos avanzado con cautela desde la entrada hasta la escalera principal, pero también estaba despejada. Utilicé mi linterna. Alguien había estado allí la noche anterior: habían dejado una bolsa de McDonald's arrugada en el suelo. Y se habían orinado en las escaleras. No sé por qué razón, eso me sulfuró más que la idea de que me estuvieran acechando.

—Son sólo vagabundos, querida —me tranquilizó el señor Contreras—. No puedes crisparte tanto sólo por un hatajo de vagabundos. Ahora vuelvo y te lo limpio.

—Usted vaya a cuidar de *Peppy*. Yo me ocuparé de esto.

Tim me preguntó si quería que alguien se quedara todo el día, podían arreglárselas con cuatro hombres para la mudanza si era necesario. Me froté los ojos, tratando de pensar. El agotamiento estaba empezando a recubrirme los sesos de cemento.

—No creo. No creo que pase nada durante el día. ¿Puedo llamarte esta noche? ¿Tendrías a alguien si necesitásemos un hombre más para la pelea?

Tim aceptó enseguida —últimamente el trabajo venía siendo escaso. Con la crisis, la gente compraba casas nuevas y se mudaba. Bajamos juntos, para asegurarnos de que la casa del señor Contreras estuviera despejada. A esas alturas, apenas me quedaba la energía necesaria para volver a subir mis tres pisos. Sabía que tenía que limpiar la escalera, pero no pude forzar mi cuerpo a hacer un movimiento más. Apenas me acordé de quitarme la sobaquera y desabrocharme el sostén antes de desplomarme de través en la cama.

Cuando hablan los jefazos

Mi sueño estuvo salpicado de pesadillas sobre el peor trabajo que tuve, tratando de vender libros de *Time-Life* por teléfono, a principios de los setenta, con la salvedad de que en mis sueños me perseguía un implacable especialista en ventas telefónicas. En cierto momento creo que descolgué realmente el teléfono y grité: «No quiero comprar nada ahora». Lo colgué con fuerza sólo para volver a oírlo sonar.

Me incorporé en la cama. Sólo era la una y media y mi boca parecía una fábrica de bolas de algodón. Estaba sonando el teléfono. Lo miré con malevolencia, pero finalmente lo cogí.

—¿Sí?

—¿Es V. I. Warshawski? ¿Por qué coño me acabas de colgar? Llevo toda la mañana intentando localizarte.

—No formo parte de su plantilla, señor Loring. No me preocupa ser rápida y eficaz para complacerle.

—No me vengas con ese rollo, Warshawski. Ayer me estuviste dando bastante la tabarra, amenazándome con que los asuntos de Paragon iban a salir en la prensa si no hablaba contigo. No puedes tirar la piedra y luego dejarme colgado.

Le hice una mueca al teléfono.

—Muy bien. Hablemos.

—No por teléfono. Si sales ahora, podemos vernos en Lincolnwood dentro de media hora.

—Sí, pero hoy no tengo intención de salir de la ciudad. Puede estar aquí en media hora si sale ahora.

Le sentó fatal. Todos los jefazos odian que no saltes a la primera en cuanto dan una orden. Pero no podía abandonar mi base, aun suponiendo que mi entumecido cuerpo quisiera empezar a moverse. Entre Vinnie y Dick algo iba a suceder muy pronto. Y yo quería estar presente.

Terminé la conversación dándole a Loring las indicaciones para encontrar mi casa.

—Y por cierto, ¿cómo ha conseguido mi número de teléfono? No está en el listín.

—Ah, ¿eso? Llamé a alguna gente para indagar sobre ti y me remitieron a Daraugh Graham, de Continental Lakeside. Él me lo dio.

La sempiterna red de los jefazos ataca de nuevo.

Llegué a trompicones al cuarto de baño para cepillarme los dientes y acabar con el algodón. Si sólo tenía media hora, necesitaba más mis ejercicios que un café. Como aún no había repuesto mis zapatillas de correr, me entregué a fondo a mis tablas, trabajando mucho más con mis pesas que de costumbre. Me llevó sus buenos cuarenta minutos pero mi cabeza parecía más despejada, como si estuviese dispuesta a funcionar un poco si se la requería.

Me duché y me vestí. Rebusqué en el batiburrillo del armario del pasillo y desenterré un viejo par de zapatillas de correr. Databan de cinco o seis años atrás y estaban demasiado gastadas como para correr en serio, pero seguían siendo más cómodas que los mocasines que había estado llevando.

Como Loring seguía sin aparecer, me hice café y un tentempié. Después de los huevos fritos de las seis de la mañana, era hora de volver a un régimen más sano. Sofreí algo de tofu con espinacas y champiñones y me lo llevé al cuarto de estar junto con la Smith & Wesson. No es que me esperara en realidad un ataque por parte de Loring, pero no quería tampoco comportarme como una perfecta imbécil a esas alturas. Escondí la pipa bajo una pila de papeles sobre el sofá y me senté al lado, cruzada de piernas.

Iba por la mitad de mi tofu cuando me llamó Luke Edwards para decirme que el Trans Am estaba listo. Me hizo el lúgubre relato de lo cerca que había estado el paciente de la muerte, y de su resurrección gracias únicamente a sus heroicos esfuerzos.

—Puedes venir hoy a recogerlo, Warshawski. En realidad, espero que vengas, necesito recuperar el Impala. Tengo a alguien que quiere comprarlo.

Con un sobresalto de culpabilidad, recordé que había dejado el Impala al volver la esquina del bar de Barney, en la calle Cuarenta y uno. Con todo el tráfico de camiones que iba y venía de los almacenes de por allí, esperaba con todas mis fuerzas que el bebé de Luke aún estuviera entero. Calculé el tiempo. Si Loring llegaba pronto podría salir sobre las cuatro, pero tendría que ir hasta el sur en un transporte público, o de lo contrario me tocaría volver después a por el Nova de Rent-A-Wreck.

—No creo que pueda antes de las seis, Luke.

—Aquí tengo mucho en que ocuparme, Warshawski. Te estaré esperando.

Cuando colgó miré otra vez mi reloj. Eran ya casi las tres, supuse que Loring tenía que demostrar que podía tenerme esperando, ya que le hacía venir hasta el sur. Los egos de los jefazos son una característica de mi trabajo mucho más desagradable que los ocasionales matones.

Llamé a un amigo mío que era un importante asesor del Departamento de Trabajo, y tuve la suerte de encontrarlo en su oficina.

—Jonathan, soy V. I. Warshawski.

Hacía varios meses que no habíamos hablado. Tuvimos que pasar por el ritual de discutir de béisbol —Jonathan, que se había criado en Kansas City, tenía una lamentable afición por los Royals— antes de que le pudiera preguntar lo que quería saber. Se lo planteé como un montaje hipotético: una compañía quiere convertir el fondo de pensiones del sindicato en anualidades y embolsarse el dinero. Consigue que los responsables del convenio colectivo, debidamente elegidos, suscriban el plan.

—Ahora, supongamos que los responsables firman sin someterlo a la votación de las bases. ¿Consideraría eso legal un tribunal?

Jonathan reflexionó un poco.

—Es un poco espinoso, Vic. Ha habido algunos casos parecidos con la ERISA, y creo que depende de cómo lleven sus asuntos los del sindicato. Si los responsables toman otras decisiones financieras sin consultar a las bases, probablemente decidirán que es legal.

La ERISA era una ley que databa de doce años atrás, supuestamente concebida para proteger los planes de pensión y de jubilación. Había generado ya más volúmenes de casos federales que los que tiene el Talmud.

—¿Y si los responsables recibiesen, digamos, una suma sustancial para suscribir el plan?

—¿Un soborno, de hecho? No sé. Si hubiese pruebas de un intento de expoliar al sindicato... pero si sólo se tratara de convertir un fondo de pensiones en anualidades, es posible que la ERISA lo considerara poco ético, pero no ilegal. ¿Es tan importante como para que lo compruebe?

—Sí, es bastante importante.

Prometió mirarlo para el viernes. Cuando colgué me pregunté en qué posición estaba realmente Dick. Debió de comprobar el aspecto legal antes de pedirle a Eddie Mohr que firmara lo del fondo de pensiones. Desde luego, no podía estar tan cegado por la codicia como para exponerse a ser sentenciado a la prisión federal.

Mis espinacas ya estaban demasiado frías para ser apetitosas. Me llevé el plato a la cocina. Probablemente los tipos de Diamond Head mataron a Mitch Kruger porque vio que Eddie vivía muy bien y le sonsacó cómo había recibido tanto dinero de la compañía. Y cuando Mitch apareció por allí reclamando su parte del pastel, le aporrearon la cabeza y lo tiraron al canal. ¿Significaba eso que ellos *sabían* que lo que habían hecho era ilegal? ¿O sólo que temían que pudiera serlo? A la gente le entra el pánico si cree que la van a desenmascarar cuando ha hecho algo de lo que se puede avergonzar. Y si los jefes transmiten su pánico a los subalternos que han contratado sólo por su fuerza bruta, puede pasar cualquier cosa. Aun así, Dick estaba caminando por la cuerda floja.

Me di cuenta de que estaba con el plato en la mano, mirando abstraídamente por la ventana de la cocina, cuando Loring tocó por fin el timbre. El señor Contreras estaba levantado y al loro: oí su implacable interrogatorio al visitante cuando abrí mi puerta.

Sólo entonces recordé la orina en el rincón de la escalera. El hedor era inconfundible, pero era ya demasiado tarde para ocuparme de eso.

Cuando Loring entró, su cara estaba fruncida por el enfado.

—¿Quién diablos es ese viejo? ¿En qué se mete, para estar interrogándome?

—Es mi socio. Parte de su trabajo consiste en comprobar quién me visita. Me han estado espiando toda la semana, y eso nos pone nerviosos a los dos. ¿Café? ¿Vino? ¿Tofu?

—Para mí nada. No me apetece estar aquí y no quiero prolongarlo. Tu socio, ¿eh? No parece una superganga.

—Pero usted no está aquí como mi asesor comercial, ¿verdad? Yo necesito un café. Vuelvo enseguida.

La cafetera que me había preparado con el desayuno estaba fría. Me tomé unos cinco minutos para preparar otra. Cuando volví al cuarto de estar, el propio Loring estaba a punto de entrar en ebullición —un momento siempre crítico cuando se está cocinando.

—¿Qué es lo que intentas hacerme, Warshawski? Llevo las finanzas de una gran compañía. Lo he dejado todo para verme con los miembros de nuestra junta que me podían dar luz verde para hablar contigo, y ahora me tienes aquí plantado sólo por gusto. Puede que me convenga más enfrentarme con la prensa.

—No le conviene más. Y no hace falta que yo se lo diga. Me he pasado toda la noche consultando archivos relativos a Diamond Head. He llegado a las seis y media de la madrugada y me he metido en la cama. Ahora sé...

—¿Dónde? —inquirió—. Si has tenido acceso a los archivos de Diamond Head, ¿por qué coño me estás jodiendo a mí?

—No lo he tenido hasta anoche. El acceso, quiero decir. Ha sido pura suerte, combinada con la rama de especialidad de mi socio. Pero sigo sin saber cuál es su problema. Ahora sé que el acuerdo de conformidad cuando compraron Central States Aviation implicaba que tenían que vender Diamond Head —resumí lo que había sabido por los papeles de Dick esa noche.

—Si sabes eso, lo sabes todo —dijo Loring. Su cara seguía enfurruñada.

Sacudí la cabeza.

—¿Cuál es el secreto? ¿Es que tuvo que firmar alguna cláusula con el Departamento de Defensa que especifica que no puede hablar de ello con los simples contribuyentes?

—No, nada de eso. ¿Qué sabes respecto al acuerdo?

—No mucho. Que tenían sesenta días para vender, y Jason Felitti apareció con una oferta que les pareció mejor que cualquier otra que les harían si esperaban. Y luego que tuvieron que ofrecer ciertas garantías de que no los apartarían del negocio.

Loring soltó una risotada.

—¡Ojalá! No, no viste el verdadero acuerdo. O no lo leíste muy atentamente.

—No estaba tan interesada en eso como en... bueno, en otras cosas. Y sólo tenía unas horas para mirar los archivos.

—¿Qué otras cosas?

—Usted primero, señor Loring.

Se acercó a la ventana para enfrascarse en un debate interno. No le llevó mucho tiempo: no había venido hasta aquí en un día laborable sólo para volver con las manos vacías.

—Ya me avisó Daraugh Graham respecto a ti —comentó con menos animosidad—. Y supongo que si él confía en ti yo también puedo.

Intenté exhibir una sonrisa amistosa.

—Si te leyeras todo el acuerdo de conformidad, verías que la preocupación del Departamento de Justicia por Diamond Head iba mucho más allá de protegerlos de nosotros: teníamos que garantizar su supervivencia siguiendo proporcionándoles un mercado para sus productos. Y siguiendo proporcionándoles las materias primas.

Loring sonrió amargamente al ver que me quedaba boquiabierta.

—No se trata de algo sin precedentes. A algunas otras compañías del acero las han hundido con ese mismo tipo de trato. Pero Felitti tenía, o parecía tener, buenas credenciales. Me refiero a que cualquier industrial de Chicago conoce Amalgamated Portage. Hemos hecho negocios con ellos durante años.

—Pero Peter Felitti no quería vincular la empresa familiar con Diamond Head.

—Eso sólo lo descubrimos después. Pero no importaba. Estaba totalmente dispuesto a ayudar de otra manera: logró que Jason consiguiera una financiación de deuda. Supongo que la mayoría de los suscriptores dieron por hecho que Amalgamated Portage respaldaría a Diamond Head —y de hecho, lo hicimos. No hubiese importado, si Jason hubiera sido honesto.

—Entonces, ¿qué es lo que ha estado haciendo? ¿Pidiéndoles material que no necesita y vendiéndolo en el mercado negro? ¿Por qué no acudieron a los federales?

—No teníamos ninguna prueba... ¿Queda café? Me temo que he estado un poco brusco antes.

Le sonreí.

—Puedo hacer más, pero tendrá que esperar, a menos que no le importe venir a la cocina.

Me siguió hasta el fondo del apartamento. Metí el plato de tofu frío en la pila y puse más agua a hervir. Loring quitó los papeles que había en una silla y los dejó en el suelo para poder sentarse.

—Cuando apareciste el miércoles con ese cuento de que sabías que estábamos financiando a Felitti, pensé que trabajabas para él, que podías estar intentando sacarnos algo más. Pero cuando llamaste el jueves diciendo lo de las bobinas de cobre, entonces supe lo que estaban haciendo.

Vertí el agua hirviendo en el filtro del café.

—Podían haber contratado a un detective y haber tenido esa información hace un año. ¿Por qué no lo hicieron?

Sacudió la cabeza con impotencia.

—Siempre hemos recibido informes completos de sus interventores. Y estaban respaldados por un bufete de abogados muy reputado. A mí no me gustaba, pero nunca pensé...

—Un detective les hubiera dicho enseguida que el importante socio que manejaba las ventas era el yerno del hermano de Jason Felitti. Entonces se habrían empezado a preocupar por el conflicto de intereses.

—Está bien. Contrataré a un detective para el caso. ¿Cuánto cobras?

—Cincuenta dólares a la hora y todos los gastos extras.

—Cobras demasiado barato, Warshawski. Pero puede que te contrate.

Le enseñé los dientes.

—Y puede que yo esté disponible.

—Lo siento, lo siento, lo he expresado mal. En serio, hablaré con la junta mañana. Ahora te toca a ti. ¿Qué era eso que te interesaba tanto? ¿Ese hombre muerto que mencionaste el otro día?

—Exacto —le hice una concisa descripción de Mitch Kruger y de Eddie Mohr, y de lo que me había enterado esa noche por los archivos de Dick.

—Jason Felitti no ha hecho más que trapicheos —dijo Loring cuando terminé—. Era demasiado ignorante para urdir un verdadero plan. Me sacaba mercancías y las robaba, estafó al sindicato con su fondo de pensiones, le endosaba los bonos a una asociación benéfica... todo eso no son más que forcejeos.

—Sí. No es ningún cerebro del crimen. Ni siquiera un as de la bancarrota, como sospeché originalmente. Sólo un torpe incompetente que quería demostrar que era tan grande como su hermano. El problema está en que no sé por dónde puedo pillarles para acusarles de asesinato. Y eso me preocupa más que su problema de rapiña. También me preocupa lo del fondo de pensiones. No me gusta que a la gente inocente que no tiene nada que ver la despojen de sus derechos.

A Loring, por supuesto, sólo le preocupaba proteger los intereses de Paragon. Quería que lo dejara todo y que elaborara un plan de vigilancia para conseguir las pruebas definitivas de que Diamond Head estaba revendiendo la materia prima de Paragon. Tal y como se presentaban las cosas, sólo tenía pruebas de que cargaban camiones con cobre a media noche, no de que lo revendieran ni de que estuvieran implicados los directivos de Diamond Head.

Le dejé argumentar su caso mientras buscaba respuestas a mis propios problemas, pero a las cuatro y media lo acompañé a la puerta.

—Ha tardado tanto en llegar que me ha retrasado todo mi horario. Necesito ponerme en marcha. Puede llamarme mañana después de hablar con su junta.

—Entonces, ¿llevarás el caso si aprueban que te contrate?

—No lo sé. Pero no lo puedo discutir hasta saber si es un cliente serio o no.

No le gustó, pero cuando vio que no iba a cambiar de parecer se fue por fin, arrugando la cara de asco por el hedor de las escaleras. Me quedé el tiempo suficiente como para enfundarme la Smith & Wesson antes de dirigirme al tren de cercanías.

Me detuve al bajar para hacerle saber al señor Contreras adónde iba. En tanto que socio de pleno derecho en la lucha contra el delito, merecía saberlo. Además, el hecho de que alguien hubiese estado espiando en la escalera la noche anterior me hacía ser más precavida que de costumbre. Quería que controlara el tráfico en el edificio aún más rigurosamente de lo habitual.

—Puede que Vinnie deje a algún matón por aquí. Mantenga ojo avizor. No se exponga innecesariamente, pero si ve subir a unos extraños al tercero, llame a la pasma. Es decir, llame a Conrad —le di el número particular de Rawlings así como el número de la comisaría y me marché antes de que empezara a agobiarme con acusaciones sobre mi intimidad con un agente.

Durante el lento trayecto en tren hacia el sur me estuve preguntando qué hacer respecto a los Pichea, a Vinnie y a la señora Frizell. Aunque demostrara que Vinnie y Chrissie habían engatusado a la señora Frizell para que comprara algunos de los inútiles bonos de Diamond Head, no estaba segura de que el fiscal del Estado considerara aquello lo bastante corrupto como para quitarles a los Pichea su tutela. Me pregunté si sería posible convencer al extraño y distante hijo de la señora Frizell de que entablara una demanda. Ya que sus principales rivales en el afecto de ella, los perros, estaban fuera de juego, quizá quisiera al menos proteger su propia magra herencia.

El tren me dejó en la Treinta y dos y Kedzie a eso de las cinco y media. Había más de tres kilómetros de allí al bar de Barney, pero me apetecía un largo paseo para desentumecerme el cuerpo. Unos nubarrones habían empezado a ocultar el sol cuando hice el transbordo en el centro, pero creí poder caminar lo bastante rápido como para llegar antes que la tormenta.

Después de recorrer unas cuantas manzanas bajo el polvo que levantaban los camiones en la estrecha carretera, empecé a dudar del valor higiénico de la caminata. A mis viejas Tigers tampoco les quedaba todo el espesor de suela que hubiese deseado. Empezaron a dolerme los pies. Cada vez que llegaba a una parada de autobús, esperaba unos minutos para ver si se acercaba alguno detrás de los camiones. Pasaban un montón de autobuses en dirección al norte, pero debían de caer por el borde de la tierra cuando llegaban a Congress: ninguno de ellos volvía hacia el sur.

Apenas divisaba el letrero de Barney's cuando estalló la lluvia. Recorrí a todo tren las dos últimas manzanas y doblé la esquina de la Cuarenta y uno.

La lluvia y mis pies doloridos me tenían atontada. Había un camión aparcado en doble fila al otro lado de la calle, con el motor en marcha. Le eché un rápido vistazo, abrí el Impala, y me dispuse a subirme al asiento del conductor.

Un movimiento procedente del camión me sobresaltó y me apresuré a subirme, intentando sacar la Smith & Wesson. Mi error consistió en querer hacer las dos cosas a la vez. Abrieron la puerta de un tirón y me pusieron una pistola en la sien mientras yo seguía intentando sacar mi propia arma. Con cuidado de no mover la cabeza, giré los ojos hasta donde pude. Ante mi vista estaba Hulk.

No habló ni se movió. Mi estómago dio un vuelco. Me alegré de haberle metido sólo medio plato de tofu. Eso reducía la posibilidad de una humillación total. Oí un estallido de cristales a mi derecha. Me volví involuntariamente y sentí el cañón de la pistola en mi cuello.

Uno de los colegas de Hulk había roto el cristal del lado del pasajero y estaba quitando tranquilamente el seguro de la puerta. También él llevaba una pipa. Después de hundírmela en el costado, el Hulk subió al asiento de atrás. Estúpidamente, lo único que se me ocurrió fue lo cabreado que se iba a poner Luke cuando viera la ventanilla rota del coche que quería vender.

—Arranca —gruñó el Hulk.

—Sus deseos son órdenes. ¿Hacia dónde, oh mi rey? —pese a tener la boca seca y el estómago revuelto, la voz no me tembló. Todos esos años ejercitando el control de la respiración, pese a las críticas de mi madre, servían en caso de crisis.

—Hasta la esquina y luego a la izquierda —dijo el Hulk.

Giré a la izquierda por Albany.

—¿Volvemos a casa de Eddie Mohr?

—¡Tú a callar! —un trozo de metal se pegó a mi nuca—. Ahí, en la esquina.

—A Diamond Head, entonces.

—He dicho que a callar. A la izquierda por Archer.

Nos dirigíamos a la fábrica. La lluvia empezaba a colarse por la ventanilla rota, empapando al hombre a mi derecha, y también el salpicadero. Otra cosa más que iba a cabrear a Luke.

Si lo que pensaban era llevarme a la fábrica para poder matarme sin testigos, no me parecía que tuviera ninguna oportunidad. Ojalá hubiese visto a Lotty antes de ir allí. Ojalá no hubiese pasado las dos últimas semanas atemorizada por mi culpa. Y ojalá no tuviera que pasar mis últimos momentos llena de terror.

Todavía tenía mi pistola. Pero no se me ocurría cómo alcanzarla sin que uno de mis custodios disparara primero. Cuando nos detuvimos en la zona asfaltada frente a la fábrica, Hulk saltó de su asiento y abrió mi puerta. Su compinche me ordenó que apagara el motor. Lo hice, pero dejé la llave en el contacto. El Hulk me agarró el brazo izquierdo, sacándome del coche de un tirón, mientras su colega seguía apuntándome. Oí el ronroneo de motores de camión procedente del costado del edificio.

Me enrosqué bajo el brazo de Hulk, para que su cuerpo me escudara de su socio, y le asesté una fuerte patada en la espinilla. Las malditas Tigers eran demasiado blandas.

Hulk gruñó, pero no me soltó.

—No te lo pongas más difícil de lo que ya lo tienes, nena.

Me metió en el edificio manteniéndome pegada a él, con su socio apuntándonos. Recorrimos el largo pasillo, pasando delante de la sala de montaje donde las mujeres se habían mostrado tan compadecidas con mi tío. Pasamos la intersección en forma de T que conducía a los muelles de carga. Seguimos hasta el pequeño tramo de corredor al que daban las oficinas. Hulk llamó a la puerta de Chamfers. Una voz nos dijo que entráramos.

Milt Chamfers estaba sentado en una silla frente a su mesa. Jason Felitti le hacía frente. Tras la mesa estaba el hermano mayor, Peter.

—Gracias, Simon —dijo Chamfers—. Puedes esperarnos fuera.

Simon. ¿Por qué no podía acordarme nunca de su nombre?

—Tenía un arma la otra vez que estuvo aquí —dijo el Hulk.

—¡Ah!... un arma. ¿La habéis registrado? —ése era Peter Felitti.

Simon no tardó nada en encontrar la Smith & Wesson. Su mano se detuvo más de lo necesario sobre mi pecho izquierdo. Le eché una mirada glacial, esperando tener en el futuro la oportunidad de responder más apropiadamente.

—Buenas tardes, señorita Warshawski. Recuperó su apellido de soltera después de su divorcio, ¿verdad? —preguntó Peter Felitti cuando Simon hubo cerrado la puerta tras él.

—No —me masajeé la parte del hombro que Hulk me había desencajado.

—¿No, qué? —inquirió Chamfers.

—No recuperé mi propio apellido: nunca lo abandoné. Gracias a Dios, entre todas las estupideces que hice cuando era joven y estaba enamorada, nunca permití que me llamaran señora de Yarborough. Y hablando de él, ¿dónde está el distinguido asesor?

Jason y Peter intercambiaron miradas furiosas.

—Yo quería traerlo —empezó a decir Jason, pero Peter le interrumpió.

—Ya te lo dije, cuanto menos sepa, mejor.

—Quieres decir si esto llega a los tribunales —prosiguió Jason—. Pero no paras de decirme que las cosas no irán tan lejos.

—Así que, ¿hasta dónde está Dick enterado de sus maquinaciones? —probablemente era lo que menos debía preocuparme en ese momento, pero sí me parecía importante saber si Dick estaba implicado en los intentos de homicidio sobre mi persona.

—Creíamos que lo escucharías —dijo Peter—. Por la forma en que te colgabas de su brazo en aquel concierto, pensé que aún estabas colada por él. Él dijo que hacía millones de años que no le hacías ningún caso. Lástima que tuviera razón.

—¿Colada por él? —repetí—. Eso ya no se dice. Además, ¿qué es lo que se suponía que tenía que escuchar?

—Que no metieras tus jodidas narices a fisgonear en Diamond Head —Peter dio un manotazo sobre la mesa. Su delgado tablero metálico se combó con el golpe; se frotó la mano—. Todo funcionaba perfectamente bien hasta que...

—Hasta que llegué yo y descubrí lo de la venta de bonos y la estafa a las ancianas y el robo de material de Paragon. Por no mencionar el trapicheo con el fondo de pensiones.

—Eso fue perfectamente legal —intervino Jason—. Me lo dijo Dick.

—¿Y robar el cobre de Paragon? ¿A eso también le dio el visto bueno?

—Todo hubiera salido bien si a Jason no se le hubiera ocurrido ganarse una pasta fácil bajo cuerda.

—Fue idea de Milt —gimoteó Jason—. Quería su parte del pastel en lugar de una prima de producción.

Chamfers se agitó en su silla, irritado, y empezó a protestar, pero se calló ante un gesto de Peter.

—Siempre has sido un jodido maleante de pacotilla, Jason. Te cabreaste y protestaste porque papá no te dejó a ti la compañía, pero él sabía que eras demasiado estúpido para dirigirla. Y luego seguiste cabreado durante cuarenta años mientras vivías del cuento arrimándote a los políticos de postín, así que te ayudé a hacerte con tu propia compañía. Y ahora lo has jodido todo.

—¿Y quién tiene la culpa? —la cara redonda de Jason parecía verde bajo la tenue luz—. Tú tuviste que utilizar a tu valioso yerno para hacer el trabajo legal. Yo podía haber...

—Podías haberte jodido hasta el hueso si se lo hubiera pasado a tus compinches del condado de Du Page. Voy a quitarte a la Warshawski de en medio, pero ya sabes con qué condición. Dejas de mangarte material de Paragon.

Al oír sus palabras mis piernas flaquearon. Me agarré al pomo de la puerta para sostenerme. Tenía un pequeño seguro. Lo pulsé hacia adentro. Eso no detendría mucho tiempo a Simon, pero cualquier fracción de segundo podría ser útil.

—¿Quitarme de en medio? —repetí las palabras de amenaza, tratando de desactivarlas—. Vamos, chicos. Ben Loring, de Paragon, lo sabe todo. Los polis de la ciudad saben que Chamfers mandó a Hulk que tirara a Mitch Kruger al canal. ¿Mató también a Eddie Mohr, Milt? ¿O lo hizo usted mismo?

—Ya te dije que sabía demasiado —dijo Jason—. Teníais que haber hecho algo antes.

—Oh, Jason, por el amor de Dios. Te estoy diciendo que ésta es la última vez que me envuelves en tus problemas.

—Entérate bien, grandullón —dije vivamente—. Éste probablemente te llevará todo el resto de tu vida para resolverlo.

—Ya veo por qué Yarborough se deshizo de ti en cuanto pudo —dijo Peter—. Si hubieras sido mía, te habría metido por las malas algo de sentido común.

Una rabia fría se apoderó de mí, enderezándome las piernas.

—Podría haberlo intentado una vez, Felitti, pero seguro que no le quedaban ganas de volverlo a intentar.

Reparé en el interruptor de la luz con el rabillo del ojo. Por primera vez desde que había llegado me sentía capaz de pensar con claridad, de preparar una acción.

Felitti apretó los labios.

—Eres todo aquello que por suerte mis hijas no son. Sencillamente, no entiendo qué pudo atraer a un hombre como Yarborough en una... marimacho como tú.

Era un insulto tan flojo y pareció desahogarse tanto al decirlo que no pude evitar reírme.

—Sí, ríete —dijo Jason—. Dentro de un momento te vas a reír de dientes para afuera. Además, ¿por qué tenías que venir a fisgonear aquí?

—Mitch Kruger. Era un viejo colega de un buen amigo mío. Y terminó muerto en el canal. Si todo lo que estaban haciendo con el fondo de pensiones y los bonos era tan legal, ¿por qué Chamfers se salió tanto de sus casillas cuando Mitch Kruger vino el mes pasado a pedir su parte del pastel para mantener el pico cerrado?

—Ya te dije que Eddie Mohr sería un socio demasiado débil —le espetó Milt a Peter—. Afirmaba que nunca había dicho nada a ninguno de los muchachos que les diera a pensar que su pasta procedía de la compañía. Pero yo siempre tuve mis dudas.

—¿Y qué pasaba con Eddie Mohr y Chicago Settlement? —insistí—. ¿Por qué diablos le estaba dando dinero a esa asociación?

—Eso fue idea de Dick —intervino Jason—. Ya le dije que era un error, pero dijo que se habían quedado con un montón de bonos, sólo teníamos que animar a la gente que se había beneficiado del trato a que contribuyera.

—Y tienes que admitir que el tipo se pavoneaba fotografiándose con los ricachones del centro —añadió Chamfers.

—Ya veo —sonreí—. Mi... mi socio no podía imaginárselo, dijo que Eddie fue siempre miembro de los Caballeros de Colón.

—¿Tu socio? —inquirió Peter—. ¿Desde cuándo tienes un socio?

—¿Desde cuándo mis negocios son asunto suyo? —apagué la luz y me tiré al suelo.

—¡Simon! —aullaron.

Oí a Simon forcejear con el pomo al otro lado, jurar y empujar la puerta con el hombro. Alguien se acercó por detrás de mí, intentando dar con el interruptor. Lo cogí de las rodillas y tiré lo más fuerte que pude. Cayó encima de mí al mismo tiempo que Simon abría la puerta de una patada. Me liberé del cuerpo que había derrumbado. Pasé a gatas por delante de Simon y salí.

El colega de Simon llegaba corriendo. Intentó agarrarme al pasar, pero falló. Me precipité pasillo abajo, tratando de volver a la entrada. Alguien me disparó. Empecé a correr en zigzag, pero era un blanco demasiado fácil. Cuando volvieron a disparar giré por la intersección en forma de T hacia los muelles de carga.

La misma disimulada actividad que había interrumpido la semana anterior seguía realizándose en la planta. Un par de hombres aseguraban allá arriba una carga en la grúa, mientras otra pareja esperaba para recibirla junto a la parte trasera abierta de un camión.

Pasé corriendo a su lado por el muelle y salté hasta el suelo. No podía oír nada con el ruido del motor del camión, para saber si Hulk me seguía de cerca o no, y no me detuve a mirar. Sentía la gravilla bajo la delgada suela de mis zapatillas, sentía mis pies húmedos de sudor o de sangre. Seguía lloviendo. No desperdicié fuerzas enjugándome los ojos, sino que seguí corriendo sin detenerme hasta llegar al Impala.

—No me falles ahora —le dije jadeando, girando la llave mientras cerraba de un portazo. El motor se encendió e hice marcha atrás con un gran chirrido de gomas. Una bala penetró por una de las ventanillas traseras. Pasé la primera sin frenar. Las marchas rechinaron pero los dedos mágicos de Luke mantenían la transmisión suave y a punto, y salimos disparados.

Seguí serpenteando por la carretera hasta la plaza Treinta y uno. Estaba casi en la intersección cuando vi las luces de uno de los tráileres que avanzaba hacia mí por detrás. Giré a la derecha bruscamente, tan bruscamente que el coche patinó sobre la calzada mojada. Giré en círculo, con los brazos ateridos de miedo, repitiéndome las lecciones de mi padre para enderezarse en un derrape. Lo enderecé sin volcar, pero ahora tenía el camión justo detrás de mí, tocando casi el culo del Impala. Aceleré a tope, pero venía embalado a todo trapo.

Corríamos por uno de los accesos a la autovía, junto a los pilares de la rampa de salida de Damen, que iban menguando progresivamente la altura de la calzada. Apenas veía la barrera a través de la lluvia.

Otro tráiler se estaba acercando a nosotros, haciendo señales con las luces y dando bocinazos. En el último segundo me salí de la carretera hacia las altas hierbas. Ya tenía la puerta abierta antes de salir de la calzada. Justo antes de que el Impala se aplastara contra la valla anticiclones salté y rodé por la hierba.

Hubo un tremendo estrépito de metales entrechocados cuando el camión que me seguía alcanzó el Impala, sacándolo de su carril. Trepé por la valla anticiclones, caí de barriga sobre su cresta puntiaguda abriéndome la camisa y el estómago, y aterricé sobre el pavimento de cemento.

Me obligué a levantarme y a ponerme en movimiento, pero un ardiente dolor me punzaba los pulmones y estaba a punto de desvanecerme. Tropecé con un tapacubos y me caí. Tumbada boca arriba divisé cómo el tráiler arremetía contra la valla y se dirigía derecho a mí, clavándome en el sitio con las luces de sus faros.

Me levanté, tambaleante. El pie derecho se me enganchó en un neumático viejo y sentí que me desplomaba sobre el asfalto. Parecía caer en picado, pero aterricé lo bastante despacio como para ver el camión abalanzándose sobre mí.

En el momento en que golpeaba el suelo surgieron unas chispas de la parte superior de la cabina. Estalló un cañonazo, haciendo vibrar mi cabeza sobre el hormigón. El motor rompió la rejilla de la cabina y un géiser de anticongelante roció la noche. Mientras liberaba mi tobillo del neumático y saltaba hacia un lado, oí un alarido espeluznante.

Una estrella de sangre afloró en el parabrisas del camión.

Me tumbé detrás de un pilar, jadeando. La rampa de salida estaba allí demasiado baja para dar cabida a un camión, pero Simon estaba tan absorto en su propósito de matarme que no se había dado cuenta. La parte superior del camión se había estampado contra el techo de la rampa.

Levanté la vista hacia el hormigón resquebrajado. En el oscuro aire nocturno sólo pude distinguir trozos de barras al desnudo. El tráfico rugía por encima de mí. Me parecía tan extraño que la gente siguiera corriendo a un lado y a otro por encima de mi cabeza, totalmente inconsciente de la violencia de aquí abajo... El mundo debería de haber hecho una pausa para recuperar el aliento, una señal de reconocimiento. La propia autovía debería de haberse estremecido. Pero los pilares se alzaban por encima de mí, inmutables.

A cada cual lo suyo, o como se diga

Terminé esa noche en mi propia cama, aunque por un tiempo no parecía posible que llegara hasta allí. El camionero que iba delante de mí había llamado a la policía con su radio una vez que pudo salir de su cabina. Había chocado contra el costado del tráiler de Simon cuando éste se atravesó en la calzada. Su propio camión había volcado, pero él llevaba puesto el cinturón y afortunadamente salió del accidente con contusiones leves. Según su relato posterior, se estaba jurando demandar a todos los implicados hasta que vio la cabeza de Simon hecha papilla.

Permanecí tirada bajo la avenida Stevenson hasta que los polis me buscaron —no específicamente a mí, sino al conductor del Impala—. Para entonces estaba demasiado exhausta para moverme, o para preocuparme por lo que pasara a continuación. Tiritando en el asiento trasero del coche patrulla, traté de hacer un relato coherente de los acontecimientos de la noche.

Los policías me hicieron una descripción más clara de lo que le había sucedido a Simon. El impulso que llevaba era tan fuerte que al chocar contra el techo de la autovía había aplastado los neumáticos de atrás, haciéndolos explotar. Eso explicaba el cañonazo que aún seguía resonando en mi cabeza. La misma fuerza había soltado el motor de sus fijaciones, propulsándolo a través del radiador. La cabina quedó inclinada de lado sobre sus ruedas traseras mientras los bomberos extraían los restos de Simon del parabrisas.

Después de hablar conmigo, los agentes llamaron por radio a su base y mandaron a alguien a por los chicos Felitti y Chamfers. Los tres se habían quedado esperando en el despacho de Chamfers, presumiblemente hasta que Hulk les avisara de que yo había pasado a mejor vida.

Llegamos todos juntos al Área Cuatro, Chamfers insistiendo en que yo era una notoria artista del allanamiento a la que habían pillado in fraganti.

—Lamento muchísimo la muerte de Simon Lezak. Él intentaba ayudar, echarla de los locales cuando la sorprendimos...

—Y, llevado por un exceso de celo, espachurró el Impala —le interrumpí.

—Creo que nunca sabremos a ciencia cierta lo que ha sucedido esta noche bajo la autovía —Chamfers se estaba dirigiendo a la detective Angela Willoughby, que parecía estar encargada del interrogatorio—. Los camiones no llevan la caja negra que hay en los 747, así que no conoceremos los últimos pensamientos de Simon.

—Odio y alborozo los resumirían bastante bien; pude ver la cara del chico en mi retrovisor justo antes de salirme de la calzada —intervine—. ¿Han conseguido la declaración del otro camionero? Probablemente podría confirmar que Simon estaba haciendo todo lo que podía por arrollarme.

Willoughby me miró con sus inexpresivos ojos grises, pero no dijo nada. El uniformado que estaba tomando notas con aplicación consignó mi pregunta y dejó el bolígrafo en suspenso sobre su carné para nuestro siguiente exabrupto.

Lo intenté otra vez.

—¿Seguían aún cargando camiones con material de Paragon Steel cuando llegaron sus agentes? El director de Paragon podría tener algo que decir al respecto. Y dudo que me relacione en absoluto con la pandilla de mangantes de Diamond Head.

Chamfers y Peter Felitti se unieron en un coro de protestas. «¿Quién era yo —una fisgona, una ladrona— como para poner en cuestión sus operaciones comerciales?» Cuando apareció Dick —al fin y al cabo era el asesor de los hermanos Felitti—, empecé a pensar que iban a arrestarme mientras esos rectos ciudadanos se irían tranquilamente a la cama.

Seguramente era yo la única que tenía pinta de sinvergüenza. Además de los jirones de mi chaqueta, se me habían roto las rodilleras del vaquero al deslizarme de rodillas por la calzada. Mis zapatillas estaban hechas trizas, tenía el pelo pegado al cráneo, y prefería no saber qué aspecto tenía mi cara. Puede que la justicia sea ciega, pero sí favorece una apariencia limpia y decente.

Los Felitti habían sacado a Dick de una fiesta o algo así, pero se había pasado por su casa para ponerse un austero traje azul marino. Angela Willoughby estaba francamente impresionada, tanto por sus rubias trazas como por su porte imponentemente saludable: le permitió que conferenciara en un rincón con sus clientes.

Cuando volvió comentó en tono afligido con Angela el desastre de la noche. Un subordinado se había excedido en su lealtad hacia sus jefes. Era trágico que Simon Lezak hubiese muerto en la acción, pero afortunado que yo hubiese sobrevivido.

Enseñé los dientes al oír la última frase.

—Me alegro de que pienses así, Dick. ¿Tu querido suegro te ha explicado en qué forma se excedió Simon? ¿Cómo se me echó encima para llevarme a la fábrica?

—Un celo mal entendido —murmuró Dick—. Sabían que habías irrumpido antes en la fábrica, no sabían lo lejos que podías llevar la investigación.

Salté, o al menos lo intenté —mis músculos respondieron con un lento arrastramiento—, y le cogí del brazo.

—Dick. Tenemos que hablar. No te están contando la verdad. Te van a coger a traición.

Me dedicó la sonrisa suficiente que utilizaba para enfurecerme quince años atrás.

—Después, Vic. Tengo que ocuparme de que mis clientes se vayan a su casa, y creo que tú también te alegrarías de irte.

Eran entonces cerca de las doce. Willoughby estaba precisamente autorizando a los Felitti y a Chamfers a irse con Dick, cuando apareció Conrad Rawlings. Le había dicho a Willoughby al principio que él y Terry Finchley estaban ambos metidos en el caso, pero no me había fijado si mandaba efectivamente a alguien a notificárselo. En realidad no lo había hecho: él se había enterado por alguien de su comisaría que lo había oído antes por la radio de la policía.

Rawlings echó un vistazo circular por la habitación.

—Señorita W., creí haberte dicho que me cabrearía si salías por ahí a cazar criminales sin decírmelo. Y ni siquiera me cuentas las cosas en persona. Tiene que contármelo algún extraño.

Alcé las manos para pasármelas por los sucios mechones de pelo.

—Detective Willoughby, sargento Rawlings. Creo que conociste a Dick Yarborough hace un par de años, sargento. Estos otros tipos son Peter y Jason Felitti y Milt Chamfers. Se van a casa. La detective aquí presente siente mucho haber tenido que molestar a estos importantes suburbanitas... La razón por la que no te he llamado personalmente es porque estaba imposibilitada: me secuestraron. Fui a la esquina de la Cuarenta y uno y Kedzie a recoger mi coche, y el matón favorito de los hermanos Felitti, Simon, me estaba esperando.

Dick me lanzó una mirada dura y penetrante.

—Vic, no necesitamos volver a oír esa historia. Yo me llevo a mis clientes a su casa. Lo único que puedo decir es que ya te avisé de que te ocuparas de tus asuntos.

—El caso es —proseguí, dirigiéndome a Rawlings— que estos tíos están mentalmente tan agotados, que se han olvidado de las pruebas forenses.

Dick se detuvo en su salida.

—Huellas dactilares, Dick. Ni Hulk..., perdón, Simon el Valiente, ni su acólito llevaban guantes. Me cayeron encima en la esquina de la Cuarenta y uno y Kedzie cuando yo estaba a punto de llevarme el Impala. Aunque el coche está hecho papilla, debe ser posible encontrar sus huellas en el interior. El Hulk se sentó en el asiento trasero poniéndome una pistola en la nuca. El acólito se sentó en el asiento del pasajero con otro revólver hincado en mis costillas. Así es como llegamos a Diamond Head. Me obligaron a conducir hasta allí. Sea como sea, podrán encontrar sus huellas dentro del coche.

—¿Ha confiscado ese Impala, detective? —preguntó Conrad.

—Ha sido remolcado, sargento —dijo secamente Willoughby.

—Coja su radio y dígales que es una prueba en un caso de homicidio. Sin mencionar la agresión grave. Quiero ese trasto en el laboratorio antes de que salga el sol, detective. Llevo ya dos semanas trabajando en este caso y me sentiría bastante frustrado si lo perdiera por haber convertido la prueba en chatarra.

La expresión que puso ella hubiera derretido el acero, pero habló por su radio. Dick había palidecido durante la discusión y se puso a discutir con su suegro a media voz pero violentamente. No pude oír la conversación, pero estaba claro que empezaba a darse cuenta de que sus parientes lo estaban metiendo en un atolladero. Me lanzó una mirada que no pude descifrar, tan alejada estaba de su habitual engreimiento, y apremió a sus clientes a salir.

Mientras Willoughby se atareaba convocando a sus subordinados, Conrad me cogió de los hombros y me pidió un relato detallado de los acontecimientos de la noche. Le había hecho un breve resumen, cuando Willoughby cesó de dar órdenes para que trasladaran el Impala del depósito de la policía al laboratorio.

Conrad se volvió hacia ella.

—¿Ha llamado a un médico para que viera a esta sospechosa, detective? —le increpó.

Willoughby perdió algo de la pose glacial con que se había hecho fuerte durante las cuatro horas del interrogatorio.

—Su vida no está en peligro. Intentaba asegurarme de que no teníamos cargos por delitos graves contra ella.

—Se lo digo yo: no los tenemos. Voy a llevarla a ver a un médico. Por si tiene algún problema con eso, le daré el número de teléfono de mi comandante de guardia.

Willoughby era demasiado profesional como para enfrascarse en una discusión con otro detective delante de una sospechosa. Yo también me habría mosqueado en su lugar, pero dadas las circunstancias no me quedaba demasiada simpatía que ofrecerle.

—Realmente, no necesito ir al hospital, sargento —le dije al salir de la comisaría—. Sólo quiero ir a casa y dormir.

—Señorita W., rara vez he visto a alguien que tuviese más pinta que tú de necesitar cirugía seria.

Desde luego, podría deberse únicamente a tu elegante atuendo. Pero, a menos que te apetezca una loca persecución a pie por el South Side, no te queda otra opción, ya que no tienes coche y yo sí.

Me llevó al hospital Mount Sinai, pero ni siquiera con su autoridad pudo conseguir que me viera inmediatamente un médico: había ocho heridos por bala y tres por arma blanca antes que yo. La enfermera de guardia había pasado por presiones más fuertes de la que Conrad podía ejercer.

Mientras esperábamos le pedí a Rawlings que telefoneara al señor Contreras, que a esas horas debía de estar como un animal enjaulado, eso si no estaba intentando tomarse la justicia por su mano. A eso de las tres, después de haberme quedado dormida en la estrecha silla de plástico, me llevaron finalmente a uno de los cubículos de curaciones. Conrad observaba con ansiedad mientras el diligente interno me limpiaba las rozaduras, me ponía la antitetánica y cosía los cortes más profundos de mi abdomen. También tenía en la espalda un par de quemaduras del anticongelante. Entre todas mis desgracias generalizadas no las había advertido.

—¿Se pondrá bien? —preguntó Conrad.

El interno lo miró sorprendido.

—Está perfectamente, todo eso es superficial. Si quiere arrestarla, sargento, seguro que con estas heridas podrá soportar la cárcel.

—No creo que tengamos que hacerlo —Rawlings me condujo fuera, con mi caja de pastillas contra el dolor y una receta para antibióticos.

—Pero, señorita W., si vuelves a organizarte otra excursión como la de esta noche sin decírmelo... ya no estaré tan seguro. Podría encerrarte durante un mes para que te espabiles.

Atando cabos

Dormí horas y horas, y cuando me desperté encontré al señor Contreras en mi cuarto de estar. Pese a que Conrad le había telefoneado desde el hospital la noche anterior, el viejo había seguido vigilando el vestíbulo hasta que aparecimos. Eran entonces un poco más de las cuatro. Me fui inmediatamente a la cama, sin la menor noción de si Rawlings se quedaba o no.

El señor Contreras, que se había quedado con un juego de llaves, subió algo después de las dos.

—Sólo quería ver con mis propios ojos si estabas bien, pequeña. ¿Te apetece contarme lo que sucedió anoche? Creí que ibas nada más a buscar el Impala.

—Eso era lo que yo creía también. ¿No le ha puesto al tanto Conrad?

Le conté lo del ataque de Hulk, y su espantosa muerte bajo la avenida Stevenson. Al final del relato, una vez el señor Contreras hubo repasado los acontecimientos para aliviar lo peor de sus preocupaciones, le dije que creía que nuestros problemas se habían terminado.

—Lo único que nos tiene que preocupar ahora son las citaciones, y nos van a caer encima unas gordas dentro de nada. Pero puede cesar su vigilancia. Y devuélvame mis llaves, por favor.

—¿Para que se las puedas dar a Conrad? —su tono de voz era sarcástico, pero en su cara se pintaba una verdadera pena.

—Usted es el único tío que ha tenido llaves de mi casa. No voy por ahí distribuyéndolas al azar.

Se negó a dejarme aligerar el tono de la conversación.

—Sí, pero... me pareció que te sujetaba verdaderamente de cerca anoche. Esta mañana. Y no se ha marchado hasta las doce del mediodía.

—Ya sé que no le gusta que me cite con nadie —repuse en tono amable—. Lo siento mucho, lo siento porque a usted lo aprecio, sabe, y detesto hacerle daño.

Entrelazó las manos.

—Es sólo que... tienes que enfrentarte a ello, pequeña: él es negro. Africano, si lo prefieres así. En mi antiguo barrio os prenderían fuego a los dos en tu cama.

Sonreí tristemente.

—Me alegro de no estar en el sur, entonces.

—No te lo tomes a broma, Victoria. No tiene gracia. Puede que tenga prejuicios. Coño, seguramente los tengo, tengo setenta y siete años, uno no puede cambiar su educación, y yo crecí en otros tiempos. Pero no me gusta verte con él, me hace sentir molesto. Y si no... bueno, no puedes imaginarte lo horrible que puede ser la gente de esta ciudad. No quiero que te granjees un montón de problemas, pequeña.

—Acabo de ver con mis propios ojos lo horrible que puede ser la gente de esta ciudad —me incliné hacia adelante y le di un golpecito en la pierna—. Mire, sé lo difícil que es juntarse un negro y una blanca. Pero aún no hemos llegado tan lejos. Somos dos personas que siempre nos hemos gustado y respetado, y ahora estamos intentando saber si nuestra... bueno, nuestra atracción, es sólo la terrible fiebre de la jungla de siempre, o si hay algo más sustancial en ella. Además, Conrad no es negro. Es más bien cobrizo.

El señor Contreras se agarró las orejas.

—Ya veo, por tu forma de decirlo, que te gusta ese tipo.

—Claro que me gusta. Pero no me presione para que haga más declaraciones. Todavía no estoy lista para eso.

Me alargó mis llaves sin decir palabra y se puso en pie.

Trató de zafarse del brazo con el que lo rodeé, pero no le solté el hombro.

—Por favor, no me borre de su vida, ni trate de borrarse de la mía. No pienso decir una estupidez, como que sé que al final volverá por aquí. Quizá lo haga, o quizá no. Pero usted y yo llevamos siendo amigos mucho más tiempo del que hace que conozco a Conrad. Me dolería mucho perderle.

Del fondo de sí mismo sacó fuerzas para una sonrisa.

—Está bien, pequeña. Ahora mismo no puedo seguir hablando de eso. Además, llevo mucho tiempo ya sin estar con la princesa. Necesita salir más a menudo desde que está alimentando a sus cachorros.

Me quedé melancólica cuando se fue mi vecino. Había iniciado una relación con Rawlings porque siempre había habido una chispa erótica entre nosotros, y de alguna forma la semana pasada había sido el momento indicado. Pero no necesitaba que ningún Jesse Helms ni ningún Louis Farrakhan me dijeran que nos esperaba un arduo camino si Rawlings y yo nos empezábamos a tomar lo nuestro en serio.

Mientras hurgaba distraídamente en el refrigerador llamó Murray, prácticamente babeando de impaciencia al otro extremo del teléfono por conocer mi historia. El *Herald-Star* de esa mañana había sacado una buena foto de los restos del camión de Simon y del Impala, pero el texto era corto y ambiguo. El periódico no quería acusar a los chicos Felitti de ninguna fechoría, dadas sus conexiones políticas. Pero tampoco querían meterse conmigo, ya que yo había sido una fuente importante para ellos durante años. Le di a Murray mi versión de los acontecimientos: no tenía nada que ganar y sí mucho que perder dándole un corte mientras los Felitti reunían municiones. Cuando terminamos, le remití a Ben Loring con la esperanza de que Paragon Steel le proporcionara alguna documentación contundente en apoyo de mi propio caso.

Para entonces eran casi las seis. Me armé de valor y llamé a Luke Edwards para contarle lo del Impala. Se puso furioso. El hecho de que su bebé estuviera en los laboratorios de la policía y que fuese a ser presentado como prueba en un juicio por homicidio no hizo más que enrabiarle más. Me amenazó con aplicarle un martillo neumático al Trans Am sólo para que me enterara de cómo se sentía. Estuve al teléfono con él cerca de una hora. Cuando colgué no es que volviésemos a quedar exactamente como amigos, pero al menos terminó por aceptar que fuese a recoger el Trans Am.

—Aunque otro menos generoso se lo quedaría como rehén, Warshawski —fue su golpe final.

También llamé a Freeman Carter. No estaba segura de querer que me representara en los juicios y persecuciones que me esperaban. Freeman estaba en casa, pero había oído una versión bastante completa de los acontecimientos por parte de uno de sus antiguos asociados. Sacó el tema de la representación antes de que lo hiciera yo.

—Yo he estado demasiado cercano a esa situación, Vic. He dejado que mi propia exasperación por lo que Yarborough estaba haciendo en la empresa me nublara la mente, y la he tomado contigo, algo que es inexcusable entre un abogado y su cliente. Pero el verdadero problema es un posible conflicto de intereses. Necesitas que quien hable por ti sea imposible de impugnar, porque puede que Yarborough utilice munición de la más gorda. Voy a proporcionarte unos cuantos nombres. Y me encargaré de que los honorarios no se disparen. Y después de eso..., no sé, puedes tomarte tu tiempo para decidir si quieres que trabaje para ti en el futuro o no.

—Gracias, Freeman —contesté suavemente—. Dejaremos las cosas así por el momento.

Empecé a pasearme agitadamente por el cuarto de estar, con ganas de hablar con Lotty, pero no de otra conversación dolorosa, cuando apareció inesperadamente el señor Contreras. Había ido hasta la esquina a por una pizza, de la que nos gusta a los dos, con mucha verdura y cubierta de anchoas. Y había conseguido una botella del Ruffino que suelo ofrecerle.

—Sé que debería haber llamado para asegurarme de que no tenías... otros planes para la cena, pero he visto que no te quedaba mucha comida. Y hemos corrido una tremenda aventura. He pensado que deberíamos celebrarlo.

Carol Alvarado apareció de improviso cuando la botella casi tocaba a su fin. Ese día hacía el turno de noche para sustituir a alguien, explicó, y sólo se quedaría un minuto, de paso hacia el hospital. Había leído la breve noticia en el *Herald-Star* de la mañana, pero quería hablar conmigo específicamente de la señora Frizell.

Declinó el vino que le ofrecí.

—Nunca cuando estoy de servicio. ¿Recuerdas que te dije que pensaba tener una respuesta respecto a la señora Frizell?

Habían sucedido tantas cosas en los últimos días, que se me había olvidado nuestra conversación en el hospital. En ese momento no le había dado importancia a su misterioso optimismo, pero asentí por educación.

—Se trataba de sus medicamentos. Lo he hablado con Nelle McDowell, la enfermera jefe, y está de acuerdo: demasiado Valium puede tener ese efecto en una mujer mayor: provocarle agitación y al mismo tiempo síntomas de senilidad. Y cuando se combina con Demerol es casi la receta perfecta para volverse senil. Así que hemos interrumpido los fármacos durante setenta y dos horas y hoy está francamente mejor —no lo ha superado totalmente, pero es capaz de contestar a preguntas sencillas, fijar su atención en la persona que le habla, y cosas así. Sólo que sigue preguntando por su perro *Bruce*. No sé lo que vamos a hacer con eso.

—Ni yo tampoco —dije—. Pero es una noticia estupenda. Ahora, si consiguiera borrar de su vida a los Pichea, podría regresar a su casa un día de éstos.

—Va a tener que estar todavía en alguna casa de reposo, o en algún otro lugar durante su convalecencia —advirtió Carol—. Es demasiado pronto para pensar en llevársela a casa... ¿Crees que podrías ir a verla? Nelle dice que tienes un efecto positivo en ella.

Hice una mueca.

—Quizá. Ahora mismo no me siento muy en forma, he tenido un par de días duros detectando minas.

Carol me pidió detalles sobre las hazañas de la noche pasada. Cuando terminé, sólo dijo:

—Caray, Vic. Lástima que no te hayan llevado al hospital del condado en lugar del Mount Sinai. Podía haberte remendado yo, habría sido como en los viejos tiempos.

Sacudí la cabeza.

—Quizá el que hayas dejado la clínica ha sido buena cosa tanto para mí como para ti. Es hora de que deje de acudir a ti y a Lotty cada vez que me rasguño una rodilla.

Carol sacudió la cabeza.

—Tú y Lotty no lo entendéis. Apoyarse en la gente que te quiere no es un pecado. En absoluto, Vic.

—Intenta decírselo —ironizó el señor Contreras—. Yo ya llevo bastante tiempo rompiéndome la crisma contra ese muro de ladrillo.

Le di un golpecito con el puño en la nariz antes de acompañar a Carol hasta la puerta.

«Subterranean Homesick Blues»

A la mañana siguiente el señor Contreras me ayudó a preparar una cesta de mimbre. Cubrimos el fondo de plástico y encima le pusimos un par de toallas. Los cachorros, ya en su cuarta semana de vida, tenían los ojos abiertos. Con su pelo suave y espeso tenían un aspecto adorable. Cogimos los dos más pequeños y los metimos en la cesta. *Peppy* nos observó insistentemente, pero no protestó. Ahora ya pasaba cierto tiempo alejada de su camada cada día. Sus pequeñas uñas le arañaban el vientre y las alegrías de la maternidad empezaban a agotarse.

En el hospital del condado, Nelle McDowell me recibió con auténtico placer.

—La señora Frizell está haciendo verdaderos progresos. Nunca ganará el premio de Miss Simpatía, pero es maravilloso ver a alguien volver desde el borde del abismo como lo ha hecho ella. Ven a verlo por ti misma.

Contempló pensativamente la cesta de mimbre.

—Sabe, señorita Warshawski, me parece que está usted violando las normas del hospital. Pero esta mañana estoy demasiado ocupada como para verte entrar. Ve al final del pasillo y habla con la anciana.

El cambio en la señora Frizell era sorprendente. Las mejillas hundidas que la hacían asemejarse a un cadáver se habían rellenado, pero lo más impresionante era que tenía los ojos abiertos y bien enfocados.

—¿Quién es usted? ¿Una puñetera benefactora?

Me reí.

—Sí. Soy su puñetera vecina benefactora, Vic Warshawski. Su perro *Bruce* dejó preñada a mi perra *Peppy*.

—Ah, ya la recuerdo, vino a dar la lata quejándose de *Bruce*. Es un buen perro, no vaga por el barrio, digan ustedes lo que digan. No puede probarme que él sea el padre de la camada de su perra.

Puse la cesta sobre la cama y la abrí. Dos bolas de peluche blanco y dorado emergieron a trompicones. La cara de la señora Frizell se suavizó un poco. Cogió los cachorros y les dejó que la lamieran. Me senté junto a ella y le puse una mano sobre el brazo.

—Señora Frizell... no creo que nadie se lo haya dicho, pero *Bruce* ha muerto. Mientras usted estaba inconsciente, alguien se llevó a todos sus perros y los hizo sacrificar. Marjorie Hellstrom y yo intentamos salvarlos, pero no pudimos —como no decía nada proseguí—. Éstos son dos de los retoños de *Bruce*. Podrán separarse de su madre para cuando usted esté en condiciones de volver a su casa. Son suyos si los quiere.

Fruncía el ceño de esa forma violenta en que lo hace la gente cuando intenta no llorar.

—*Bruce* era un perro único entre un millón. Único entre un millón, jovencita. Un perro no se reemplaza así como así.

Uno de los cachorros le mordió el dedo. Le regañó severamente, pero con soterrado cariño. El perrito inclinó la cabeza hacia un lado y le enseñó los dientes.

—Puede que te parezcas un poquitín a él, señor. Quizá un poquitín.

Le dejé a los cachorros durante media hora y le dije que volvería con ellos al día siguiente.

—No crea que estoy decidida a quedármelos, que no lo estoy. Puede que la demande por negligencia, por dejar morir a mis perros. Téngalo presente, jovencita.

—Sí, señora. Lo tendré.

Al llegar a casa le dije al señor Contreras que estaba bastante segura de que se quedaría con dos de los perros, pero que más valía que se apresurara a encontrarles hogares a los otros seis. Antes de que pudiese intentar convencerme de quedarnos con uno, cambié de tema y le conté mi plan respecto a Vinnie. En cuanto entendió los detalles, el viejo se mostró entusiasta.

Esa noche acechó a Vinnie hasta que volvió del trabajo, y luego hizo sonar el timbre dos veces para advertirme de que estaba listo.

Bajé de dos en dos los escalones. La cara redonda y morena de Vinnie se tiñó de disgusto cuando me vio. Intentó colarse rápidamente frente a mí, pero le cogí del brazo y le retuve.

—Vinnie, el señor Contreras y yo tenemos un trato que ofrecerte. A ti y a Todd y Chrissie. Así que ¿por qué no bajamos a hablar e intentamos dejar a un lado toda esa agresividad?

No quería, pero murmuré unas palabras sobre la policía y los federales, y la investigación que estaba en marcha sobre el papel que había jugado el Metropolitan en deshacerse de la bazofia sobrante de Diamond Head.

Frunció el ceño, exasperado.

—Podría denunciarte por difamación. Pero más vale que bajemos a ver a los Pichea. Él es mi abogado y puede cantarte las cuarenta.

—Espléndido.

Todd y Chrissie aún se alegraron menos que Vinnie de verme, si es que eso era posible. Les dejé chillar unos minutos, pero el señor Contreras no aprobaba algunas cosas del lenguaje de Todd y se lo dijo. Todd se quedó boquiabierto: quizá nadie le había echado una bronca tan fuerte antes.

Me aproveché del momentáneo silencio.

—Tengo un trato para vosotros tres, los grandes especuladores. Llamémosle trato de descargo. Todd, quiero que tú y Chrissie renunciéis a vuestra tutela sobre la señora Frizell. Ella está ya totalmente alerta, su cadera empieza a cicatrizar, y podrá volver a su casa y valerse por sí sola, con sólo una pequeña ayuda, de aquí a un mes. No os necesita. Y no creo que vosotros le hagáis ningún bien. Si renunciáis a vuestra tutela, y si le volvéis a comprar los bonos de Diamond Head —por su valor nominal— os prometo que no diré una palabra al fiscal general sobre vuestro papel en la puesta en circulación de esos bonos en el vecindario. Por supuesto, si volvéis a intentar deshaceros de ellos, no habrá trato.

Todos empezaron a hablar de nuevo a coro, entre otras cosas, de que yo me metiera en mis asuntos, y además, ellos no habían hecho nada ilegal.

—Puede. Puede. Pero habéis estado bailando en la cuerda floja, prometiéndole a la gente que esa bazofia era una inversión tan buena como los certificados federales garantizados. Podrían inhabilitarte, Todd, por tomar parte en algo así. Puede que en el Metropolitan te quieran ascender por tus esfuerzos, Vinnie, pero probablemente te darían la patada si se disparara la publicidad.

El problema estaba en que ninguno de ellos quería admitir que había hecho algo incorrecto. Se habían convencido entre ellos de que cualquier cosa que diera los resultados deseados era legal por definición. Tuve que insistir machaconamente sobre la misma tecla para conseguir su atención: tenía las suficientes conexiones con la prensa de Chicago como para divulgar esa historia a bombo y platillo. Y cuando eso ocurriera, para sus jefes no serían más que víctimas propiciatorias.

—¿Os acordáis de Oliver North? Quizá pensáis que fue un héroe, pero sus jefes no tuvieron ningún reparo en echárselo a los lobos cuando la opinión pública los señaló a ellos. Y vosotros, tíos, no tenéis uniformes de la Armada para pavonearos con ellos. Os veréis en la calle buscando los mismos trabajos que buscan otros cincuenta mil jóvenes, y los pagos de las hipotecas se presentan puntualmente el cinco de cada mes.

Al final aceptaron mis condiciones, pero insistiendo tozudamente en que nunca habían traspasado los límites de lo correcto, y menos aún de la ley. Nos encontraríamos los cinco —el señor Contreras no quería ser excluido— en el banco de Lake View el lunes por la tarde a las cuatro. Todd y Chrissie presentarían una orden del juez de testamentarías que certificara la cancelación de su acuerdo de tutela. Y llevarían un talón bancario por treinta mil dólares, para comprar de nuevo los bonos de Diamond Head.

A cambio, prometí no mencionar su papel en el timo de los bonos cuando los investigadores federales empezaran a preguntar sobre el Metropolitan. El señor Contreras y yo volvimos a casa exhaustos. Nos bebimos una botella de Veuve Cliquot para celebrarlo.

A la mañana siguiente me pregunté si nuestro júbilo no había sido prematuro. El timbre sonó a las nueve, precisamente cuando estaba intentando comprobar los ejercicios que podía soportar mi estómago. La voz chillona del portero automático se anunció como Dick Yarborough.

Subió junto con Teri, lista para posar para una foto con un traje marinero de Eli Wacs, y su lisa piel de melocotón perfectamente maquillada. Dick llevaba el uniforme de fin de semana del ejecutivo suburbano, una camisa polo, pantalones anchos de algodón y una chaqueta *sport*.

—Vic, ¿no te importa que te llame así, verdad?, me siento como si te conociera —Teri alargó una mano en un gesto de intimidad mientras Dick se quedaba en segundo plano.

—Sí, yo también me siento como si te conociera —ignoré su mano—. ¿Queréis algo especial vosotros dos? ¿O represento una parada en vuestra gira benéfica entre los pobres?

Dick torció el gesto, pero Teri exhibió una falsa sonrisa santurrona. Se desplomó en el taburete del piano y me miró con los ojos muy abiertos.

—Esta visita es verdaderamente difícil para mí. Enfrentémonos a ello: tú y Dick habéis estado casados, y sé que aún debe haber ciertos sentimientos entre vosotros.

—Pero me pondría una armadura de plomo antes de acercarme lo suficiente como para examinarlos —repuse.

—Dicen que el odio es la otra cara del amor —anunció con el tono de quien explica la ley de la gravedad a unos estudiantes de primer grado—. Pero sé, Dick me lo ha dicho, que has perdido a tu padre, por eso creo que podrás entender lo que siento.

—¿Ha muerto Peter? —estaba estupefacta—. No ha salido en el periódico de la mañana.

Dick hizo un gesto de impaciencia.

—No. Peter no ha muerto. A Teri le está costando ir al grano. Ella y Peter tienen una relación muy estrecha y teme perderlo si lo encierran con una larga condena por no poder persuadirte de que renuncies a tus acusaciones.

Sentí que apretaba los labios de rabia.

—Qué estupendo que se lleven tan bien. Sobre todo porque Peter va a necesitar cantidad de apoyo en los próximos meses, quizá incluso en los próximos veinte años. Y saber que su hija está de su parte, que cree cien por cien en él, no podrá sino ayudarlo.

Brillaron unas lágrimas en la punta de las lustrosas pestañas de Teri. El rímel resistente al agua evitó que corrieran unos chorretones negros bajo sus ojos.

—Dick dice que tienes un extraño sentido del humor, pero no puedo creer que eso te parezca divertido.

—Nada de lo ocurrido durante las últimas tres semanas me parece divertido. Dos ancianos han muerto porque tu papaíto y tu tío no querían que husmearan en una reconversión del fondo de pensiones que organizó tu marido. Como mínimo una anciana casi se queda sin hogar por culpa de un mañoso plan de inversión que tu tío organizó para arrebatarle sus ahorros de toda una vida. Y yo misma no me siento muy feliz, después de que me dispararan y estuviera a punto de morir aplastada.

Me pasé el dedo por las costuras del estómago a través de mi camiseta de algodón. Los cortes estaban cubiertos con vendas, pero seguía creyendo que supuraban cada vez que giraba el torso.

—Pero papá me ha explicado todo eso. Nada de todo eso fue obra suya. Hubo un malentendido entre la gente de la fábrica Diamond Head y él y el tío Jason. Nunca debieron hacer lo que hicieron. Todo el mundo reconoce que fue un error. Papá lo probará ante el tribunal; Dick se encargará de eso. Pero nos facilitaría mucho las cosas si no tuviéramos que hacerlo, si reconocieras que todo fue una gran equivocación. Me disgustaría mucho que Dick tuviera que atacarte públicamente. Y sabes, en un caso como éste, contratarán detectives para que hurguen en todos tus secretos, hablarán de tu vida amorosa, tus infracciones a la ley, todas esas cosas.

El furor se apoderó de mí de tal forma, que me nubló la vista. Me metí las manos en los bolsillos para que Dick no pudiese ver su temblor.

—Los descubrimientos son un arma de doble filo, querida. Una vez que yo haya preparado mi caso, tu marido tendrá suerte si no le quitan su licencia de abogado, y más aún si puede pasearse fuera de una prisión federal.

Dick, que no había llegado a entrar completamente en la habitación, se había acercado a la ventana durante el último diálogo. Cuando habló, lo hizo dirigiéndose al cristal; nos costó oírle.

—El único papel que voy a jugar en ese juicio es el de testigo.

Tanto Teri como yo quedamos en silencio, pasmadas, pero ella se recobró antes.

—¡Dick! No puedo creer que seas capaz de una... de una traición así. ¡Después de todo lo que papá ha hecho por ti! Me prometiste...

—No te prometí nada —Dick seguía dándonos la espalda—. Consentí por fin en venir hoy contigo porque esa idea te traía tan de cabeza. Te dije que si conseguías que Vic te escuchase me comprometía a redactar un acuerdo formal con ella. Pero he estado tratando toda la noche de hacerte entender que no puedo representar a tu padre ni a tu tío.

—Pero papá cuenta contigo.

Finalmente dio la vuelta.

—Ya lo hemos hablado cien veces, pero no has querido escucharme. Leigh Wilton me ha advertido muy seriamente que no los represente, que eso parecería demasiado fuera de lugar, dada mi posición en la junta de Diamond Head. Les sería más perjudicial que ventajoso. Y, Teri, es que no creo en ellos. He hablado con suficientes empleados suyos como para creer que querían matar a Vic. Tu padre me indispuso contra ella: me convenció de que le hiciera unas advertencias a Vic con el pretexto de protegerme a *mí*, para que no metiera demasiado las narices en la reconversión de las pensiones. Debería haber sabido que nunca toleraría una amenaza contra su vida.

Teri se puso en pie de un salto, aflorándole bajo el colorete unas manchas encarnadas.

—¡Sigues enamorado de ella! ¡No me lo puedo creer!

Dick sonrió con lasitud.

—No estoy enamorado de ella, Teri. Supongo que debí decir que nunca toleraría que intentaran matar a nadie, independientemente de su raza, credo, sexo o entrometimiento.

Los ojos de Teri brillaban de lágrimas. Corrió hasta la puerta.

—Vuélvase solo a casa, Don Importante. Yo no voy contigo.

Me esperaba verle correr tras ella, pero se quedó inmóvil en la habitación, con los hombros encorvados, hasta mucho después de que muriera el eco del portazo.

—Lo siento, Dick. Lo siento por los tiempos difíciles que te esperan.

—Estaba seguro de que me lo restregarías por la cara y me dirías que me lo tengo merecido —sacudí la cabeza, ya que no confiaba en mi voz—. Y tendrías razón. Me lo tengo merecido. Siempre has sabido lo débil que soy. Teri... si ha visto lo que hay debajo de mi fachada de fortaleza... se lo ha callado. Ella me ha construido. Me ha convertido en uno de esos edificios en los que se ve al través —soltó una risotada como un ladrido—. No es que piense mucho en ti, pero sí que esperaba todos estos años que, cuando vieras lo importante que me había vuelto, lo sentirías. No que sintieras haberme dejado, sino el haberme despreciado.

Sentí que me ardían las mejillas de azoramiento.

—Soy una luchadora callejera, Dick. Cuando niña, tuve que serlo para sobrevivir, pero temo que nunca lo he superado. Alguien como Teri te va mucho más que yo. Ya verás, lo superaréis de alguna forma.

—Quizá. Quizá. Mira, fue ese jodido acuerdo sobre las pensiones lo que empezó todo. No todo, ese increíble imbécil de Jason tampoco ha ayudado nada permitiendo que su personal estafara a Paragon. Pero querer mantener secreta la reconversión... dos hombres han muerto por eso. Y cuando se sepa... el asunto legal está limpio, pero podría llevarnos en juicios más de una década. He hablado con Ben Loring en Paragon esta mañana. Está conforme con ayudar a reestructurar el acuerdo, comprar otra vez la anualidad y reformar el plan, si el sindicato quiere votar sobre eso. Se lo quitaríamos al Metropolitan y se lo daríamos otra vez a administrar a Seguros Ajax.

Sentí que mis hombros se aflojaban con alivio. La pensión del señor Contreras —la de todos los sindicados— me había tenido preocupada toda la semana.

—¿Puedes hacerlo? Creí que la mayor parte del dinero estaba invertida en la bazofia de bonos de Diamond Head.

Dick asintió.

—Loring liberará una parte. Y Peter tendrá que aceptar aportar parte de las acciones de Amalgamated Portage como colateral. Él no quiere, pero se convencerá al final. Será su única opción si quiere que le absuelvan en el juicio.

—¿Y tú?

—No sé. Le he ofrecido mi dimisión a Leigh. No quiere aceptarla. Sí está de acuerdo en que ya no necesitaremos al joven Pichea en la firma después de este año: eso debería alegrarte. Pero... necesito una excedencia del trabajo legal, y Leigh me ha apoyado en eso, más porque no quiere que esté estorbando en la empresa que por cualquier otra razón, pero sea como sea estaré fuera seis meses. Si me voy a un *ashram*, te lo haré saber.

Le ofrecí acompañarle en coche hasta el tren, pero dijo que necesitaba caminar para despejarse la cabeza. Le acompañé hasta abajo.

Me cogió la mano y la sostuvo entre las suyas.

—Pasamos algunos buenos ratos juntos, ¿no, Vic? No ha sido todo peleas y desprecio, ¿verdad?

De repente recordé a Dick cuando venía conmigo cada fin de semana para hacer compañía a mi padre cuando Tony se estaba muriendo. Lo había olvidado tras el manto de amargura que había corrido sobre el pasado, pero Dick, huérfano desde los cinco años, adoraba a Tony, y lloró abiertamente ante su tumba.

—Pasamos juntos algunos ratos importantes —le apreté la mano, y luego retiré la mía—. Ahora es mejor que te vayas.

Se fue sin mirar atrás.

Lejos de casa

Las cuatro semanas que siguieron fueron un lento y largo período de descubrimientos legales, de contratar a gente para arreglar la casa de la señora Frizell, de buscar a alguien que la ayudase una vez estuviese en casa, y de trámites para que el Estado estableciera un control. Carol Alvarado se encargó de gran parte de las gestiones fastidiosas.

Llamé a Byron, el hijo de la señora Frizell, a San Francisco para informarle de cómo se encontraba su madre. La llamada le emocionó casi tanto como a ella el saber que habíamos hablado con él.

Para cuando la señora Frizell estuvo en condiciones de volver a casa, les habíamos encontrado hogar a los últimos cachorros. El señor Contreras se salió con la suya y se quedó con su preferido, un macho completamente dorado con las orejas negras. Insistió en llamarle Mitch.

El mismo día que regresó la anciana, Todd y Chrissie pusieron su casa en venta. Pese a la crisis inmobiliaria, no pensamos que tardaría mucho en venderse: habían hecho un excelente trabajo de renovación, y Lake View se había convertido en selecta zona residencial para *yuppies*.

Lotty y yo volvimos a hablarnos, pero Lotty parecía frágil, casi quebradiza. Al parecer no éramos capaces de recuperar nuestra antigua y profunda intimidad. Trabajaba con ferocidad, hasta el punto de que se estaba quedando en los huesos. Pese a su ritmo frenético, su chispa vital de siempre estaba ausente.

Cuando intenté contarle lo que le había pasado a Simon y a los otros matones que eran con toda probabilidad los que la habían atacado, se negó a escucharme. Sus heridas, o su miedo, le habían provocado repugnancia por mi trabajo. Me preocupaba que sintiera repugnancia, rechazo por todo lo que era mi vida. Hablé de ella con Carol al igual que con Max. Ambos estaban preocupados, pero no me pudieron aconsejar nada sino paciencia.

—A mí me ha perdonado —dijo Carol—. También lo hará contigo. Dale tiempo, Vic.

No dije nada, pero a mí me parecía un problema más fuerte que eso.

Probablemente el acontecimiento más sorprendente de ese período fue la tarde que apareció el hijo de Mitch Kruger. Mitch júnior resultó ser un ingeniero de petróleos, curtido por los meses pasados en el golfo Pérsico: había estado en Kuwait ayudando a relanzar la producción. Su madre había visto nuestro anuncio en uno de los periódicos de Arizona y se lo había mandado a la ciudad de Kuwait. Mitch júnior pasó por Chicago cuando volvía a su casa, para averiguar qué teníamos que decirle.

Nos agradeció nuestros esfuerzos por descubrir a los asesinos de su padre, pero añadió, abatido:

—No puedo sentirme demasiado emocionado por ello, apenas recuerdo a ese hombre. Pero me alegro de que tuviese amigos dispuestos a ayudar cuando murió.

Cuando más tarde se lo conté a Conrad, se echó a reír.

—No pongas esa cara tan desconsolada, señorita W. Al menos el tipo te ha dado las gracias. Coño, en el noventa por ciento de los casos, lo único que yo consigo son cartas de insultos por mis esfuerzos.

En aquel momento yo estaba trabajando duro, no sólo ayudando a elaborar la acusación contra los Felitti y arreglando la casa de la señora Frizell, sino también aceptando trabajos de verdaderos clientes con dinero de verdad. Mis primeros ahorros habían sido para unas nuevas zapatillas de deporte. Sin embargo, pasaba todo el tiempo que nos permitían nuestros frenéticos horarios con Conrad.

El señor Contreras, procurando esforzadamente no entrometerse, no podía ocultar su incomodidad respecto al sargento. A mí me irritaba eso y traté de discutirlo con Rawlings.

—Por lo menos te habla. Mi hermana ha oído hablar de ti por chismorreos de alguna cotilla y ahora no permite que ensucie su salón.

Dejé escapar un gritito de asombro y Rawlings se rió ligeramente.

—Sí, chiquilla blanca: a la inversa también sucede. Así que no permitas que lo del viejo te preocupe.

Eso era lo que intentaba, y también no preguntarme cuánto tiempo podríamos permanecer unidos hasta que nuestras profesiones entraran en conflicto, pero era difícil llevar una relación relajada.

Aunque me parapetaba en el trabajo, una y otra vez me despertaba tras una pesadilla sobre la muerte de mi madre, sueños en que Lotty y Gabriella se confundían inextricablemente una con otra.

Una noche estaba Conrad conmigo cuando los insoportables fantasmas irrumpieron en mi sueño. Procurando no despertarle, me deslicé de la cama y me acerqué a la ventana del salón. Apenas podía vislumbrar la esquina de la casa de los Pichea. Me apetecía sumirme en la noche y correr, correr tan deprisa y tan lejos como para escaparme de mis pesadillas.

Intentaba imaginar un lugar donde pudiese estar tranquilamente en la calle a las tres de la madrugada, cuando Conrad apareció a mis espaldas.

—¿Cuál es el problema, señorita W.?

Posé mis manos sobre sus brazos, pero seguí mirando por la ventana.

—No quería despertarte.

—Tengo el sueño ligero. Te he estado oyendo levantarte de la cama todas las noches que hemos pasado juntos este último mes. Si no quieres que me quede por la noche, sólo tienes que decírmelo, Vic.

—No es eso —mi voz era un susurro, como si la oscuridad impusiera silencio.

Me acarició suavemente el cabello. Permanecimos largo rato en silencio.

No había pensado contarle nada de Lotty ni de mis pesadillas, pero en la oscuridad, con la calidez de su cuerpo junto al mío, finalmente me desahogué.

—Se trata de Lotty. Tengo tanto miedo... miedo de que me deje lo mismo que me dejó mi madre. No sirvió que quisiera a mi madre, que hiciese todo lo que pude por cuidarla. De todas formas me dejó. No creo que pueda soportarlo si Lotty también me abandona.

—Así que tienes que tener siempre a todos bullendo a tu alrededor. ¿Es eso? Así que la gente como yo, o incluso el viejo de abajo, no contamos lo suficiente para ti como para que te importe que te dejemos plantada.

Le abracé más estrechamente, pero no pude decir nada más. Quizá tenía razón. Tal vez por eso reaccionaba tan violentamente cada vez que el señor Contreras, o Lotty, o cualquier otro, se preocupàban por mi seguridad. Tal vez era incluso por eso por lo que una y otra vez me empeñaba en desafiar el peligro. Cuando mis fuerzas empezaran a declinar, ¿podría encontrar otras fuerzas que me ayudaran a salvar esos abismos? Me estremecí bajo la brisa de verano.

Biografía

Sara Paretsky es una de las escritoras de mayor éxito en Estados Unidos. Nació en Kansas y es doctora en Historia. También ha trabajado como ejecutiva de una compañía de seguros norteamericana. Vive en Chicago con su marido y desde 1986 se dedica en exclusiva a la literatura. Es fundadora de la asociación de escritoras *Sisters in Crime* y una de las más destacadas escritoras de novela negra en la actualidad.

Su detective V. I. Warshawski encabeza la lista de las investigadoras femeninas creadas por mujeres en la última década.